KB125007

소설

징비록

전시재상 유성룡의 임진왜란 7년 기록

징비록

초판 1쇄 인쇄 · 2015년 2월 2일
초판 8쇄 발행 · 2015년 3월10일

지은이 · 이재운
펴낸이 · 이춘원
펴낸곳 · 책이있는마을
기　획 · 강영길
편　집 · 이혜린
교　정 · 마경호
마케팅 · 강영길
관　리 · 정영석

주　　소 · 경기도 고양시 일산동구 장항2동 753 청원레이크빌 311호
전　　화 · (031) 911-8017
팩　　스 · (031) 911-8018
이메일　· bookvillage1@naver.com
등록일　· 1997년 12월 26일
등록번호 · 제10-1532호

ISBN 978-89-5639-219-6 (03810)

이 도서의 국립중앙도서관 출판예정도서목록(CIP)은 서지정보유통지원시스템 홈페이지
(http://seoji.nl.go.kr)와 국가자료공동목록시스템(http://www.nl.go.kr/kolisnet)에서 이용하
실 수 있습니다.(CIP제어번호:CIP2015000952)

소설

징비록

徵

毖

錄

전시재상 유성룡의
임진왜란 7년 기록

이재운 정통 역사소설

책이있는마을

차례

전쟁의 시작

농환재弄丸齋.

"대감님, 저놈의 살구꽃은 왜 저리 철없이 흐드러지게 핀다지요? 앵두꽃, 복사꽃, 다 보기 싫습니다."

"그러게 말일세. 파직 낙향한 뒤로 지병은 깊어지고, 아들이 죽은 뒤로는 우울증이 돋더니 꽃조차 미워지더군. 임진년, 너무 처절한 봄을 겪어서 그런 것도 같고. 자넨 왜 꽃을 미워하나?"

승지 이효원이다. 그는 왕명으로 왕실 어의를 대동하여 유성룡의 병문안차 한양에서 내려왔다. 1605년 4월, 유성룡은 큰아들이 죽고, 고향인 안동 하회 마을에 홍수가 나자 서미동에 농환재라는 초당을 지어 살고 있다. 영의정의 말년이 이 초당처럼 고독하다.

"전하께서 내의원에 명하여 보약을 지어 보내라 하셨습니다. 달여 드시면 쾌차하실 것입니다. 오늘은 내의가 직접 달여 올리겠습니다."

"늦었어. 임진년 그해 그날, 왜란이 일어났다는 봉화가 오른 순간 이미 늦었던 것처럼, 지병이 뭔지 알았을 때는 나를 위한 약방문이 없다는 걸 알았지. 그래, 일본하고는 협상이 잘돼 가는가?"

"풍신수길이 죽고, 덕천가강이 반란을 일으켜 소서행장이 싸우다 죽고, 가등청정은 살아 있기는 한데 매독에 걸려 운신을 못한답니다. 천벌을 받은 거지요. 풍신수길 세력을 때려잡은 덕천가강이야 우리 조선하고 잘 지내보자는 취지이니 안 될 것도 없지요. 재작년에 승군장 유정 대사가 일본에 건너가 덕천가강을 만났는데, 자기는 전쟁 반대하였다며 국교를 다시 트자고 하더랍니다. 그때 포로 천이백 명을 데려왔는데, 올해도 또 다른 포로 천여 명을 다시 찾아 돌려보낸다고 연락이 왔지요. 게다가 덕천가강은 정릉과 선릉을 파헤친 범인을 잡아 보내왔지요. 막부는 나름대로 성의를 다하고 있는 듯합니다."

"그래, 일본이 문제가 아니라 이제 우리 조선이 문제지. 이순신이…… 죽고, 의병장들이 역모로 잡혀 죽임을 당하고, 당쟁은 다시 거세지고, 바뀐 게 하나도 없어."

"저도 대감과 같은 동인입니다만 전쟁 중에 남인 북인으로 나뉠 때 저절로 북인이 되어 약간 멀어졌지요. 지금은 그 북인도 대북, 소북으로 나뉘어 갑니다. 결국 사람은 끊임없이 갈등을 만들고, 상대를 음해하고, 패거리를 지어야만 하나 봅니다. 당상관으로서 면목이 없습니다."

"그래서 지난 잘못을 반성하여 뒷날의 어려움에 대비하자는 뜻으로 내가 <징비록>을 지었다네. 거의 다 돼 가지. 올라가는 길에 필사본을 줄 테니 전하께 바치게."

"그러잖아도 전하께오서 그 말씀을 하셨습니다. 저도 전하와 세자께서 피난 다닌 과정을 <호종일기>로 다 적어 놓았는데, 대감의 말씀을 직접 들어가며 저 나름대로 경계하는 책을 다시 쓸까 합니다."

"자네 <호종일기>는 나도 보았네. 참으로 꼼꼼하게, 빠짐없이 잘 적었더군. 그 난리 통에 아버지(李瓘;예조 참판, 종2품)를 모시고 다니면서 어쩜 그리 세밀하게 적었는가. <징비록>을 쓰는 데 도움이 많이 되었네. 기왕 <호종일기>

를 남긴 자네가 내려왔으니 내가 <징비록>에 적은 이야기를 몇 대목 짚어가 며 의논해 봄세."

"저는 임진년에 예조 좌랑(정6품)이란 낮은 직급에 있던지라 책임이 무겁지 않아 보고 듣는 대로 그저 꼼꼼하게 적은 것뿐입니다. 하여, 주상과 세자 저 하 주변에 일어난 일은 상세하게 기록하였지만 육전, 수전, 일본군 상황에 대 해서는 대감만큼 잘 알지 못했습니다."

"그렇겠지. 나야 난리가 난 순간 좌의정이었다가 곧바로 영의정이 되고, 전쟁이 끝나자마자 파직되었으니 항간에서 하는 말 그대로 전시 재상이었지. 와 줘서 고마우이. 주상께서 승지를 직접 보내 주어 문병하니 참으로 영광이 로세. 자, 꽃 좋고 향기 맑으니 정담을 나눠 보세."

유성룡과 이효원은 <징비록>과 <호종일기>를 펴 놓고 전쟁의 시작부터 이야기를 나누기 시작했다. 전시 재상이라고 알려진 유성룡과 전쟁 중에 왕과 세자를 호종한 이효원이 서로 가진 기억의 편린을 하나씩 맞춰 가며 임진왜란 을 복기하는 것이다.

(이 소설에 나오는 팩트는 <징비록>과 더불어 우리 집안에 내려오는 <호종일 기>를 근본으로 삼았다. 앞서 적은 이관, 이효원 부자는 저자의 선대조들이다.)

1591년 8월 5일, 양력으로는 9월 22일 신묘년辛卯年 정유월丁酉月 무술일戊 戌日. 풍신수길의 외아들 학송鶴松이 죽었다.

풍신수길은 눈물을 흘리다가 돌연 자신의 상투를 싹둑 베어 버렸다. 그 즉시 시립 중이던 무사들이 다투어 상투를 베어 던졌다. 그날 해가 가기 전에 취락제에 있던 무사들은 모조리 상투를 베어 조의를 표했다.

풍신수길은 아들의 장례를 마치는 대로 전국의 성주·도주들에게 소집령을 내렸다.

8월 중순, 풍신수길의 외아들 학송이 죽은 지 며칠 뒤 대판성(大坂城:오사카성)으로 휘하의 모든 영주들이 몰려들었다.

"천하를 통일하기 위해 조선과 명에 출정코자 한다. 내가 직접 조선에 들어가 명나라의 심장을 단숨에 끊어버리겠다. 전쟁이 끝나면 큰 덩어리를 뚝뚝 떼서 여러 성주들에게 나누어 주고자 한다. 일본 천황은 명나라의 북경으로 옮길 생각이야. 나 역시 영파(寧波:상해 남쪽 2백 킬로미터 남쪽에 있는 무역항)를 거처로 삼고 명나라 관백이 되어 볼 참이야. 그 주변 여러 나라도 내 손으로 다스리고 싶거든.

그러면 조선 관백은 수승(羽柴秀勝:하시바 히데가쓰)에게 주고, 일본 관백은 수보(羽柴秀保; 하시바 히데스게)에게 줄 참이야. 서쪽에 사는 일본 백성들은 조선으로 이주시키고, 동쪽에 사는 사람들을 서쪽으로 옮겨 이제부턴 넓게 살도록 해 주지. 조명일朝明日 세 나라가 일본日本이라는 한 나라로 통합되는 거야. 그러면 세상에 무서울 게 무어 있겠나? 하늘이 무섭겠나, 땅이 무섭겠나? 그렇게만 되면 귀신도 안 무서워."

풍신수길은 두말없이 조선에 출정할 것을 구체적으로 선포했다.

"조선은 겨울이 추운 나라다. 그러므로 명년 봄, 일제히 부산으로 상륙하여 여름이면 요동, 가을이면 북경까지 점령해야 한다. 준비에 차질 없도록 만전을 기하라."

풍신수길은 작전 본부를 조선으로부터 최단거리에 있는 명호옥(名護屋;지금의 名古屋 즉 나고야)으로 정하고, 10월부터 대규모 축성 작업을 명령했다. 군비 마련을 위해 금화, 은화를 주조하고, 48만 명분의 전투 식량을 비축했다. 군사 30만을 징발하고 이 가운데 16만을 선발대로 삼아 조선 침공군으로 정했다.

1
조선을 의심하는 명나라

"일본이 저럴 때 우리 조정은 태평성대였지."

유성룡은 혀를 끌끌 찼다. 전쟁 전 풍신수길이 조선 침략 의도를 드러냈다는 건 사실 대마도주 종의지나 승려 현소 등 여러 사람의 고변으로 조정에 알려졌지만 왕과 비변사 관리들은 귀를 기울이지 않았다.

"왜란이 나기 전, 이이가 병조 판서로 있을 때 시무육조^{時務六條}를 올려 외적의 침입에 대비하자는 주장을 폈지만, 태평성대에 혼란을 일으킬 수 있다는 이유로 거부되었지. 그땐 나도 반대했거든. 후회막급이야. 빌어먹을, 이이는 서인이고, 난 동인이었으니……."

"우린 정말 세상의 변화에 너무 무지했습니다."

이효원도 고개를 끄덕이며 당시의 조선 조정 상황에 대해 이야기를 나누기 시작했다. 유성룡만이 이순신과 권율을 발탁하여 주요 지점에 배치해 놓았을 뿐이다.

풍신수길이 조선 정벌을 꿈꾸던 그 무렵의 조선 조정.

조선은 일본이 침략할지도 모른다는 사실을 명나라에 알리기로 공론을 모았다. 원래는 이따위 불충한 소식을 전해 굳이 긁어 부스럼을 만들 필요가 없다고들 떠들었으나, 어떻게 들었는지 명나라 쪽에서 먼저 아는 눈치더라는 사신들의 보고가 잇따랐기 때문이었다.

이때만 해도 조선의 관리들은 온갖 명목으로 북경을 자주 드나들었는데, 여름철을 기념하여 길을 떠났던 하절사夏節使 김응남金應南의 급보가 서울로 날아든 것은 7월경이다.

- 지금 북경에는 조선이 왜와 공모하여 명나라를 칠 것이라는 소문이 파다합니다. 빨리 진주사陳奏使를 보내어 해명하지 않으면 큰일나겠습니다. 조선 사신을 보면 시골 아낙들조차 물 한 모금 주지 않습니다.

이어서 명나라의 요동 도사한테서 긴급 공문이 날아왔다.

- 일본이 명나라를 침범한다는데 조선에서 모를 리가 없잖소? 알면서도 알리지 않는 까닭이 무엇이오? 정말 함께 들이치자는 속셈이오?

깜짝 놀란 왕은 특사를 보내 명나라 황제의 노여움을 풀어주기로 했다. 그래서 임기응변이 뛰어나고 머리 잘 돌아가는 사람을 구했다. 그러자니 예조 판서 한응인韓應寅이 생각났다.

한응인은 워낙 중대한 문제인 만큼 종계변무宗系辯誣의 영웅인 역관 홍순언을 대동했다. 명나라 예부 시랑 석성의 장인이라는 점 때문에 긴급한 국가 대사에는 꼭 홍순언이 나선다.

이들이 황궁에 들어가는 날, 겨우 스물아홉 살 난 명나라 황제 주익 균朱翊鈞은 아침부터 제 무덤을 구경하고 돌아왔다. 주요 업무가 환관들 하고 어울려 묘약妙藥을 먹고 주색에 빠지는 게 전부인 그에게 요즘 들어 한 가지 취미가 늘었다. 6년이나 걸려 만든 석조 지하 궁전이 완성된 것 이다. 6년 전이라면 그의 나이 겨우 스물세 살부터 이런 호화 무덤을 파 기 시작했다는 말이다. 그러니 제정신일 리가 없다.

이 호화 분묘는 현대에 이르러 다 파헤쳐져 국난을 앞둔 어린애가 무 슨 짓을 하고 있었는지 여실히 보여 주고 있다.

온갖 금은보화로 치장된 제 무덤을 만족스럽게 구경하고 돌아온 황 제 주익균은 조선 사신을 직접 만나보겠다고 순순히 나섰다.

"전조前朝 원나라에서는 해마다 조선 처녀를 공물로 받았다며? 요샌 왜 안 하지?"

한응인 일행은 자금성 황극전에서 절뚝거리며 들어서는 황제(주익균의 묘에서 뼈다귀 한 무더기를 발견했는데 다리가 하나는 길고 하나는 짧았다. 학자들이 말하기를 그래서 주익 균은 사람들 앞에 잘 나서지 않았다고들 한다.)를 만났다. 주악이 울리면서 그쪽 예조의 관리들이 시키는 대로 한응인은 꾸벅 절을 했다.

"당상에 오르시랍니다."

역관 홍순언은 황제의 말을 한응인에게 전했다. 당상에 오른다는 것 은 사신으로서는 꿈같은 일이다. 당상이란, 조선에서도 정3품은 돼야 올 라설 수 있는 높은 자리다.

"왜놈들이 쳐들어올 것 같다고?"

"어, 어림도 없는 일입니다. 제깐 놈들이 천자국으로 들어오자면 우 리 조선을 통해야 할 텐데, 우리 국왕이 절대로 용납하지 않으십니다.

말도 안 됩니다."

"하긴 그래. 그런데 수길인지 뭔지 하는 늙은 원숭이는 왜 그리 시끄럽게 떠들지?"

"천한 것이 갑자기 정권을 잡다 보니 우쭐한 마음에 나오는 대로 지껄이는 소리지요. 도적떼 괴수의 허망한 말에 지나지 않습니다. 그런 헛소리는 절대 듣지 마십시오."

"자네 말이 마디마디 마음에 드네. 그런데 조선은 일본하고 자주 왕래한다면서?"

드디어 나올 것이 나오고 말았다. 일본에 통신사를 보낸 사실을 두고 짚어 보자는 명나라 속셈을 한응인이 모를 리 없다. 한응인은 대충 말을 하면서 그 말을 통역할 홍순언을 간절히 바라보았다. 눈치껏 잘 번역해 올리란 신호다. 재치 있는 홍순언은 얼른 황제에게 둘러대었다.

"우리 조선과 일본 사이에는 현해탄이라는 험한 바다가 있는데, 그 때문에 풍랑을 만나는 왜선이 많습니다. 그놈들을 가끔 돌려보내 주고 있는데 그걸 왕래라고 한다면 왕래일 수 있겠지요. 더군다나 요즘 괴승한 놈하고 대마도의 왜구 몇 놈이 들어와 허튼소리를 지껄이고 갔는데, 우리 국왕께서 혼쭐을 내서 쫓아 버렸습니다. 오죽하면 우리가 해마다 콩과 쌀을 하사하겠습니까. 그런 것들이 무슨 재주가 있어 감히 대명大明을 올려다보기나 하겠습니까. 설사 그런다 해도 우리 조선에서 썩 물리칠 것이오니 폐하께서는 안심하소서."

황제 주익균은 기분 좋게 웃으면서 화답했다.

"자네, 조선 사람인가, 명나라 사람인가? 어찌 그리 우리말을 잘하나?"

"황공하옵니다. 저야 물론 조선인입지요."

황제는 예조 상서를 불러 조선 사신들에게 중상을 내리라고 시켰다. 그러고도 조선 국왕과 조선 대신들에게도 상을 주어 보내라고 덧붙였다.

사실 명나라에서는 이미 유구에서 보낸 사신으로부터 풍신수길의 침략 의도를 미리 알고 있었다. 그래서 혹시 조선이 일본과 짜고 함께 쳐들어오지나 않을까 걱정하던 차에 조선에서 잇따라 사신을 보내 해명하고, 풍신수길쯤 조선에서 막아버리겠다고 호언장담하니 기쁘지 않을 수 없다.

한응인은 명나라의 오해도 풀고, 금은보화가 가득 실린 수레까지 끌고 한양으로 개선했다. 그럴수록 의기양양해진 조선에서는 전쟁을 고민할 필요가 없다는 공론만 무수히 돌았다.

2
임진년의 봄

"그렇게 무력하게 임진년을 맞았지. 나름대로 준비한다고 하기는 했지만 왜구를 과소평가하다 보니 건성건성 무기 점검하고, 둔전 훑어보고, 둔전병 숫자나 헤아렸지. 후회막급한 일이었지. 그나마 내가 이순신을 천거하여 전라 좌수사로 보내고, 권율을 광주목사로 발탁한 것은 자그마한 희망의 씨앗이 되었지."

유성룡은 임진년 그 전쟁을 떠올리면서 이맛살을 찡그렸다.

"대감께서 이순신과 권율을 천거하지 않았더라면 아마도 우리 조선은 망했을지도 모릅니다."

이순신은 임진왜란에서 빼놓을 수 없는 인물이다. 그가 아니었다면 명나라 구원군에도 불구하고 조선은 1910년이 아니라 1592년 진즉에 병탄당했을 것이다.

200년 태평성대를 누리던 조선 관리들은 왜란을 준비하라는 어명을 무시하고 넘어갔다. 어명으로 전군 일제 군기 감사에 나선 신립, 이일조차 거들먹거리며 유람 다닐 뿐 무기나 군사를 점검하는 일은 게을리 했다. 병조에서 산성을 수축하라 지시해도 지방 수령들은 "쓸데없는 일로 민심을 소란케 하느냐?"며 거부했다. 조총이 무서우니 총통을 많이 만들어 두라 해도 "조총이라고 쏘는 대로 다 맞습니까?" 하면서 도리어 핀잔을 주었다. 그러니 겪어볼 수밖에 없다.

1592년 1월 1일 새해. 양력으로는 2월 13일이다. 마침내 임진년이 시작되었다.

임금 선조는 근정전에서 문무백관의 신년 하례를 받느라 떠들썩했다. 왕비도 내전에서 따로 하례를 받았다. 왕 41세, 왕비 38세, 하루 종일 웃음소리가 그치지 않았다.

한응인이 명나라 조정에서 받아 온 선물을 신하들에게 두루 나누어 주면서 임진년 한 해도 태평성대가 될 것이라는 등 사서삼경에서 아무 글이나 끌어다가 인용하면서 두루 덕담을 늘어놓았다.

지방에서도 마찬가지다. 전쟁 준비를 하는 곳은 없고 다들 망궐례를 하면서 엎드린 다음, 저희들끼리 뇌물을 주고받기 바쁘다.

왕은 명나라 황제의 선물을 다 나누어 주고 나서 태평성대를 자화자찬했다.

"과인이 보위에 오른 뒤 나라는 더욱 평안해지고 백성들은 살기 좋아졌소. 조명朝明 관계 역시 요즘처럼 좋은 적이 없었잖소?"

왕은 기분이다 싶었는지 강원 감사 신점을 불러 황제에게 답례품을 실어 보내라고 명령했다. 그러자니 이 무렵에는 전쟁의 '전'자만 꺼내도 불충한 사람으로 몰렸다. 전쟁을 걱정하는 말을 한마디라도 꺼내는 사람은 겁쟁이, 졸장부, 반역자다. 이런 분위기 끝에 엉뚱한 사람이 또 국왕 선조의 변덕에 유시流矢를 맞았다.

먼저 주진사로 다녀온 한응인이 구설口舌을 일으킬 말을 한 마디 아뢰었다.

"요동을 지날 때 그곳 관리들이 묻기를 왜 조선에서는 의주성을 수축하고 병사들을 단련시키느냐고 묻더이다. 명나라하고 한판 붙어 보잔 거냐면서 신경질을 부리더군요. 왜구를 대비하는 거라고 대충 변명해 넘어갔습니다만, 그러지 않아도 우리 조선이 왜놈들하고 손잡고 명나라를 친다는 소문이 퍼져 있는 터에 그런 짓을 하다니 도무지 이해가 안 갑니다."

"아니, 어떤 미친놈이 성을 쌓고 난리야?"

왕의 입에서 본능적으로 튀어나온 말이다. 조정 대신들도 마찬가지다.

"군사를 훈련시키다니, 그렇게 할 일이 없나? 할 일 없으면 관기라도 안고 술이나 마시지 그래, 그 바쁜 시간에 웬 군사 훈련이야. 쯧쯧."

제정신을 가진 사람으로서는 할 말이 아니나 임금 선조는 군사 훈련을 한다는 말에 몹시 짜증을 냈다. 국왕의 비위를 맞춰야 족당을 먹여 살릴 수 있는 동서남북 붕당의 수장들도 마찬가지다. 다들 정신머리 없는 소리를 다투어 지껄였다.

"그래? 어느 놈인지 조사해서 잡아 들여!"

그래서 붙들려 온 게 김여물金汝吻, 하필이면 얼마 전 정철의 일당이라 하여 파직된 사람이다. 위관은 김여물을 꿇어 앉혀 놓고 물었다.

"아니, 성은 왜 고치고, 군사는 뭐 하러 훈련시켜? 할 일 없으면 그냥 쉬지 왜 칼을 휘두르고 왜 활을 쏘고 지랄이야? 누구 죽일 일 있어? 너 정말 그때 잘렸으니 망정이지 큰일 날 뻔했구나."

"아니, 지금 뭐라고 했소? 당신이 미쳤든 내가 미쳤든 둘 중의 하나는 미친 게 틀림없군."

김여물은 자신의 귀를 의심했다. 대체 칼을 쓰라고 만든 게 군사요, 활을 쏘라고 하는 게 군사건만, 도무지 무슨 말인지 그는 하나도 알아들을 수 없었다.

"의주성을 대대적으로 손질하고, 군사 훈련을 연일 시켰다면서? 목사가 돼 가지고 왜 그런 쓸데없는 짓을 했느냐 이 말이야?"

갈수록 기가 막히다.

"허, 이 양반, 정말 미쳤나 보네? 의주 목사로서 의당 무너진 성을 쌓고 군사를 훈련시키는 게 임무이거늘 잘했다는 말은 안 하고 뭐이? 왜 성을 고치고, 왜 군사를 훈련시키느냐고? 도대체 여기가 쪽발이 땅이오, 아니면 짱꼴라 땅이오?"

"허허 참. 당신, 눈치가 없어도 어지간히 없군. 이 사람아, 그러잖아도 명나라가 우릴 두 눈 치켜뜨고 의심하는 마당에, 그래 그놈들 코앞에서 군사 훈련을 시켜?"

"의주가 어떤 땅이오? 걸핏하면 여진족이 준동하는 곳 아니오? 태종, 세종, 세조 역대 임금들이 다 여진족을 몰아내느라 애쓰셨는데, 그래 그것도 잘못됐소? 누르하치라는 흔세룡이 요동을 누빈다는 말도 들어 보지 못했소?"

"그까짓 오랑캐 한 마리 날뛴들 그게 뭐 대수야! 대명 황제의 노여움이 더 무섭지!"

점입가경이다. 그래도 황제라는 말에 김여물은 알아서 한풀 꺾였다.

"풍신수길인지 뭔지 하는 원숭이 놈이 조선에 쳐들어오면 군사를 이끌고 부산으로 내려가려고 했소. 왜 의주군은 부산까지 내려가면 안 되오?"

"말귀가 안 통하는군. 도대체 서인 놈들은 황윤길 이하 죄다 전쟁이 나 난다고 떠들어대고 있으니. 아, 왜 잔잔한 민심을 선동하냐고!"

위관은 더 말할 것 없이 김여물을 감옥에 처넣어 버렸다. 왕은 답례품을 갖고 떠나는 사신 편에, 불충하게도 의주성을 고치고 군사를 훈련시킨 의주 목사를 파직시켜 감옥에 잡아넣었노라고 자랑스럽게 일러 바쳤다. 어찌 알았으랴.

이 김여물을 옥에서 도로 끄집어내어 신립 장군의 종사관으로 임명해 부랴부랴 탄금대로 보내게 될 줄을, 그리고 그가 쌓은 의주성에서 실낱같은 목숨을 부지할 줄을 왕은 이때만 해도 꿈에도 알지 못했다. 이것이 조선의 임진년 새해맞이 행사였다.

같은 날, 같은 시각, 경도(교토)의 취락제에서 벌어진 새해 행사는 어떠했을까. 전국 제후들의 신년 하례를 받은 풍신수길은 전쟁 날짜를 처음으로 못 박았다.

"3월 1일, 조선으로 진격한다."

그러고서 성주와 도주별로 징발할 군사며 군량 따위를 그 자리에서 일일이 물어 확인했다. 그리고 열아홉 살 난 강산(岡山:오카야마) 성주 우희다수가宇喜多秀家를 총사령관으로 임명했다. 조선 같았으면 과거 공부를 하느라 얼굴이 하얗게 떴을 그 어린 것을 총사령관으로 지명한 데는 나름대로 이유가 있다.

십년 전 풍신수길하고 눈이 맞은 과부가 하나 있었는데, 우희다수가는 바로 그 과부의 아들이다. 수길은 열 살밖에 안 되던 수가를 녹봉 57만 섬이나 되는 강산 성주로 봉하고 제후로 삼았다. 그런 우희다수가를 사령관으로 임명한 데는 또 다른 의미도 있다. 곧 풍신수길이 직접 출전한다고 했던 약속을 뒤집는 것이다.

조선으로 상륙하는 전투병은 15만 8천여 명, 그리고도 명호옥(나고야)에 예비군 8만 8천 명을 남겨 두기로 했다. 거기에 후방 경비 병력 1만 2천 명, 수군 9천 명도 편성하고, 군량을 나를 인부며 배를 저을 사공까지 두루 모집하고 보니 그 인원은 모두 2백만이나 되었다.

"조선에 들어가기만 하면 자네들한테도 큰 이익이 있지. 조선 땅이고 명나라 땅이고 차지하는 대로 마구 떼 줄 참이니깐. 그 대신 전쟁 중에 외롭게 지내야 할 자네들 처자식은 대판성(大阪城:오사카 성)으로 보내라고. 내가 잘 돌볼 테니까."

볼모로 잡아 두자는 속셈이다.

"전진 기지 명호옥(나고야)은 다 지어 가느냐?"

"핫, 조감도가 여기 있습니다. 2월이면 완성됩니다."

가등청정은 풍신수길에게 조감도를 그린 비단을 바쳤다. 풍신수길은 흐뭇하게 조감도를 내려다보다가 궤짝에서 깃발을 꺼냈다. '나무묘법연화경南無妙法蓮花經' 이라고 세로로 내려쓴 비단 자락이다.

"옛날 직전신장(織田信長:오다 노부나가)한테서 선물로 받았던 거야. 넌 이 깃발을 잘 간직하고 있다가 북경 하늘에 펄펄 날려라. 그러면 일본 66개국 중 3분지 1인 20개국을 잘라 주마."

가등청정은 풍신수길과 동향이다. 더 중요한 것은 풍신수길 쪽에서 보자면 어머니의 사촌 여동생의 아들이다. 풍신수길의 혈통에서는 어렵사리 찾아낸 인재다. 그런 인연으로 칼을 잡을 수 있는 나이가 되면서

늘 풍신수길의 곁에 머물렀다.

어쨌든 살생을 금하는 불경을 피 흘리는 전쟁터로 보낸다는 것도 가소로운 일이다. 풍신수길은 이번에는 1군 사령관을 맡은 대마도주 종의지의 장인 소서행장을 향해 물었다.

"넌 무슨 깃발을 들고 갈 테냐?"

"핫. 하얀 비단에 붉은 태양을 그려 가지고 가겠습니다. 태양의 아들, 바로 태합 전하를 북경 하늘에 모시고자 합니다."

"너 참 뭘 아는구나. 바로 그거야. 여기 이 시뻘건 태양을 내 눈이라 생각하고 잘 섬겨라."

이것이 욱일승천기로 불리는 일장기가 등장하는 내력이다. 조선과 명나라를 향해 휘두른 이 깃발을 태평양 전쟁에서 또 휘날린 것은 결코 우연이 아니다. 일장기 속에는 전 일본인을 대신하는 풍신수길의 야망이 숨어 있는 것이다.

불과 3백 년 뒤, 이 욱일승천기는 마침내 무수한 일본군이 얼어죽고 맞아죽고 잘려죽은 한 서린 평양성을 돌파하여 의주를 찍고 압록강을 건넜다. 만주 전역에 이 욱일승천기가 내걸리고, 이어 북경을 짓밟고 나서 삼국 시대에 손권이 오나라 수도로 정한 곳, 명나라의 첫 도읍이던 남경으로 쳐들어간 일본군이 수십 만 명의 중국인을 살육하는 현장을 지켜본다. 결국 유성룡이 유언 삼아 남긴 〈징비록〉은 후세를 결코 징비하지 못한 셈이다.

3
등등곡 ^{簦簦曲}

"난 전쟁이 터지던 그날 좌의정이었지. 비변사 당상이고. 하늘이 노 랗게 보이더군."

"엊그제 일 같습니다."

"무력감을 느꼈지. 좌의정이었건만 아무 일도 할 수 없었으니 누군 들 안 그랬겠나. 조정 대신들이란, 그저 하루하루 무사하기만 바라는 하 루살이 벌레들 같았지. 전쟁은 항상 그런 때를 골라 터지는 법이야. 다 들 넋을 놓고 있을 때 불운이 들이닥친단 말이야."

"사실 왜란 전의 우리 조정은 상고할 가치조차 없습니다. 그저 넋 놓 고 있다 당했으니까요."

두 사람 모두 한숨을 길게 내쉬며 〈징비록〉과 〈호종일기〉를 뒤적거 렸다.

이 무렵 한양성.

한창 전쟁 준비 중인 명호옥하고는 전혀 딴 세상처럼 돌아갔다. 그렇다고 아주 동떨어진 별천지는 될 수가 없어 전쟁 조짐이 조금씩 보이기 시작했다.

이성계와 함께 조선을 건국하는 데 큰 힘을 쏟은 승려 무학이 지은 〈도참기〉圖讖記가 있다.

본인이 직접 썼는지 확인할 길은 없지만 민간에는 그렇게 알려져 사람들 입에 오르내렸다. 무학은 이 책에서 장차 다가올 국가 대사에 대해 언급했는데, 그런 중에 임진년(1592)을 이렇게 묘사했다.

악용운근岳聳雲根

담공월영潭空月影

유무하처거有無何處去

무유하처래無有何處來

무자년 · 기축년에 정철의 칼바람으로 시끌벅적할 때 한바탕 소문으로 돌더니 임진년이 되면서는 부쩍 그 말이 유행했다. 그런데 묘한 것은 이 말이 무슨 뜻인지 해석해 내는 사람이 없다는 것이었다. 글자 그대로 해석하자면 그저 한 편의 선시일 뿐 도참圖讖적인 내용은 보이지 않았다.

산은 높이 솟구치고 구름은 뿌리를 내렸네

빈 연못에 달 그림자 비치는데

유무有無는 어디로 가고

무유無有는 어디서 오는가

나중에야 이걸 들어 순변사巡邊使 신립申砬이 충주 탄금대 월낙탄月落灘에서 몰사할 것을 예언했다고들 입을 모았다. 악용운근岳聳雲根은 신립이고, 담공월영潭空月影은 곧 달이 떨어진 여울이니 바로 월낙탄月落灘이라는 것이다. 즉 모두 물에 빠져 죽는단다나. 그 아래 구절은, 백성들은 여기저기 흩어져 피난가고 왜구가 한양에 입성入城한다는 말이라고들 했다.

갖다 붙이는 말이긴 했지만 조정에서 태평하게 음풍농월하는 사이 민간에서는 왜변을 짐작하는 소문이 무성했다.

이 무렵 등등곡登登曲이란 유행가 한 곡이 널리 퍼졌다. 3월이 되면서 한양 도성 내에서 골목마다 술집마다 유행하더니 4월이 되면서는 어른 아이 할 것 없이 마구 입에 올렸다. 듣기 민망한 노랫말은 이러하다.

이 팔자 저 팔자 씹 팔자此八字彼八字打八字
자리 봉사 고리 첨정自利奉事高利僉正
경기 감사 우장 직령京畿監司雨裝直領
큰달마기大月乙麻其

이 역시 해석이 분분했다. 어떤 사람은 이 중의 씹 팔자打八字란 중국 사람들이 남녀의 교접을 가리키는 말이라고 했다. 그래서 타팔자라고 부르지 않고 그대로 씹 팔자라고 불렀다. 그런즉 명군明軍이 조선 여인들을 마구 간음한다는 말이라고 갖다 붙였다. 또 자리自利는 지리다, 냄새 나다는 말이고, 고리高利 역시 고리다, 더럽다는 뜻이라고 했다. 그러므로 이것은 전쟁 통에 백성들로부터 뜯어내는 지긋지긋한 납속군공納粟軍功을 둘러댄 말이라고들 했다.

봉사奉事·첨정僉正은 다 낮고 미천한 직책이니 그런 자들까지 나서서 불쌍한 백성들을 착취한다는 것이다. 또 큰달마기란 큰달이 끝나는 날ㅊ ^{月末} 즉 4월 그믐으로서 바로 이날 임금이 몽진蒙塵하고, 그날 큰비가 내려 경기 감사가 우장雨裝과 직령直領을 입고 어가를 뒤따른다는 뜻이라고들 해석했다. 끔찍한 내용이다.

이러한 분위기를 조정이라고 전혀 모르지는 않았다. 4월이 되기 전까지 조선이 취한 조치는 꽤 여러 가지나 되었다.

좌의정 유성룡이 나서서 가리포 첨사로 있던 이순신李舜臣을 전라 좌수사로 옮기게 하고, 하삼도下三道 즉 경상 감사·전라 감사·충청 감사 세 명을 교체하여 성을 수축하고 군기를 다스리게 했다. 또 동요가 퍼지고 요언 참설이 횡행하면서 여진족을 물리치는 데 명성이 높은 북방의 장수 신립과 이일 두 사람을 불러 내렸다. 그러고는 하삼도에 내려 보내 감찰에 나서게 했다. 이 중 이일은 충청도와 전라도를 감찰하고, 신립은 경상도와 황해도를 감찰했다.

이때 신립은 어쩐 일인지 경상도에는 가지 않고, 전에 풍신수길은 조선을 넘볼 만한 위인이 못 된다고 주장했던 승지 김성일을 경상 좌병사로 발탁했다. 싸움이 뭔지도 모르는 문신을, 그것도 전쟁이 날 리 없다고 주장하던 사람을 좌병사로 삼은 것은 눈감고 아예 세상을 보지 말자는 것인지, 식견 있는 사람이라면 다들 혀를 내둘렀다.

감찰에 나선 장수들마저도 칼이 녹슬었다는 이유로, 활줄이 느슨하다는 이유로 마구 군사를 베고 두드려서 오히려 원성만 사고 돌아왔다.

이 무렵 조선과 일본, 명나라의 상황은 어떠했는가.

세 나라 인구부터 보자. 조선의 경우 세조 때 조사한 것으로는 70만 호에 4백만 명이다. 동원 가능한 군사로는 모두 85만 명이다. 여기서 군사로 계산된 사람이란 16세 이상 60세 미만의 남자를 가리킨다. 물론 여기에 양반과 천민인 백정과 노비, 승려는 포함되지 않는다. 양반은 소유주이기 때문에 당연히 빠지고, 천민들은 국가에 대한 권리도 의무도 없기 때문에 병역의 의무에서 벗어나 있다.

그런데 선조 대에 와서 유랑민이 대거 발생하더니 호적에서 2백만 명이 갑자기 사라졌다. 그러면서 병력은 10만 양병설이 나올 만큼 쑥 줄어들었다. 전투가 가능한 군사는 불과 삼사 만 명에 불과했다. 사라진 백성 2백만은 다 죽어 없어진 게 아니고 무적 상태로 떠돌거나 압록강과 두만강을 건너가 도둑 농사를 짓고 산다.

사람도 없지만 더 큰 문제는 군량이다. 먹을 게 있어야 병력을 유지할 수 있는데, 10만 양병설이 거론조차 되지 못한 이유도 결국은 이 때문이다. 개국 이래 이런저런 이유로 공신이며 종친들에게 땅을 잘라 주다 보니 둔전屯田으로 쓸 땅이 자꾸만 줄었다.

군사를 두면 그만큼 땅을 주어 저희들끼리 농사를 짓고, 급여를 스스로 만들어 써야 하는데 그게 안 되었다. 그러니 군대를 모아 봤자 유지가 불가능하고, 영이 서질 않는다.

이에 비해 일본은 명호옥에 모인 참전 군인만 30만 명이 넘었다. 백성은 천만이 넘고, 구주와 본주의 인구만 5백만이 넘는다. 일본은 결코 작은 나라가 아니다. 이 무렵 명나라의 인구는 대략 6천만이 넘었지만, 무능한 황제와 환관들의 횡포 때문에 국가 기강이 무너져 내리면서 즉시 동원할 수 있는 군사라고는 겨우 10만 명 내외로 줄었다. 횡목(풍신수길이 조선에 파견한 첩자. 조선은 세작이라고 부른다.)들로부터 이러한 정보를 입수한 풍신수길로서는 한번 해 볼 만하다고 생각하지 않을 수 없는 상황이다.

무기 면으로 보자면 이 무렵 조선은 승자총통이라는 휴대용 소총이 있지만 발사할 때마다 열이 나서 손으로 쥐고 있기 어렵고, 명중률이나 사정거리는 계산할 수조차 없는 지경이었다. 신기전神機箭 같은 다연장, 다연발 로켓 제작 기술이 있지만 비용이 많이 들어 만들어 둔 것이 별로 없다. 성능으로는 한 번에 백발을 장전하고, 그것을 열다섯 발씩 나누어 발사할 수 있으며, 사정거리는 1천 미터 이상이다. 파괴력은 뛰어났지만 중요한 건 기술만 있지 생산된 게 별로 없다는 점이다.

그나마도 여진족을 유일한 가상 적으로 알고 있던 시절이라 얼마 안 되는 군사마저 두만강이나 압록강변에 집중 배치하여 남쪽에는 배치되지도 않았다. 또 조선은 비격진천뢰飛擊震天雷라는 휴대용 수류탄 제조 기술도 가지고 있었다. 폭파 시간을 조절할 수 있는 데다 폭발할 때 빙철憑鐵이 튀어나와 가까이 있는 적을 살상할 수 있는 강력한 무기다. 역시 제작된 물량이 없다.

다행인 것은 수군水軍이다. 이쪽에서는 훨씬 더 강력한 무기를 보유하고 있었다. 승선 인원 2백 명이나 되는 거북선과 판옥선은 당시 전함으로는 세계 제일 수준이고, 여기에 천지현황天地玄黃 네 가지 총통도 사정거리 1킬로미터에서 2.5킬로미터까지 되었다. 특히 적선을 뚫고 들어가 분열 폭파하는 차대전次大箭은 사거리가 2킬로미터나 되었다.

그래도 보군, 기마군에 비해 수군이 유지될 수 있었던 것은 그나마 소금을 구워 팔 수 있는 독점권을 가졌기 때문이다. 소금이야 사람이 사는 한 수요가 있게 마련이고, 해안이 아니면 만들 수 없다 보니 수군으로서는 관리가 용이한 품목이다. 소금 덕분에 수군이 멀쩡했다는 것은 우연 중의 우연이다.

이 무렵 일본군은 주로 조총으로 무장했다. 그 밖의 무기는 사실상 별게 없다. 조총의 유효 사거리는 50미터, 탄약을 장전하는 데 걸리는 시간은 무려 2분이나 되었다. 성능으로 보자면 조선군의 화살이나 사실상 다를 바가 없다. 차라리 일본군을 향해 신기전을 무수히 날렸더라면 그들을 추풍낙엽처럼 날려버릴 수도 있었다. 그런데 조선 조정을 이끄는 사람들은 그런 생각을 하지 못했다.

일본군의 주 무기인 조총의 위력은 살상 능력보다는 화약이 폭발할 때의 굉음과 눈에 보이지 않는 속도로 날아와 살 속에 박혀 버리는 총알에 있었다. 이 때문에 공포감을 갖는 순간 사기가 뚝 떨어지는 것이다. 조총 수백 발이 동시에 팡팡거리면 겁 많은 말이 먼저 놀라고, 사람도 놀라 너나없이 달아나기 바빠진다. 조총은 풍신수길에 앞서 직전신장(오다 노부나가)이 저희들 내전에서 효과를 톡톡히 본 무기다. 그런 걸 풍신수길이 조선 조정에 몇 자루나 갖다 주었지만, 조선에서는 그걸 시험해 보지도 않고 창고에 그냥 처넣고 녹슬도록 방치했다.

명군은 조선군과 같은 수준에 성능이 우수한 대포를 보유하고 있었다. 이 대포는 몽골군이 사용하던 것으로 그 뒤 여러 차례 개량한 것이다.

이제는 일본군이 조선으로 진입할 경우 맞게 될 책임자들을 살펴보자.

국왕은 선조 이균李鈞 41세.

도승지 이충원. 전쟁이 나면서 이항복(92년, 괄호 안의 연도는 1592년임을 뜻한다. 이하 92년 등으로 생략하여 표기한다.), 심희수(93년 7월)로 바뀐다.

영의정은 이산해, 유성룡(92.11), 최흥원, 윤두수(99), 좌의정은 유성룡(92), 최흥원(92), 윤두수(93.7), 김응남(95.5), 우의정은 이양원(92), 윤두수(92), 정탁(95.4)이다.

좌찬성은 최황(92), 우찬성 정탁(92)이다. 영중추부사는 김귀영(92), 이산해(97.1)로 바뀌고, 판중추 부사는 정탁(97.4), 대사헌은 이헌국(92), 윤두수(97)이다.

이조 판서는 이원익(92). 병조 판서는 홍여순(92)이었으나 전쟁 즉시 김응남(92)으로 경질되고, 이후 이덕형(97.1)으로 바뀐다. 호조 판서는 한준(92), 예조 판서는 권극지(92)이다.

이제 육군을 보자.

도원수는 신립(92), 그가 죽은 뒤 김명원(92), 권율(94.2)로 바뀐다. 부원수는 신각(92)으로 전투 중에 왕이 어명을 내려 죽여 버린다. 체찰사 이원익(95.8), 창의사倡義使 김천일(93년), 도순변사 신립(92.4), 순변사 이일(92.4)이다.

경상 우병사는 조대곤(92. 전쟁 즉시 달아났다)에서 최경회(93), 김응서(97)로 바뀐다. 경상 좌병사는 이각(92), 김성일(92), 유숭인(92.4), 박진(93), 정기룡(98)으로 바뀐다. 충청 감사는 윤국형(선각)(92), 윤승훈(93.12), 박홍로(95.12)로 바뀌고, 경상 감사는 김수(92)다. 경기 감사는 권징(92. 도망), 심대(92. 전사)이며, 황해 감사는 최흥원(92), 조인득(92. 도망), 유영경(92)이며, 평안 감사는 이원익(92), 송언신이다. 전라 감사는 이광, 권율(93.4), 이정암(93.11)으로 바뀐다.

실전에서 부대를 지휘할 부사, 목사들은 다음과 같다. 행정관과 지휘관을 겸직하던 시절이므로 이들이 곧 일선 부대장이다. 그러나 제승방략制勝方略이라는 군사 제도 때문에 실질적인 작전권이 없다. 한양에서 누군가 어명을 받고 내려와야 비로소 지휘가 가능하다.

경상도 쪽 최전선은 동래 부사 송상현, 밀양 부사 박진, 울산 군수 이언함(항복했다가 탈출), 초계 군수 이유검(도망. 김해에서 다시 합류. 김해 부사 따라 또 도망. 나중 감사가 목을 벰), 양산 군수 조영규(전사), 김해 부사 서예원(도망), 경주 부윤

윤인함(도망), 진주 목사 김시민, 상주 목사 김해(도망), 문경 현감 신길원(전사)이다.

전라도 쪽에서는 도사 최철견(93.4), 군관 이광, 남한, 광주 목사 권율(92), 이경복(92), 전라 병마사 최원, 선거이(93.4), 전라 방어사 곽영–이복남(93.4), 조방장 조위(93.4), 전라 군관 이경신, 제주목사 이경록(96.1).

수군水軍을 보자.

경상 우수사는 원균이다. 휘하 장수로는 양산 군수 조영규, 울산 군수 이언함, 남해 현감 기효근(95.4 효시령 내렸다 감면), 웅천 현감 이운룡(94.1), 진해 현감 정항(94.1), 삼가 현감 고상안(94.4), 고성 현령 조응도(94.4), 거제 현령 안위(94.4), 하동 현감 최기준(95.11), 미조항 첨사 김승룡, 상주포, 곡포, 평산포 만호(권관) 김축, 소비포 권관 이영남, 영등포 만호 우치적–조계종(95.8), 지세포 만호 한백록, 옥포 만호 이운룡, 어란포 만호 정담수, 남도포 만호 강응표, 가리포 첨사 구사직, 당포 만호 하종해이다.

경상 좌수사는 박홍(92. 도망감), 배설(95.4 도망), 권준(95.6)으로 바뀐다. 좌수영은 전쟁 즉시 괴멸되어 일선 지휘관이 남아나지 않았다. 부산진 첨사 정발과 다대포 첨사 윤흥신은 전쟁 초기에 전사했다.

전라 좌수사는 이순신이다.

휘하 장수로는 방답 첨사 이순신(李純信 92.1), 사도 첨사 김완, 사량 만호 이여념, 여도 만호 김인영, 발포 만호 황정록, 녹도 만호 정운(전사), 군량 운반 차사원 송여종, 가덕 첨사 전응린이었다. 기록에 나오는 군관 겸 훈련원 봉사 겸 발포 가장은 나대용(거북선 설계자), 군관 최대성, 군관 배응록, 군관 이언량, 장흥 부사 유희선, 황세득(94.4), 보성 군수 김득광,

김의검(93.6), 광양 현감 어영담, 순천 부사 권준, 낙안 군수 신호, 김준계(94.5), 보성 군수 김득광, 여도 권관 황옥천, 흥양 현감 배흥립, 능성 현감 황숙도이다.

전라 우수사는 이억기이다. 나중에 김억추(97.8)로 바뀐다.

장수로는 진도 군수 김만수(94.4), 강진 현감 유해, 나주 목사 이용순(94.2), 담양 부사 이경로(94.2), 창평 현령 백유항(94.2), 해남 현감 위대기(94.3), 영암 군수 박홍장(94.4), 마량 첨사 강응호이다.

충청 수사는 정걸, 구사직(94.3), 이순신(94.4), 이계훈(95.3), 선거이(95.6), 최호(1597)로 바뀐다. 충청 수영의 전투는 주로 한강에서 이루어졌기 때문에 당시 수군 장수들 명단을 찾기가 어렵다.

이상이 왜란을 앞둔 조선의 책임자들이다.

1592년 4월 17일.

"퇴근하겠습니다."

"뭐, 벌써 퇴근 시간이 되었나?"

"제가 변소 가는 길에 해시계를 보고 왔는데, 신시申時가 되었던데요."

"겨울이 다 가서 퇴근 시간이 유시酉時로 늦춰진 거 몰라? 게다가 국상(國喪;명종의 외아들 순회세자의 비 덕빈 윤씨. 왕비가 될 찰나에 세자가 죽어 청상과부가 된 데다가 결국 상중에 전쟁을 만나 시신마저 궁궐 화단에 버려지는 팔자 사나운 여인이었다.)으로 안팎으로 분주한 때에 관리들까지 그러면 못 써."

승정원 소속 박 주서(注書;종6품)가 자리에서 일어나는 걸 도승지 이항복이 도로 앉혔다.

"노세 노세 젊어 노세, 어화 둥둥. 오늘은 남산 내일은 삼청동 어화 등등 놀아 보세. 전쟁 나면 황천길 먹고나 보세 어화 등등. 이 팔자 저 팔자 씹 팔자!"

박 주서는 유행가 등등곡等等曲을 부르면서 마지못해 유생들이 보낸 장계, 상소문을 건성으로 뒤적거렸다.

"그나저나 난 주상께 올라가야 한다. 박 주서 네가 나가서 남산 봉수대 좀 보고 오너라."

"뭐, 횃불 하나 켜졌겠지요. 200년 태평성대인데."

"그래도 요즘 민심이 어수선해. 통신사들이 일본에 다녀온 뒤로 해괴한 소문이 자꾸 돈단 말이야."

"하긴 여기 장계를 보니 동해안에 개미떼가 떼를 지어 나타나 서로 싸우다가 달아났다고 하네요, 정말일까?"

승정원의 관리들은 하나둘 지방에서 올라온 소문을 이야기했다.

"남해 바닷가에는 거북이가 십 리에 걸쳐 올라왔대요."

"건원릉에서 밤마다 사람 우는 소리가 난대요."

"죽산 태평원에서는 돌이 저절로 일어났답니다."

"쓸데없는 소리들 그만 해. 박 주서는 얼른 봉화나 살피고 와."

이항복은 승정원 관리들을 야단치면서 오늘 새로 올라온 장계와 상소문 따위를 챙겨들었다. 박 주서는 하는 수 없이 엉덩이를 일으켜 문밖으로 나갔다.

봉화는 평화 시에도 불 한 개는 꼭 올려서 국경이 무사태평하다는 사실을 알려야 했으므로 매일매일 확인해서 기록을 남겨야 했다.

"오늘 저녁에는 왕실 제사가 있어서 보고를 짧게 끝내야 해. 어서들 일을 끝내라고."

그런데 툴툴거리며 나갔던 박 주서가 금세 헐레벌떡 승정원으로 뛰어 들어왔다.

"이, 이상합니다. 생전 처음 보는 건데요."

"뭐가?"

"횃불이 두 개입니다."

"어느 쪽이냐?"

"동남방입니다."

"그러면 부산인데, 왜구가 또 나타난 건가? 이놈들이 그새 콩이 떨어졌나?"

도승지 이항복이 승정원 문을 열고 밖으로 나가면서 혼자 중얼거렸다.

"응? 세 개잖아? 세 개면 벌써 국경에 들어왔다는 건데? 김성일(金誠一:왜란 1년전 부사로 일본에 다녀온 뒤 '쥐새끼같이' 생겨먹은 수길이는 전쟁을 일으킬 위인이 되지 못한다고 보고했다.)이 경상 우병사慶尙右兵使로 내려간 게 천만다행이구나. 이 양반 길 떠난 지 한나절밖에 안 되었는데. 안 되겠다. 결재 문서 이리 다오."

도승지는 허겁지겁 문서를 한 다발 들고 만춘전 뒤편 보평청(報平廳:임금이 시무를 보는 곳)으로 뛰었다.

이상하게 생긴 새가 창경궁 쪽에서 날아와 만춘전 쪽을 왔다 갔다 하면서 시끄럽게 울었다. 회색빛이 도는 비둘기 비슷한 새인데, 그 울음소리가 자못 해괴하다. 각각화도各各禍逃 또는 각각궁통개各各弓筒介라고 우는 듯한데, 소리가 몹시 슬프고도 다급하다.

"이놈의 새가 어디서 날아와 시끄럽게 우는 거야! 훠이! 훠이!"

도승지 이항복이 긴소매를 휘저으며 새를 쫓자 마침 지나가던 궁인 하나가 공손히 허리를 접고 그에게 인사를 올렸다.

"저 도승지 대감. 그 새는 며칠 전부터 궁궐 이쪽저쪽을 돌아다니며

울고 있답니다. 처음에는 종묘에서 울었는데, 오늘은 창경궁에서 울다
가 여기까지 날아들었군요."

"이름 없는 새가 어디 한두 가지인가. 신경 쓰지 말고 네 일이나 보
거라."

이항복은 짐짓 아무 일도 아닌 것처럼 말을 해 놓고 서둘러 걸음을
옮겼다. 그런데 또 뒤에서 그를 부르는 소리가 들려왔다.

"대감, 대감!"

도승지가 한참 달려가는데 박 주서가 또 뒤따라 오면서 외쳤다.

"횃불이 네 개로 늘어났습니다."

"뭐야? 그럼 다 쳐들어왔다는 거야?"

도승지는 더 빨리 뛰었다. 보평청에 뛰어 들어가자 근무 교대를 하던
위사들이 "전하께서는 함화당咸和堂에서 인빈 김씨와 씨름을 하고 계십
니다." 하고 모기소리로 알려준다.

"이놈들아, 쓸데없는 데 관심 갖지 말고 정신들 차려! 전쟁 났어."

"전쟁? 전쟁이 뭐지? 너 가서 옥편 좀 가져와 볼래?"

도승지는 '이놈들!' 하고는 호통을 치려다 그만두고 냅다 함화당으
로 뛰었다. 역시 내관들이 밖에서 서성거리고 있었다.

"계시냐?"

"지금 바쁘신데요?"

내시들이 킬킬거렸다. 과연 인빈의 교성이 바깥까지 새어나온다.

도승지 이항복만 발을 동동 굴렀다.

한참 만에야 임금 선조가 헛기침을 하면서 방에서 나왔다. 도승지는
마지막으로 한 번 더 남산을 쳐다보았다.

"어?"

봉수대에서는 횃불이 하나 더 늘어 다섯 개가 되어 활활 타오른다.

"전쟁이다!"

도승지가 외마디 소리를 지르자 왕도 헐레벌떡 마루를 뛰어 내려와 남산 봉수대를 바라보았다.

"걱정 마라! 왜구 몇 마리가 배가 고파 밥 훔쳐 먹으러 왔을 거다. 종의지宗義智가 그럴 사람이 아닌데?"

"전하! 그래도 왜구 몇 마리 가지고 봉화를 다섯 개나 올리겠습니까? 다섯 개 다 오르는 것은 생전(이때 이항복 나이 37세) 처음 봅니다."

"나도(당시 41세) 처음이야. 봉화가 올라가니 참 장관이군. 꼭 불꽃놀이 하는 것 같아. 인빈, 나와서 저것 좀 구경해! 200년 만에 한 번 볼까 말까 한 구경거리야."

도무지 씨가 먹히지 않는다. 모두들 넋을 잃고 활활 타오르는 봉화를 바라보았다. 도성 내의 대신들이며 백성들까지도 무슨 불꽃놀이라도 하는 줄 알고 손에 손을 잡고 몰려다녔다.

도승지는 일단 승정원으로 가서 사태를 더 지켜보기로 했다. 병조에서는 급히 기병을 불러 남산 봉수대로 가 사실인지 확인하도록 했고, 봉수에 이어 파발마를 타고 날아올 장계를 기다리기로 했다. 급한 일이라면, 봉수보다는 늦더라도 전말이 자세히 적힌 장계가 역참을 통해 신속하게 올라올 수 있기 때문이다.

남산 봉수대까지 다녀온 기병은 봉수 규칙에 따르면 전쟁이 난 게 틀림없다고 보고했지만, 도무지 전쟁이라는 말을 아무도 실감하지 못했다. 개국 이후 200년간 조선은 전쟁이라곤 모르고 지냈다. 여진족이나 왜구들이 일으킨 작은 소동은 몇 차례 있었지만 그건 도적 때려잡듯이 군사 몇 명만 보내면 가라앉는 소동이었다.

　퇴근 시간 유시가 지나 미시로 접어드는 데도 장계는 올라오지 않았다. 그러자 여기저기서 괜한 소란이라며 투덜거리는 소리가 들렸다. 도승지는 6조가 각자 알아서 퇴근하라고 전하고는 병조와 승정원 관리들만 비상 대기하도록 했다.

　장계가 올라온 것은 이튿날 점심 무렵.

　도승지가 식당에서 점심을 먹고 있는데, 승지 하나가 병조 판서 홍여순을 대동하고 식당으로 뛰어 들어왔다.

　"도승지, 참말 전쟁이오! 이거 큰일 났소!"

　도승지는 숟가락을 던져 놓고 얼른 장계(狀啓:왕에게 올리는 지방 수령의 서면 보고서)를 받아 쥐고 냅다 뛰었다. 그러다가 뒤를 돌아다보면서 "병판 대감. 제가 전하를 찾아 모실 터이니 영상에게 전해서 비변사(군무 총괄 기관. 전시 임시 기구, 일종의 국가안전보장회의) 당상들을 긴급 소집해 주시오. 병조에서는 전군에 비상령을 내려주시고요." 하고는 그 길로 함화당으로 내달았다.

　"빌어먹을, 비상령을 내릴 군대가 있어야 말이지."

　병조 판서가 신경질적으로 내뱉는 소리가 뒤에서 들려왔지만 도승지는 그 말에 신경 쓸 새가 없었다.

　도승지의 예상대로 왕은 후궁 김 인빈의 방에서 점심을 먹고 있었다. 왕은 요즈음 보평청에 나가 일을 하는 건 잠시뿐이고 대부분은 인빈의 방에서 눌어붙어 있다.

　도승지 이항복이 경상 좌수사 박홍이 보낸 장계를 읽어 올리자 왕은 주섬주섬 옷을 주워 입으며 곧 만춘전으로 나갈 테니 대기하라고만 했다. 도승지는 하는 수 없이 만춘전으로 발길을 돌렸다. 국가비상사태라고 하여 병조에서 보낸 하인들이 부리나케 급보를 전했지만 막상 당사자들은 전쟁이라는 사실이 믿기지 않는지 한참이 지나서야 뭉그적거리며 나타났다.

비변사는 독립 기구가 아닌 전시 때 자동 구성되는 임시 기구인 만큼 다른 직에 있는 대신들이 겸직을 하는 성격이다. 영의정을 비롯한 3정승, 이吏·호戶·예禮·병兵·형刑·공工 등 6조 판서, 훈련도감·어영대장·수어사·총융사·금위대장 등 군사 관련 부서의 장(임란 이후 추가), 강화·개성·광주·수원 유수留守 등이 당연직으로 참여한다. 특이하게는 전직 대신들 중 경상, 전라, 평안, 함경의 관찰사와 병사兵使·수사水使를 지낸 종2품 이상의 관원을 지변사재상知邊司宰相이라는 이름으로 이 회의에 참여시켰다.

비변사는 1517년(중종 12년) 6월에 처음 설치되었는데, 그간 1524년에는 야인(野人:여진족)의 침입 때, 1544년 사량왜변 때, 1555년 을묘왜변 때까지 모두 세 번 소집되었다. 그중 상설 관청을 마련한 것은 을묘왜변 때가 처음이다. 이후 변방과 주요 군무를 비변사가 총괄하고 군사 기밀을 처리하였기 때문에 병조兵曹나 의정부에서조차 군사 기밀을 알지 못하는 경우가 허다했다.

이중 도제조, 제조, 부제조를 비변사 당상이라고 하여 군무를 총괄하는 최고 위원 노릇을 했는데, 이날 소집된 회의에는 이들이 거의 참석했다.

도제조로는 영의정 이산해, 좌의정 유성룡, 우의정 이양원이다.

부제조로는 이조 판서 이원익, 병조 판서 홍여순, 호조 판서 한준, 예조 판서 권극지가 참여했다. 그 이하 부제조와 낭청들이 서열대로 죽 늘어앉았다. 경기의 유수 네 명은 연락이 닿질 않아 미처 참석하지 못했다.

왕은 미시가 다 되어서야 게슴츠레한 눈으로 나타났다.

"왜놈들이 쳐들어온답니다!"

왕이 들어서기 무섭게 병조 판서 홍여순이 몹시 격앙된 목소리로 외쳤다. 그러자 동인인 영의정 이산해가 점잖게 병조 판서를 나무랐다.

"왜놈이 아니라 저승사자가 와도 그렇지 감히 전하 앞에서 웬 목소리가 그렇게 큰가? 채신머리없이."

"전쟁이 일어났는데 목소리 큰 게 뭐 문제요!"

영의정하고 같은 동인이다 보니 목소리가 커도 그만이었다. 그러자 서인 출신 부제조 한 명이 나서서 또 엉겨 붙었다. 도제조인 이산해가 기어이 자리에서 일어나 뜯어말려야 했다.

"허허! 그렇다고 자네들이 칼 들고 나가 싸울 거야? 아니면 내가 나가랴? 그것도 아니면 대왕마마가 친히 나가시랴?"

그쯤해서 왕이 "또 시작이군." 하면서 자리에 털퍼덕 주저앉았다.

"전쟁은 무슨 전쟁이겠소? 대마도 왜구들, 올해치 쌀하고 콩은 받아갔다오?"

동서東西 대신들은 또 벌떼처럼 웅웅거렸다.

"옳지! 쌀이 적다고 시위하는 거군요?"

"쌀 좀 더 얻어가자고 군대 2만 3천 명(장계에 적힌 일본군 제1군 병력. 곧 소서행장과 종의지 휘하 군이다.)이 떼를 지어 와? 이건 전쟁이야! 뭘 좀 알고 떠들어!"

"사관들이 사초를 적기 편리하도록 이름부터 지읍시다. 지난 을묘년에 왜구가 쳐들어 왔을 때는 을묘왜변이라고 했으니, 올해는 임진년이니까 임진왜변이 어때요?"

"군대가 2만 3천 명이나 쳐들어 왔다는데 변이 무슨 변이오! 이건 전쟁이란 말이오! 임진전쟁이 맞지."

"그냥 풍신수길의 난이라고 하면 어떨까?"

"듣자하니 그놈은 성도 없는 불상놈이라고 하던데 그런 놈 이름을 왜 왕조실록에 올려? 더럽게시리!"

"왜변이 좀 뭣하면 왜란으로 올려주지요. 임진왜란."

비변사 긴급회의는 처음부터 전쟁이냐 난이냐 변이냐를 놓고 토론한 끝에 대마주 병마사對馬州兵馬使 종의지가 일으킨 역모로 규정해 난이라고 결론을 내었다. 왜구들의 준동은 어제오늘의 새삼스러운 일이 아닌 만큼 며칠 더 변방의 상황을 기다려 보기로 했다.

상황이 급반전한 것은 왕이 또다시 인빈을 만나러 돌아가고 난 뒤 동래 부사 송상현의 피 묻은 장계가 회의장에 날아들면서부터였다.

- 신 동래 부사 송상현, 갑옷을 걸치고 칼을 쳐든 채 이 급박한 전황을 아뢰나이다. 부산 첨사 정발과 휘하 군사는 이미 전멸하고, 다대포 첨사 윤흥신이 죽음을 무릅쓰고 적과 싸우다 역시 부하들과 함께 전사했습니다. 경상 좌수사 박홍은 일본 수군이 개미떼같이 몰려들자 적에게 무기와 군량을 탈취당할 것을 우려해 모조리 불을 지르고 수영을 파했습니다. 들리는 말로 수사는 수영의 군사를 이끌고 동래부로 오다가 적세가 너무 강한 것을 두려워하여 군사를 물렸다고 합니다. 경상 좌병사 이각이 저희 동래부를 구원하기 위해 군사를 이끌고 왔다가 아병(牙兵:감영을 지키는 병사 소속 군사) 스무 명만 남기고 별장과 함께 성을 빠져나가 소산蘇山에 진을 치고 있다 합니다. 신은 조방장 홍윤관, 양산 군수 조영규 등 백성을 합하여 수천으로 적 수만을 감당하고자 합니다. 적이 지금 항복을 권하고 있습니다만, 신은 죽음으로써 적을 막겠으니 부디 근

왕군을 일으켜 이 왜군을 무찔러 주십시오. 지금 이 순간 적의 조총이 콩 볶 듯
하고, 칼날이 번득입니다. 기생들도 기왓장을 깨뜨려 성 밖을 향해 던지고, 팔
순 노인들까지 낫을 쳐들고 성벽을 지키고 있습니다. 신 송상현, 이제 전하가
계신 북녘을 향해 마지막 절을 드리면서 최후까지 싸우겠나이다.

    송상현의 장계 한 장으로 비변사 회의장의 분위기는 갑자기 찬물을
끼얹은 듯 숙연해졌다. 더구나 송상현의 명을 받들고 이 장계를 가지고
적의 포위망을 뚫고 나온 군사는 얼마 뒤 동래성이 함락되는 광경을 목
도했다는 말까지 전했다.
    도제조 이산해는 그제야 팔을 걷어붙이고 대책을 세웠다. 막상 전쟁
을 실감하자 의론은 하나하나 통일되어 나갔다. 그렇게 하여 이일을 순
변사로 삼아 먼저 중도中道로 내려가게 하고, 성응길을 좌방 어사로 삼아
좌도左道로 내려가게 하고, 조경을 우방 어사로 서도西道로 내려가게 하
고, 유극량과 변기를 조방장助防將으로 삼아 각각 죽령과 조령으로 나가
지키게 했다. 또 전 강계 부사 변응성을 경주 부윤으로 임명해 당장 떠
나게 했다. 이들은 모두 밤늦게 임명을 받았기 때문에 어둠을 헤치고 다
니며 3경까지 각자 군관을 뽑아 비변사 앞마당으로 집결하기로 했다. 모
두 전투가 벌어지는 전장으로 직접 내려가 그곳 주둔 군사들을 지휘할
파견 장수들이다.
    이 순간에도 남쪽에서는 목숨을 건 치열한 전투가 벌어지고 있었다.
    박홍과 송상현이 급박하게 장계를 쓰던 날인 1592년 4월 13일(일본은 달
력을 잘못 계산해 이날이 12일이었다). 임진년 을사월乙巳月 임인일壬寅日, 양력으로는
5월 23일, 따뜻한 초여름이다.
    일본군 제1군의 공격으로 부산진과 동래성이 무너진 뒤에는 전투랄

것도 없었다. 소서행장과 '조선국대마도주병마사' 종의지가 이끄는 제 1군이 승승장구하는 사이 4월 18일에는 가등청정이 이끄는 제2군 2만 2천여 병력이 부산에 상륙하고, 흑전장정이 이끄는 제3군 1만 1천여 병력이 다대포를 거쳐 김해에 상륙했다. 2군이야 1군이 이미 평정한 전장을 밟고 북진에 나섰지만 3군은 김해에서 조선군과 전투를 벌여야 했다. 김해 부사 서예원과 초계 군수 이유검은 이틀간 처절한 방어전에 나섰지만 결국 밀려드는 적을 이기지 못했다. 두 장수가 달아나는 것으로 김해는 함락되고 말았다.

그 뒤로도 제4군, 제5군, 제6군, 제7군, 제8군, 제9군이 속속 조선 땅에 상륙하고, 수군 9천 병력은 이들을 실어 나르면서 해안 보급선을 경비했다.

이들은 조선 지도에 따라 각각의 진격로를 이미 정해 두고 있었다. 제1군의 진격로는 중로. 동래성을 함락시킨 뒤에는 양산 – 청도 – 대구 – 인동(구미) – 선산 – 상주 – 조령 – 충주 – 여주 – 양근(양평) – 용진나루 – 동대문을 통해 서울을 치기로 했다.

제2군은 좌로. 2군 역시 1군이 이미 함락시킨 동래를 거쳐 언양 – 경주 – 영천 – 신녕 – 군위 – 용궁 – 조령 – 충주 – 죽산 – 용인 – 한강을 거쳐 남대문을 거쳐 서울을 점령하기로 했다.

제3군은 우로. 김해 – 성주 – 무계 – 지례(김천) – 등산 – 추풍령 – 영동 – 청주를 장악하고 거기서부터는 2군이 개척한 경기도를 통해 북상하는 것이다. 모두가 다 경상도를 지나는 길이고, 다행히 전라도와 충청도 서쪽은 비켜났다.

4
불길 오르는 봉수대

왜란 발발 5일째인 4월 17일, 한양성 경복궁.

국왕 이균을 비롯하여 만춘전에 모인 비변사 당상들, 즉 조정 대신들은 시시각각으로 들이닥치는 장계 때문에 정신을 차릴 수 없었다. 부산진, 서평포, 다대포, 동래부, 김해부가 함락되었다는 소식이 다투어 올라왔기 때문이다.

남산의 봉수대에서는 밤이 되면 쉬지 않고 불꽃이 일어나고, 낮이 되면 자욱하게 연기가 피어올랐다. 그럴수록 군사로 나서겠다는 백성은 없고 피난민만 길을 가득 메웠다.

국왕 선조는 이 다급한 상황에 엉뚱한 일부터 거론했다.

"국상이 난 지 한 달하고도 보름이 지났소. 어서 시호를 바쳐야 상을 치를 것 아니오?"

선조 앞의 국왕은 명종이다. 이 명종은 외아들 이곤령 즉 순회세자를 두었다. 일이 어떻게 되려고 그랬는지 열세 살에 덜컥 죽어버렸다. 그냥 이나 죽었으면 모르되 세자로 책봉되고, 세자가 되었다고 그 나이에 장가까지 들어버렸기 때문에 청상만 남겼다. 세자 나이 열두 살 때 세자빈 윤 씨는 겨우 열 살, 그러니까 이듬해인 열한 살부터 내리 과부로 살다가 하필 전운이 감돌던 지난 달 3월 3일에 죽은 것이다. 어지간히 복이 없는 여인이다.

임금 선조로서는 순회세자가 일찍 죽어준 덕분에 어쨌거나 보위에 올랐기 때문에 평소 윤 씨를 잘 모셨다. 순회세자와 선조(둘 다 중종의 손자이다)는 사촌지간이니 윤 씨는 선조의 형수다. 그렇지만 너무 일찍 과부가 된 윤 씨는 29년 동안 창경궁에 숨어 미망인으로 살다가 마흔 살에 죽었다. 그런데 상이 난 지 달포가 넘도록 시호 하나 짓지 못해 왕은 몹시 안타까워했다.

남인 북인으로 갈린 동인들 간에 시호 문제로 또 다투다가 양측에서 한 자씩 공평하게 나누어 서로 꿰어 맞추기로 했다. 그래서 나온 것이 북인들은 공恭, 남인들은 회懷, 합쳐서 공회恭懷, 그러니까 공회빈이다. 그 까짓 시호 하나 짓는 것도 정치적으로 지어야만 하는 조정이니 그런 정신머리로 전쟁을 막아낼 재간이 있을 리 없다.

국왕이라면 백성의 재산과 목숨을 지킬 의무를 져야 하건만 왕은 언제나 그런 것처럼 수수방관했다. 왜적이 몰려온다는 급보가 빗발치지만 그저 변방의 소동으로밖에 인식하지 않았다. 순변사 이일이 오죽하면 왕궁이 있는 한양성에서 군사 3백 명도 모으지 못했을까.

막상 전쟁이 나니 병부兵簿는 가짜이고, 무기고는 텅 비어 있다. 책임질 사람은 병조 판서도 아니고, 영의정도 아니고 바로 그런 현실을 용납하고 붕당을 조장한 재위 25년의 왕이다. 그런 왕과 그런 대신들에게 저

거친 폭풍우가 밀어닥치고 있으니 그 험한 기세를 누가 막는단 말인가.

임금이 바보가 아닌 이상 뭔가 하기는 했다. 전쟁이 났다는 첫날부터 그의 무지가 빛을 발했다.

"병조 판서 홍여순은 국방을 게을리 하여 변란을 초래했으니 당장 그만두시오!"

그러고는 김응남을 병조 판서로 임명했다. 그렇다고 군대가 생기고 무기가 솟아나는 건 아니다.

"경상 우병사로 보낸 승지 김성일을 잡아들여 당장 죽여 없애라!"

임금은 적을 막을 군사를 하나라도 더 내려 보낼 생각은 하지 않고 죄 줄 일만 자꾸 만들어냈다.

"김성일이 장담하기를 왜적은 쳐들어오지 않는다고 큰소리쳤소. 그리하여 방비를 소홀히 했건만 과연 적은 쳐들어오고 말았소. 내가 김성일을 직접 국문하겠소."

상황이 험악해지자 동인이 대부분인 조정에서도 누구 하나 김성일을 편드는 사람이 없었다. 의주성을 고치고 병사들을 훈련시켰다는 죄목으로 감옥에 갇혀 있던 김여물도 즉시 석방되어 왕 앞으로 달려왔다.

그는 칼을 벗자마자 도순변사 신립의 종사관으로 임명됐다. 그렇게 하여 조정에서는 신립을 도순변사都巡邊使, 김여물金汝岉을 종사관으로 정해 진군시키기로 했다. 또 군과 관의 협력 관계를 원활하게 하기 위해 경상 감사 김수의 사위 박호를 데려가라고 했다.

한밤중에 여기저기서 군사를 끌어 모으고 보니 겨우 3백 명이다. 궁성이 있는 서울에서 고작 3백 명밖에 모으질 못한 것이다. 병조 책상에 먼지 뒤집어쓴 채 놓여 있는 누런 병안兵案에 적혀 있는 병졸은 대부분 가짜임이 밝혀졌다. 면포를 떼먹고 죽은 사람, 다친 사람, 어린아이, 늙은이를 이름만 얹어 놓았기 때문에 쓸 만한 군사라고는 거의 없었다. 신립 장군이 이 군사들을 점고하려고 집합시켰는데, 이들은 관복을 갖춰 입고 나와 면역을 해 달라고 청하기 바빴다. 한양에서도 이 정도니 지방에서는 더 말할 게 없다.

경상도에서도 장부대로 군사가 있었더라면 이기지는 못할망정 적의 진군 속도만큼은 떨어뜨릴 수 있었다. 아니, 경상 감사와 좌우 병마사들이 부산진에 구원군을 보내고 수군이 배후를 쳐주었더라면 전황은 전혀 다른 방향으로 흐를 수도 있었다. 조총이 비록 무서운 폭음을 낸다지만 실은 살상력이 형편없는 무기다.

소서행장의 군사는 겨우 1만 8천 명. 그것도 주장에 따라 늘어났다 줄었다 해서 정확히 알 수 없다. 풍신수길이 명령한 숫자가 그렇다니 다들 그렇게 알고 있을 뿐 이런 저런 이유로 빠진 사람들은 계산하지도 않았다. 대략 만 명은 넘고 2만 명은 안 되는 게 진실이다.

국가와 국가가 맞서는 큰 전쟁에서 그까짓 군사 1만 8천이란 대세에 아무 지장도 없는 병력이다. 중국의 삼국지 시대에도 웬만하면 10만 병력이 움직이는데 말이다.

그렇건만 경상도를 지키는 병사는 겨우 몇 천도 안 되고, 그나마 뿔뿔이 흩어져 있어 아무런 도움이 되지 않았다. 군수, 현감이 겨우 2, 30명씩밖에 동원하지 못하는 군대는 이미 군대랄 것도 없었다.

한 도를 책임지는 병마사가 이끄는 군사가 3백 명이니 일본군이 조총이 아니라 몽둥이를 들고 왔어도 조선은 어차피 무너질 운명이었다. 백성들을 잡아들이거나 모반 사건을 누를 때는 여기저기서 군사를 잘도 몰아대던 관리들이 막상 전쟁이 터지고서는 속수무책이었다.

명부에서 사라진 수많은 군사가 문제였다. 결국 명부에서 빠진 만큼 누군가는 뇌물을 먹은 것이다. 뇌물을 챙긴 다음 가짜 이름을 마구 지어 올린 것이다. 뇌물을 먹은 건 천민도 아니고 상놈도 아니고 바로 양반 관료들이다.

일본군이 경상도 일대를 장악해 오는 가운데, 이곳 수령들은 저희들끼리 이리저리 몰려다니다가 마지막으로 감영이 있는 대구의 수성천에 집결했다. 나가 싸우자니 무섭고, 달아나자니 역적 될까 무서워 이러지도 저러지도 못한다.

4월 23일, 일본군이 부산에 상륙한 지 겨우 열흘이 지났지만 적의 기세는 그야말로 파죽지세다.

"자, 순변사 이일 장군이 한양을 떠나셨다니 그분이 내려올 때까지는 아무도 꼼짝하지 말고 기다리기만 하시오."

경상 감사 김수다. 결국 싸우지 말자는 얘기다.

하나하나가 군사 지휘관인 이들 감사, 군수, 부사, 현감들조차 불과 몇 십 명밖에 데리고 다니지 못한다. 그나마도 이들은 대구에 집결해서도 독자적인 군사 작전에 나서질 못했다. 한양에서 순변사가 내려와야만 싸울 수 있다는 군사 제도 때문이기도 하다.

제승방략이라는 이 엉터리 제도는 지방 군사들도 한양에서 어명을 받고 내려간 지휘관의 명령을 받아야만 움직일 수 있다. 그러니 당장 적이 쳐들어왔다면 모를까 지방 수령들은 적을 찾아 군사를 끌고 다닐 권한이 없다.

허둥지둥 몰려다니기만 하던 경상도 군사들은 노천에 진을 치고 순변사 이일이 내려오기만 학수고대했다. 그때까지도 이일은 모병募兵이 뜻대로 되지 않아 애를 태우고 있었는데, 멀고 먼 전선에서 그걸 알 리 없고, 안다 한들 대책도 없다.

"감사님, 비가 오는데요?"

빗줄기는 점점 더 굵어졌다.

있는 것 없는 것 끌어다 비를 막고 보니 처연하기 짝이 없다. 군졸은 얼마 안 되고 감사 이하 다 직급만 높은 지방 관리들이니 서로 무서워 마음대로 달아날 수도 없다. 거기서 달아나면 가문의 불명예요, 장차 사대부 사회에서 매도당할 것을 생각하면 어떻게든지 자리는 지켜야 한다. 속마음 같아서는 도망가면 좋겠지만 일본이 조선을 딱 부러지게 이기리라는 확신도 없으니 도망칠 수도, 적에게 귀부할 수도 없다. 서로 눈치만 보는 형국이다.

경상 감사 김수가 처음 난리 소식을 들은 것은 시찰 중이던 경상우도 진주부에 있을 때다. 진주에 주둔 중인 경상 우병사 조대곤을 면직시키고 한양에서 내려가는 김성일로 바꾸라는 명령을 받았기 때문에 병사 업무도 살피고, 조대곤과 김성일의 인수인계를 감독할 참이었다. 그런 중에 경상 좌수사 박홍이 보낸 급보를 받았다.

- 왜선 천여 척에 적병 수만이 부산 앞바다에 상륙하여 부산진을 총공격하고 있습니다. 부산진에서 첨사 정발이 분투하고 있으나 적세가 너무 강해 좌수영 수군을 출동시키지 못하고 있습니다. 적이 들이치는 날에는 수영을 파하고, 군선과 무기를 소각시키겠습니다.

깜짝 놀란 김수는 경상 우병사 조대곤을 불렀다.

"신임 병사 김성일이 내려올 때까지 기다리지 말고, 있는 동안이라도 군사를 징발하시오."

"안 난다던 전쟁이 났으니 김성일은 정말 큰일 났군요? 그런 자를 병사로 세우다니 제대로 사고 치는군."

늙고 병들었다는 게 이유라지만 실은 무능하다 하여 갈리게 된 조대곤은 아주 고소하다는 듯이 씹어 돌렸다. 부임 중이던 김성일은 중도에 잡혀갔으니 이래저래 적전 분열이다. 김성일과 같은 동인, 그러고도 같은 남인에 속하는 김수는 그런 조대곤을 무섭게 째려보고는 우병영에 있던 군사들을 소집했다. 그러고는 먼저 각 병영에 명령을 하달했다.

- 경상 우수사 원균은 수군을 동원하여 일본군의 배후를 치라!
- 경상 좌수사 박홍은 수군을 동원하여 일본군의 배후를 치라!
- 경상 좌병사 이각은 울산에 군사를 모아놓고 본관이 도착할 때까지 기다려라!

사실은 명령권이 없는 고함에 불과하다. 어명이 있기 전에는 감사라도 동병할 자격이 없다.

김수는 휘하 부대는 아니지만 전라 좌수사 이순신과 전라 감사 이광에게도 구원을 청했다. 그리고 제승방략에 따라 한양에 장계를 올려 지휘관을 파견해 달라고 청했다.

최전선의 최고 지휘관인 김수는 그래도 의무를 다하기 위해 우병영 소속 군사들을 이끌고 곧바로 부산진을 향해 진군했다.

땀을 뻘뻘 흘리며 달려가던 중에 부산진이 함락되었다는 파발을 만났다.

"그럼 동래로 가서 송상현을 구하자."

김수는 목적지를 동래부로 고쳐 잡고 또다시 말을 달렸다. 그러나 그가 도착하기도 전에 동래성은 함락되었다.

"이만저만 큰 난리가 아니군."

김수는 사태가 심각한 것을 파악하고 그 길로 진주로 돌아가 다시 한번 제승방략에 따른 대비책을 휘하에 전달하고, 다시 밀양으로 달렸다. 그가 밀양부에 도착했을 때 부사 박진은 소산 전투에서 패한 뒤 전열을 가다듬고 있었다.

"좌병사는 동래성에서 도망쳐 나와 야전을 치르겠다더니 꼬리를 사렸고, 저만 일본군과 싸우다가 부하 2백 명을 잃었습니다. 좌병사더러 밀양이라도 지키자고 했더니 대답도 하지 않고 울산 병영으로 돌아갔습니다. 좌병사 휘하의 기병 3백이면 해 볼 만한데 안타깝습니다."

박진 휘하에는 보군 5백이 있다. 갑자기 긁어모은 장정들이라서 검도니 궁술이니 하는 무도에는 문외한들이다. 동래성을 구한다고 나섰다가 소산 전투에서 그중 2백을 잃은 것이다.

"박 부사, 무조건 싸우는 것도 최선은 아닐세. 적의 기세를 보아 싸울 만하면 싸우고, 그렇지 않으면 한 발 물러나는 것도 전법이지."

"감사님이야 문신이시니 모병이나 신경을 써주십시오. 싸움은 저 같은 무신들이 알아서 하겠습니다."

김수는 밀양성에 남고, 박진은 군사를 이끌고 작원관이라는 곳으로 진군했다. 그래도 전선의 지휘관들은 적을 맞아 싸우거나 적을 찾아 다녔다.

박진이 작원관에 이르러 진을 치는데, 훈련을 받아보지 못한 군사들은 아무 때나 기침을 해 대고, 함부로 두런거렸다. 과연 일본군은 몰래 척후를 두어 박진이 이끄는 조선군을 정탐했다. 그러고는 냅다 등 뒤를 돌아 조총을 마구 쏘아 대며 포위 작전에 나섰다. 3백 명 전원이 몰살될 위기였다. 군관 이대수와 김효우가 이끄는 선봉은 벌써 피투성이가 되어 나뒹굴었다. 숲속에서 혼전을 벌이던 박진도 시간이 지남에 따라 좌우 병사들이 하나둘 쓰러지는 걸 보고는 하는 수 없이 후퇴 명령을 내렸다.

헐떡거리며 밀양성으로 후퇴한 박진은 급히 종을 쳐서 백성들을 모으고, 한편으로 감사 김수를 피난시켰다.

"어디로든 당장 떠나십시오. 밀양성은 더 지킬 수가 없습니다."

김수는 피 묻은 박진의 갑옷을 보고는 사태가 심각하다는 걸 또 한 번 느꼈다. 그는 즉시 수하들을 거느리고 밀양성을 탈출했다.

"자네도 나하고 함께 달아나세."

"전…… 전시를 대비해서 나라가 기른 무관입니다. 제가 서 있을 곳은 적병의 함성이 들려오는 최전선입니다. 혹시 모르니 부고를 열어 곡식을 풀고 피난령을 내리겠습니다."

박진은 즉시 부고를 열었다. 그러고는 백성들에게 쌀과 베 등 밀양부의 재산을 남김없이 꺼내 나누어 주었다. 돌멩이 하나라도 줄 수 있으면 주고, 가져가겠다면 기둥이라도 뽑아가라고 했다. 그렇게 하여 창고에 쇠붙이 하나 남기지 않은 다음에야 살아남은 부하들을 이끌고 울산 좌병영을 향해 달아났다.

경상 감사 김수와 밀양 부사 박진이 떠난 지 불과 몇 시간 뒤 왜적은 밀양성으로 몰려들었다. 김수는 그 길로 영산, 초계, 거창을 지나면서 군수와 현감들에게 군사를 모아 울산이나 대구로 집합하라고 명령했다.

김수 자신은 감영이 있는 대구로 향하고, 경상도 군사들은 모두 좌병사 이각이 주둔 중인 울산으로 모여들었다. 그래도 모인 군사는 수천 명이나 되었다. 그렇지만 막상 좌병사 이각이 사라지고 말았다. 최고 지휘관이 보이지 않자 군사들은 하는 수 없이 2차 집결지인 대구로 몰려갔다.

그 사이 곳곳이 나가 떨어졌다는 보고가 쉴 새 없이 들어왔다. 그러는 중에도 김수는 백성들더러 피난을 떠나 후일을 도모하라는 영을 거푸 내렸다. 적이 코앞에 이르렀어도 역참망은 줄기차게 가동되었다. 그러던 중에 김해에서 탈출한 초계 군수 이유검이 소문을 듣고 대구로 찾아왔다. 그때는 이미 김해성이 함락되고, 전투 중 이유검이 먼저 달아나 수비군이 와해되었다는 김해 부사 서예원의 보고가 먼저 도착해 있던 참이었다. 그러잖아도 소란스런 군영을 가라앉히기 위해 경상 감사 김수는 처음으로 군법을 집행했다.

"조선이 망한다면 모를까 군영을 탈출한 장수는 용서할 수 없다."

그러고는 장졸들이 지켜보는 가운데 그의 목을 베어 개천에 내다버렸다. 이유검으로서는 싸울 만큼 싸웠지만 워낙 힘에 부쳐 도망쳤을 뿐이건만 목을 잃었다. 흑전장정(黑田長政:구로다 나가마사)이 이끄는 제3군 1만 1천여 정예 병력에 맞서 분투하다가 후퇴했건만, 정발이나 송상현처럼 끝까지 싸우다 죽지 않았다는 게 그의 죄였다.

그렇게 의지를 다지면서 일전을 별렀지만 기다리는 순변사는 도착하지 않는 가운데 적병이 코앞까지 들이닥쳤다는 불길한 보고가 꼬리를 물었다.

"물이 불고 있습니다. 지금 안 건너면 고립됩니다."

병졸들이 허겁지겁 달려와 물이 차오른다고 알렸다. 군영을 지킬 재간이 없다. 이래저래 전쟁할 마음이 안 나는 일만 자꾸 겹쳤다. 게다가 전쟁 같은 변고에 쓰려고 모아둔 비상 군량조차 없다. 대략 인근 마을 관아에서 창고를 털어 모아봤지만 5천 명이 삼시 세 끼 먹어 대니 남는 게 없다.

빗줄기는 더욱 더 거세졌다. 감사가 지친 몸을 뉘고 있는 사이 결국 군사들은 하나둘 군영을 빠져나가기 시작했다. 감사가 정신을 차리고 보니 남은 건 부하를 잃은 군수, 현감들뿐이다. 그들도 대부분 무관이 아닌 문관들이다. 시를 읊는 것으로 적을 죽이지 못할 바에야 쓸 데라곤 한 군데도 없는 자들이다.

"저, 감사님, 오늘밤 안으로 적이 쳐들어올 것 같답니다. 적이 청도를…… 지났다 합니다."

김수는 하는 수 없이 군영을 파하고 또 북으로 후퇴하기로 했다. 경상도는 완전히 떨어진 것이다. 김수 등 경상도 관리와 군사들이 다 도망친 대구에 일본군은 이튿날 무혈 입성했다. 24일, 왜적이 상륙한 지 겨우 열흘째 되는 날이다.

한편 순변사가 되어 경상도와 전라도와 충청도 삼도의 육군과 수군을 총괄하는 인수를 차고 내려온 이일. 직함만 거창하지 그의 수하 군사라고는 겨우 2백 명, 생각할수록 기가 막히다.

24일, 대구가 함락되었다는 소식을 듣고 이일은 상주에 머물러 일전을 치르기로 결심했다. 휘하 병력 2백 명, 상주 목사 김해는 산으로 도망쳤고, 대신 판관 권길이 빈 성을 지키고 있었다. 이일은 판관을 앞세워 부고를 열고, 백성들에게 곡식을 나누어 주며 군사로 삼았다. 굶어 죽으나 싸우다 죽으나, 배고픈 백성들로서는 선택할 수단조차 없었다.

"군사가 되면 밥은 굶지 않는다."

그 한 마디에 칼 한 번 써보지 못하고, 활 한 번 당겨보지 못한 사람 수백 명이 군졸을 자원했다. 이일은 한양서부터 끌고 내려온 군사와 현지 백성을 합쳐 8백여 명 가량을 데리고 군사 훈련을 시작했다. 그때 일본군 척후는 지척에 숨어서 조선군 오합지졸이 훈련하는 광경을 감상했다. 그러니 이일의 부대가 이긴다는 건 처음부터 불가능한 일이다.

이날 밤, 생전 처음 해 본 군사 훈련에 지쳐 떨어진 군사들 앞으로 일본군 선봉이 밀어닥쳤다. 멋모르고 칼을 들었던 백성들은 추풍낙엽처럼 나가떨어졌다. 이들은 따뜻한 밥 한 끼를 목숨과 바꿨다.

상주 판관 권길, 종사관 윤섬, 조방장 변기의 종사관인 이경류 등이 전사하고, 군사들도 3백 명 가량이 전사했다. 나머지는 이일의 후퇴 명령을 받고 산으로 들로 달아났다. 상대는 일본군 제2군 가등청정의 부대다.

일본군은 이일을 향해 집중 사격했다.

이일은 갑옷을 벗어버렸다. 알몸으로 달려가다가 겨우 농부의 옷을 구해 입고 허겁지겁 전장을 벗어났다. 겨우 사지를 빠져나온 이일에게 경상 감사 김수의 사위 박호가 뒤따라와 함께 죽자고 보챘다.

"순변사님, 우리 장인께서 목을 길게 빼고 기다리고 기다리던 순변사님은 적의 척후병조차 막지 못하여 아까운 우리 군사들이 전멸당했습니다. 쌀밥이라도 얻어먹을까 하여 몰려든 백성들만 졸지에 죽이셨습니다. 순변사님 책임입니다. 차라리 저하고 자진하십시다."

"뭐라고? 적을 하나라도 베고 죽어야지 이대로 자진할 수는 없다. 어서 신립 장군이 계신 곳으로 가자."

"그러시다면 순변사나 목숨을 보전하십시오. 제가 이래봬도 경상 감사 김수의 사위인데, 어찌 창피하게 목숨을 구걸하겠습니까."

과연 박호는 일본군이 밀려드는 전장에 그대로 남아 있다가 나중에 목숨을 끊었다.

이일의 패전 소식이 한양성에 전해지자 조정은 발칵 뒤집혔다. 명장 이일이 패할 정도면 조선 땅에서는 그들을 막아낼 장수가 없다고들 믿었다. 조정에서는 금부 도사에게 체포되어 한양으로 압송 중이던 김성일을 도로 방면해 경상우도초유사慶尙右道招諭使로 삼아 모병에 나서게 했다. 패장 순변사 이일에게는 중로中路인 조령 방면을, 유극량과 변기 등에게는 각기 죽령과 추풍령을 방비하게 하였다. 한편 도순변사 신립과 도체찰사都體察使 유성룡은 후방에서 이일을 응원하도록 했다.

이중 어느 하나도 명령대로 시행되는 것은 없고, 살아남은 장수며 군사들은 최후로 도순변사 신립이 있는 충주로 모여들었다.

조정에 들어오는 소식이라고는 다들 화급하고 안타까운 소식뿐이다. 바짝 겁을 먹은 국왕 선조 이균은 우의정 이양원을 수성대장으로 삼아 한양성을 더 튼튼하게 짓게 했다. 그러면서 전 북병사北兵使였던 김명원을 불러들여 도원수로 삼고 한강을 사수하라는 명령을 내렸다.

그런 중에 항간에는 이상한 소문이 나돌기 시작했다. 궁중 관리가 몰래 나와 미투리(삼껍질로 만든 신. 짚신보다 좋음)를 한 짐이나 사갔다, 사복시司僕寺에서는 튼튼한 말을 골라 여물을 든든히 먹여 놓고 대기 중이라는 말이 흘러 다녔다. 눈치 빠른 백성들이며, 육조에 출입하면서 긴급한 소식을 얻어들은 관리들은 "아, 왕이 궁성을 버리는구나." 알아채고는 제 가족부터 빼돌리기 시작했다. 이래저래 뒤숭숭한 가운데 충주 탄금대에는 도순변사 신립, 순변사 이일이 연합하는 조선군이 최후의 방어선을 치고 있었다.

4월 26일, 신립이 충주에 도착했다. 조선 최고의 지휘관이다. 그래서 삼도 도순변사다. 충주 목사 이종장은 기마군 8천 명을 집결시켜 놓고 있었다. 그러나 그게 다였다. 신립이 한양에서 데리고 온 군사도 없거니와 경상도 각지에서 흩어진 군사들은 하나도 모이는 자가 없었다.

그나마 충주 목사가 모은 기마군은 한 가닥 희망이었다. 신립이나 이일이나 다들 여진족과 맞붙어 싸운 기마전의 명수들 아닌가.

"탄금대 앞 들판에서 한판 붙자!"

김여물 등 참모들은 조령(문경 새재, 해발 642미터)에서 방어전을 펴는 게 유리하다고 건의했지만 여진족만 상대해 온 신립은 기마전을 고집했다. 그러는 사이 문경 현감 신길원은 결사대 20명을 이끌고 관아 앞에 매복했다가 적을 급습했다. 적을 죽인 게 적지는 않았지만 이들은 곧 일본군에게 포위되어 전원 사살되었다. 용맹조차 무산되었다.

4월 28일 정오, 비가 내리는 가운데 소서행장 휘하의 1만 5천 명이 욱일승천기를 휘날리며 들판에 나타났다. 신립은 탄금대를 뒤로 하고 벌판을 마주 보며 배수진을 쳤다. 8천 명 전원 말에 올라 적이 가까이 다가오기를 기다렸다.

"공격!"

신립의 공격 명령에 따라 조선 기마군은 적진을 향해 돌격했다.

일본군은 멀리서부터 조선군을 향해 사격을 가하기 시작했다. 유효 사거리 밖이지만 그들은 사격을 멈추지 않았다. 조선군은 일본군 진영으로 파고들려 했지만 조총 소리를 처음 들어본 군마들이 놀라 울부짖고, 비에 젖어 질척한 땅 때문에 기병이 잘 되지 않았다. 그러다 보니 조선군의 희생자가 더 많았다. 일본군도 큰 피해를 입었지만 결국 궤멸된 것은 조선군이다. 비에 젖은 땅은 기마군이 싸우기에 불편했다.

결국 신립, 김여물 등 조선의 맹장들이 이 한 판 전투에 모두 목숨을 잃었다. 얼마나 전사했는지 얼마나 살았는지 아무도 알지 못하는 가운데 충주는 함락되었다. 이 와중에도 패전을 알리는 장계는 한양으로 날아들었다.

4월 29일, 조정.

"김명원을 도원수(총사령관), 신각을 부원수(부사령관), 우의정 이양원을 유도대장(수도방위사령관), 이전과 변언수를 한성 좌위장과 우위장, 박충간을 한성 순찰사로 임명하오. 각자 힘써 적을 막아 주시오."

왕은 겁먹은 얼굴로 대신들을 향해 군부 인사를 발표했다.

도원수로 정해진 김명원은 무관이 아니라 문관이다. 신각만이 연안 부사 출신의 무관이다. 일본군이 한양을 향해 시시각각 좁혀 들어오고 있다는 급보가 사방에서 들어왔다. 민심은 들끓었다.

경복궁 내 치안마저 불안하다. 위사들이 하나둘 빠져나가 궁을 지키는 병사들조차 없다. 하는 수 없이 내수사 별좌이자 인빈의 오라비인 김공량이 내수사 소속 종 2백 명을 이끌고 궁궐 수비에 나섰다.

왕은 충주에서 신립마저 패전했다는 보고를 받자마자 몽진을 거론했다. 다만 찬성하는 신하들이 없어 차일피일했다.

"그래도 후일을 도모하는 것이 낫지 않을까?"

영중추 부사 김귀영은 대신들과 함께 눈알을 부라리며 한양을 사수해야 한다고 주장했다. 대신들이야 가문을 대표하니 도망가자, 피난가자, 화해하자, 항복하자, 이런 말을 할 수는 없다. 사관들이 붓을 들고 누가 뭐라는지 다 적는 중이다. 두고두고 비겁자로 남을 순 없으니 힘이 있든 없든 싸우자, 결사항전하자, 입으로나마 외칠 수밖에 없다.

선조 이균도 눈치가 있다. 명분론에 빠져 사는 대신들과 의논해서는 결말이 나지 않을 것 같자 부랴부랴 물러나 형 하원군과 아우 하릉군을 침소인 강녕전으로 불러들였다. 전쟁이 나서 한양이 무너질 마당에야 임금이고 신하고 그런 게 문제가 아니다. 역시 피붙이다.

"아이고, 형! 어쩌면 좋소?"

"소문에 듣자하니 이일 장군하고 신립 장군이 한양에서 데리고 간 군사가 겨우 기백이었다면서요?"

"그렇습니다. 그러니 문관 김명원이 한양을 사수한다고 한들 누가 목숨 걸고 사수하겠습니까? 병조 계산으로 70리나 되는 한양 성곽을 지키자면 못해도 2만은 있어야 한답니다. 그런데 2만은커녕 2천도 모을 수 없는 지경입니다. 사대부는 다 피난가고 가난한 양민들만 남아 이러지도 저러지도 못하는 형국입니다. 이대로 있다가는 너나없이 다 죽습니다. 어서 피난해야 합니다."

"우리 생각도 그렇습니다. 전하께서는 한시바삐 몽진해야 합니다."

형제들이 동조하자 왕은 삼정승과 고관들만 강녕전으로 불러들였다. 거기서 노골적으로 몽진을 거론했다. 영의정 이산해가 먼저 동의했다. 조정에는 눈이 많아 반대하지 못했지만 여긴 어디까지나 사석이다. 골치 아픈 사관이 없다. 속마음이 나온다.

"솔직히 말하자면 적을 막을 도리가 없습니다. 일단 물러나 길을 찾아보아야 합니다."

영의정이자 북인의 영수인 이산해가 그렇게 나오는 데야 반대할 사람이 없다. 좌의정, 우의정이 연달아 찬성했다. 왕은 즉석에서 이조 판서 이원익에게 평안 감사를 제수하고, 좌참찬 최흥원을 황해 감사로 제수하여 먼저 길을 떠나 몽진 길을 개척하라고 지시했다. 먼저 가서 임금이 머물 행궁을 마련하고 호위군을 편성하라는 뜻이다.

두 사람이 그 길로 떠나고 나자 이항복이 나섰다.

"전하, 일단 평양으로 물러나 사세를 지켜보되, 먼저 명나라에 구원군을 청하는 것이 급선무입니다. 우리 힘으로는…… 틀렸습니다. 한양을 털어도 군사라고는 겨우 몇 천에 지나지 않습니다. 그나마 훈련이 되지 않아 막상 급할 때에는 써먹을 수도 없는 오합지졸들입니다."

일단 평양으로 몽진하기로 결정하자 뒤따르는 문제가 몇 가지 생겼다. 첫째가 왕자들을 보내 근왕병을 모집하는 일이고, 둘째가 전란 중의 변고를 고려하여 세자를 정하는 일이다. 지난번에 정철이 세자를 정하자는 말에는 왕이 펄펄 뛰었지만 이번에는 어쩔 수가 없다.

결국 왕세자로 광해군이 지명되었다. 싸울 일도, 축하할 새도 없고, 그 흔한 교서도 없다. 세자가 된 광해군은 아버지 선조와는 달리 분조分朝를 세워 전쟁을 지휘하기로 했다. 그래서 함경도와 강원도에 보낼 왕자는 자연 장남 임해군과 순화군으로 결정됐다. 임해군은 함경도로 가되 영부사 김귀영과 칠계군 윤탁연이 수행하기로 하고, 순화군은 호조판서 한준이 수행하기로 했다. 피난 준비는 착착 진행되었다. 그러나 소문은 더 빠르게 퍼져 나가 민심은 갈수록 험악해졌다.

그러는 사이 국장 중이던 공회빈 문제는 아무도 거론하는 대신들이 없었다. 빈소를 지키던 궁녀들이 눈치를 보니 오늘 밤 안으로 다들 도망갈 기세다. 문상을 오는 사람도 없다. 시간에 맞추어 올리던 제상이며 곡소리도 끊어졌다. 궁녀들도 달아나려면 공회빈을 어떻게든 처리해야 한다. 혹 내관이라도 없을까 하여 남자를 수소문해 보았지만 몽진 준비에 바빠 아무도 끌어올 수가 없었다.

궁녀들은 하는 수 없이 호미를 들고 창경궁 화원을 팠다. 빨갛게 피어오른 맨드라미며 채송화를 마구 밟아가며 미친 듯이 땅을 팠다. 여기저기서 사람들이 뛰는 다급한 소리가 들려왔다.

궁녀들은 힘이 없기도 하거니와 마음이 급해 도저히 깊이 팔 수가 없었다. 대충 땅을 파고 공회빈의 시신을 끌어다 구덩이에 밀어 넣었다. 그러고 나서 대충 흙을 파 덮다 보니 거기만 불룩 솟아올랐다. 그러거나 말거나 염을 한 삼베나 보이지 않게 대충 흙을 찍어 바르고는 궁녀들도 각자 처소로 돌아가 짐을 쌌다. 난리 중에는 임금을 따라가는 게 살 길이다.

한편 왕의 몽진을 반대하는 대신들이 연거푸 상소를 올리는 바람에 행차는 대낮이 아닌 밤중에 전격적으로 처리하기로 했다.

병조 판서 김응남에게 총 책임을 떠맡기고 알아서 처결하게 했다. 여차하면 길을 막는 자는 다 죽이면서라도 떠날 참이다.

30일 새벽, 왕은 마침내 돈의문을 통해 한양을 빠져나갔다. 왕과 조정이 떠난 궁궐에는 성난 백성들이 난입하기 시작했다. 호종扈從 명단에 오르지 않은 하급 관리들이나 궁녀들은 뿔뿔이 달아나고, 노비, 백정 같은 사람들이 떼를 지어 몰려와 여기저기 불을 지르고 창고 문을 열어보았다. 그들은 특히 장예원 문서를 다 끌어내놓고 불을 질러버렸다. 노비 문서를 태우기 위해서다.

이렇게 하여 한양성은 일본군이 들어오기도 전에 자진 함락당했다. 적군에게 함락된 것이 아니라 제 나라 백성들에게 함락된 것이다. 오죽했으면 백성들이 제 나라 임금이 살던 궁성을 불 지를까.

국왕도 대신들도 그렇게 생각하는 사람은 아무도 없다. 언제든 그놈들을 잡아 버릇을 단단히 고쳐 주겠다고 벼를 뿐이다. 그럴수록 일본군만이 아니라 조선 백성들까지 국왕의 적으로 돌변하기 시작했다.

5
조선 왕 데려다 일본 천황을 삼는다

일본 교토 취락제.

"승태! 승태 대사 어디 갔어?"

풍신수길은 종이 쪽지 한 장을 들고 호들갑을 떨면서 취락제를 뛰어 다녔다.

"이놈들아, 승태 대사를 모셔오너라."

시위 무사들이 금세 사방으로 퍼져나갔다. 그런 지 얼마 되지 않아 승태는 허겁지겁 풍신수길이 있는 취락제로 달려왔다.

"아이구, 숨 차라. 태합 어른께서 왜 날 부르신담."

승태가 헐떡거리면서 들어서는 걸 보고는 풍신수길은 그의 얼굴에 쪽지를 대고 흔들어 댔다.

"벌써 한양성을 함락시켰다는군. 조선 국왕이 꼬리가 빠져라 도망갔 다는 거야. 이젠 북경으로 밀고 들어갈 차례야. 하하하!"

"경하 드립니다, 태합"

"아무렴. 기쁜 일에 혼자 있으니 재미가 없어 자네를 불렀어. 술 한 잔 하세."

"일본군 전사자를 위해 천도제를 지내는 중입니다. 술은 삼가고, 차는 한 잔 하겠습니다."

"우리 애들도 죽었어?"

"한양까지 쳐들어가는데 아무려면 맨손으로야 갔겠습니까? 보고를 듣자니 부산진에서 백여 명, 서생포와 다대포에서 수십 명, 동래부에서 수백 명, 밀양에서 십여 명, 문경에서 수십 명, 충주에서 천여 명이 죽었다고 합니다."

"다 합쳐야 2천 명도 안 되는군. 2천이면 하나도 안 죽은 셈이나 마찬가지야. 전쟁하는 데 그만한 희생이야 늘 따르지. 그러니 좋은 술로 한 잔 하세. 가등청정 이놈이 맛난 조선 술을 보내왔어. 그것도 경주 불국사를 뒤져 조선 부처가 공양을 받던 고려청자를 잔뜩 싸 보냈단 말이지. 어떤가?"

"아이고, 태합. 조선 부처가 따로 있고 일본 부처가 따로 있습니까? 술은 마시더라도 불구佛具는 손대지 마시고 우리 상국사相國寺에 맡겨 주십시오. 부처님한테 복을 잘 빌어야 이번 전쟁이 무사히 끝날 것 아닙니까?"

"그럴까? 아무래도 부처가 쓰던 그릇에 술을 따라 마신다는 게 좀 꺼림칙하지?"

풍신수길은 하는 수 없이 동래부에서 훔친 도자기를 찾아오라고 해서 거기에 술을 쳤다. 두 사람은 잔을 부딪치며 한 잔씩 들이켰다. 그러자마자 수길은 입이 뜨겁다며 마구 소리쳤다.

"아이구, 이게 무슨 술이 이래! 야, 너희 놈들 이 술 가져온 놈 잡아와라! 이거 독주나 아닌지 모르겠다. 어서 의원도 부르고. 야, 뱃속에 불이 났다. 승태, 안 그런가?"

승태는 벌써 얼굴이 벌개져서 숨도 제대로 못 쉬고 헐떡거렸다. 풍신수길은 입술을 쭉 빼고 열을 불어냈다.

이윽고 의원이 들이닥치고, 술을 가져왔다는 병사들도 붙들려 왔다. 의원은 맥을 짚어 보더니 술독이 오른 것이라며 탕을 준비하러 달려 나갔다.

불의의 사태에 놀란 병사들은 복명하고 엎드렸다.

"야, 임마! 이거 무슨 술이 순 불덩어리야?"

"조선에서 아락주(소주. 몽골 술 아라키가 고려 때 들어온 것)라고 하면서 마시는 고급술이라고 하더이다. 가등청정이 마셔보고는 참 좋다면서 태합께 바치라 했습니다."

"너 먹어봤어?"

"조선에서 조금 먹어봤습니다. 워낙 귀한 술이라 쬐금."

"그래, 혓바닥에서 불이 나던?"

"그러믄요. 일본 탁주하고는 비교가 안 됩니다. 한 잔만 마셔도 온몸이 후끈후끈해지는걸요. 비 오는 날 으스스할 때 마시면 그만입니다."

풍신수길은 혓바닥으로 입술을 축이더니 한 잔 더 따라 마셨다. 승태도 술이 남아 있던 잔을 들어 마저 털어 넣었다. 두 사람 모두 아락주를 더 마시더니 기분이 점점 좋아지는지 의원더러 그냥 돌아가라고 일렀다.

"햐, 이 도자기 좀 봐. 정말 기가 막히단 말이야. 야, 이 도자기는 어디서 훔친 거냐?"

"핫. 그건 동래 부사 송상현의 집에서 집어왔습니다. 송 부사가 첩실들하고 한 잔 할 때 쓰던 귀물이랍니다."

"빌어먹을, 조선의 일개 부사가 나보다 낫군. 야, 거기서 잡아온 여자는 없어?"

"핫. 그러지 않아도 대령시켰습니다. 송상현의 부인 이씨이옵니다."

"호, 그래? 어서 데려와 봐."

이윽고 조선에서 붙잡혀 현해탄을 타고 넘어온 송상현의 부인 이씨가 들어왔다. 배멀미로 고생했는지 얼굴이 핼쑥했으나 이씨 부인은 고개를 반짝 쳐들고 수길을 노려보았다. 송상현이 마흔두 살로 죽었으니 부인도 엇비슷한 나이다.

"에이, 좀 늙었구나. 젊은 첩은 없다더냐?"

"두꺼비라나 김섬이라나 좀 예쁜 애가 하나 있었는데, 하도 독하게 덤벼 들길래 칵 죽여 버렸습니다. 하나 남은 소실은 밖에 있고요."

"이런 멍청한 놈들. 나약한 여자를 죽이면 어쩌느냐? 여자는 죽이지 말고 곱게 데려오랬잖아!"

"핫. 하오나 조선 여자들은 어찌나 드세던지 결코 만만하지 않습니다. 기생들까지 나서서 기왓장을 깨 던지고 물을 끓여 퍼붓습니다. 동래성이 무너지고 나서는 낫이나 부엌칼을 손에 쥐고 항거했습니다. 조선 여자를 나긋나긋한 우리 일본 여자처럼 보면 큰코다칩니다."

"호, 그래? 조선은 뭐가 달라도 다르구나. 하긴 그래야 맛 아니냐. 그저, 우리 일본 것들은 제 남편이 죽든 애비가 죽든 적군을 향해 치마를 번쩍 쳐드는 거, 그거 고쳐야 돼. 여보, 이씨 부인. 날 위해 술 한 잔 쳐 주구려."

통사가 이씨 부인에게 풍신수길의 말을 전했다.

이씨 부인은 통사에게 눈을 부라렸다.

"이놈아, 네놈이 조선 놈인지 왜놈인지 모르겠다만, 내 말 그대로 전하거라. 내 남편을 죽인 왜군 괴수를 이 손으로 쳐 죽이지는 못할망정 어찌 술을 따르랴! 차라리 날 죽이라고 해라!"

대마도 출신 통사는 이씨의 말을 차마 전하지 못했다. 그 말을 전하는 순간 이씨의 목이 잘릴 것은 물론이고, 그런 불경스런 말을 전한 자신의 목도 안전할 리 없다. 통사가 고민하는 사이 수길은 이씨의 눈빛이며 입술을 옹동그린 모습을 보고 눈치를 챘다.

"따르기 싫다 이거지?"

"핫."

통사는 대답으로 통역을 대신했다.

"소실이 있다며? 그 아일 데려와 봐."

이윽고 소실 이양녀가 들어섰다. 역시 초췌한 얼굴이다. 통사가 다가가 수길에게 술을 따르라고 하자 소실 역시 손사래를 치며 거절했다. 경기를 일으키는 모양이 아직 동래성이 함락되던 날의 참상을 잊지 못하는 듯하다.

"그래그래, 그 작은 가슴에 얼마나 놀랐겠느냐? 데리고 나가라. 너희들도 다 나가라."

다들 물러나고 수길과 승태만 남아 묵묵히 술잔을 들었다 놓았다 했다. 그러다 수길이 입을 떼었다.

"역시 문약文弱하면 나라가 망해. 조선이 비록 학문이 발달하고 문화가 뛰어나다지만 칼을 쓸 줄 모르니 저렇게 망하지. 무조건 힘이 있어야 돼, 힘이. 이건 고금의 제일 법칙이야."

"조선이 망한 건 썩은 사대부들 때문입니다. 공맹의 가르침을 백성을 위해 펴지 않고 저희 양반들 잇속 챙기는 데만 썼기 때문입니다. 남녀유별이라 해 놓고 저희들은 여자가 좀 반반하다 싶으면 당장 첩을 삼아 버리고, 장유유서라고 해 놓고 대여섯 살 먹은 양반집 애송이가 환갑이 넘은 늙은 종에게 이놈아 저놈아 반말이나 지껄이지요. 한 마디로 말이 안 되는 나라입니다."

"조선 양반이 몇 명이나 돼? 그것들 싹 죽여 버릴까?"

"저번에 횡목들이 보고한 걸 보니 약 10만쯤 된다더이다."

"그중에 벼슬한 놈들은?"

"뭐 천 명에서 삼천 명 사이라는데, 종9품까지 다 치면 그렇다는 거지요. 당상(堂上:정3품 이상의 고급 관리)이야 몇 놈 되겠습니까? 그것들조차 조석으로 시詩를 짓느라 바쁘지요."

"소서행장의 보고를 들어보니 조선의 양반 관리란 것들은 걸핏하면 시詩나 짓자고 하고, 아니면 주리主理니 주기主氣니, 태극이니 무극이니 하면서 해가 지도록 입씨름만 한다던데, 그래 그런 놈들을 상대로 전쟁해서 우리가 질 까닭이 없지. 그런데 말이야. 가등청정이나 소서행장 이놈들이 정말로 조선을 다 정벌하고, 명나라까지 들어간다고 하면 그땐 어떡하나?"

"그게 뭐 걱정입니까? 조선에 눌러 살라고 하면 되지요. 명나라로 들어간 뒤에는 또 명나라에 눌러 살라면 그만이고요. 거기서 장가들고 애 낳고 사는데 태합께 화禍가 될 건 없지요. 그 대신 조선이나 명나라를 털어 진귀한 물품이나 계집을 수시로 조공하라면 되지요."

"그래. 평양까지 들어가는 날이면 여기 남은 후군 10만도 싹 보내야겠어. 승태, 덕천가강(도쿠가와 이에야스)을 어떻게 생각해?"

덕천가강은 후군으로서 명호옥에 그대로 남아 있다. 쉰둘이나 된 나이를 고려해 후군으로 편성해 두었다.

"태합께 충성하는 영주 아닙니까?"

"거, 알면서 왜 그래? 그 자식 내 앞에서는 싹싹하게 굴면서도 뒤로는 호박씨 까는 놈이야. 내가 다 알아 봤어. 그 자식 나보다 여덟 살이나 어린 올해 쉰두 살인데, 일곱 살 차이는 뭐 원진怨瞋 사이라며? 묘신卯申 원진 말이야. 난 원숭이띠고 놈은 토끼띠란 말이지. 귀를 반짝 열고 내 말을 듣는 척하지만, 속으로는 제 계산하느라 바쁜 놈이야."

"걱정할 거 없습니다. 태합 생전에는 까불지 못합니다."

"그럴까?"

"아무렴요. 평양이 함락되면 죄다 배에 실어 조선에다 버리면 그만입니다. 그때 가서 덕천가강더러 선봉이 되어 압록강을 건너라, 그러면 되는 거지요. 지면 할 수 없고, 이기면 연경이나 지키고 있으라지요. 거긴 겨울이 너무 추워서 우리 일본인들이 살기에는 정말 힘들거든요."

술이 거나해질수록 수길은 신이 올랐다. 내친 김에 명호옥에 주둔 중이던 예비 병력도 출정 채비에 만전을 기하라는 명령을 내렸다. 그러고도 양이 차지 않자 먹과 벼루를 가져다가 승태에게 먹을 갈라고 했다.

"안 되겠어. 일을 빨리빨리 분별하는 게 좋겠어. 그 뭐냐, 조선을 누구한테 주기로 했더라?"

"우희다수가한테 준다고 하셨잖아요?"

"그랬던가? 걔 좀 어리잖아? 그럼 이렇게 적자고."

풍신수길은 먹을 잔뜩 묻혀 일필휘지로 아무렇게나 적어나갔다. 관백인 수차秀次에게 명령을 내리는 형식이다.

- 일본 천황을 중국 황제로 임명하니 북경으로 보내거라. 빈 자리에는 양인친왕(良仁親王:당시 천황 後陽成의 아들)이나 지인친왕(智仁親王:천황의 동생이자 수길의 양아들) 둘 중에서 한 명을 임명하기로 하자. 누굴 정할지는 생각해 보고. 아무래도 내 양아들이 더 낫겠지. 그리고 넌 중국의 관백이 되고, 빈 자리에는 우시수보羽柴秀保나 우희다수가를 임명하자. 둘 중에 남는 아이를 조선 관백으로 임명하지 뭐.

"태합 전하, 그러면 조선 국왕을 잡아다가 일본 천황 자리에 앉히겠다는 약속은 어쩌지요?"

옆에서 지켜보던 승태는 조선 국왕에 임명하기로 한 조선 정벌군 총사령관 우희다수가를 챙겼다. 조선 국왕의 자리가 비어야 우희다수가를 임명하든지 말든지 할 수 있기 때문이다.

"어? 그랬나? 그러고 보니 자리가 하나 모자라네? 인도를 쳐서 인도 황제를 시킬까? 아니야, 중국을 남북으로 갈라서 거기에 황제 자리를 두 개 만들면 어떨까? 아, 그래서 조선 왕이 경복궁에 눌러앉아 가만히 손바닥을 쳐들기만 했어도 내가 천황으로 임명하는 건데, 뭐 하러 그렇게 헐레벌떡 달아나는지 모르겠어. 에이, 이젠 중국을 갈라 한 자리 떼 주는 수밖에."

"하긴 중국은 나라가 크다니까 그러는 것도 괜찮지요? 삼국지처럼 중국을 셋으로 갈라 먹어도 무방하고요."

"하긴 그래. 난 영파(寧波; 닝보. 浙江省 동부 해안 도시. 杭州市 남동쪽 약 150 km 지점으로 왜구들이 가장 즐겨 찾던 곳. 일본·한국·아랍·동남아시아로 연결되는 무역 중심지)에 가서 조중일朝中日 세 나라를 호령해야지. 야, 이거 나라 이름도 새로 지어야 하는 거 아니야? 승태, 좋은 생각 없어? 우리 조상이 백제百濟라고들 했으니 우린 천제千濟나 만제萬濟로 하면 어떨까?"

풍신수길은 취한 김에 조선, 일본, 중국을 통합하는 새 국명國名을 짓느라고 또 씨름했다. 어쨌거나 행복한 고민이다. 풍신수길이 행복할수록 죽어나가는 사람은 따로 있다.

6
불타는 한양성

경복궁 만춘전.

조선 국왕이 정사를 보는 정전이다. 마땅히 선조 이균이 거기 있어야 하는데, 그 자리에 일본에서 온 청년 우희다수가가 앉아 있다.

"우리집 족보를 보면 내 조상은 백제인이라더군. 지금으로부터 천년 전, 야수 같은 신라군과 당군이 신성한 백제 땅을 유린할 때 우리 선조들은 한을 품고 열도로 피신했어. 나라가 망한다는 건 참 슬픈 일이야. 백마강을 보고 싶어. 우리 조상들이 살았다는 부여도 가보고 싶고. 조선 국왕이 놀란 토끼처럼 도망치는 걸 보니 의자왕이 생각나는군."

스무 살밖에 안 된 우희다수가는 나이가 지긋한 휘하 장수들이 늘어서 있는 자리에서조차 거드름을 피운다. 총사령관이니 어쩔 수가 없다. 다들 입을 꽉 다물고 우희다수가가 지껄이는 대로 귀를 열어둔다. 우희다수가의 좌우에는 미처 피난하지 못한 궁녀들 서넛이 둘러서서 기다란

파초선을 부쳤다.

조선 국왕에 봉한다는 명령은 오지 않았지만, 그래도 우희다수가는 조선 국왕처럼 행세한다. 법령은 비록 풍신수길의 이름으로 발표되지만, 정작 그 이름을 쓰고 말고 결정하는 것은 오로지 우희다수가다. 게다가 그는 일부러 조선 왕조의 상징이랄 수 있는 종묘에 휘하 군사를 주둔시켰다. 태조 이성계로부터 선조의 윗대 명종까지 위패를 모셔둔 영녕전에 일본군 총사령관 우희다수가의 침실을 꾸미고, 공신당, 칠사당 같은 부속 건물에는 계급에 따라 들어앉고, 나머지는 마당에 천막을 쳤다.

우희다수가는 4월 19일에 한양에 들어왔다. 무인지경의 경상도를 밟고 하루 평균 백 리씩 진군했다. 마치 파발마처럼 빠르게 온 셈이니 이걸 전쟁이라고 부를 수나 있을지, 우희다수가는 고개를 갸웃거렸다. 어쨌거나 사령관인 우희다수가는 잔치를 크게 열고, 본국에 비각(飛脚:전령)을 보내 전쟁이 끝났음을 알렸다. 그러고는 술잔을 앞에 두고 그 옛날, 아니 며칠 전까지 조선 국왕이 거드름을 피우던 자리에 앉았다. 또 조선 대신들이 기침깨나 해 대던 자리에는 일본군 장수들이 술상을 앞에 놓고 앉아 있다.

"어이, 소서행장, 가등청정 두 장수, 이번에 공이 참 많았소. 우리 아버지(그는 풍신수길의 양자다)한테 구구절절 공로를 써 보냈으니 좋은 소식이 올 거요."

소서행장과 가등청정은 즉각 충성스런 말을 올렸다.

"한양을 함락시켰으니 며칠 휴식을 취한 다음 단숨에 명나라를 치겠습니다."

우희다수가도 물론 그렇게 믿고 풍신수길에게 보고한 뒤다.

점령지에는 풍신수길 명의로 금제禁制라는 제목의 방을 붙여 왜군들을 경계했다.

- 난폭한 행위를 금하노라.
- 함부로 불을 지르거나 사람을 잡지 말라.
- 상놈과 농민들에 대한 부역을 폐지하고, 부당한 행위는 어느 것도 하지 말라.

조선인을 회유하는 방도 붙였다. 처음에는 산으로 들로 도망갔던 조선 백성들이 차츰 마을로 내려와 생업에 종사했다. 그만하면 조선 정벌전은 뜻하지 않게 순조롭다.

소서행장은 아까부터 뭔가 미심쩍은 게 있는지 고개를 자꾸만 갸웃거렸다.

"아니, 소서행장, 댁은 왜 자꾸 고개를 갸웃거리시나? 칼 좀 썼다고 그새 힘이 달리시나?"

"아, 아닙니다. 다만 좀 의심스러운 게 있어서."

"뭐가?"

"도대체 조선 놈들은 왜 항복을 하는 자가 없는지…… 이상하잖습니까? 왜 마지막 한 놈까지 죄다 덤비다가 다 죽느냐…… 나도 전쟁을 직업으로 먹고 살아온 군인이지만 이런 전쟁은 처음 봅니다."

소서행장이 무심코 던진 이 말에 연석은 찬물을 끼얹은 듯 갑자기 조용해졌다.

다들 동감하는 말이다. 그랬다. 일본 같으면 장수가 잡히거나 성이 함락되면 그것으로 전쟁이 끝난다. 더 이상의 살육도 없고, 패잔병들은 완벽하게 엎드렸다. 여자들은 얌전하게 끌려와 알아서 오비를 풀고 기모노를 벗었다. 반항하는 사람은 거의 없다. 그래서 풍신수길도 아이들 땅 따먹기 놀음처럼 어지럽게 널려 있던 크고 작은 성이며 섬들을 구슬 꿰듯 단숨에 차지할 수 있었다.

그런데 조선은 다르다. 일본군을 맞는 조선의 대응은 두 가지다. 아녀자, 노비, 기생, 젖먹이까지 창을 꼬나들고 덤비다가 완전 몰살당하거나, 아니면 기르던 강아지까지 챙겨 모조리 도망치는 것이다.

지금까지 항복하는 사람은 한 명도 보지 못했다. 부산진 첨사 정발 이하 마지막까지 싸우다 반은 죽고 반은 포로가 되었다. 동래성도 그랬다. 특히 장수들은 끝까지 싸우다 죽었다. 서생포, 다대포도 그랬다. 진장 이하 일반 군사들까지 목숨 걸고 대들었다.

아니면 죄다 불을 지르고 소, 염소, 개까지 끌고 멀리 도망쳤다. 그러다 보니 후군으로 들어온 우희다수가는 조선인 얼굴을 본 적도 드물다. 그저 푸르른 조선 강산을 유람하듯이 지나쳐 왔을 뿐이다.

또 있다. 관리들이나 병사들은 그렇다 쳐도 늙은이, 어린이, 여자, 노비들은 또 뭔가. 일본 같으면 여자나 하인들은 싸움을 지켜보다가 남편이나 주인이 죽으면 이긴 쪽 장수한테 붙어서 살면 그만이다. 아무도 나무라는 사람이 없고 갈등도 없다. 슬플 것도 없고 창피할 것도 없고, 그냥 다들 그렇게 하는 천 년 전통일 뿐이다.

조선은 아니다. 하다못해 첩이라 해도 그 원수를 갚기 위해 무슨 짓이든 다 한다. 동래 부사 송상현의 첩 김섬은 눈에 불을 켜고 일본군에 달려들다가 죽었다. 덤벼봤자 일본군 하나 죽일 힘도 없으면서 악을 쓰고 대든다. 부산성의 기생들은 기왓장을 깨어 집어던졌다. 걷기도 힘든 노인들조차 돌을 나르고, 화살을 깎았다.

우희다수가는 가만히 턱을 괴고 생각에 잠겼다가 장수들에게 물었다.

"우리가 지금 경복궁을 차지하긴 했다만, 도대체 뭐야? 포로라고는 말단 졸개들밖에 없잖아? 현감, 군수 한 놈 잡지 못했어. 하다못해 경상도를 함락시켰으면 경상도 관찰사, 경상도 좌우 병마사쯤은 우리 손에 묶여 있어야 하는 것 아니야? 포로를 앞세워 성벽에 기어오르게 하고, 저희들끼리 싸우게 하는 게 전법이잖은가? 이놈들 다 어디 갔지? 조선군 포로는 왜 없지? 도대체 이 놈의 전쟁, 헷갈려서 못 해 먹겠다. 조선인 통사들 좀 불러봐. 도대체 무슨 까닭인지 물어야겠다."

이윽고 늙은 통사 한 명이 들어와 고개를 숙이고 엎드렸다.

그의 대답은 이러했다.

"조선은 계급이 있지만 없는 사회이기도 합니다. 지독하게 양반 상 놈으로 구분되어 있는 듯하면서도 내면을 들여다보면 전혀 그렇질 않지요. 종로 시전의 지게꾼도 왕이 될 수 있다고 믿는 게 조선인들입니다. 왕후장상의 씨가 따로 없다, 조선인은 그렇게 다들 잘났지요. 계급이 없다 보니 분수를 모릅니다. 노비면 노비답게, 관리는 관리답게, 왕은 왕답게 뭘 하지 않습니다."

"그러니까 병신 새끼들이지. 이게 어디 나라야?"

"정여립 사건이다, 이발기발理發氣發이다 하고 논쟁이 붙으면 팔도가 다 휘청거릴 만큼 한 가지 얘기만 미친 듯이 합니다. 동인 서인으로 패가 갈리고, 남인 북인으로 갈리는 것도 다 저 잘난 맛 때문에 그렇지요. 노비, 기생, 첩까지 저희들하고는 전혀 상관없는 문제를 입에 거품 물며 토론한다니까요. 아녀자들까지 당쟁에 끼어들어 당색이 다르면 옷까지 달리 해 입습니다. 두고 보십시오. 조선은 결코 항복하지 않습니다. 지면 지고, 망하면 망하고, 죽으면 죽는 거지 항복이라는 것은 절대로 없습니다."

"국왕이 꼬리가 빠져라 도망쳤는데, 제 놈들이 무슨 수로 덤벼? 장將이 있어야 졸卒도 움직이는 거야. 안 그래들?"

우희다수가는 장수들을 바라보면서 동의를 구했다. 그러나 다들 끙끙거리기만 할 뿐 아무도 자신 있게 맞장구를 치는 사람은 없었다. 통사는 고개를 젓고 나서 다시 입을 열었다.

"전조前朝 고려 시절, 그 흉악무도한 몽골군에 일곱 번 전쟁을 하고도 지지 않은 나라가 고려 아닙니까? 그때 고려 조정은 강화도로 도망가 백성들에게는 왕명이 하나도 전해지지 않았습니다. 그런데도 고려인들은 몽골군에 맞서 싸웠습니다. 몽골군 총사령관 살리타이가 일개 승려가 쏜 화살에 맞아 죽기도 했습니다. 이전에 수 양제의 백만 대군이 살수에서 몰살되고, 당 태종의 백만 대군이 안시성에서 박살나면서 당 태종 눈깔이 빠진 건 말할 것도 없고요."

찬물을 끼얹은 듯 조용하다. 우희다수가는 몽골군 총사령관이 일개 승려에게 죽었다는 말에 저도 모르게 목을 어루만졌다. 그래도 고개를 저으면서 반발했다.

"조선군은 다 없어졌잖은가? 왕도 도망치고 정승 판서들까지? 그런데 누가 우리 일본군을 상대하지? 한양성을 치는데도 개미 한 마리 덤벼들지 않았잖아?"

"두고 보십시오. 조선 백성 팔백만 명을 하나하나 다 죽이기 전에는 싸움이 끝나지 않을 것입니다."

"왕도 없고 관아도 다 때려 부쉈는데 누가 군대를 움직인단 말이지?

궤변이야."

"왕이 있는 곳이라면 초가집이라도 궁궐이고, 수령이 있는 곳이면 헛간이라도 관아가 됩니다. 우리가 비록 백국(白國:경상도)을 함락시켰다 하나 고을 하나 접수한 게 없습니다. 군수 현감들은 다른 지방으로 도망가서 거기서 공무를 보고 있답니다. 횡목들이 살펴본 바로 조선의 왕명은 지금 이 순간에도 백국의 골짝에 이른다고 합니다. 지금도 우리 일본군이 주둔 중인 진지를 피해 왕명을 쥔 파발마들이 종횡무진하고 있다고 들었습니다."

또 한 차례 술좌석은 조용해졌다. 그러고 보니 정말 그랬다. 피난 간왕은 한시도 병권을 놓은 적이 없다. 적지에서조차 계속하여 전황을 보고받을 수 있다. 특히 일본군이 쓸고 지나온 점령지 경상도의 관리들은 관아를 잃으면 아무 집이나 옮겨서 거기서 행정을 보았다.

아전들은 장부를 지게에 지고 수령을 따라 움직였다. 망명 관아 간에 끊임없이 연락이 오간다. 벼슬아치가 죽으면 조선 조정은 즉시 새 관리를 임명해 적지로 떨어진 경상도로 내려 보낸다. 따라서 팔도의 행정 조직은 온전하게 살아 있다.

우희다수가는 분위기가 너무 무거워지자 통사더러 그만 나가라고 손짓했다. 그런 말은 혼자서 보고를 받아야지 장수들이 다 모여 있는 곳에서 들을 수가 없다.

"자, 자. 술잔을 들어요. 그러고 나서 우리, 어느 지방을 나누어 가질까 추첨을 합시다."

장수들은 그제야 군은 얼굴을 조금씩 폈다. 마음껏 털어먹을 땅을 갈라먹자는 것이다. 부장 한 놈이 종이쪽지를 갈라 거기에 백白, 적赤, 청

靑, 황黃, 흑黑, 녹綠 여섯 자를 적었다. 황黃만은 두 장이다. 거기서 우희다수가는 백白을 집어 들어 옆으로 치워놓았다.

"자, 7군 모리휘원(毛利輝元:모리 데루모도)은 부산에서, 9군 우시수승(羽柴秀勝:하시바 히데가쓰)은 대구에서 물자와 포로 수송을 맡고 있으니 황黃은 빼기로 하지. 나는 총사령관이니 이곳 한양을 지키고 있겠다. 그러니 청靑에서 경기도는 빠지는 거지. 이제 1, 2, 3, 4, 5, 6군이 남았으니 아주 공평하군. 이 종이 쪽지를 하나씩 집어서 차지하기로 하자고."

여섯 장수가 일어나 추첨을 하고 나니 자연 한 군데씩 맡게 되었다.

"흠. 백국(白國:경상도)은 7군과 9군이 맡고, 가장 쓸 만한 적국(赤國:전라도)은 소조천융경(小早川隆景:고바야가와 다가가게), 장군은 정말 복이 터졌군요. 전라도는 곡창지대라는데 가는 대로 쌀을 징발하여 군량을 차질 없이 대야 할 것이오."

"핫! 감사합니다!"

올해 예순 살이나 된 소조천융경은 입을 함박만하게 벌리며 뒤로 물러나 앉았다.

"다음 청국(靑國:충청도와 경기도)은 복도정칙(福島正則:후구시마 마사노리), 당신도 복이 터진 거요. 청국에서 경기도는 내 관할로 뺐지만, 충청도 거기는 양반 고을이라니 털어먹을 게 많을 거야. 단 부여하고 공주만은 너무 부수지 말게나. 우리 선조들의 땅이니."

"핫."

복도정칙은 별 표정 없이 뒤로 물러났다. 풍신수길의 사촌동생인 그는 나이도 서른두 살이요, 수길의 동생으로서 마땅히 사령관직을 맡아야 하는데 그 좋은 자리를 우희다수가한테 뺏긴 게 영 못마땅했다. 그러니 무슨 일을 하든 신이 날 리 만무하다.

"다음은 황국(皇國:강원도와 평안도)인데, 이거 두 장 중의 하나로군. 도진의홍(島津義弘;시마쓰 요시히로)은 강원도를 맡겠어요, 평안도를 맡겠어요?"

"핫. 강원도가 좋겠습니다."

도진의홍은 올해 쉰여덟, 역시 적지 않은 나이지만 우희다수가에게 복종했다.

"그래, 아무래도 평안도보다야 강원도가 먹기 좋겠지. 평안도는 싸워서 빼앗아야 할 테니까. 그럼 황표 한 장은 누가 가졌소?"

"핫. 접니다."

소서행장이다.

"미안하게 됐군. 부산에 제일 먼저 상륙한 것도 1군인데 자네가 또 조선 국왕을 때려잡으러 올라가야 하니."

"예, 할 수 없지요."

그때 가등청정이 벌떡 일어섰다.

"싫으면 날 보내 주시오. 내가 황표를 쥐리다. 난 흑국(黑國:함경도)이 싫소. 그까짓 산등성이만 타 가지고 무얼 하겠소? 약장수 소서행장보다야 우리 군이 더 용감합니다."

소서행장은 흑표를 흔들어대는 가등청정을 째려보았다.

"아아, 추첨으로 하자고 했으니 정해진 대로 합시다. 가등청정은 함경도로 그냥 올라가시오. 거기서 중국으로 넘어가 버리면 되잖소. 그땐 선봉을 맡으시오. 그 다음 녹국(綠國:황해도)은 누구요?"

"핫, 접니다."

흑전장정(黑田長政:구로다 나가마사)이다. 스물다섯, 나이가 제일 어리다.

그렇게 하여 일본군의 분배가 이루어졌다. 이제는 조선군을 공격하는 게 목표가 아니라 어떻게 하면 전리품을 많이 털까 고민하면 된다.

이날 정해진 약탈 목표는 이러하다.

　백국(白國:경상도) / 제7군 모리휘원(毛利輝元;모리 데루모도, 廣島 성주, 3만 명)

　제9군 우시수승(羽柴秀勝;하시바 히데가쓰, 岐阜 성주, 1만 1천5백 명)

　적국(赤國:전라도) / 제6군 소조천융경(小早川隆景;고바야가와 다가가게, 名島 성주,

　1만 5천7백 명)

　청국(靑國:충청도) / 제5군 복도정칙(福島正則;후구시마 마사노리, 今治 성주, 2만 4천 명)

　청국(靑國:경기도) / 제8군 우희다수가(宇喜多秀家;우키다 히데이, 岡山 성주, 제8군 1만 명)

　황국(黃國:강원도) / 제4군 도진의홍(島津義弘;시마쓰 요시히로, 栗野 성주, 1만 5천 명)

　황국(黃國:평안도) / 제1군 소서행장(小西行長;고니시 유기나가, 宇土 성주, 1만 8천7백 명)

　흑국(黑國:함경도) / 제2군 가등청정(加藤淸正;가토 기요마사, 熊本 성주, 1만 2천 명)

　녹국(綠國:황해도) / 제3군 흑전장정(黑田長政;구로다 나가마사, 中津 성주, 1만 2천 명)

　"좋소. 이렇게 분별했으니 이제 각자 책임 맡은 땅으로 내려가 좋은 세월을 보냅시다."

　가등청정은 또 한 차례 자리에서 일어나 우희다수가에게 물었다.

　"그러지 말고 일제히 북녘을 향해 밀고 올라가는 게 낫지 않습니까? 그까짓 점령지를 터는 일에 이 많은 군사를 나누어 보낼 필요가 뭐 있습니까? 일본에서 허약한 병사를 데려다 배치해도 됩니다. 우리 9군이 일제히 밀고 올라가면 명나라 서울 북경도 거뜬히 차지할 수 있습니다."

　하기는 그렇다. 한양까지 함락시킨 일본군이 굳이 전라도와 충청도, 경상도, 강원도까지 군대를 산지사방시킬 이유는 없다. 그들의 말대로 명나라가 목표라면 그대로 진군해야 옳다.

그러나 풍신수길의 밀명을 받고 있던 우희다수가는 그렇게 하지 않았다. 일본군을 조선 전역에 영구 배치하려는 듯한 작전을 구사한 것이다. 이것 하나만 보아도 풍신수길이 명나라를 칠 마음이 없었다는 걸 알 수 있는 것이다. 명나라 운운은 허풍일 따름이다. 물론 예비대 10만이 문제지만, 그건 두고 볼 일이다. 그러니 가등청정같이 혈기방장한 장수가 가만있을 수 없다.

"태합 전하의 엄명이오. 명나라는 후군 10만이 도착하는 대로 재집결하여 치고 올라갈 것이오. 그러니 정해진 대로 합시다."

가등청정은 더는 따지지 못하고 말았다.

"가자, 압록강을 건너 절름발이 주익균(명 황제)을 잡아오자!"

우희다수가는 마지막으로 마음에도 없는 구호를 외치고는 술잔을 치켜들었다. 그리고는 기분 좋게 털어 마시고는 도망가지 못한 궁녀들 몇을 끌어안고 마구 뒹굴었다.

우희다수가는 전쟁이 다 끝난 줄 알지만, 실은 이제 시작이다.

7
행재소 타령

"후우. 지금도 그 일을 생각하면 가슴이 마구 뛴다네. 경황이 없어 이리 뛰고 저리 뛰었지만 도무지 손쓸 길이 없었지."

유성룡은 참담한 임진년 일을 떠올리며 한숨을 길게 내쉬었다.

지병이 깊어 목소리는 높지 않다. 가끔 기침도 한다. 7년 전란 동안 야영 생활을 많이 한 탓에 몸이 일찍 상했다.

"저도 아버지를 따라 호종하면서 대감께서 황망해 하시던 모습을 여러 차례 뵈었지요. 신각 장군이 어이 없이 처형될 때 제 숙부 경상 좌병사 이각 장군도 참수되어 호종 중이던 저와 아버지는 목을 놓아 울었습니다. 우리 숙부가 비록 울산 병영에서 최후까지 싸우다 순국하셨다면 좋았겠지만 사세가 불리하여 한양까지 후퇴하여 임진강 방어선을 치고 재기를 도모하셨건만 기어이 참수형을 받았습니다. 그러니 이순신 같은 명장도 죽이려 드는 것 아니겠습니까."

"너무 어지러운 시절이었지. 왕이 굶을 정도니 뭔들 제정신이었겠는가. 신각 장군은 전쟁을 이겨놓고도 전날의 패전 때문에 목이 잘리는 정도고, 싸우러 가던 군대가 반란군으로 오해받아 몰살당하기도 했지. 전쟁이란 화급한 일이라서 종종 그런 일이 일어나지."

"서애 대감님, 우리 겨레는 참 미련한 구석도 있지만 이상하게도 죽으면서 달아나면서 깨닫는 것도 빠른 것 같습니다. 사실 노비, 머슴, 상민, 승려, 기생까지 나서서 왜적과 싸울 줄은 몰랐습니다."

"그러게 백성을 하늘로 삼으라는 거지. 이 나라 백성은 참 특이하거든. 왕과 대신들만 그런 사실을 잘 모른단 말이야."

"전하께서 한양성을 탈출한 뒤로는 제가 상세하게 적어 놓았으니, 상고하기 더 수월할 겁니다."

"그럼 거기부터 또 보세."

유성룡은 이효원이 펼쳐든 〈호종일기〉를 건너다보았다.

5월 3일, 일본군이 한양을 점령하여 잔치를 벌이고 있을 무렵, 경기도 개성의 행재소行在所, 즉 임시 조정이다.

"임금이 백성 돌볼 생각은 안 하고 인빈 그년만 싸고도니 나라가 이꼴이지!"

"김공량인지 뭔지 하는 새끼만 감싸더니 결국 좆 된 거지!"

"그래, 잘난 김공량이더러 왜적을 몰아내라고 하지 그래!"

"동인 서인 싸움질하던 대신 놈들은 다 어디 갔어! 주둥이로 싸울 때는 피 터지더니 진짜 싸움에서는 왜들 꼬리를 사려! 이 새끼들을 잡아다가 죄다 전선으로 몰아야 한다고."

행재소 담 밖에서 아우성치는 소리가 국왕의 귀에 들렸다. 어제, 그제는 끼니를 제대로 먹지 못했다. 풍찬노숙風餐露宿, 늘 수라상을 받아놓고 반찬 투정이나 하던 그지만 막상 피난길에서는 따뜻한 밥 한 그릇 얻어먹기 어렵다. 비 내리는 임진강을 건널 때는 상하가 없었다. 임금에게 올리는 밥을 군사들이 달려들어 먹어치우기도 하고, 임금을 지키라고 호령해도 누구 하나 들으려 하지 않는다. 군사들은 임금이 보는 데서도 버젓이 코를 풀고 오줌을 갈겨대고 방귀를 뀌어댔다.

승지쯤은 말단 군사들조차 무시하고, 직속상관인 경기 감사가 소리를 빽빽 질러대도 미적거렸다. 그나마 개성에 들어선 뒤에야 황해도 군사들이 모여들어 가까스로 위엄을 갖출 수 있었다.

"이보게, 도승지. 이제 어쩌면 좋은가? 적이 벌써 도성을 점령했으면 하루나 이틀이면 또 이곳 개성까지 쳐들어오겠지?"

"그렇습니다."

"아니, 그렇다니, 그렇다면 나더러 어쩌란 말인가?"

왕은 이 상황에서도 어린애 같은 소리나 해 댔다. 투정만 부리면 만사 해결되는 줄 안다.

"그야 명나라로 도망쳐야지요. 우리가 기댈 데라곤 명나라밖에 없잖습니까?"

"아무래도 그렇겠지? 나도 그렇게 생각했어. 아이고, 명나라라도 있으니 얼마나 다행이야."

그때, 행재소로 들어서던 유성룡이 냅다 소리를 질러댔다.

"전하, 심약한 말씀은 하지 마시오. 죽어도 이 나라에서 죽어야지 어딜 간다고 그러십니까? 나라가 없어져 땅 한 조각, 백성 하나 없는 마당에 누가 전하를 국왕으로 받들겠습니까?"

"그럼, 나더러 왜놈의 손에 죽으란 말이오?"

"죽기로 적을 막아야 한단 말씀입니다. 백성들은 적의 말발굽에 신음하고 있는데 나라님께서는 도망칠 궁리만 하다니, 그래서야 쓰겠습니까? 주상 전하께서 단 한 발이라도 이 땅 지경을 벗어나는 날에는 조선은 영영 없어지는 것입니다."

도승지 이항복이 유성룡에게 대들었다.

"좌상 대감, 그렇다고 좌상이 나가서 적을 막겠소? 현실성 있는 얘기를 해야잖습니까?"

"자넨 나이도 젊은 사람이 사기를 진작시키지는 못할망정 왜 힘 빠지는 소리를 하고 있는가? 죽자고 싸워도 될까 말까 한데 벌써부터 남의 나라로 도망치는 꾀를 내는가 말일세!"

이항복은 36세, 국왕 이균은 40세, 유성룡은 47세다. 유성룡은 어른으로서 왕과 도승지에게 일갈을 놓았다.

"처음에야 다들 놀라서 허둥댔다지만 이제 곧 좋은 소식이 올 거요. 경상우도, 충청도, 전라도가 다 안전하잖소? 지금도 행재소와 지방 수령 간에 장계가 연락부절하지 않소? 곧 의로운 사람들이 벌떼처럼 일어날 것이니 행여나 압록강을 건너자는 말은 입 밖에 내지 마시오. 도승지가 돼 가지고 그런 말을 함부로 올리면 못 쓰오! 행여나 그 말이 행재소 담 밖으로 새나가는 날이면 당신이나 나나 목숨을 보전하지 못하오. 알겠소!"

국왕은 무안한지 얼굴을 붉혔다. 유성룡은 그쯤에서 눈치를 채고 물러났다. 그러고는 밖으로 나가 삼삼오오 두런거리던 지방 수령들에게 독전을 권유하는 문서를 내리고, 평안도와 함경도에 군사를 징발하는 문제로 바삐 돌아다녔다.

왕은 유성룡이 나가자마자 이항복을 재차 불렀다.

"이보게, 도승지. 유성룡이 핏대를 올리는 걸 보니 민심이 여간 아닌가 봐. 아무래도 누군가 책임을 져야겠어."

왕은 또 엉뚱한 계책을 내놓았다.

"아이고, 전하. 자진하실 생각은 마소서."

도승지 이항복은 저도 모르게 이 전란의 책임이 국왕에게 있다고 실토했다.

"무슨 소리야? 난리를 책임질 자를 가려내잔 말이야. 좌상 말하는 걸보니 그냥 있다간 내가 다치게 생겼잖아."

"책임질 자라니, 그러면……."

왕은 또 기상천외한 데서 죄를 찾을 결심이다. 유성룡한테서 면박 받은 것도 기분 나쁘고, 이번에 도성을 탈출하여 개성에 이르는 동안 차마 말할 수 없는 모욕을 받은 것을 누군가에겐 분풀이하지 않을 수 없다.

"눈치 없긴, 대간들을 불러들여요. 그 주둥이들 뒀다 어디 쓰겠어."

곧 대사간 김찬 이하 이빨 튼튼한 대간들이 우르르 행재소로 들어섰다. 대간들은 근질근질한 입을 씰룩거렸다. 왕은 기다렸다는 듯이 본색을 드러냈다.

"이 난리가 나도록 정사를 게을리 한 대신들을 그냥 둘 참인가! 대간들이 그렇게 물러터지니 나라가 이 꼴이 된 게지!"

눈치 있는 대간들은 입을 딱딱 벌리고는 왕이 원하는 대답을 척척 지어 올렸다.

"아무래도 도성을 버리자고 말한 영상 이산해에게 죄를 줘야겠습니다. 끝까지 도성을 지켰어야지 신하가 돼 가지고 어떻게 도망가잔 말을합니까!"

"자네들 생각도 그렇지?"

"아니, 그 상황에서 누가 국왕을 피신시키지 않을 수 있겠습니까? 코앞에 적이 들이닥치고 있는 데다 군사라고는 겨우 몇 천밖에 없는데, 국왕을 구하자고 나선 게 왜 죄가 된단 말씀이십니까? 영상은 오히려 용기 있는 분이십니다. 피난 오지 않았더라면 지금 이 순간 주상 전하 이하 우리 모두 황천에 있을 것입니다."

이산해의 조카 황붕이다. 명분론에 빠져 오도 가도 못하던 왕을 피난시켜 준 영의정을 원수로 여기는 것 아닌가. 하지만 왕은 이미 변심했다.

"너 이산해 조카지?

"지금 그게 무슨 상관입니까? 옳고 그름을 가리자는 마당에!"

"넌 나가든지 아니면 입 다물고 가만히 있어."

왕은 이미 죄인을 만들어 민심을 돌리기로 작정한 뒤다. 그때 대간들이 모여 있다는 소식을 들은 유성룡이 헐레벌떡 뛰어들었다.

"전하, 영상이 전하를 피신시킨 것은 충정에서 나온 것이지 어찌 나라를 망하게 할 작정이었겠습니까? 저 또한 영상과 같은 말을 했으니 파직시키려거든 저도 물러나게 하소서! 피난 온 게 억울한 자는 한양성으로 돌아가!"

왕은 유성룡의 말에 뜨끔해서 얼른 시선을 거두며 딴청을 부렸다.

"딱 한 사람만 책임지면 되오. 영상 이산해는 당장 파직시키고, 그 자리에 좌참찬 최흥원을 영상으로 앉히시오."

"파직으로는 안 되고 목을 베셔야 합니다!"

왕은 그렇게 말하는 대간을 힐끗 보았다.

"영상을 죽이면, 개성에서 피난 나갈 지경이 되면 어쩔래? 자네 혼자 왜적을 막겠냐고? 네가 개성을 사수하겠느냐고? 정도껏 떠들어!"

이산해를 죽이라고 목청을 돋우던 대간은 머쓱한지 쥐 수염을 쓸어내리며 고개를 돌렸다. 이번에는 다른 대간이 나섰다.

"좌참찬 최흥원은 황해 감사로 갔잖습니까? 당장 자리에 없습니다."

"불러다 쓰면 되지 뭘 그러나. 황해도가 이미 적지로 변했는데 감사가 뭐 필요해? 영의정 겸 감사를 해도 상관없어."

그런 중에 좌승지 이충원이 정철의 벗이자 전날 서인을 이끌던 성혼을 불러다 쓰라고 청했다. 왕은 버럭 화를 냈다.

"아무리 화급해도 성혼 같은 악귀를 불러들일 순 없지."

그 사이 또 대간들이 나서서 최흥원이 오지 않는다며 영상 자리를 비울 수 없다고 떠들어댔다. 왕은 대충 생각을 해 보다가 얼른 자리를 바꾸었다. 이 마당에 영의정인들 영광스런 자리는 아니다.

"그러면 유성룡을 영의정으로 올립시다. 최흥원은 돌아오는 대로 좌의정을 시키고, 한강을 지키지 못한 우의정 이양원도 생각난 김에 윤두수로 바꿔 버립시다."

그런 지 얼마 지나지 않아서 또 대간들이 들고 일어났다.

"가만히 생각해 보니 유성룡은 전쟁 안 난다고 떠들던 김성일하고 같은 동인이고, 이제는 남북으로 갈린 중에 똑같은 남인 아닙니까? 그런 자를 파직시키지는 못할망정 영의정이라니요!"

"하긴 그렇지? 그렇다고 난리 통에 김성일을 죽이지 못했으니, 유성룡만 벌할 순 없고……, 그렇다고 그런 자를 정승으로 쓸 수도 없고. 아무래도 그이더러 근신하라고 해야겠군. 취소."

왕은 또 머리를 굴리다가 인사를 번복했다.

"그러면 최흥원을 도로 영상으로 앉히고, 윤두수는 좌상, 우의정에는 유홍을 올려 앉으라고 하시오. 유성룡은 고향으로 물러가 근신하라하고. 아니지. 그이 고향 의성은 적지로 떨어졌지 아마? 그럼 그냥 행재소에 붙어 백의종군하면서 참회하라고 해야겠군."

왕은 개성에 앉아서도 당쟁을 부추기는 쓸데없는 인사에 열을 올렸다. 그러는 사이에도 임진강에서는 한강 방어에 실패한 도원수 김명원이 나서서 황해와 경기 군사를 거느리고 진지 보수에 열을 올리고 있었다.

이날 밤, 왕은 도승지 이항복을 몰래 불러 피난 가자는 의논을 했다. 처음 한양을 떠나자고 권했던 영의정 이산해가 파직되는 것을 보고는 누구 하나 먼저 개성을 뜨자는 사람이 없다. 그러니 사관 몰래 도승지와 임금 두 사람만 의논을 모을 수밖에 없다. 임진강이 무너지는 날이면 도망가는 일도 쉽지 않으니 왕은 서둘러 길을 떠날 생각이었다.

이튿날 누가 먼저 말을 하는 사람은 없었다. 그렇건만 모두들 짐을 싸들었다. 왕의 행차는 이심전심 열을 지어 북으로 길게 향했다. 이산해를 죽이라고 떠들던 대간들까지 서둘러 짐을 꾸리고 그 뒤를 따랐다. 그럴수록 혹 이산해나 유성룡의 눈에 띌까 걱정하면서 자라목에 종종걸음을 쳤다.

왕의 이번 목표는 평양이다. 그러자면 경기도, 황해도를 다 버리고 평안도까지 가겠다는 결심이다. 하도 갑작스럽게 피난이 시작되다 보니 신주를 책임지던 예조 관리들까지 당황했다.

종묘에서 걷어온 물건이 하도 많다 보니 말 5십 필이 있어도 모자랄 지경이다. 그걸 말 한 마리 내주지 않고 저마다 도망치다시피 하는데 책임을 맡은 예조 판서 정창연이라고 달리 어쩔 수가 없다. 정창연도 한양을 떠날 때는 이조 참판이었는데, 피난 중에 죽은 예조 판서 권극지를 대신해 자리에 앉았으니 인수인계를 한 바도 없고, 덜렁 인수印綬만 목에 건 것이다.

판서와 참판 박응복, 예조참의 이정립, 종묘제조 윤자신 등은 다급한 나머지 땅을 파서 신주를 묻었다. 뒤늦게 신주가 개성에 묻혀 있다는 걸 안 윤두수는 부랴부랴 사람을 보내 어떻게든지 찾아오라고 했다.

국왕이 지나치게 겁을 먹고 안절부절못한 탓이다. 야반도주한 셈이니 왕은 또 밥을 굶어야 한다. 먹을 게 있으면 너나없이 제 입으로 가져다 넣을 뿐 왕이야 굶든 먹든 상관하지 않는다. 대신은 물론 임금을 가까이서 모시는 승지들까지 그렇다. 대사헌 이헌국이 기어이 자중지란을 일으켰다.

"정승이고 승지고 다 개자식들이야! 어떻게 임금이 수라를 거른단 말이야! 저희들은 물에 불린 보리밥이라도 몰래 처먹겠지!"

그 소동에 다들 웃기만 할 뿐 누구 하나 나서서 말리는 사람이 없다.

구차한 피난 행렬은 느릿느릿 걸어서 5월 8일 평양에 닿았다.

평안 감사 송언신이 3천 군마를 이끌고 나와 피난 행렬을 정중하게 맞이했다. 난생처음 대규모 기마군을 본 왕은 기운을 차리고 버렸던 위엄을 거둬들였다.

"이젠 살았구나."

왕은 평양성에 행재소를 차리고 굶주린 배를 마음껏 채웠다. 그러고 나서는 임진강 방어선에 군대를 증파하는 문제를 논의했다.

"임진강에 나간 도원수 김명원은 잘 지키고 있소?"

"예. 다만 유도대장으로 한양성을 지키라고 했던 이양원은 종적을 모른답니다."

"그러면 우의정 유홍이 평안도 기마군 3천을 이끌고 내려가시오."

그 말에 깜짝 놀란 유홍은 종아리를 걷어 올리며 난처한 기색을 보였다. 어차피 기강은 무너졌으니 국왕과 대신 간에 오가지 못할 말이 없고, 갖다 붙이지 못할 이유가 없다.

"저, 다리에 종기가 났는데요?"

보다 못한 대사헌 이헌국이 나서서 호령했다.

"여보시오, 우상! 재주도 없고 덕도 없이 우의정으로 벼락출세했으면 그 값을 해야지 않겠소! 국왕께서 가라면 갈 일이지 그까짓 종기를 핑계로 몸을 빼는 재주는 어디서 배웠소!"

유홍은 입을 꽉 다물고 간단 말은 끝내 하지 않았다. 죽느냐 사느냐 하는 마당에 그깟 우의정 벼슬, 개를 줘도 상관없다. 왕은 하는 수 없이 한응인을 불러 대신 가라고 명령했다. 또 말썽이 생긴다.

"아무래도 도원수 김명원은 믿을 수가 없어. 한강을 지키라고 했더니 싸워 보지도 않고 헐레벌떡 도망 나왔잖소? 이번에도 그러면 평양도 지키기 어렵소. 한응인, 자네는 말이야, 도원수 명령을 들을 것 없이 알아서 적을 무찌르시오. 알겠소?"

그러고는 한응인에게 평안도 기마군을 주어 전선으로 출발시켰다. 왕권이 회복되자 기분이 좋아진 왕은 대동문에 나가 시도 읊고 평양 백성들을 만나 나라를 구할 방도를 토론하기도 했다.

어찌나 기분이 좋았던지 행재소에 돌아온 왕은 난데없이 인사 발령을 낸다고 승지들을 불러 모았다. 평양까지 호종한 사람들에게 일제히 한 직급씩 올려주란다. 전지도 없고 그냥 말로 떠든다.

사관이 다 도망가 옥음을 적는 사람은 예조 좌랑 이효원밖에 없다. 왕명을 받고 떠나간 사람 외에 중간에 빠졌거나 소재가 파악이 되지 않는 당상들은 다 면직시키고 그 자리에 하나씩 갈라붙이다 보니 모두가 다 기분 좋게 한 자리씩 승진하였다. 물론 녹봉은 경국대전에 묻은 먹가루일 뿐이고, 밥이나 굶지 않으면 다행이다. 나중에 족보에나 기록될 허망한 벼슬이다.

"참, 도승지 자넨 말이야. 그 직급 가지고 될 일이 아니니 내가 신경 좀 써야지? 자네같이 훌륭한 젊은이는 아무래도 형조 판서를 시키는 게 좋겠어. 괜찮지?"

도승지는 정3품, 판서는 정2품이다.

"신 형조 판서 이항복, 신명을 바쳐 일하겠나이다."

왕은 그래 놓고는 얼마 지나지 않아서 다시 변덕을 부렸다.

"아니, 아니야. 평화 시라면 형조 판서가 좋겠지만 지금은 전쟁 중이니 병조 판서가 더 중하잖은가. 그러니 병조 판서를 맡는 게 좋겠네."

"신 병조 판서 이항복, 신명을 바쳐 왜적을 물리치겠나이다."

그저 국왕이 말하는 대로 고개만 숙이면 된다.

"왜적을 물리치는 것보단 왕실을 지키는 게 더 중하단 사실을 잊지 말라고."

그런 중에 한가해진 틈을 타서 대간들이 또 들이닥쳤다. 지난 번 개성에서 파직시킨 영의정 이산해를 그냥 두면 안 되니 귀양이라도 보내자는 소리다. 왕은 죽이는 것을 허락하지 않았지만, 귀양을 보내자는 말에는 일리가 있다고 고개를 끄덕였다. 그러고는 그 난리 중에 이산해더러 평해로 가서 근신하라고 명령했다. 평해라면 경상도 울진 바로 밑에 있는 작은 읍이다. 벌써 적지로 변한 경상좌도로 유배를 떠나라는 한심한 발상에 이산해는 기가 막혀 대꾸조차 하지 않았다. 임금이 정신이 있는 건지 없는 건지 이해할 수 없다. 가라고 하니 가는 시늉이라도 해야 한다.

"이산해는 됐고, 기왕이면 김공량도 잡아다가 목을 베소서."

김공량은 한양 옥사에 갇혀 있다가 전쟁이 나는 바람에 다른 죄수들과 함께 떳떳이 걸어 나왔다. 전쟁 통에 죄수들을 끌고 다닐 수 없으니 죽일 만한 자는 죽이고, 나머지는 옥문을 열어 주었다. 눈치 빠른 그는 피난 행렬을 따르지 않고 금은보화만 챙겨 산간벽지로 튀었다.

"강원도 어디로 도망갔다는데 찾을 수가 있어야지. 내수사 종들을 데리고 궁궐을 지킨 공도 있잖은가. 자세한 건 다음에 얘기하세."

왕은 아무래도 처남을 죽이는 일에는 적극적이지 않다.

그런 중에 충주에 간다고 길을 떠났던 이덕형이 빈손으로 돌아왔다. 일본군 제1대장 소서행장이 만나자고 하여 죽산까지 내려갔다가 그냥 돌아오는 길이다.

이덕형은 전날 대마도주 종의지, 승려 현소 등이 찾아왔을 때 선위사로서 그들을 사귄 적이 있다. 그 인연으로 소서행장이 양국 문제를 논의하자고 청한 것이다. 그러나 이덕형이 내려가기도 전에 충주 전투가 벌어지고, 곧이어 조선군이 패전하는 바람에 허둥지둥 돌아오는 길이다.

"그래, 왜장을 만나지 못했다고?"

"예. 겨우 죽산에 갔는데 충주가 벌써 함락되었더군요. 그나저나 전하, 정말 큰일입니다. 일본군을 반기는 백성도 많더라니까요. 죽산, 양지, 용인을 지나 한양에 이르는 동안 백성들은 죄다 조정을 욕하고 주상 전하를 힐난했습니다. 아무래도 평양에서도 백성들을 위로하지 않고서는 불측한 변이 생길 수도 있습니다. 정말 조심해야겠습니다."

왕이 이맛살을 찌푸리자 자칭 충신들이 벌떼처럼 일어났다. 전쟁은 벌써 까마득히 잊고 행재소를 만춘전이나 보평청인 줄 안다.

"아니, 당신! 주상을 위협하는 거요, 뭐요?"

"나라가 위급해도 그렇지 감히 할 말 못할 말 마구 지껄이다니!"

좌상 윤두수와 대간들이다. 이덕형은 그만 입을 딱 다물고 뒤로 물러났다.

이날 밤 죽마고우인 이항복과 이덕형은 한 처소에서 잠을 잤다.

"인간쓰레기들 속에서 도승지 노릇 하느라 고생이 많군."

"나 이제 병조 판서라네. 아니, 형조 판서도 잠깐 해 봤지. 하하하, 우습다."

"무슨 소리야? 애들 소꿉놀이하나?"

"요즘 인사가 그래. 조석으로 한 직급씩 올라가고, 귀양 가고, 목 베고. 그러니 자네도 조심해. 그러잖아도 일본군이 자넬 조선 국왕으로 봉한다는 소문이 있어."

"뭐? 누가 날 조선 국왕에 임명한다고?"

"그냥 뜬소문이야. 자네를 미워하는 놈들이 지어낸 말이겠지. 그래서 다들 그렇게 삐딱하게 나오는 거야. 주상 기분 잡치게 할 말일랑 아예 꺼내지 말게."

"빌어먹을. 나라가 망할 지경인데 아직도 지지고 볶는구먼. 그래도 난 할 말은 해야겠어. 오다가 한양 도성이 불타는 걸 내 눈으로 직접 보았어. 백성들 원성이 하늘을 찌를 듯해. 이 나라는 일본군한테 망하는 게 아니라 백성들한테 뒤집히게 생겼어. 나중에 일본군이 물러간다 해도 예전처럼 큰소리치며 돌아가지는 못할걸?"

"어허! 그런 말 하다가는 정말 죽는다니까. 친구인 나로서도 어쩌지 못하는 상황이 생긴단 말이야."

"죽을 때 죽더라도 할 말은 해야. 주상의 이름으로 백성들을 위무

하지 않으면 정말 큰일난다고. 피난은커녕 여기서 맞아죽을 수도 있어. 왜구보다 더 무서운 건 핏발 세운 내 나라 내 백성이야. 그동안 우리 조정은 백성을 너무 잊고 살았어. 이제라도 반성해야 돼.”

“알았어. 제발 임금 앞에서는 말하지 말고 일단 그 좌의정 윤두수 영감한테나 말해 보게. 거기서 통하면 나중 행재소에 가서 말해 보고, 아니면 그만두게.”

“알았네.”

이튿날 이덕형은 같은 말을 윤두수에게 다시 했지만 그는 무서운 눈초리로 째려보았다. 이덕형은 하는 수 없이 물러났다. 바로 그 뒤 왕은 부원수 신각을 처형하라며 선전관을 내려 보냈다. 전쟁 중에 목을 베라는 영을 자꾸 내리면 사기가 떨어진다고 누군가가 말렸지만, 왕은 영을 거두지 않았다. 일본군은 한 명도 죽이지 못하면서 제 나라 장수 목은 잘도 잘라댄다.

신각은 왜 죽었는가.

한강 방어선에 투입되었던 부원수 신각·도원수 김명원은 방어선이 무너지자 임진강으로 물러나고, 유도 대장 이양원과 부원수 신각은 각기 부하들을 이끌고 양주로 후퇴했다. 그러다 보니 이양원과 신각의 행방을 알지 못한 조정은 그들이 탈영한 줄로만 알았다.

신각은 거기서 구원차 내려온 함경도 남병사 이혼을 만나 군사를 정돈한 다음 마침 양주로 진격해 들어오던 일본군을 공격하기로 했다. 일본군은 제1군 소속 60여 명으로 약탈을 하던 중이었다.

신각은 매복군을 이끌고 적을 기다리다가 일시에 들이쳤다. 일본군

은 조총을 써볼 겨를도 없이 조선군이 쏘아대는 화살에 맞아 죽고, 일부
는 칼에 맞아 쓰러졌다. 이 전투에서 일본군은 모조리 척살되었다. 신각
은 조선군 최초의 승전보를 적어 행재소로 올려 보내고 애쓴 군사들을
위해 잔치를 베풀었다.

"왜군들 이거 별거 아니군. 해 볼 만하다 이 말이야! 하하하!"

잔치가 끝난 뒤 신각은 함경도 남병사 이혼에게 본대로 복귀하라고
올려 보내고, 그는 이양원과 함께 도원수 김명원이 진을 치고 있는 임진
강으로 올라갔다. 그러고서 도원수 김명원에게 승전을 보고했다. 김명
원은 승전을 축하하면서 연천으로 가서 북상하는 일본군을 막으라고 했
다. 그런데 그를 찾아온 것은 일본군이 아니라 평양에서 달려온 선전관
이었다.

"뭐야, 너는?"

"어명이오. 도원수 김명원이 장계를 올리기를 부원수 신각이 명령을
듣지 않아 한강 방어에 실패했다고 했소. 주상께서 그 죄를 물어 장군의
목을 베라고 했소."

이양원이 나서서 그게 아니라고 호소했지만 앞뒤가 꼭 막힌 선전관
은 칼을 쳐들었다. 신각은 한강을 방어하지 못한 책임을 묻는 것이라면
하는 수 없다며 목을 내밀었다. 이양원과 신각의 부하들이 발을 구르며
항의했지만 선전관은 왕명을 어김없이 집행했다.

"기다리시오!"

또 선전관 한 명이 달려왔다. 그때는 이미 신각의 머리와 몸뚱이를
실로 꿰매 잇고 염을 할 때다.

"아니고, 늦었구나."

그는 신각의 승전보를 받아 본 조정이 뒤늦게 죽이지 말라는 명령을

갖고 달려온 선전관이다. 이 무렵 국왕이 하는 일이 대개 이러했다.

이 무렵 임진강 방어선에는 두 가지 문제가 있었다. 우선 사기가 잔뜩 올라 있던 신각 휘하 부대가 대장이 참형을 받아 죽는 것을 보고는 의욕을 잃었다는 점이고, 두 번째는 왕이 증원군이라며 내려 보낸 한응인의 평안도 군사 3천 명이 도원수 김명원의 명령을 무시하고 독자적으로 작전을 편다는 것이다. 모두 왕의 변덕으로 생긴 골칫거리다. 도원수 김명원 휘하에는 이빈, 유극량 등 장수 2십여 명이 이끄는 군사 7천이 있고, 죽은 신각 대신 대탄을 지키는 이양원, 이일 휘하에도 장수 십여 명과 군사 5천이 있다.

소서행장의 1군과 가등청정의 2군, 그리고 흑전장정의 3군, 도진의홍의 4군 연합군과 조선군 연합군이 임진강에서 마주친 것은 5월 8일이다. 그때부터 약 9일간 일본군을 저지해 낸 조선군에 문제가 생겼다. 지휘 계통이 각각 다른 도원수 김명원 휘하의 군사와 한응인 휘하의 기마군이 별도로 작전을 편 게 화근이었다. 한응인이야 어명을 받아 내려왔을 뿐 실제 평안도 군사를 지휘하는 것은 수어사 신할申硈이고, 신할은 한응인을 대신해 일어섰다.

"저 왜놈 새끼들, 여기까지 걸어오느라고 어지간히 지쳤을 것이다. 그런즉 몽둥이만 휘둘러도 다 까무러칠걸?"

그러고는 기세 좋게 임진강을 건너갔다. 평안도 기마군이 도강하는 걸 보고 도원수 휘하의 별장 유극량도 군사를 몰아 배를 탔다. 신할의 기마군 3천, 유극량의 보군 7천이 일제히 도강하자 일본군 진영은 겁을 먹는 듯했다. 소서행장의 깃발 일장기日章旗와 나무묘법연화경이라고 쓴 가등청정의 깃발이 지휘부와 함께 꼬리가 빠져라 뒤로 달아났다. 적이 달아나는 걸 처음 본 조선군들은 신이 올랐다.

"봐라! 겁먹고 도망치잖느냐! 싸우질 않고 달아나기만 하니 여기까지 밀렸지, 안 그래?"

신할은 부장들을 둘러보며 진격령을 내렸다. 여기저기서 채찍을 날리는 소리며 말을 모는 휘파람 소리가 어지러운 가운데 3천 군마가 지축을 흔들었다. 유극량이 이끄는 보군도 창을 옆구리에 끼고 우레 같은 함성을 내지르며 적진을 향해 돌격했다.

"왜놈들을 부산 앞바다로 몰아 수장시키자!"

"왜놈 대가리 하나만 베어도 일 계급 특진이다!"

"소서행장의 머리를 끊어오면 그 즉시 당상관이라더라!"

신할의 기마군은 흙먼지를 자욱하게 일으키면서 적진 깊숙이 달려들어갔다. 적 후미를 향해 화살을 날리고, 걸음이 빠르지 못해 뒤쳐진 일본군 몇 명의 등짝에 창을 박아 주었다. 창을 맞은 일본군은 외마디 비명을 지르며 처참하게 죽었다. 그럴수록 신이 났다.

"왜구 이거 별 거 아니잖아?"

"적의 심장부를 물어뜯어라!"

작은 승리에 도취한 신할은 적 지휘부를 향해 기마군을 몰아댔다. 그러나 그것으로 끝이다.

"탕! 탕! 탕!"

어디선가 총소리가 들려왔다. 총알은 보이지 않았다. 그 순간 신할이 말안장에 엎어지면서 다시는 고개를 들지 못했다. 그를 따르던 부하들은 처음에는 그가 총알을 피해 엎드린 줄만 알았다. 그러나 끝내 말에서 떨어진 그는 다시는 일어나지 못했다.

일본군은 조선군이 도하하는 걸 보고는 조총수 부대를 매복시켰다가 일제히 발사한 것이다. 달아나던 적 지휘부도 언덕에 엎드려 조총 심지에 불을 붙이기 시작했다.

"탕! 탕! 탕!"

또 한 번 총소리가 천지를 진동했다. 신할이 쓰러지는 걸 본 기마군은 말머리를 돌리려 했지만 매복해 있던 일본군이 사방에서 공격해 들어왔다. 선봉이 무너지면서 여기저기서 난전이 벌어졌다. 신할 대신 앞으로 나선 유극량은 목이 터져라 군사들을 지휘했다.

"기마군은 적진으로 파고들고, 보군은 적에게 가까이 접근하여 싸워라!"

명령을 받은 조선군은 적 지휘부를 향해 맹렬하게 달려들었다.

유극량은 백병전으로 맞서기로 하고 적의 진지로 마구 파고들었다. 일본군이라고 모두가 다 조총을 가지고 있는 것은 아니었다. 여기저기서 칼이 부딪치는 소리, 피아간에 내지르는 비명이 진동했다. 어떻게든 적 지휘부를 갈라 일본군의 몸통을 갈기갈기 찢어 놓아야만 승산이 있다.

임진강 전선에 포진한 일본군은 모두 4만 명, 1만 조선군의 네 배다. 전 9군 중에서 경상도를 맡은 7군과 9군, 전라도를 맡은 6군, 충청도를 맡은 5군, 경기도를 맡은 8군을 제외한 1군, 2군, 3군, 4군 연합군이다. 평안도로 들어갈 예정인 1군 소서행장 휘하의 1만 8천 명, 함경도로 들어갈 예정인 2군 가등청정 휘하의 1만 2천 명, 황해도로 들어갈 예정인 흑전장정의 1만 2천 명, 강원도로 들어갈 예정인 도진의홍 휘하의 1만 5천 명, 모두 4만 7천 명이다. 그중 임진강까지 오는 동안 7천 명 정도 전사한 것으로 쳐서 약 4만이다.

초전에서 기세를 올리던 조선군은 인해전술로 밀어붙이는 일본군에 점점 밀렸다. 결국 적진으로 뛰어들었던 유극량마저 피를 물고 전사한 뒤로는 일로 후퇴하는 길밖에 없었다.

"후퇴하라!"

강 건너에서 초조하게 전황을 지켜보던 도원수 김명원은 조선군에 후퇴령을 내리고, 다급하게 철수선을 띄웠다. 배 수백 척이 강변에 닿자 조선군은 화살을 날려 적의 추격을 뿌리치면서 임진강 북안으로 후퇴했다.

돌아온 군사는 건너갔던 군사의 절반밖에 되지 않았다. 일단 후퇴한 조선군은 진지를 다시 구축할 겨를도 없이 군영을 거두어 버렸다. 엄폐물이 없는 백사장에 몰려 있다가는 적의 조총 공격에 노출되기 때문이다. 조선군은 하는 수 없이 산등성이 쪽으로 이동하여 새로운 진지를 구축하기로 했다.

5월 17일, 조선군은 임진강 전선을 포기하고 후방으로 물러나기 시작했다. 이 무렵 이양원과 이일이 지키던 대탄 쪽은 계속 방어선을 유지해 일본군은 6월 1일이나 되어서야 겨우 임진강을 건널 수 있었다. 일본군 쪽에서 보자면 조선군 병력이 얼마나 되는지 알 수 없기 때문에 조심하려는 것이고, 더욱이 조선군이 강변에서 철수했다가 다시 들이닥치면 자신들이 배수진에 갇히는 걸 두려워한 것이다. 그래도 조선군은 처음으로 맹렬한 교전을 벌여 한강 방어선이 무너진 지 한 달여 임진강을 지켜냈다. 그것으로 맹장 신할과 유극량, 그리고 적잖은 기마군과 보군을 잃은 아픔을 달래야 했다.

5월 19일, 평양 행재소.

"임진강 방어선이 무너졌습니다."

"그러면?"

"평양도 위험하다는 뜻입지요."

왕은 낙담했다. 이때부터는 누구누구 할 것 없이 기강이 무너지기 시작했다. 이제는 누굴 죄 주라고 떠들 처지가 아니다. 어차피 한양 도성을 떠날 때부터 깨진 기강이긴 하지만 임진강 방어선마저 무너졌다는 비보에 망국의 조짐은 역력히 나타나기 시작했다. 임진강 이남에 처자식과 부모 형제를 두고 온 관리들은 가족 생각에 잠을 이루지 못하다가 관복을 벗어던지고 다투어 귀향하기 시작했다. 효를 강조하는 유교 때문에 나라를 구하는 일은 다들 뒷전이다. 일 계급 특진이 아니라 몇 계급 뛴 벼슬마저도 헌신짝처럼 벗어던졌다.

"나라보다 가문이 더 소중한 법이야."

행재소를 탈출한 관리들의 머릿속에는 오로지 그런 생각뿐이다.

막상 임진강이 무너지면 그 다음 방어선은 평양성 대동강 전선, 그야말로 마지막 방어선이다. 그러자면 왕이 조선군을 직접 지휘해야 한다는 여론이 나올 판이다. 물론 왕은 그러도록 버틸 위인이 못 된다. 그는 얼른 조정 대신들을 불러 모아 앞일을 의논하게 했다. 대신들 입에서 왕을 재차 몽진시키라는 여론이 생기기를 바란 것이다. 사미인思美人으로 오랜 세월을 보낸 정철(왜란 덕에 세력을 얻은 서인들이 그를 불러들였다. 왕을 사모하는 가사를 많이 지은 만큼 출세의 기회도 많았다.)이 눈치 빠르게 나섰다.

"평양이야 한양하고는 다르지요. 한양이라면 목숨을 걸고 지켰어야 하지만 평양쯤은 한낱 지방의 작은 성읍이니 그리 중요하진 않습니다. 그러니 평양성은 대장을 한 사람 붙여 방어하게 하고, 주상 전하께서는 멀리 물러나 관망하는 것이 좋겠습니다."

왕이 원하는 게 딱 그 말이다. 정철의 말에 병조 참판 심충겸과 이덕형이 줄지어 찬성하고 나섰다.

"뭐라고들 지껄이는 거야!"

좌의정 윤두수, 이유징, 박동량은 눈에 불을 켰다.

"전날 한양 도성을 버리자고 한 이산해는 적지로 유배시키고 어떻게 오늘날 같은 말을 반복할 수 있습니까? 더구나 평양에서 달아나봤자 지경(地境:국경)까지 겨우 수백 리인데, 가면 어딜 갑니까? 여기서 목숨 걸고 지키느니만 못합니다. 여차하여 한번 압록강을 건너는 날에는 이 나라가 끝장나는 줄이나 아소서."

특히 윤두수는 눈을 부라리며 왕을 흘겨보았다.

"전하, 평양은 방어하는 입장에서 보자면 한강이나 임진강보다 수월합니다. 그러니 요동에 구원을 청해 놓고 있는 힘껏 싸워야 합니다."

"과, 과인은 모르오. 국사는 경들에게 맡겼으니 알아서들 해 주오."

왕은 숫제 뒤로 물러나 앉겠다는 말이다.

"전하, 평양을 떠나겠다는 말씀이시오?"

"아니, 그러면 나까지 여기 있다가 성이 함락되면 왕더러 개죽음하란 말이오?"

"그, 그건 아니옵니다만……."

아직도 그는 사람을 죽일 수 있는 생사여탈권을 쥔 국왕이다.

"대신 세자를 남겨 두겠소. 세자더러 평양성을 굳게 지키라고 할 테니 너무 걱정들 마시오."

그 뒤로도 조정이 피난을 가냐 마느냐 하는 문제로 연일 시끄러웠다. 그럴수록 왕의 얼굴은 파리하게 야위어 갔다. 임진강 방어선에서 물러난 이일까지 장계를 보내 와 평양성을 사수할 테니 조정은 피난가지 말아 달라고 청했다. 도원수 김명원 휘하의 군사들도 속속 평양성으로 들어오면서 사수론은 점점 더 힘을 얻었다. 그럴수록 왕의 얼굴에서 핏기가 빠져나갔다. 누군가 명분을 만들어 주지 않으면 숨이 막혀 당장이라도 넘어갈 듯했다.

난리 중에도 요동 총병관이 보낸 임세록이란 자는 왕을 졸졸 따라다니면서 용안을 요모조모 뜯어보았다. 사신이란 자가 말은 안 하고 국왕의 관상이나 보려고 대든 것이다. 임세록은 호종 중인 대신들을 붙잡고 선조가 진짜 왕이냐고 캐묻고 다녔다. 말 같지 않은 소리에 조선 대신들은 웃어넘길 따름이었다. 다 사연이 있어서 묻는 말이련만 경황이 없어 임세록을 눈여겨보는 사람조차 없었다.

논의가 분분하자 이일이 입성하기를 기다렸다가 결론을 내자는 쪽으로 의논이 모아졌다. 그러나 상주전 패배, 충주전 패배, 한강 방어전 패배, 임진강 방어전 패배, 연이은 패장 이일이 평양성에 들어와 어전에서 한 말은 더욱 기가 막혔다. 장계하고는 영 딴판이다.

"전하, 이번에 쳐들어 온 적은 도저히 당할 수 없습니다. 그러니 평양성은 버려야만 합니다. 여길 지킨다고 전하까지 머무신다면 장차 무슨 화를 당할지 알 수 없습니다. 그러니 굳이 지키지 말고 어서 멀리 달아나야 합니다. 태조의 고향이신 함흥으로 피난 가는 게 좋다는 말이 있다지만 거기는 더 위험합니다. 함경도 지세가 마치 병목 같아서 한번 들어가면 빠져나올 길이 없습니다."

"함흥도 위험해?"

"함흥에 갔다가 적에게 쫓기는 날이면 돌이킬 수 없습니다. 서쪽으로는 묘향산, 백두산이 가로막히고, 북쪽으로는 멀리 두만강까지 건너야 합니다. 그 사이 무슨 변이 생길지 모르니 차라리 압록강 변에 배를 대놓고 뒤를 보는 게 좋겠습니다.”

압록강 변에 배를 대란 말에 임금 이하 여러 대신들은 이일의 어깨를 두드리면서 칭찬했다.

“이자가 감히!”

윤두수는 입술을 깨물면서 이일을 노려보았다.

“맨날 쫓겨 다니기만 하던 작자가 뭔 말라비틀어진 장수야, 장수가! 실성한 졸장부 말에 무어 좋다고 이 난리야! 다들 정신 차려!”

그런 윤두수를 향해 당장 왕명이 떨어졌다.

“그러면 이러십시다. 좌상 윤두수가 도원수 김명원을 데리고 평양성을 사수하는 겁니다. 세자가 남아 있으면 민심도 안정될 테니 걱정할 게 뭐 있소?”

윤두수는 눈을 질끈 감았다. 한번 떨어진 어명이니 못 하겠다고 할 수도 없다. 그 길로 윤두수는 도원수 김명원을 찾아가 시절을 한탄했다.

“지금 평양성 백성들이 오로지 임금이 어떻게 하나 눈이 빠지도록 지켜보고 있는데, 글쎄 저렇게 달아나신다고만 하니 이를 어쩐단 말인가. 세자는 있어 봤자 아무 소용이 없소.”

“맞습니다. 그럴 바엔 차라리 세자도 떠나라고 하십시다.”

두 사람이 들어가 그렇게 아뢰자 왕은 매우 기뻐하면서 ‘윤허’ 하였다.

중전, 빈궁, 왕자 등이 먼저 평양성을 빠져 나가기로 했다. 어디로 가겠다는 목표는 없고 일단 평양성을 나가 북쪽으로 몸을 빼자는 것이다.

6월 8일, 소서행장이 이끄는 1군 선봉이 대동강 변에 모습을 드러냈다는 척후병의 보고가 들어왔다. 깜짝 놀란 왕은 급히 행차를 꾸리게 했다. 종묘 위패가 앞장서 떠나자 평양성 백성들이 달려들어 대신들을 향해 돌을 던지고 침을 뱉으면서 욕을 퍼부었다. 한양 백성이나 평양 백성이나 국왕한테서 받은 은혜라고는 쥐뿔도 없다. 그러니 마음 놓고 욕을 해 댈 수 있다.

"세금이나 빨아대는 이 거머리들아! 백성을 다 죽여 놓으면 누굴 빨아 먹고 살 테냐!"

"야, 이항복! 병조 판서가 도망 다니라고 준 자리냐?"

"대간 놈들아! 주둥이 뒀다가 뭣에 쓰려고 꼬리가 빠져라 내 빼느냐? 제 나라 백성 잡는 구변만 있고, 적을 잡을 구변은 없다더냐?"

백성들은 행재소까지 들이닥쳐 악을 쓰고 소리쳤다. 평안감사 송언신이 그중 세 사람의 목을 베고 나서야 소란이 겨우 진정되었다. 세 사람은 왜적이 아니라 제 나라 감사한테 목을 잃었다. 그래도 백성들이 도로를 가득 메워 주중에 피난 행렬이 빠져나가기는 어려운 처지였다. 그런 중에 일본군에서 조선인 포로를 시켜 이덕형을 보자는 편지를 보내왔다.

"시간이라도 벌려면 자네가 가 봐야겠네."

왕은 경황 중에도 이덕형을 적진으로 보내기로 했다. 시간이라도 끌어보자는 꼼수다. 이덕형이야 왕이 가라니 안 갈 수 없다.

이튿날인 6월 9일, 이덕형은 자원한 종사 몇 명만 데리고 적진으로 들어갔다. 일본군은 이덕형을 보고는 일본군 제1군을 따라 종군 중이던 왜승 현소와 대마도주 종의지, 그리고 사령관 소서행장에게 안내했다. 조선말을 할 줄 아는 현소와 종의지가 대신 나섰다.

"선위사 어른, 안녕하셨소?"

"무식한 왜인들은 초상집에 조문 가서도 안녕하냐고 묻소? 서로 죽이자고 칼을 맞댄 판에 안녕은 무슨 얼어 죽을 안녕이오? 더구나 왜구가 팔도에 똥파리 떼처럼 들끓는데 그 무슨 망발이오?"

"허허, 미안하오. 오늘날 이럴 줄 알고 전에 그토록 전쟁을 막아 달라고 청했던 것 아니오? 난 그저 선위사 어른을 찾아뵈려고 부지런히 달려오다 보니 어쩌다 대동강변에 이른 것뿐이오. 선위사 어른이 자꾸만 뒤로 물러나시니 내가 말씀을 전할 겨를이 없잖소?"

"말도 되지 않는 소리는 집어치우시오."

"제가 한양을 함락시키고 들어가서 전날 묵었던 동평관에 다시 찾아가 보았지요. 거기 내가 바람벽에 적어 놓은 시가 아직 남아 있던데, 엊그제 쓴 글씨처럼 먹물이 선연하더군요. 그 시 생각나오?"

"모르오."

물론 이덕형도 일본 사신들이 묵는 여관 동평관 바람벽에 적힌 현소의 시를 본 적이 있다. 자존심이 상해 잡아떼는 것이다.

- 매미는 노래하기 바빠 사마귀가 저 잡아먹으려는 줄 모르고
물고기는 한가하게 놀고 기러기는 잠만 자는구나.
여기가 대체 어느 곳인가.
언젠가 이곳에서 크게 잔치를 열리라.

지나고 보니 그 시 그대로 되었다.

"내가 동평관에 들어가 내 시를 다시 읊조리다 보니 절로 눈물이 납디다. 불도佛徒의 몸으로 살생을 막아보자고 동분서주했건만 조선의 콧대 높은 양반네들 덕분에 아무 보람도 없게 되었으니 말이오. 난들 어쩌겠소. 잔치는 열지 않았지만 동평관에서 하룻밤 묵기는 했소. 자, 이제라도 백성들의 목숨을 건지는 일에 나서 주시오. 다시 말하지만 우리는 조선을

칠 생각이 없소. 길만 막지 않으면 이 길로 명나라로 뛰어들어 북경을 콱 밟아버릴 작정이오. 조선군이 평양성 관문만 열어주면 지금 명호옥에 대기 중인 10만 군사가 바람같이 들어올 것이오. 그러면 그 군대와 합세하여 압록강을 건너고, 거기서 요동을 거쳐 북경을 바로 물어뜯을 참이란 말이오. 그때 가서 조선군이 우리를 도와 명나라를 함께 쳐 주면 좋은 일이고, 아니어도 뭐 상관없소. 우리 풍신수길 태합께서는 조선 국왕을 모셔다가 일본 천황으로 옹립할 계획이시고, 원하신다면 명나라 황제로 모실 수도 있다고 합니다. 그러니 제발 교전은 삼가고 길만 빌려 주시오. 조선 사람 목숨이나 일본 사람 목숨이나 다 같이 중하잖소?"

대동아공영, 내선 일치의 뿌리가 여기다.

"그런 말을 하려거든 일단 군사를 대동강 밖으로 멀리 물리시오. 살생을 금하는 승려가 살인귀들을 끌고 다니다니. 그러다 지옥 불에 떨어져요."

"일본군은 너무나 미련해서 앞으로 갈 줄만 알지 뒤로 물러날 줄을 모릅니다. 그러니 조선군이 피해야지요."

이덕형을 수행한 박성경이 듣다듣다 칼을 뽑아들었다.

"이 새꺄! 중대가리엔 칼이 안 먹는다던!"

이덕형은 깜짝 놀라 박성경을 뜯어말렸다.

"하여튼 돌아가서 우리 국왕 전하께 말씀은 전해 보겠소. 그러나 길을 빌리기는 쉽지 않을 것이오."

이덕형이 소득 없이 일본군을 만나고 돌아온 6월 10일, 양력으로는 벌써 7월 18일 혹서기다.

왕은 피난에 나서기로 작심하고 궁녀들을 먼저 내보냈다. 미끼를 던져보는 것이다. 아니나 다를까 성난 백성들이 몽둥이질을 해 대는 바람에 궁녀들은 마구 흩어지고 판윤 홍여순은 큰 상처를 입고 낙마했다.

"금관자 옥관자 단 개새끼들아! 나라는 너희 놈들이 망쳐 놓고 책임은 불쌍한 백성들이 져야 한단 말이냐! 너희 놈들도 칼 들고 창 들고 같이 싸워야 할 것 아니냐!"

"이균, 이 등신아, 너하고 나하고 평양성에서 함께 싸우다 죽자!"

어떤 백성들은 행재소 문을 부수면서 달려들었다. 하는 수 없이 승지들이 커다란 목판에 정행(停行 : 피난 가지 않는다는 뜻)이라고 써 보인 다음에야 백성들은 화를 풀었다. 그래서 이날은 피난 행차가 떠나질 못했다.

6월 11일, 행차가 떠나기 전 왕은 좌의정 윤두수, 유성룡(낙직되어 그야말로 백의호종이다), 도원수 김명원, 이조 판서 겸 전 평안 감사 이원익, 평안 감사 송언신, 평안도 병마사 이윤덕 등에게 평양을 사수하라는 어명을 내렸다. 이날은 관군이 늘어서 평양 백성들을 미리 내쫓은 다음에 임금의 행차가 성을 벗어났다. 일본군에게는 물러 터진 관군이지만 막상 제 나라 백성을 후리는 데는 이골이 났는지 매섭기가 악귀 나찰 같다.

덕분에 무사히 평양성을 빠져나온 왕은 행차 중에 호종하는 신하들을 불렀다. 그러고는 심중의 진심을 말했다.

"이제 남은 길은 의주밖에 없소. 묘책 좀 내시오."

왕의 뜻이 그러하니 다른 데로 가잔 말은 할 수 없다. 먼저 이항복과 이덕형이 함께 명나라에 구원을 청하자고 주장했다.

"전하, 아무래도 명나라에 구원을 청해야만 하겠습니다. 저번에 임세록이란 관상쟁이가 다녀간 걸로 보아 명나라는 우릴 도울 마음이 통 없나 봅니다. 관상쟁이를 사신으로 보낸 것은 2백 년 역사에 처음 있는 모욕입니다."

"2백 년이 아니라 당나라 이래 처음 있는 일이야. 한 7,8백 년 되지 아마."

왕은 청병하는 일도 선뜻 결정하지 못했다. 만일 명병明兵이 들어오면 조선의 주권은 영원토록 명나라에 넘어갈지도 모른다는 걱정뿐이다.(별 걱정 다 한다. 이때로부터 350년 지난 1950년에 들어온 미군이 60년 넘도록 작전권 쥐고 있어도 모른 척 별 달고 으스대고, 불량 무기 납품하는 세상인데) 잘못하다가는 원나라 때 충렬왕, 충숙왕 하듯이 충忠 자를 앞에 붙이면서 말 못할 설움을 받을까 걱정이다.

이 무렵에도 조선 사신은 무역 차 수시로 명나라를 들락거렸는데 이무렵 홍순언을 수역首譯으로 하는 주진사 일행이 북경에 머물고 있었다. 다행스러운 것은 홍순언의 사위 석성이 명나라의 병부 상서(병조 판서급)가 되었다는 사실이다. 이들은 조선에 전쟁이 난 사실을 모르고 북경에 들어갔다가 현지에서 소식을 듣고는 부랴부랴 구원 외교에 들어갔다. 이무렵 조선에서는 이런 일이 있는 줄 알지 못했다.

왕은 고민 끝에 병조 판서 이항복은 움직일 수 없다 하여 빼놓고, 대신 이덕형 혼자 명나라에 들어가 보라고 했다. 급한 대로 요동 총관부라도 찾아가 군사를 얻어오라는 것이다.

"요동군이 제법 있다던데 되는 대로 좀 구해 오게나."

이항복은 병조 판서용으로 나온 튼튼한 말을 이덕형에게 주면서 부디 성공하고 돌아오라고 송별했다. 이덕형 일행은 의주 길로 향하기는 했으나 자연 왕의 피난 행로와 같아 함께 길을 갔다.

6월 13일, 평양을 떠난 지 이틀 만에 영변에 도착한 왕은 거기서 엉뚱한 문제를 또 거론했다.

"아무래도 나는 명나라로 아주 들어가는 게 안전할 것 같소. 그 대신 세자를 남겨 국사를 총괄토록 해야겠소."

승지 이국이 듣고는 얼굴이 벌개져서 한 마디 던졌다.

"전하, 지금 의주로 가서 명나라 황제에게 구원을 청해 보고, 이도 저도 안 되거든 우리 모두 압록강에 몸을 던져 천하 대의★義를 밝히느니 만 못합니다."

나라를 구하지 못할 때에는 다 함께 압록강에 빠져 죽자는 비장한 말이다. 그러나 그것은 말장난이고 본뜻은 명나라로 건너가 일단 목숨이나 부지해 보자는 뜻이다. 병조 판서 이항복 역시 이국의 말을 지지했다. 왕이야 당연히 그 말을 반겼다.

"내가 만약 압록강을 건너 요동으로 들어간다면 날 따를 자는 누구요?"

이항복과 이국, 홍진, 이산해의 사촌동생 이산보 등이 눈물을 흘리면서 손을 들었다.

"좋소. 그러면 너무 늙은 영의정 최흥원, 대사헌 이헌국, 이성중은 이국 땅에 들어가 고생하기 어려울 테니 세자와 함께 남으시오."

사실은 세자를 따르는 게 더 고생이다. 그래도 말은 그렇게 한다.

그 나머지 정여립 사건 때 한 몫 한 한준에게는 부모가 있으니 역시 세자를 모시라는 배려를 했다. 결국 영변에서 임금의 피난 행렬은 두 갈래로 갈라졌다. 하나는 의주로 가서 명나라에 귀부歸附하기로 결심한 왕과 뒤에 남아 조선군을 지휘할 세자다.

왕과 세자를 호종할 명단이 각각 발표되었다. 왕을 호종하기로 된 사람들은 이런저런 핑계를 대어 빠지거나 도망쳐 버렸다. 이역으로 건너

가느니 적 치하에서라도 부모형제와 살아보겠다는 '효자'들은 호조 판서 한준, 이정신, 유홍 등이다. 도무지 어명이 먹히질 않았다. 어쨌거나 왕은 세자인 광해군 이혼을 불러들였다.

"이제 네가 조선의 국사를 처결하라. 난 이만 명나라로 들어가 구원을 청할란다. 넌 이 길로 종묘 위패를 모시고 강계로 피난하라. 반드시 나라를 되찾아 훗날 애비가 돌아올 수 있도록 진력하라."

"아바마마, 죽기로 적을 물리치겠나이다."

겨우 열여덟 살 난 광해군은 이날 눈물을 뿌리면서 강계로 떠났다.

날이 저물기도 전에 평양성이 함락되었다는 급보가 들어왔다.

왕은 부랴부랴 길을 떠났다. 이제 왕을 따르는 조정 대신은 겨우 10여 명이다. 육조 판서가 각기 흩어져 버려 이때 박동량은 혼자서 6조의 통부通符를 모두 제 허리에 매달고 다녔다. 그러고도 그는 혼자서 춘추관과 여러 가지 벼슬을 겸직했다. 호위하는 병사는 불과 수십 명, 그 정도는 도적떼만 만나도 무너질 형편이다.

6월 16일, 전황이 워낙 다급해지자 왕은 세자에게 마음대로 국사를 처리해도 좋다는 전갈을 보냈다.

- 나는 나라를 망친 왕이다. 이 땅에서 죽지도 못하고 어쩌면 이역의 귀신이 될 듯하구나. 우리 부자가 이렇게 헤어지면 언제 다시 만날지 까마득하여라. 세자는 쓰러진 나라를 일으켜 세워 조종祖宗을 위로하고, 장차 내가 돌아올 수 있도록 해 달라. 국사는 이제 세자의 손에 달려 있다. 이제부터 왕명은 세자로부터 나갈 것이다.

그렇게 비장한 결의까지 하고 피난 행렬이 떠나가는데 이번에는 중국에서 송국신宋國臣이란 자가 사신으로 찾아왔다.

"들어오라는 원군은 오지 않고 관상쟁이에 순 장사꾼 같은 놈이 나타나 마구 설치는군."

왕은 명나라 사신을 만나지 않고 이항복을 대신 내보냈다.

송국신은 이항복에게 기가 탁 막히는 글을 내 놓았다.

- 조선의 팔도에 있는 관찰사는 무얼 했으며, 군현을 지키던 관리들은 왜 하나도 나서질 않았는가? 우리 명나라에는 대포大砲, 군포軍砲, 신화창(神化槍: 미사일)이 즐비하고, 맹장猛將 정병精兵은 구름같이 달린다. 까짓 왜병은 백만이어도 문제될 게 없다. 문무 지략에 뛰어난 모사는 그 수를 헤아릴 수 없으니 감히 누굴 속이랴…….

한 마디로 까불지 말란다. 원군은커녕 잘못하면 명군을 상대로 싸워야 할지 모르는 다급한 상황이다. 조선은 위아래로 꼭 끼였다. 이항복은 하도 기가 막혀 송국신을 왕에게 보이고, 조선 대신들의 얼굴을 차례로 보였다.

"그래, 진짜요, 가짜요?"

"지, 진짜요."

송국신은 전에 말단 사신으로 한양성에 들어가 본 적이 있는 인물이다. 그때 멀리서나마 조선 국왕을 직접 본 적이 있다. 한번 본 얼굴이니 몰라 볼 리가 없다.

송국신은 그 길로 요동으로 돌아갔다.

6월 23일, 왕은 의주 행재소에 이르렀다. 의주 목사가 거처하는 용만 관이 곧 조선 국왕이 머무는 행재소가 되었다. 행재소를 차린 다음에는 임금이 아직 살아 있다는 소식을 전하기 위해 팔도에 파발을 띄웠다. 전할 수 있을지 없을지 모르지만 적지로 변한 경상도 땅에도 근왕勤王하라는 어명이 떨어졌다.

평양성이 무너진 걸 지켜본 유성룡 등 대신들이 난리를 뚫고 속속 행재소로 집결했다. 평안 감사 송언신과 평안 병마사 이윤덕은 끝내 소식이 닿지 않아 해임시키고, 대신 이원익을 평안 감사에 도로 앉히고, 이빈을 병사로 임명했다. 그리고 이성중을 호조 판서로 올리고, 그의 아들 이유징을 의주 목사로 삼아 행재소를 관리하게 했다. 행재소에서는 도원수 김명원, 평안 감사 이원익, 순변사 이빈을 보내 적을 순안에서 저지하라고 명령했다.

한편 피난 행렬이 의주 행재소에 이르는 동안 동인은 대부분 몰락하고, 서인이 다시 득세하기 시작했다. 정철, 윤두수 등이 그들이고, 그 반대로 이산해, 유성룡 등은 낙직되었다. 유성룡은 무보직이건만 호종 대열을 이탈하지 않았다.

왕이 전쟁 중에도 당색을 가리니, 그럴수록 서인들은 전쟁 책임을 어떻게든지 동인에게 덮어 씌워 다시는 고개를 쳐들지 못하도록 찍어 누르고 싶어했다. 일본군을 몰아내자는 상소는 없고 누굴 죽여라, 쫓아내라, 유배시켜라 따위의 상소문이 그 초라한 행재소가 붐비도록 밀려들었다. 지긋지긋한 당파 싸움이 또 시작되자 왕은 그간 피난길에 눌러 두었던 춘정을 일으켜 인빈을 싸고돌았다.

"저것들은 잠시만 시간이 나도 남 씹는 재미로 산다니깐."

왕은 늘 하던 조회(사랑방 좌담회 같은 것이지만)도 그만두고 인빈을 데리고 통군정으로 놀러갔다. 찌는 듯한 더위를 생각하면 홀라당 벗어버리고 함께 압록강 푸른 물에 몸을 담그고 싶었다.

"어?"

푸른 물이라고 상상했던 압록강은 온통 진흙탕물이다. 큰물난 걸 구경하는 셈치고 왕은 통군정에 올라 턱을 괴고 생각해 보았다.

"아무래도 명나라에 귀부하는 게 안전할 것 같소. 전쟁난 지 한 달도 안 돼 한양성은 물론 평양성까지 떨어졌으니 의주가 떨어지는 것도 열흘 남짓일 게야. 어영부영하다간 우리 내외가 다 죽어. 조선을 번쩍 들어 명나라에 아주 바쳐야만 구원군을 내 줄 것 같소."

"그래도 명색이 국왕인데 백성을 버리고 간다면 짱꼴라(中國人의 중국식 발음을 약간 꼰 말)들이 욕하지 않을까요?"

"그러니까 조선을 갖다 영구히 바치자는 것이지. 도망치려면 지금 해야지 막상 군사들이 쫓겨 오고 대신들이 떼 지어 달려들면 도망도 못 가. 지금도 누굴 죽여라, 누굴 살려라 얼마나 시끄러운지 당신은 모를 거요. 이 나라에 정나미가 뚝 떨어져."

왕은 머리를 절레절레 흔들었다.

"하긴 그래요. 정철, 저 사람, 전에 우리 모자를 죽이려 대든 사람이잖아요? 뭐 하러 그 패를 또 일으켜 세워 화를 자초하십니까. 우리네 인생, 얼마나 산다고 그래요. 나라를 통째로 갖다 바치면 명나라 황제도 우리 부부를 홀대하진 않겠지요?"

"사실은 명나라에 구원군을 청하러 간 이덕형 편에 그런 뜻을 밝힌 자문咨文을 몰래 보내 두었지. 궁빈宮嬪을 이끌고 상국上國에 내부內附하고자 하니 허락하여 주십시오, 이렇게 적었어. 곧 좋은 소식이 올 거야."

"우리 오빠 어떡하고요? 대간들이 오빠 죽이지 못해 안달이라던데? 우리 오빠도 찾아서 데려가요."

옥에 갇혀 있다가 전쟁 덕분에 강원도로 튄 김공량을 말하는 것이다.

"걱정 마. 처남이 제 앞가림은 할 줄 아는 사람이잖은가. 우린 우리 살 길만 찾으면 돼."

왕과 인빈은 의견을 모으고 통군정 바깥에 서 있던 이항복을 불렀다.

"중국에 조선을 갖다 주세. 조선이 명나라의 주군州郡이 되면 저희들도 힘써 돕지 않을 리가 없어."

다급한 건 이해하지만 국왕의 입에서 나라를 팔아버리자는 말까지 나올 줄은 상상도 하지 못할 일이다. 이항복은 엎드려 울기 시작했다.

"전하, 나라를 갖다 바치다니요! 이 나라는 전하 혼자서 만든 나라가 아니옵니다. 열성(列聖:선대의 국왕들)들이 지하에서 통곡하십니다. 통촉하소서!"

"아니, 자네도 같이 가서 명나라 벼슬을 살면 좋지 않겠나? 손바닥만 한 나라에서 사는 것보다야 대국大國에서 어깨 펴고 사는 것도 괜찮지. 명나라 한 주州가 조선 땅만 하다면서?"

이항복의 울음소리가 워낙 크자 역시 통군정 밖에서 서성거리던 윤두수와 유성룡이 헐레벌떡 뛰어들었다. 자초지종을 안 유성룡 역시 그 자리에 엎드려 그래서는 안 된다고 외마디 비명을 질렀다. 윤두수는 하도 기가 막혔던지 그냥 선 채로 소리쳤다.

"나 환갑 노인네니, 이제는 국왕과 신하로서 말하는 게 아니라 어른이 젊은이한테 하는 소리로 말 좀 해 봅시다. 이 자식, 하성군(河城君:선조의 왕자 시절 호칭) 이균李鈞아! 시골 촌부에게 나라를 맡겼어도 이처럼 엉망으로 만들진 않았을 것이야. 젊은 것이 계집만 밝히다가 이 지경이 된 것 아닌가! 차라리 이 자리에서 너도 죽고 나도 죽자! 네 아들 광해군이 나라를 구하든 말아먹든 다 맡기고 같이 죽어 버리자고! 나도 그 따위 멍청한 생각이나 하는 놈을 왕으로 모시고 싶지 않아!"

윤두수는 작심을 한 듯 매서운 언사로 왕을 마구 물어뜯었다. 생전 처음 듣는 독설이건만 왕은 입을 다물지도 열지도 못했다.

"말씀이……, 너무 심하잖소?"

"심하다니? 방금 전에 이런 소식이 들어왔어. 한강, 임진강, 대동강 전선에서 죽을 고생을 하던 이양원, 왜적과 싸우면서도 죽지 않던 그 이가 왕이 명나라로 귀부했다는 소문을 듣고 여드레나 단식하던 끝에 피를 토하고 자결했대! 충신은 죽고 간신은 살리는 게 왕이야? 하성군이 왕이 되어 얼마나 많은 목숨이 억울하게 죽었는지 알기나 해?"

얼굴이 하얗게 질린 왕은 대신들이 하도 무섭게 달려들자 잘못했다면서 얼른 말을 주워 담았다.

"아이고, 대감. 미, 미안하오. 다급한 마음에 내가 실언을 했소. 뭐, 어차피 사관史官도 없는데 그냥 없던 일로 칩시다. 인빈, 어서 행재소로 돌아갑시다."

왕은 겁먹은 인빈의 손을 잡고 허둥지둥 행재소로 달려갔다. 유성룡, 윤두수, 이항복은 통군정을 비껴 흐르는 압록강을 바라보며 하염없이 울분을 삭였다. 지저분한 흙빛 강물이 꼬리를 물었다. 며칠 전 내린 홍수로 강물이 불어난 것이다. 마치 일본군이 왁자지껄 몰려오는 것만 같다.

8
조선 수군과 싸우지 말라

"참 철리는 묘해. 이 무렵 다 망한 조선에 서광이 비치거든."

"행재소에서도 모두 자포자기했거든요. 벼슬을 올려줘도 비웃으며 달아나는 관리들이 한둘이 아니었습니다."

유성룡은 아직도 모르겠다는 듯 머리를 갸웃거렸다.

그야말로 기적이 일어났다.

"난 의병들이 들판의 불길처럼 일어날 줄 정말 몰랐어. 나라가 그간 해 준 게 없는데도 백성들은 목숨을 걸고 나선 거야. 백성의 은혜란 이처럼 깊고도 높은데 조정 대신들은 벌써 잊어 버렸지."

"대감께서 추천하신 이순신이 이때부터 엄청난 괴력을 발휘하지요. 정말 선견지명이 있으셨습니다."

"내가 선견지명이 있다기보다 하늘이 이순신이란 시절 영웅을 보내 준 것이지. 태평성대에는 고집불통에 늘 미움만 받는 관리일 텐데 막상 전쟁이 나니 진면목이 드러난 거지. 전에 조정에서 전쟁 준비하라는 영을 내렸을 때 다른 관리들은 왕명을 비웃고 조롱했지만 이순신은 미련하게도 총통을 주조하고, 군량을 비축하고, 거북선을 만들어두었지. 위급할 때 빛나는 사람, 그러나 평상시에는 골치만 아픈 사람, 그게 이순신이야."

"일본군으로서는 항룡유회(亢龍有悔:주역건괘효사. 너무 잘 되면 후회할 일이 있다.), 조선군으로서는 궁즉통(窮則通:주역계사하전의 窮則變 變則通. 궁하면 변화가 생기고, 변하면 통한다.)이었지요. 주역이 참 무서운 책입니다."

"그래, 기적이었지."

유성룡은 의주 몽진 이후의 쪽을 펼치며 고개를 끄덕였다. 이효원도 그때 상황을 적은 〈호종일기〉를 펼쳐 들었다.

1592년 6월, 경상도·충청도·전라도 3도 연합군이 근왕군을 일으켰지만 용인에 주둔 중이던 일본군 장수 협판안치(脇坂安治;와키자카 야스하루)에게 밀려 퇴각하고 말았다.

협판안치의 군대는 육군이 아니라 수군이다. 그가 이끄는 수군은 불과 1천6백 명이지만, 근왕군은 이런 수군과 싸워 완전 패퇴한 것이다. 이렇듯 일본 수군은 바다에서 할 일이 없어 육지에 올라와 있었다. 조선은 절망적인 지경이었다.

궁즉통이라 했던가. 더 이상 나빠질 일이 없게 된 이 무렵, 조헌의 의병과 영규의 승병이 청주성을 수복하더니, 이어서 두 의병장은 1천5백 명이 전원 순국하는 금산벌 대혈전을 벌여 일본군의 호남 진입을 막아냈다. 이상한 조짐이었다.

부산진성이나 동래성의 결사 항전과는 다른 형국이다. 금산벌 대혈전은 비록 조선 측 의병, 승병이 전원 전사했지만 일본군도 막대한 피해를 입고 부대 유지를 할 수 없어 그만 퇴각해 버린 대사건이다.

작은 변화가 큰 사건을 몰고 오는 법이다.

일본군이 처음 부산진에 상륙할 때까지는 누구도 상상하지 못한 일이다. 일본군은 원래 구귀가륭(九鬼嘉隆;구기 요시다가, 鳥羽 성주) 휘하에 수군 8천여 명을 편성하기는 했다.

이 군대는 평양성이 함락되기 전까지는 명호옥과 부산진 사이 보급선線이나 연락선線을 보호하는 임무밖에는 할 일이 없었다. 다만 평양성이 함락되면 남해안과 서해안을 돌아 대동강 변에 예비 병력 10만 명을 갖다 쏟아 부을 계획이었다. 그 경우에도 조선 수군쯤은 걸리적거릴 이유가 없다고 보았다. 그간 왜구들이 그렇게 많이 드나들어도 아무렇지 않은데, 아무렴 10만 대군을 실어 나를 수군이 저지를 받으리라고는 상상도 하지 않았다. 그래서 풍신수길은 수군으로 편성된 군대조차 육지로 올라가 싸우라고 할 정도였다.

당시 조선 수군은 경상 좌수영, 경상 우수영, 전라 좌수영, 전라 우수영, 충청 수영이 전선에 포진하고 있었다. 황해도와 경기도에도 수군이 있지만 임진왜란에 투입된 적은 없다. 그러므로 임진왜란에서 활약할 수군은 경상·전라·충청 3도 수군이다.

이중 경상 좌수영은 전쟁 초기에 해산되어 실체가 없고, 원균의 경상 우수영은 적의 기습을 받아 흩어지고 달아나서 휘하 군선과 수군이 적다. 이에 비해 이순신의 전라 좌수영, 이억기의 전라 우수영, 그리고 정걸의 충청 수영은 편제 그대로 온전히 남아 있었다.

특히나 원균, 이순신, 이억기 세 사람이 수사를 맡고 있었다는 것은 조선의 크나큰 행운이었다. 이 가운데 최전선 수사로 전쟁을 맞은 원균은 전에는 부령 부사로서 여진족 토벌에 이름이 높던 장수다. 그는 임진왜란이 일어나기 두 달 전에야 경상 우수사로 전격 부임했다.

그가 수영에 이르렀을 때 그곳에는 전선 9척이 외롭게 있을 뿐이었다. 전선을 축조할 시간적 겨를도 없고, 군량을 비축하거나 군사를 늘릴 시간도 모자랐다. 왜란이 일어나면서는 우수영에 딸린 진鎭, 포浦 중 일본군의 침략을 받아 무너진 곳이 태반이다. 그는 자신의 관할 지역에 일본 전선 수백 척이 수시로 출몰하자 전라 좌수영에 긴급 전령을 수차 파견하면서 구원에 나서도록 촉구했다. 그러고는 겨우 서너 척을 이끌고 이리저리 진영을 옮겨 다니면서 적과 맞섰다.

거제도에 적선 3백50 척이 나타난 걸 보고는 홀로 맞설 수 없기 때문에 유격전으로 맞서기 시작했다. 우수영 전체가 다 적지로 떨어졌지만 원균은 끝내 항복하지 않고 숨어 다니면서 적선 아홉 척을 당파撞破시켰다. 원균이 유격전으로 일본 함대에 맞서고 있다는 소문이 나자 의병장 강덕룡이 가세하고, 이때부터 사천·곤양·고성 등지에서 수군 지원병이 몰려들기 시작했다.

그렇게 해서 겨우 아홉 척을 이끌 만한 수군을 모았다. 그중에는 원균이 직접 지휘하는 판옥선이 한 척 있었다. 원균은 적선을 피해 돌아다니다가 적선을 보면 그대로 달려들어 뱃머리를 갖다 들이박았다.

일본 배는 일본산 삼杉나무로 지은 것이라서 단단하질 못하고 물러터졌다. 조선 수군의 주력선인 판옥선이 뱃머리를 갖다 옆구리를 박기만 해도 일본 군선은 여지없이 박살났다. 이에 반해 조선 군선은 안면도 등지에서 나는 차돌 같은 소나무로 튼튼하게 지었기 때문에 일본 배와 부딪쳐도 큰 손상이 없었다.

원균은 도망 다니는 중에 적선을 만나면 사양하지 않고 달려들었다. 그러면서 이순신에게 여섯 차례나 거듭 구원을 요청했다.

이순신은 관할 지역이 아니라면서 응하지 않았다. 그러는 중에도 원균은 하루에도 몇 차례씩 적선을 만나 싸우거나 달아났다. 원균은 적선이 새카맣게 떠 있는 경상 우수영 관할 바다를 혼자서는 당해 낼 수가 없자 조정에 긴급 장계를 올렸다.

– 비장 이영남을 전라 좌수사 이순신에게 보내어 왜적을 함께 치자고 하였더니, 이순신은 서로 관할 구역이 다르다면서 거절하였습니다. 그래도 신은 여섯 차례에 걸쳐 이순신에게 거듭 청병했습니다. 경상도와 전라도는 다 같은 조선 땅인데, 왜 전라도만 지키고 경상도는 지키지 않아야 하는 것인지 이해할 수가 없습니다. 조정에서 급히 조서를 내리시어 이순신으로 하여금 왜적을 치도록 명령해 주십시오.

전라 좌수영 내에서도 전선으로 나가 싸우자는 여론이 들끓었다. 광양 현감 어영담, 순천 부사 권준, 녹도 만호 정운 등이 강력하게 항의하는 바람에 이순신은 뒤늦게 수군을 일으키기로 했다. 때마침 조정에서도 출전을 독촉하는 선전관이 배를 타고 수영에 이르렀다. 그것이 4월 27일이다. 그렇게 하여 이순신은 전선을 이끌고 5월 4일 전투가 치열한 우수영 관할 소비포로 떠났다.

"이순신 수사, 이억기 수사. 와 주셔서 고맙소."

외로이 사투를 벌여온 원균은 이순신과 이억기를 맞아 눈물을 흘리면서 감사했다. 전라 좌우수영 소속 판옥선 24척이 원군으로 와 준 것이다.

"마침 옥포에 적선 30여 척이 나타났다는 첩보가 있소."

원균은 이순신 함대와 이억기 함대를 뒤로 하고 곧 휘하 전선을 몰아 옥포로 전진했다. 원균 측에서는 옥포 만호 이운용, 영등포 만호 우치적, 남해 현령 기효근, 미조항 첨사 김승룡, 평산 포권관 김축, 사량 만호 이여념, 소비포 권관 이영남, 지세포 만호 한백록, 그리고 열여덟 살난 그의 외아들 원사웅이 선봉에 섰다. 판옥선은 4척, 협선은 2척, 수군은 6백여 명이다. 그 사이 전투를 치러가면서 병력이 늘어나 있었다.

물론 전라 좌우수영에 비하면 형편없는 군사력이다. 이순신과 이억기가 끌고 온 전함은 판옥선만 24척, 거기에 무려 3천 명이 타고 있다. 또 협선 15척, 포작선 46척이 따로 있다. 물론 이중에는 승군이 약 1천5백여 명이 참전하고 있다. 전라 수군의 절반에 해당하는 수효다. 순천의 삼혜三惠, 흥양의 의능義能, 광양의 성휘性輝, 광주의 신해信海, 곡성의 지원智元이 수군 승장으로서 이들을 이끌었다.

5월 7일, 육지에서는 조선군이 연전연패하고 있을 때, 수군 연합군은 옥포에 주둔 중이던 일본 수군을 향해 돌격했다. 일본군은 등당고호(藤堂高虎:토도 타카도라) 휘하 함대다.

적선과 마주서자 이순신과 이억기의 함대는 생전 처음 해 보는 전투라서 진영만 갖추고 앞으로 나아가지 못했다. 원균은 자신의 관할 지역에서 벌이는 합동 작전인 만큼 일본군 장선將船이 있는 중앙을 향해 전속력으로 달려들었다.

"우리 바다는 우리가 지킨다! 판옥선은 모두 장선을 향해 밀어붙여라!"

원균 휘하의 판옥선 네 척이 적장이 타고 있는 배를 향해 일제히 돌진했다. 한 척은 원균이 직접 지휘하고, 또 한 척은 이운용이 왼쪽으로 몰아 달려 나가고, 또 한 척은 우치적이 몰고 오른쪽으로 달려 나갔다. 나머지는 뒤를 받쳤다.

　일본군은 조총을 들어 화약을 재기 시작했다. 원균은 수군들에게 뱃전에 엎드려 힘차게 노를 젓도록 했다.

　"탕탕탕!"

　조총이 빗발쳤지만 수군들은 머리를 낮추고 손이 부르트도록 노를 저었다. 원균은 적의 장선이 움직이는 대로 방향을 바꿔가면서 수군들을 호령했다.

　"적장이 좌측으로 달아난다. 좌측 수군들은 화포를 준비하고, 우측 수군들은 힘 있게 저어라! 간다! 부딪친다! 더 힘 있게!"

　"영차! 영차!"

　그때까지도 이순신과 이억기가 이끄는 수군들은 실전 상황에 놀라 전선을 늘여놓고 떨기만 했다.

　"원 수사가 미쳤나 보다."

　"죽으려고 환장한 사람 같군."

　원균의 수군은 화살 한 대, 포 한 번 쏘지 않으면서 적진 중앙을 향해 일제히 진군했다. 일본군은 당황하여 옆으로 혹은 뒤로 물러서려고 했다. 그렇지만 뒤로 빼는 길인 만큼 속력을 내지 못했다. 원균이 이끄는 판옥선이 맨 먼저 적장 우시축전수羽柴筑前守가 타고 있는 장선을 들이받았다.

　"쿵! 우지끈!"

　곧 뱃전이 부서지는 소리가 요란하게 났다. 그러자마자 조선 수군들은 활을 들고 일제히 일어서서 시위를 당기기 시작했다. 화살이 빗발치는 가운데 적선이 기우뚱하면서 조총과 칼을 놓친 일본 수군들은 갑판을 마구 나뒹굴었다. 이어서 원균 휘하의 다른 판옥선들까지 적선을 들이받고 화살 공격을 퍼붓기 시작했다.

"적선으로 뛰어 들어라!"

초전에 적을 제압한 원균은 칼을 빼들고 먼저 적선으로 훌쩍 뛰었다. 적장 우시축전수가 앞으로 나섰으나 원균은 매서운 기세로 달려 나가 칼을 높이 쳐들었다가 단번에 내리그었다. 기마군인 여진족을 상대로 싸우던 솜씨다.

우시축전수가 칼을 들어 막아보려 했으나 실전 경험이 많은 원균은 내리그을 듯이 쳐들은 칼을 반쯤 내리다가는 그대로 앞으로 내질렀다. 그 즉시 원균의 칼은 적장의 가슴팍을 찍어버렸다. 적장이 쓰러지자 조선군은 와 하고 천둥 같은 함성을 질렀다.

수전이라고는 태어나서 처음 해 보는 이순신과 이억기 휘하의 수군들은 그제야 큰북을 둥둥 두드리며 적선을 향해 포를 쏘기 시작했다. 신기전이 터지기 시작하고, 각종 총통이 불을 뿜었다. 포연이 자욱한 가운데 조총 소리는 저리 가랄 포성이 하늘을 찢고 바닷물을 휘저었다.

"매우 쳐라! 치는 대로 왜선은 깨진다!"

승세한 원균 휘하의 경상 수군은 이리저리 판옥선을 돌리면서 당파를 시도했다. 우치적과 이운용, 기효근, 김승룡, 김준, 원전 등은 어느새 적선에 올라 일본군을 마구 쳐댔다. 이어서 전라 수군들까지 일본 수군을 마구 무찔렀다.

그렇게 하여 일본군의 대선 16척이 부서지고, 중선 8척, 소선 2척이 박살났다. 4척은 가까스로 전장을 피해 달아났다.

이날 하루 일본 수군 약 4천 명이 죽거나 포로로 잡혔다. 물에 뜬 일본군 시신은 눈뜨고는 차마 볼 수가 없을 정도로 참혹했다. 물고기가 하얗게 배를 뒤집고 떠 있는 형국이나 다름없다. 도망치는 일본군이야 그 시체를 걷어갈 여력이 없고, 조선군 역시 시체를 일일이 거둘 수 없어 손이 닿는 대로 머리만 끊어 부대에 담았다.

반파된 적선으로 뛰어든 조선 수군들은 그간 일본군이 약탈했던 귀중품을 무수히 노획했다. 그중에는 금병풍, 금부채도 있었다.

이 옥포 해전에서 조선 수군은 경상 좌수영 소속 지세포 만호 한백록이 적탄에 맞은 채 분투하다가 전투가 끝난 직후 순직하고, 이순신 휘하 수군 두 명이 부상했다.

옥포 해전을 치른 뒤 실전 경험이 없던 전라 수군들도 자신감을 갖기 시작했다. 이 해전을 이끈 원균은 당파 작전으로 부서진 판옥선을 수리한 다음 또 연합 함대를 이끌고 적선을 찾아 나섰다. 이제는 적선이 몇 척이 되든 싸울 수 있다.

이날 밤, 원균이 띄운 척후선이 적선 5척을 발견했다는 첩보가 들어왔다. 조선 수군들이 달려들자 일본 수군은 합포(마산)에 배를 대놓고는 육지로 도망쳐 버렸다. 조선군은 적선 5척을 모두 불태워 버렸다.

"하하하. 이제 전쟁은 끝난 것이나 진배 없군. 이순신 수사, 이억기 수사, 다 두 분 공이오."

"무슨 말씀, 원균 수사가 미친 듯이 돌격하지 않았으면 우린 오줌이나 싸고 있었을 거요."

원균, 이순신, 이억기 세 수사는 전쟁이 시작된 이래 처음으로 마음 놓고 웃으면서 술을 마셨다. 이날 조선 수군이 모처럼 잔치 분위기에 들

떠 춤추고 노래하는데 연락선 한 척이 미끄러져 왔다. 찬물을 끼얹는,
아니 하늘이 무너지는 소식이다.

- 한양이 적지로 떨어져 전하는 개성으로 몽진 중이오. 조선군은 임진강에
최후 방어선을 치고 있소. 군사가 태부족이오.

함상 잔치를 열던 조선 수군들은 술잔을 내던지며 서로서로 붙들고
목을 놓아 울었다. 졸지에 나라 잃은 백성이 될지도 모른다. 원균은 피
로 물든 전투복 소매로 눈물을 훔치면서 소리쳤다.

"그럴수록 적선을 하나라도 더 깨뜨려야 합니다! 나 원균은 바다에
빠져 죽을 날만 기다리고 있습니다!"

이순신과 이억기도 원균과 함께 죽음을 무릅쓰고 싸우기로 맹세했다.

"우리 모두 바다에서 죽읍시다! 죽을 때까지 싸웁시다!"

국왕이 몽진한 마당에 이제는 관할을 따지고 말고 할 필요가 없다.
제승방략이라는 군제도 필요 없다. 적을 찾아 싸우기만 하면 된다.

"싸우다 죽자!"

"대조선 만세!"

얼큰하게 술이 오른 수군들은 피눈물을 뿌리며 서로서로 맹세했다.
그랬다. 달리 선택할 게 없다. 오로지 싸우다 죽는 일만 남아 있을 뿐이
다. 이로부터 조선 연합 함대는 매일매일 승전을 기록했다. 5월 8일에는
적진포 해전에서 적선 11척을 격파하는 등 1차 연합 전투에서 조선군은
일본군 전선 42척에 일본 수군 약 6천여 명을 궤멸시켰다.

군량 및 군수 보급을 위해 각자 수영으로 돌아갔던 연합군의 2차전은
5월 29일에 시작되었다. 그때 수영을 노량으로 옮긴 원균이 첩보를 보내

왔다. 이순신은 판옥선 23척, 협선 15척, 그리고 거북선 두 척을 처녀 출
전시켰다. 원균은 판옥선 3척을 이끌고 합류했다. 이억기의 전라 우수영
수군은 준비가 되는 대로 뒤를 따르라고 했다.

이날 원균과 이순신은 합동으로 사천 해전을 벌이고, 6월 2일에는 당
포 해전, 6월 5일과 6일에는 전라 우수사 이억기가 가세하여 당항포 해
전을 승리로 이끌었다. 6월 7일에는 율포 해전에서 적장 내도통지(來島通
之:구루시마 미치히사)가 탄 누각선을 불태워 적 수군을 전원 화장시켜 버렸다.
2차 연합전에서도 원균의 당파 작전은 계속되었고, 이순신이 이끌고 온
거북선은 뜻밖의 괴력을 발휘했다. 적선에 가까이 다가가 포를 쏘거나
비격진천뢰를 씀으로써 적선은 여지없이 무너져 나갔다.

이로써 조선 연합 함대는 적선 72척을 깨부수고, 일본군 약 1만여 명
을 사살했다. 조선군은 전사 11명, 부상 47명이다. 2차전 승리를 자축하
는 날, 이번에는 왕이 명나라에 망명하기 위해 의주로 갔으며, 왕세자
광해군이 적지로 뛰어들어 분조分朝를 설치했다는 소식이 전해져 다들
비분강개했다.

3차 연합전은 양상이 달라졌다. 그간 소극적으로 수전에 임하던 일
본군이 마침내 한양으로 올라가 육전에 참가하던 수군 맹장 협판안치(脇
坂安治:와키자카 야스하루)를 불러 내렸다. 이제 일본군도 본격적으로 수군 공격
에 나서기로 작전을 변경한 것이다. 그런 가운데 협판안치는 6월 19일
일본에서 가장 우수한 수군을 웅포(熊浦:창원시 웅천동)에 집결시켰다.

6월 28일에는 수군의 연패 소식을 들은 풍신수길이 구귀가륭(九鬼嘉隆:
쿠키 요시다카), 가등가명(加藤嘉明:가토 요시아키) 등을 보내 조선 수군을 격멸시키

라는 엄명을 내렸다. 그런 가운데 그간의 공로로 삼도수군 통제사가 된 이순신은 원균과 이억기에게 통보해 7월 6일 노량에서 집결했다.

이때는 판옥선만 모두 56척으로 늘어났다. 전투 중에도 후방에 남아 있는 수군들이 전선을 건조하고, 보급 물량을 늘려 온 덕분이다. 특히 원균은 파손되어 못 쓰던 판옥선 세 척을 더 수리해 모두 일곱 척으로 참전했다. 원균 휘하의 판옥선들은 당파를 주로 하다 보니 대부분 누더기 전함이 되어 있었다.

집결 직후 협판안치가 이끄는 적선 70척이 조선 척후선에 걸려들었다. 적선은 비좁은 견내량에 진을 치고 있었다. 조선 수군의 주력함인 판옥선이 활동하기에는 너무 좁은 해역이다. 이순신은 적선을 한산도로 유인해 내기로 했다. 이 유인 작전에는 남해안 물길을 잘 아는 광양 현감 어영담이 나섰다.

어영담은 판옥선 다섯 척을 이끌고 가서 일본군을 향해 달려들었다. 조선군의 현황을 잘 모르는 협판안치는 자신의 용맹만 믿고 즉각 응전했다. 피차 총을 쏘고 포를 쏘면서 밀고 밀린 끝에 어영담은 일본 수군을 한산도 앞바다까지 유인해 냈다.

이날은 7월 8일, 불화살이 하늘 높이 솟구쳤다. 유인에 성공했다는 신호다. 이윽고 섬에 숨어 있던 조선 수군이 학익진鶴翼陣을 그리며 일제히 달려들었다. 일본 수군이 포위되자 조선 수군은 사방에서 함포 사격을 가하기 시작했다. 함포는 무려 570여 문, 포성이 귀청을 흔들어댔다. 차대전 등 미사일이 수없이 날아가 적선에 꽂혔다. 하늘에서는 비격진천뢰가 철탄을 비 오듯이 쏟아냈다.

함포 사격이 이루어진 뒤에는 거북선과 판옥선이 달려들어 반파된 일본군 전선을 마구 들이받았다. 우지끈하면서 부서지는 소리가 귀청을 흔들었다. 당황한 일본군이 섬으로 달아나면 조선군도 따라 올라가 기어이 주멸시켰다.

당파시킨 적선 59척, 깨진 삼나무 조각이 한산도 앞바다를 가득 메웠다. 물에 떠다니는 적의 시체만 무려 9천여 구나 되었다. 수군 사령관 협판안치는 죽을힘을 다하여 김해로 도주했지만 휘하 장수인 진과좌마윤(眞鍋左馬允;마나베 사마노조), 협판좌병위(脇坂左兵衛;와키자카 사요에), 도변칠석위문(渡邊七石衛門;와타나베 시치우에몬)은 모조리 전사했다.

조선군의 피해도 있었다. 전사 19명, 부상 119명이다.

한산도 대첩이 끝난 뒤 조선 수군은 협판안치의 적 수군을 괴멸시키긴 했으나 구귀가륭(九鬼嘉隆;구기 요시다카)과 가등가명(加藤嘉明;가토 요시아키)의 수군이 건재하다는 것을 알아내고 곧 척후에 나섰다. 결국 적선 42척이 안골포에 포진하고 있다는 것을 알아냈다. 이들은 한산도에서 전투가 치열할 때에도 협판안치를 구원하지 않은 채 몰래 숨어 있다가 조선 수군의 척후선에 걸려든 것이다.

7월 10일, 먼저 이순신 함대가 적선을 향해 함포 사격을 가했다. 안골포는 너무 협소하기 때문에 대형 전함인 판옥선이 들어가 작전을 펼 수가 없었다. 이순신 함대 다음에는 원균 함대, 그 다음에는 이억기 함대가 교대로 포격전을 폈다. 그렇게 하여 사거리에 걸린 적선 20척이 깨져버렸다. 그래도 적선은 22척이 건재했다.

밤이 깊어 전투가 소강상태로 빠진 틈을 이용해 일본군은 전사자를 끌어 모아 불태우다가 날이 밝기 전에 황급히 달아나 버렸다. 그러자 조선 수군은 내친 김에 선단을 이끌고 적의 심장부인 부산 앞바다까지 진출했다.

조선 수군이 해안을 따라가면서 보니 일본군 진지가 무수히 널려 있었다. 조선 수군은 해안 가까이 배를 대 놓고 함포 사격을 가했다. 신기전을 날리고, 북을 치고 뿔피리를 마구 불어댔다. 일본군들은 조선의 대규모 선단이 들이닥치자 당황하여 어쩔 줄을 몰랐다. 이로써 일본군은 해전에서만은 감히 조선을 상대할 수 없게 되었다. 배후가 끊긴 상태에서 그들이 북진을 감행한다는 것은 어불성설이다. 조선 수군이 명호옥과 부산 간의 보급선을 끊어놓고, 육지의 보급선은 의병과 승군들이 끊어버리는 상황에서 일본군은 허망한 꿈을 버려야 했다. 과연 그랬던가.

임진왜란의 진원지, 일본 취락제.

"뭐라구? 내 아들 우시수승(羽柴秀勝;하시바 히데가쓰)이 거제도에서 죽었다고?"

풍신수길은 조선을 드나드는 비각(飛脚;전령)으로부터 비보를 받고 고개를 떨구었다. 우시수승은 수길의 누나가 낳은 아들로 아들이 없는 그의 양자다. 또한 풍신수길의 또 다른 양자이자 지난 해 12월 27일 전격적으로 관백에 임명된 우시수차(羽柴秀次; 하시바 히데쓰구)의 친동생이기도 하다. 풍신수길은 우시수승을 장차 조선 관백으로 임명할 예정이었는데, 그만 병에 걸려 죽었다는 것이다.

수군이 궤멸된 게 불과 얼마 전 일이다. 그 뒤 대포 수백 문을 만들라 지시하고, 전선도 튼튼하게 다시 지으라고 명호옥에 지시했다. 그렇지만 조선에서 들려오는 전황은 도무지 믿고 싶지 않은 보고들뿐이다. 조선 수군의 공격을 받아 전사한 일본군은 줄잡아 1만 명이 넘었다. 형식적으로 볼 때 일본군은 북서쪽으로는 평양성까지 진출했고, 북동쪽으로는 함경도를 장악했다.

"그럼 전쟁은 끝난 거 아니냔 말이야! 조선은 내 손에 떨어진 게 아니냔 말이야! 이봐, 승태. 도대체 뭐가 어떻게 된 거야!"

조선의 멀고 먼 평안도, 함경도까지 점령했는데, 바로 코앞의 부산 인근 남해에서는 일본군 수군이 추풍낙엽처럼 떨어져나가는 것이다. 남해는 일본군의 안방처럼 믿었는데, 그만 발등을 찍혔다. 승태는 고개를 푹 수그렸다. 이런 상황에서는 무슨 말을 해도 풍신수길을 진정시킬 수 없다. 침묵만이 유일한 답이 된다. 풍신수길은 연신 혀를 찼다.

아무리 생각해도 귀신에 홀린 것만 같다. 그러지 않고서야 조선 팔도의 대부분을 점령했는데, 왜 전쟁이 끝나지 않는지 이해가 되지 않는다. 어서 승전보를 안고 개선군이 돌아와야 하지 않는가.

그런 마당에 9월 1일에는 1군과 2군의 등 뒤에 있던 3군 흑전장정군이 황해도의 연안성 하나를 함락시키지 못해 패주했다는 보고가 잇따랐다. 도대체 전선이 없는 전쟁이 되어버렸다.

"그래, 연안성에 조선군이 몇 마리나 있었길래 대일본군 5천 명이 지고 오느냔 말이야! 소서행장은 평양까지 진출하고, 가등청정은 두만강을 바라보고 있다는데, 흑전장정(黑田長政;구로다 나가마사) 그 바보 녀석은 왜 후방에서 쫓겨 다니냔 말이야!"

승태는 입을 꽉 다물었다. 풍신수길이 화를 낼 때는 누구든지 입을 꽉 다물고 있어야 한다. 이때 눈치 없는 비각飛脚이 앞으로 나섰다. 조선 정벌군 사령관 우희다수가가 보낸 놈이다.

"저, 조선 군사는 하나도 없었답니다."

"하나도 없어? 그럼 귀신하고 싸웠어?"

"관군은 없고, 의병장 이정암이 백성들하고 힘을 합쳐 대들었을 뿐이랍니다."

"그 자식들, 관군이 아니라면 창칼도 제대로 없었을 거고, 물론 조총도 없었을 거 아냐! 그런데도 못 이겨? 그걸 이 자식아, 말이라고 지껄이는 거야!"

풍신수길은 칼을 쭉 뽑아내더니 비각의 목을 툭 베어버렸다. 머리가 떨어져나간 비각의 목에서 피가 쭉 솟구쳤다. 눈은 놀란 눈 그대로 허공을 쳐다보았다. 그래도 누구하나 달려들어 시신을 치우지 못했다. 승태는 눈을 더욱 꼭 감았다.

"대체 녹국(綠國:황해도)은 어떤 새끼 관할이야?"

"핫, 바로 그 흑전장정黑田長政 아닙니까?"

겁먹은 승태가 나지막이 대답했다. 하도 조심스러워 목소리가 크지 않다.

"그 새끼 스물네 살밖에 안 된 새파란 어린애 아닌가! 그런 어린 애를 왜 전쟁터에 보냈어?"

풍신수길은 내처 칼을 휘둘러 벽 쪽에 놓아두었던 매화 분재 하나를 베어 버렸다.

스윽.

기분 나쁜 소리가 나면서 매화 가지가 잘려 나가 창문을 두드렸다.

"백국(白國:경상도)은 어느 놈이 맡고 있어? 도대체 보급이 제대로 이루어지길 하나, 빼앗은 성을 제대로 지키길 하나!"

"광도廣島 성주인 모리휘원(毛利輝元:모리 데루모도)입니다."

풍신수길이 화를 낸 것은 개전 초 가등청정이 함락시킨 경주성이 9월

8일 조선군에 도로 넘어갔다는 보고가 들어와 있기 때문이었다. 처음 가등청정 군에게 밀려 전선을 떠돌아다니던 밀양 부사 박진이 크고 작은 전투에서 공을 세워 경상 좌병사가 되더니, 끝내 적지로 떨어진 경주성을 수복한 것이다. 모리휘원 군이 깔려 있는 한복판에서 기적이 일어났다.

"그렇다면 진주성 패전도 그 자식 탓이렷다!"

이때쯤 진주 소식도 풍신수길 손에 들어와 있었다.

진주 싸움만 유별나게 진 게 아니다. 얼마 전부터 일본군은 선봉이 평양성에 묶인 뒤 각처에서 패전이 잇따른다. 남해 수전水戰, 연안성, 경주성, 청주성 패전에 이어 금산벌에서도 관군이 아닌 승군과 의병에게 크게 당했다는 소식이 들어왔다. 당황한 일본군은 패전을 만회하기 위해 진주성을 찍었다.

본국에서 풍신수길의 혹독한 독전서가 연일 떨어져 내리는 가운데 군 사기는 형편없이 가라앉았다. 위기를 느낀 모리휘원(毛利輝元;모리 데루모도)은 수하 장수 10명을 불러 연합전을 펴기로 했다. 그러고는 9월 24일 군사 2만 명을 집결시켰다.

이때 일본군의 표적이 된 진주 목사 김시민은 불과 39세, 한 달 전에는 판관으로 있다가 전쟁 통에 갑자기 목사가 되었다. 판관 성수경, 곤양 군수 이광악, 전 만호 최덕량, 권관 이찬종, 군관 이납, 군관 윤사복, 함창 현감 강덕룡이 관군 3천8백 명을 이끌고, 의병장 곽재우, 최강, 이달이 각각 휘하 의병을 이끌고 성으로 모여들었다.

김시민은 왜란이 터진 이후 총통 70문을 급히 제작하고, 비격진천뢰 등 최신 무기를 대량으로 준비했다.

이때 함안 군수로 있다가 전승을 올려 경상 우병사가 된 유숭인은 창원성을 수복하고 있다가 일본군 대부대가 진주를 노린다는 첩보를 입수했다. 그러자마자 그는 경상 우병영 군사들을 끌고 가 진주성 밖에 군영을 차렸다. 이 야영에는 사천 현감 정득열, 가배량 군관 주대청 등 4백 명이 참여했다.

일본군은 진주성을 치기 앞서 기마군 1천 명을 출격시켜 먼저 조선군 야영을 들이쳤다. 결국 성안 군사의 지원을 받지 못한 유숭인 휘하의 조선군은 일본군의 집중 공격을 받아 최후의 1인까지 싸우다 전원 전사했다. 이 백병전 덕분에 일본 기마군 역시 치명적인 전력 손실을 입었다.

그런 뒤 일본군은 본격 공성전에 나섰지만 조선군이 쏘아대는 포격에 정신을 차리지 못했다. 이따금 터져 나오는 비격진천뢰 때문에 병사들은 공포에 떨었다. 그래도 일본군은 2만 명이다. 죽여도 한이 없다. 그러니 3천8백 명으로 버티는 진주성은 내일을 기약할 수 없는 형편이 되었다.

그때였다. 초유사 김성일의 요청으로 의병장 김준민, 한후장 정기룡, 조경형 등이 진주를 구원하기 위해 달려들었다. 전라도 의병장 최경회와 임계영의 의병 2천 명도 합세했다.

이들은 진주성에 다다르기도 전에 단성 주둔 일본군과 맞닥뜨렸다. 격전이 벌어지자 이들 의병장들은 승부를 가리지 못하고 지루하게 대치하기만 했다. 그랬다가는 진주성을 구원하기는커녕 자신들이 언제 떨어져나갈지 알 수 없었다. 그 절박한 순간 해인사 승장 신열이 승군 5백여 명을 이끌고 나타났다.

"우리 승군이 앞장서겠소!"

신열은 교착 상태에 빠진 전선을 향해 무서운 기세로 돌진했다. 범종

불사를 하려고 모아 두었던 쇠붙이를 녹여 칼을 만든 승군들은 파란 머리를 들이밀며 적진으로 진입했다. 일본군과 승군 간에 치열한 전투가 벌어지자 피아 없이 난전으로 빠져들었다. 주춤거리던 의병들까지 일거에 달려들어 원조에 나섰다. 그런 뒤로는 의병들이 일본군을 사지로 몰아넣어 끝내 적을 패퇴시켰다. 한번 궁지에 몰린 일본군은 조선군과 의병들이 내지르는 칼을 맞고 무수히 쓰러져 나갔다.

승세한 신열은 일본군 잔당을 쓸어버린 뒤 승군과 의병을 이끌고 격전이 벌어지고 있는 진주성으로 진군했다. 그들이 도착했을 때 진주성은 화약 연기가 자욱하고, 총성이 치열했다. 적 후방에 접근한 신열의 승군과 의병들은 진주성을 향해 총을 쏘던 일본군의 등을 향해 독이 묻은 쇠촉 화살을 날렸다.

앞뒤로 공격을 받기 시작한 일본군은 크게 술렁거렸다. 일본군 꼬리가 흔들리자 진주성에서도 기마군 수백 명이 쏟아져 나와 기세가 허물어진 일본군을 마구 들이쳤다. 피하지 못한 일본군 선봉은 말발굽에 밟혀 내장을 하얗게 드러내기도 했다.

치열한 전투 끝에 앞뒤로 포위된 일본군은 대규모 사상자를 내고 패군을 수습해 달아났다. 시체는 거둘 짬이 없다. 마침내 조선군은 진주성을 지켜냈다. 그러나 전라 우병사 유숭인, 진주 목사 김시민, 사천 현감 정득열 등이 안타깝게 전사했다.

진주성 승전으로 조선의 행조와 분조, 각지의 조선군과 의병들이 춤을 추며 좋아했지만 풍신수길 입장에서는 발을 동동 굴러야 했다. 풍신수길은 정말이지 입맛이 다 떨어졌다.

"이봐, 승태. 하는 수 없어. 우리 수군더러 이렇게 전해. 조선 수군을 만나거든 싸우지 말고 달아나라고. 경상 우수사 원균이 그 자식은 무조건 대가릴 박고 들어오는 미친놈이야. 이순신인가 하는 놈은 독거미처럼 거미줄을 다 쳐놓고 우릴 기다렸어. 우린 날파리 신세가 된 거라고."

수길은 그러고는 아무 데나 침을 퉤 뱉었다.

"승태."

"예."

"어떻게 해야 손해가 적을 것 같은가?"

승태는 풍신수길이 원하는 답이 무엇인지 곰곰이 생각해 보았다. 어차피 군사를 버리자고 전쟁을 일으켜 이겨도 그만, 져도 그만이라고 처음부터 생각했다. 그런데 풍신수길의 눈치를 보니 기분이 몹시 나쁜 듯하다. 잘 됐다고 말하기 어려운 상황이다. 승태는 다른 쪽으로 슬쩍 말을 돌려보았다.

"예비대 10만 명만 살을 찌웠군요."

덕천가강(德川家康:도쿠가와 이에야스)을 두고 하는 말이다.

항복한 적장들의 예기를 끊어 놓자는 게 조선 출병의 목적이었는데, 덕천가강의 발톱은 아직도 날카롭다. 그걸 승태가 거론한 것이다.

수길의 대답은 의외다.

"덕천가강이야 내 누이를 주었으니 한집안이나 다름없지."

"그래도 우리 일본에서는 240만 석이나 되는 최대 영주 아닙니까? 누이를 박대하는지 어쩐지 알 수도 없고……. 또 병도 있다는데……."

"자넨 세상을 너무 비관적으로 보는 것 같아. 어쨌든 지금은 놈들을 조선으로 보내고 싶어도 보낼 수 없는 상황 아닌가. 그 원균인가 이순신인가 하는 조선 수사 두어 놈이 내 꿈을 다 망쳐버렸어. 그 자식들을 요절내야 해."

"그뿐만이 아니지요. 왕세자 광해군이라는 작자는 우리 일본군이 점령한 곳까지 잠입하여 조선군 장수와 의병들을 격려하고 돌아다닌답니다. 임금을 대신해 표창을 하고 벼슬을 내린다는군요. 그러다 보니 천대받던 노비, 천민, 평민들까지 벼슬을 얻거나 면천 증서를 얻기 위해 목숨 아까운 줄 모르고 악착같이 달려든답니다. 1군과 2군 지역을 뚫고 4군 도진의홍(島津義弘;시마쓰 요시히로)이 진을 치고 있는 강원도 땅에 들어가질 않나, 3군이 진을 치고 있는 황해도에 들어가질 않나. 아이구, 이거 속수무책입니다."

풍신수길은 광해군이라는 말에 고개를 절레절레 저었다. 도대체 광해군이란 왕자가 누구길래 일본군이 우글거리는 적진을 제 마음대로 들락거린단 말인가. 도무지 이해가 가지 않는 일이다. 조선 수군도 그렇고 광해군도 그렇고 죄다 귀신의 군대만 같다. 귀신의 군대, 생각만 해도 끔찍하다.

풍신수길과 승태는 벌써 패색을 느끼고 우울해 했다. 더구나 풍신수길의 눈에 예전 같지 않은 푸른빛이 낀 걸 승태는 안타깝게 바라보았다. 긴장한 탓만도 아니고, 기분이 우울한 탓만도 아니다.

'젠장, 시간이 많질 않아.'

9
야, 광해군이 오셨다

강원도 이천.

"무례하오. 저하께서 동헌東軒에 머무시는데 감히 서헌西軒에 드러누워 있다니, 어찌 이럴 수 있소? 주상 전하가 행조에 계시면서 국사를 저하께 맡기셨으니 이제 저하가 바로 대조선이란 말이오! 안 그렇소!"

분조가 있는 강원도 이천伊川으로 찾아온 임파 현령 김은휘가 눈에 불을 켜고 대들었다. 광해군 이혼은 이때 동헌에 머물면서 국사를 처리하고, 평양을 떠날 때 가지고 온 종묘와 사직 위패는 정청正廳에 임시로 봉안했다.

임파 현령 김은휘의 말이 틀린 것은 아니다. 왕은 세자더러 분조를 내어 떠나라고 명령한 뒤 며칠 뒤 이런 편지를 냈다.

- 내가 살아서는 망국亡國한 임금이 되고, 죽어서는 장차 이역異域의 귀신

이 되리로다. 부자가 서로 헤어지니 다시 볼 날이 없을 듯하다. 오직 바라는 바는, 우리 세자가 옛 판도를 다시 회복해 위로는 조종祖宗의 영령靈을 위로하고, 아래로는 부모의 귀환을 맞이하는 것이라. 종이를 대하니 눈물이 앞을 가려 말할 바를 알지 못하겠구나.

세자는 실질적으로 왕권을 이양받은 것이나 다름없다.

이 무렵 분조가 설치된 이천에는 영의정 최흥원, 우의정 유홍, 좌찬성 최황, 호조 판서 한준, 병조 참판 정윤복, 형조 판서 이헌국, 이조 참의 홍혼, 좌찬성 정탁, 부제학 심충겸 등 상당수의 조정 관리들이 떼 지어 몰려 있었다. 새끼 꼬는 것도 당상관, 마당을 쓰는 것도 당상관일 정도이고, 세자빈 이하 당상관 부인들까지 걸레를 들고 다녔다. 벼슬아치가 흔해 빠졌다고 자기들끼리 자조할 정도다.

아무튼 현이든 군이든 관아만 멀쩡히 서 있으면 분조로 썼는데, 이천에 자리를 잡으면서부터는 제법 영이 서서 팔도의 장계를 접수하고, 수시로 선전관을 내보내기 시작했다.

이때 세자인 광해군 이혼의 장인 유자신은 사위와 딸을 보호하기 위해 처음부터 분조를 따라다녔는데, 이날 밤새 뜬눈으로 세자를 지키던 그가 서헌에 드러누워 쉬고 있다가 임파 현령한테서 혼쭐이 난 것이다.

"우리 세자 저하로 말씀드리면 국왕이나 다름없는데, 외척으로서 이다지도 방종할 수 있소?"

유자신은 깜짝 놀라 옷매무새를 다듬었다.

"아이쿠, 이거 내가 실수했네. 우리 세자 저하야말로 이 난리를 수습하는 나라님이시지. 암."

유자신은 내친 김에 자리를 수습하고 아주 동헌으로 건너갔다.

광해군은 마침 전라 좌수사 이순신이 보낸 장계를 읽으면서 어찌나 기쁜지 눈물을 흘리고 있었다.

"뭡니까, 저하?"

"수군 통제사 이순신의 장계입니다, 장인. 우리 수군이 부산 앞바다를 종횡무진으로 누빈다 합니다. 어찌나 통쾌한지 벌써 세 번째 읽고 있지요."

광해군 이혼은 들뜬 목소리로 답했다.

"우리나라에 수영은 모두 열 군데 있는데, 그중 경상 좌수영은 왜놈들이 쳐들어와 제일 먼저 무너졌고, 경상 우수영은 적과 접전하면서 외로운 전투를 벌이다가 마침내 전라 좌우수영과 연합전을 펼쳐 적을 보는 대로 모조리 침몰시키고 있다 합니다. 육전에서는 고전을 면치 못하나 수군들이 이렇게 장하게 싸우고 있으니 각 수영에 영을 내려 바닷길을 단단히 틀어막으라고 해야겠습니다."

이 당시 조선 수군영은 전라도와 경상도에 좌우 두 군데씩 있고, 경기·강원·충청·함경·평안·황해에 각각 한 군데씩 있었다. 편제상으로는 모두 9만여 명의 수군이 있어야 하나 그것은 장부상의 인원일 뿐 실제로 전라와 경상, 충청 수영을 빼고는 유명무실한 형편이다.

"저하, 이제 곧 왜적을 몰아내고 강토를 되찾게 될 것입니다. 곳곳에서 승전보가 잇따르고 있습니다. 이순신의 장계는 시작에 불과하지요."

김은휘가 거들었다. 김은휘는 체찰사 정철의 종사관을 겸하고 있다.

"강원도의 왜적은 지금 어디로 몰려다니고 있다 하오?"

강원도에는 일본군 제4군 사령관 도진의홍(島津義弘;시마쓰 요시히로) 휘하의 1만 5천여 병력이 코앞인 춘천과 강릉 등지를 쓸고 다니는 중이다.

"춘천과 강릉, 전주 등지에 출몰한다는 소식이 있습니다. 적들도 지금은 세자께서 이곳 이천에 분조를 차렸다는 것을 알고 있을 것입니다. 한즉, 여기 오래 머무는 것은 위험합니다."

"알고 있소. 며칠 내로 이곳을 떠나 다른 지방에 분조를 차릴 생각이오. 호조 판서, 팔도 감사들에게 공명첩(이름 칸만 비워 놓았다가 군량을 내거나 적병을 벤 사람에게 즉석에서 성명을 적어 주는 명예직 혹은 면천 공문서)을 내려 왜적의 목을 베는 사람들에게 나누어 주라고 하세요. 또한 군수, 현감 등 비어 있는 자리가 있으면 공로가 있는 사람을 찾아 어서 채워 주시구요. 양반, 평민 가릴 것 없습니다. 공 있는 조선인이면 누구나 등용하세요."

"천세! 천세! 천세!"

승전보를 받은 분조는 금세 나라를 되찾기나 한 것처럼 천세 소리가 드높았다.

이 무렵 열여덟 살 난 광해군은 현감이 쓰던 자리에 앉아 나랏일을 처결했다. 복식도 융복(戎服;군복)을 차려 입어 언제든 달아날 수 있는 준비를 해 놓은 채 일을 보았다. 광해군이 거느리는 군사라고는 겨우 백여 명이다. 이 정도 무리라면 일본군 말단 부대한테만 걸려도 그대로 무너질 만큼 약하기 짝이 없다.

"저하, 적지로 뛰어들었다가 자칫 횡액을 당할 수도 있습니다."

"주상 전하께서 머나먼 의주에 가 계시니 나는 내 한 몸의 안위를 돌아볼 여유가 없소. 어서 백성들을 격동시켜 저마다 떨쳐 일어나도록 해야 합니다. 난 젊으니 얼마든지 뛸 수 있소. 말을 타지 않고라도 팔도를 누빌 수 있소."

광해군은 평양성이 함락된 직후 군이 적지로 변한 이곳 강원도 이천으로 내려와 분조를 차렸다. 일본군 1대장 소서행장이나 2대장 가등청정은 이천보다 훨씬 북쪽에서 분탕질을 하고 있을 때다. 그런데도 광해군은 그들 사이를 뚫고 아래로 내려가 백성들 속으로 계속 이동해 다닌 것이다.

광해군 이혼이 분조를 차리라는 왕명을 받았을 때에는 원래 영변에서 강계로 가려 했다. 이때 심충겸 등이 나서서 강계는 한번 들어가면 빠져나올 길이 없다고 반대하여 강원도 쪽으로 내려가자는 의견이 대두했다. 그래야만 전투가 치열한 경상도와 충청도 일대 백성을 위로할 수 있다고 보았기 때문이다.

"춘천으로 간다. 거기서 영남과 충청, 전라 하삼도의 우리 군사를 지휘하겠다."

이혼은 영변을 떠나 일단 희천熙川 경계에서 노숙을 하면서 남쪽으로 내려갈 길을 모색했다. 거기서 나흘간 적세를 살피면서 춘천으로 갈 길을 정찰하는 중에 분조를 따르던 관원들 중 상당수가 도망쳐 버렸다. 짐만 되는 역대 왕과 왕비들의 신주는 휴정이 살던 묘향산 보현사에 맡겨 버리자는 얘기도 있었으나 이혼은 거절했다.

"종묘사직이야말로 내가 이 나라 백성을 다스릴 수 있는 힘의 원천이오."

이혼은 뜻을 굽히지 않고 맹산, 양덕, 곡산을 거쳐 이천까지 내려온 것이다. 그때가 한창 더운 7월 9일, 양력으로는 8월 15일이다. 이혼은 춘천까지 더 내려가 직접 군사를 이끌고 싸우겠다고 나섰으나 분조를 따르는 벼슬아치들이 한사코 반대하여 더 내려가지는 못했다.

"저하, 일본군 장수 소서행장이 사신을 보내왔습니다."

"사신? 왜인인가?"

"조선말을 할 줄 아는 왜관倭館 출신 왜인인 듯합니다."

병사들이 일본군 사자를 끌고 안으로 들어섰다. 일본군 사자는 무릎을 꿇고 이혼에게 예를 올렸다.

"도둑놈이 무슨 볼 일로 주인을 찾아왔느냐?"

"세자 저하, 우리 일본군은 오직 명나라를 칠 일만 생각했지 조선과 싸우리라고는 꿈도 꾸지 않았나이다. 지금이라도 저희가 사죄를 드리니 서로 싸우지 말고 잘 지냈으면 합니다. 우린 그저 압록강을 넘어 명나라에 들어가는 게 소원입니다."

"이놈, 그게 말이 된다고 함부로 지껄이느냐?"

세자는 서안을 마구 두드리며 일본군 사자를 노려보았다.

"저하, 지금 우리 1군 대장 소서행장은 조선군과 접전을 일절 피하면서 오직 평양성만 붙잡고 있습니다. 왠지 아십니까? 길을 비켜 주지 않으니 나아갈 수가 없잖습니까. 두 나라 간에 화평을 맺고 제발 길만 비켜 준다면 장차 좋은 일이 있을 것이옵니다. 조선 국왕을 모셔다가 중국 황제로 옹립할 것이고……."

"하하하! 네놈이 날 속이려 드는구나. 너희들 재주로 나아가질 못하니 붙들려 있을 뿐 어찌 싸우기 싫어 평양성에 웅크리고 있겠느냐?"

"저하, 화평을 맺어 두 나라 백성들이 피를 흘리지 않도록 해 주소서."

"이놈이 적반하장이구나. 남의 집에 도둑질하러 온 놈이 주인더러 화평을 맺자? 이놈을 당장 요절내서 보내도록 하라."

일본군 사자가 하는 말은 도무지 앞뒤가 맞질 않는다. 저희들 구원병이 오질 않으니 시간을 벌자고 하는 수작일 뿐 진심으로 화평을 맺자는 뜻은 조금도 없다. 이런 속셈을 알아차린 광해군 이혼은 일본군 사자를 엄히 꾸짖어 돌려보냈다.

일본군 사자를 쫓아 보낸 지 얼마 되지 않아 회령부에서 급한 전갈이 내려왔다. 임해군과 순화군을 따라 함경도 북쪽으로 피신한 하인 편이다.

"무슨 일이냐!"

"저하, 큰일났습니다."

"경성부 아전 국경인이 반역을 일으켜 두 분 왕자님과 수행하던 중추부 영사 김귀영·호소사 황정욱·호군 황혁(순화군의 장인)·함경 남병사 이영·경성 부사 문몽헌·온성 현령 이수 등 수십 명을 결박 지어 왜적에게 넘겼사옵니다."

"뭣이? 그래서 우리 형님이 살았느냐, 죽었느냐?"

두 왕자 중 임해군은 특히 광해군의 동복 형이다.

"황정욱에게 여덟 살 난 손자가 있는데 사람들이 보는 데서 찢어 죽였으며, 행패가 몹시 심했습니다. 소인은 왕자님 두 분이 가등청정에게 인계되는 것을 보고 부랴부랴 분조를 향해 달려왔나이다."

광해군의 얼굴이 붉으락푸르락했다. 다른 사람도 아닌 왕자가 포로로 잡히다니, 이순신의 승전보가 무색한 급보다.

"그래, 국경인이란 자는 왜 반역을 일으켰단 말이냐?"

"말씀드리기 황송하오나, 왕자 일행이 백성들을 노략질하고, 여염집 처녀들을 함부로 건드린 줄로 아옵니다. 이에 국경인이란 자가 제 숙부 국세필 등과 짜고 느닷없이 반역을 일으키는 바람에 꼼짝없이 당했습니다. 저하께서 어서 위급을 풀어 주소서."

광해군 이혼은 자리에서 벌떡 일어나면서 칼집에 손을 갖다 대고 말했다.

"어서 북으로 달려가 왜적을 베고 우리 형님과 아우를 구해야겠소."

임해군은 광해군 이혼보다 한 살 위인 열아홉, 한양 시절부터 폭행을 일삼고 음행이 지나쳐 진작 인심을 잃은 젊은이다. 그런 그가 피난 이랍시고 돌아다니면서 패악을 부리다가 결국은 포로로 잡혀 버린 것이다. 그런데도 광해군은 두 왕자를 구하겠다고 나섰다. 실질적으로 이혼이 지휘할 수 있는 군사는 겨우 백여 명 남짓, 제 한 몸이나 지킬 수 있을 뿐 전투를 벌일 만한 군사력은 되지 못한다.

"저하, 군사를 더 모으지 않으면 가등청정을 물리치고 두 분 왕자님을 구해 낼 수 없습니다. 그나마 이곳 이천과 강원도 등지에서 모은 군사는 모두 경기 지방으로 내려 보내어 지금은 군사로 쓸 만한 장정이 많지 않습니다. 고정하소서."

"고정하다니, 왕자가 적에게 사로잡혔는데 어떻게 가만히 있겠단 말인가!"

"저하, 저하는 실질적인 이 나라의 국왕이십니다. 함부로 움직이시면 곤란합니다."

"그럴 수 없다. 지금부터 우리는 북으로 올라간다. 경기도, 강원도, 경상도, 충청도, 전라도에는 그간 선전관을 많이 보내 독전을 했으니, 이제 우리도 직접 전투를 벌여야 한다. 병조 판서는 즉시 이동 준비를 하고 군사를 초모하시오."

광해군 이혼의 명령이 한번 떨어지자 영의정 최흥원, 우의정 유홍 이하 대소 관료들은 전전긍긍하면서 짐을 꾸리기 시작했다. 비록 영의정이라도 괴나리봇짐을 직접 싸야만 한다.

분조 일행은 광해군의 명령에 신속히 움직이기 시작했다. 이천에서 인심을 얻은 광해군이 적지를 향해 떠난다고 하자 백성들은 미숫가루를 내어 바치거나 떡을 해다 올렸다. 광해군은 일단 북쪽으로 방향을 잡아

곡산에 이르렀다. 적을 피해 산간에 숨어 있던 백성들은 세자 일행이 나타났다는 소문을 듣고 구름같이 몰려들었다.

"야, 세자께서 오셨다!"

"광해군이 우릴 구하러 오셨다!"

대대적인 환영이다. 이들은 피죽도 먹지 못했는지 차마 볼 수 없을 만큼 굶주린 백성들이다. 천세千歲를 부르기 위해 쳐드는 손목조차 마른 나뭇가지 같다.

"우리 군사들이 지금 곳곳에서 적을 무찌르고 있습니다. 머지않아 왜적들을 부산 앞바다로 밀어내 모조리 수장시킬 것이니 조금만 더 참으십시오. 호조 판서, 이 백성들에게 양곡을 내어 나누어 주시오."

호조 판서 한준은 얼른 대답하지 못했다.

"……."

세자와 세자빈이 먹을 양곡도 없다.

눈치를 챈 광해군이 한 발 물러섰다.

"쌀 한 홉씩이라도 나눠 주시오. 정성이라도 보입시다."

"저, 세자 저하, 우리 먹을 쌀은커녕 세자 저하께서 잡수실 쌀도 모자랍니다. 이천에서 백성들이 바친 미숫가루가 약간 있을 뿐입니다."

"그럼 그거라도 나눠 주시오. 궁빈들은 들에 나가 나물을 뜯거나 풀뿌리를 캐서 양식을 마련하시오. 적과 싸우려면 식량이 있어야 하오."

호조 판서 한준은 세자가 시키는 대로 미숫가루를 내어 분조로 몰려든 백성들에게 조금씩 나누어 주었다. 백성들은 그나마 세자가 하사한 것이라며 물에 타서 훌훌 마시고는 목이 타도록 천세를 불러댔다. 백성들이 기껏 미숫가루를 탄 물을 한 대접씩 먹고 나서 그토록 기뻐하는 것을 본 광해군 이혼은 남모르게 눈물을 흘리면서 칼집을 꽉 틀어쥐었다.

"백성은 나의 근본이라, 내가 여러분이 고생하는 걸 잊지 않고 있으니 여러분 또한 날 잊지 마시오. 적과 싸울 수 있으면 싸우고, 그렇지 않으면 화를 피해 숨어 계십시오. 반드시 왜적을 몰아내어 여러분들이 집으로 돌아갈 수 있도록 하겠습니다."

분조와 백성들은 끝까지 적과 싸울 것을 맹세하고는 피난지인 산간 각처로 돌아갔다. 이제부터는 잘 데가 없으면 노숙을 하고, 먹을 게 없으면 물과 바람을 마셔야 한다. 헛간이라도 있으면 그곳이 곧 분조, 세자가 거처하는 정청이다.

종묘 신위는 소나 말 등에 지워 밤새 이슬을 맞히는 경우도 있다. 그럴 것에 대비해 기름 먹인 양가죽으로 튼튼하게 묶어 비에 젖지만 않게 했다. 이혼이 워낙 입술을 깨물고 굳은 의지를 밝혔으므로 그를 따르는 관원들은 누구 하나 감히 불만을 말할 수가 없다.

가등청정에게 잡힌 두 왕자를 구하자는 격문이 나가면서 여기저기서 장정들이 몰려들었다. 험준한 산간 계곡에 피난 중인 사람들이 소문을 듣고 찾아오는 것이다. 병조 판서는 그들을 훈련시키면서 조금씩 북쪽으로 이동했다.

그렇다 해도 상대는 가장 악랄하다는 일본군 제2군 1만 2천 명이다. 조선에 상륙한 이래 그중 2천 명이 전사했다고 쳐도 아직 1만은 남아 있다.

광해군 이혼은 군사들과 함께 활을 쏘기도 하고 검술을 훈련하기도 했다. 그러다가도 지방에서 올라온 파발을 맞으면 즉석에서 답을 내리고, 상을 내리기도 했다.

상이라고 다른 것은 없고, 적의 머리를 얼마나 베었는지 급수에 따라 공명첩을 내려 주고, 품계를 한두 자리 올려 주는 게 고작이다. 그것도 좋은 종이나 비단에 쓰는 게 아니고, 아무 데고 있는 대로 적었다. 쓸 데가 정 없을 땐 수하들이 목숨처럼 끌고 다니는 〈공자〉며 〈맹자〉 따위의 책을 뜯어 물에 빨아 쓰기도 했다. 그래도 백성들은 왕세자가 내려주는 벼슬이라면서 뛸 듯이 기뻐했다.

광해군은 곧 군사를 추슬러 성천 · 순천 · 덕천 방면으로 북진하기 시작했다. 모두가 소서행장의 일본군이 장악한 평양부 경계다. 그러는 중에도 평양성 북방에 포진하고 있는 조선군과 승군의 훈련 상황을 보고받고, 그는 왕자를 구하기 위해 계속 북진했다.

세자군世子軍이 덕천에 이르렀을 때 의주의 행조行朝에서 긴급 명령이 떨어졌다. 그때 행조에서는 광해군이 덕천까지 북상한 줄도 모르고, 세자를 어떻게 적진 한가운데로 모시고 다닐 수 있느냐는 쟁론이 일었다. 갑론을박 끝에 세자를 평양 이북으로 옮기라는 어명이 떨어진 것이다. 이어서 왕자들을 구하려는 작전을 취소하라는 명령이 아울러 내려왔다.

적세가 너무 강하고, 왕세자가 직접 군사를 이끌고 가다가 변이라도 생기면 안 된다는 여론 때문이다. 그도 그럴 것이 그 무렵 행조에서는 왕위를 세자에게 아주 넘겨야 한다는 목소리가 높았다. 왕 자신도 그런 눈치를 채고 여러 차례 변명을 늘어놓으면서 저울질을 하는 중이다. 그런 만큼 곧 국왕에 오를 세자를 승산이 없는 전투에 내몬다는 것은 허용될 일이 아니다.

이 무렵 세자를 따르는 군사는 비록 천여 명 가까이 늘었으나 그들만으로 가등청정에 맞선다는 것은 어림없다. 그렇다고 평양 북방에 주둔 중인 도원수 김명원 휘하의 조선군을 함경도로 출전시킬 상황도 아니다.

광해군 이혼은 왕자를 구출하는 작전을 버렸다. 그렇다고 후방으로 빠지지도 않았다. 그는 도리어 적세가 더 날카롭기로 이름난 황해도를 향해 길을 돌렸다.

"강원도보다 황해도 적이 더 무섭다는데, 거길 분조가 왜 가는가! 어서 평안도로 올라오라고 하라"

보고를 받은 왕은 깜짝 놀랐다. 이미 적에게 떨어진 황해도로 왕세자가 진입한다는 것은 위험천만한 일이다. 전세로 보아 황해도는 강원도보다 더 위험한 땅이다.

이때 광해군에게도 나름대로 생각이 있고, 작전이 있었다. 광해군이 아버지인 국왕에게 올린 보고에는 이렇게 적혀 있었다.

- 아버님, 적세를 누그러뜨리지 못한다면 저는 강화도에 들어가 이 나라를 굳게 지키고자 합니다. 강화도는 천하를 휩쓴 몽골군에게도 끄떡하지 않고 버텨낸 천혜의 요새이옵니다.

광해군이 황해도로 들어가기로 결심했을 때 호종하는 관리들은 그가 전쟁에 미친 사람이 아닌가 의심했다. 적진 한가운데로 뛰어들다니, 도무지 말이 되지 않았다.

"내가 가등청정에 맞서지 못한 것은 자칫 퇴로를 빼앗길까 우려해서요. 그러나 황해도는 여차하면 바다로 나갈 수도 있고, 그 길로 내처 강화로 갈 수 있소. 강화에 가면 충청·전라 양도하고는 수시로 연락이 가능하니 그만큼 적을 물리치기도 쉬울 것이오. 그러니 무서울 게 뭐가 있겠소."

그 무렵 암호명 녹국綠國으로 관리되던 황해도는 일본군 제3군 사령관 흑전장정(黑田長政:구로다 나가마사) 휘하의 1만 2천 병력이 주둔하고 있었다. 가등청정과 마찬가지로 전사자를 2천여 명으로 계산해도 아직 1만 명이 남아 있는 상황이다.

덕천까지 올라갔던 광해군 이혼은 황해도로 들어가기로 결심한 뒤 북상 중이던 분조 행렬을 남쪽으로 돌렸다. 세자가 결정한 사항인 만큼 영의정 이하 당상관들은 조마조마하면서도 무조건 따랐다. 안주安州까지 남하한 광해군은 평양 전선에서 일본군 제1군과 대치 중이던 조선군 장수들을 분조로 불러들였다.

그 무렵 평양 북방 최전선에는 도원수 김명원이 조선군을 수습하여 군진을 배치하고, 안주에서는 유성룡이 나서서 군사를 모았다. 또 평안도 순찰사 이원익은 승군이 설치된 순안에 머물면서 군사를 징집하고 군량을 모으던 참이다.

"여러분 모두 고생이 많습니다. 나는 비록 적진을 다니고는 있다 하나 싸움을 피해 다닐 뿐인데, 여러분들은 자신의 목숨과 일가의 안위를 돌보지 않고 오직 왜적을 쳐부수기 위해 불철주야 혼신의 힘을 다하고 있군요. 제 목이 메어 말씀을 드리기 민망합니다. 제가 드릴 수 있는 것은 아무 것도 없습니다. 벼슬 한 자리 올린들 전란 중에 무슨 소용이 있겠습니까. 다만 후세 사가들이 이날 일을 기록할 때, 여러분들이 국난 극복에 목숨을 바쳤노라고 한 줄 적어줄 수 있도록 왕세자인 제가 결코 잊지 않고 있겠습니다. 지금은 물 한 잔밖에 드릴 게 없지만, 왜적을 다 몰아내고 국도를 수복하는 날, 크게 잔치를 열어 여러분의 수고를 위로해 드리겠습니다. 얻을 영광이야 그뿐이지만, 여러분들이 땀 한 방울, 피 한 방울 흘릴 때마다 우리 백성 수백 명, 수천 명의 목숨이 되살아나는 것입니다."

이어서 광해군 이혼은 조선군 수뇌들과 왜 소서행장 군이 평양성에 묶여 있는지 토론을 가졌다. 그때는 소서행장 군이 왜 발이 묶여 있는지 아는 사람이 없었다. 의논만 무성할 뿐 시원한 답은 나오지 않았다.

이혼은 조선군 장수들을 위로하고 그 길로 더 남쪽으로 내려가 숙천·영유·증산을 거쳐 용강까지 이르렀다. 거기서 흑전장정 군에 맞서고 있는 초토사 이정암을 만나기 위해서다.

얼마 전 이동 중인 분조로 이정암이 보낸 장계가 들어왔다. 황해도 각지가 적에게 함락당했지만 의병을 일으킨 이정암만은 연안성을 잘 지켜내고 있다는 반가운 소식이었다.

그때 세자는 글을 쓸 종이가 없자 즉석에서 입고 있던 옷을 찢어 '분충토적奮忠討賊' 넉 자를 써서 급히 보내 주었다. 그 뒤 세자로부터 고무된 이정암은 흑전장전 군 3천 명의 공격을 받았지만 그들을 모조리 격퇴시킨 것이다.

용강에 이르러 이정암을 만난 광해군은 눈물이 범벅이 된 얼굴로 그를 얼싸안았다. 그러고는 그를 경기 관찰사에 임명했다. 백성들은 세자의 손이라도 한 번 잡아보겠다고 줄을 서고, 광해군은 그런 백성들을 따뜻이 위로하고 격려했다. 줄 것이 없으니 따뜻한 말 한 마디라도 널리 나누어 줄밖에 도리가 없다.

민심이 일어나고 있다. 민심이 일어나야 나라도 일어날 수 있다는 것을 광해군은 느꼈다.

10
북풍한설 北風寒雪

의주 행조^{行朝}.

"뭣이? 누르하치가 사신을 보내?"

"그러합니다, 전하. 비양코라는 측근을 보내 왔으니 접견하소서."

"왜 더러운 오랑캐를 만나? 그럴 시간 없으니 돌아가라고 하시오. 아니면, 저 밑에 9품직을 내보내 맞이하든가."

왕은 여진족 사자가 왔다는 말에 버럭 화를 냈다. 무섭게 생긴 여진족 장수들은 내관들을 몸으로 밀치고 기어이 안으로 들어섰다. 그러고는 넙죽넙죽 절을 올리고 입을 열었다.

"전하, 당장 기마군 3만 명을 이끌고 와 전하의 근심을 덜어드리고자 합니다."

왕은 여진족 사자 비양코를 같잖다는 듯이 내려다보았다.

"명나라 장수 조승훈도 군사 5천으로 달려들었다가 꼬리가 빠져라 도망갔소. 이번 왜적은 만만한 것들이 아니오.”

“우리는 똑같은 고구려 후예입니다. 형제가 전란에 휩싸여 고통을 받는데 우리가 어찌 그냥 보고만 있을 수 있겠습니까? 여기 누르하치 칸이 보낸 친서입니다. 누르하치 칸께서는 요동 경략 송응창을 찾아가 황제 폐하께 바치는 서신을 전하고, 병부 상서 석성 대인께서는 이미 허락한 줄로 아옵니다.”

왕은 누르하치가 보냈다는 편지를 일부러 시큰둥한 표정을 지어 가며 천천히 펼쳐보았다.

- 명나라는, 오랑캐는 오랑캐로 다스린다는 방침 아래 우리 같은 북방 기마 민족들을 분열시켜왔습니다. 오늘날 몽골과 우리 여진족이 부족 간에 서로 싸우고 반목하는 것은 실은 춘추전국시대부터 이어온 한족들의 끈질긴 이간책 때문입니다. 전하, 신 누르하치의 성姓은 아이신길로입니다. 한자로는 애신각라愛新覺羅, 신라를 사랑하고 잊지 말라는 뜻입니다. 우리 조상은 신라 출신 고려인 김함보金函普라고 합니다. 시조께서 일으킨 기업을 처음에 완안부完顔部라고 했는데, 완안이란 우리말로 금金이란 뜻입니다. 곧 김씨 부족이란 뜻입니다. 이 완안부에서 금나라의 시조 아구타가 나왔습니다. 아구타는 고구려의 후국인 발해 유민들을 두루 끌어들여 금나라를 건설하고, 나중에는 중원으로 진출하여 우리 여진족의 힘을 사해 만방에 떨쳤습니다. 그리고 오늘날 신 아이신길로 누르하치가 천지의 기운을 받아 백두산처럼 우뚝 일어서고 있습니다. 그런데 명나라가 일어난 이후 한족들은 우리 여진족이 어찌나 두려운지 갈가리 찢어놓고 말았습니다. 나는 명나라의 분열 정책에 맞서 여진족을 통합해 나가고 있습니다. 지금은 거의 모든 부족을 여진족의 깃발 아래 하나로 묶어 놓았습니다. 이제 형제의 나라 조선에 병란이 일어났다 하

니 마땅히 견마지로를 다하지 않을 수 없습니다. 당장 기마군을 이끌고 가서 왜적을 몰아내고자 합니다.

왕은 누르하치의 서한을 내던지듯이 돌려 주며 약간 짜증을 냈다.

"왜 우리 소중화小中華가 너희하고 같은 형제더냐? 너희는 오랑캐고 우리는 대명大明의 감화를 입은 조선족이니라."

"전하, 저희도 같은 대조선의 후예입니다. 우리도 단군 신화를 소중히 간직하고 있으며, 동명성왕과 광개토대왕의 업적을 자라나는 아이들에게 가르치고 있지요. 우리 여진족은 금金나라를 세워 한때 중원의 한족을 지배하여 고구려의 한을 푼 적도 있었습니다. 이제 국세가 불같이 일어나 또 한 번 고구려와 발해와 금나라의 위세를 만방에 떨치게 되었는 바 우선 형제 국가의 환난부터 덜고자 이렇게 달려온 것입니다."

"궤변을 늘어놓는군."

왕은 여진족 사자들의 당돌한 요구에 당황하면서 이항복을 불러 들였다.

"이 오랑캐들이 대체 뭐라고 씨부리는가? 오랑캐가 내 땅에 들어와 뭘 어쩌겠다는 거야?"

"폐하, 이런 문제는 우리가 답할 게 아니라 명나라에 떠넘겨야 합니다. 어차피 여진족은 현실적으로 명나라 백성 아닙니까."

"옳지. 그렇군."

왕은 여진족 사신들에게 명나라에 가서 얘기를 해 보라고 권했다.

"이보시오, 여진족 사자들. 여진족은 명나라 황제 폐하의 은덕으로 사는 사람들이오. 한즉 명나라에서는 곧 10만 대군을 보내온다고 하오. 우리로서는 여진족 기마군을 부르고 싶지만 명나라가 기왕 대군을 보내

온다니 그들과 협의하지 않을 수 없소. 그러니 가서 기다리든가 아니면 명나라 조정에 가보시오."

여진족의 참전은 없던 일이 되고 말았다.

한편, 일본군 사령관 우희다수가는 요즘 잠을 자다가도 깜짝 놀라 깨곤 한다.

평양성까지 올라간 일본군이 그만 진퇴양난에 빠졌다. 먼저 선봉 제1군 소서행장 군은 보급선이 끊겨 평양성에 갇힌 이래 전염병이 돌고 학질이 번지면서 군사를 많이 잃었다.

그간 조선군과 싸워 죽은 것보다 병으로 죽은 병사가 더 많다. 그렇다고 제1군이 평안도 전 지역을 장악하고 있느냐 하면 그것도 아니다. 겨우 평양성 하나하고, 보급품 수령 중간 기지인 중화中和나 오갈 뿐이다. 말이 보급이지 가을이 되면서 쌀은 다 떨어지고 조와 수수만으로 버티고 있다. 간장도 소금도 없다. 대동강에 나가 물고기를 그물질해 먹어보지만 일본 물고기하고는 맛이 다르니 먹어도 먹은 것같지 않다.

갈수록 사기는 떨어지고 기생 계월향의 농간으로 조선군 장수(김응서)가 평양성에 들어와 일본군 장수를 죽이질 않나, 당취라는 정체불명의 승군 비밀 조직이 들어와 난동을 부리지 않나, 한시도 편안할 새가 없다.

황해도를 치러간 제3군 흑전장정 역시 연안성조차 함락시키지 못해 패주했다. 어딜 점령하기는커녕 저희들 먹고 사는 것조차 빠듯하다는 보고다.

경상도를 맡은 제7군 사정도 비슷하다. 다 죽은 줄 알았던 조선군이 벌떼같이 일어나 경주성을 찾아간 이래 여기저기 보급선이 무너지기 시작했다. 총사령관인 우희다수가조차 일본에서 들어오는 보급품을 받을 수가 없다. 부대 간에 간단한 문서 하나 전하는 데 수백 명씩이나 떼 지어 다녀야 할 만큼 치안이 불안하다. 산기슭에서 불쑥불쑥 튀어나오는 조선 의병과 승군들 때문이다. 그런데다가 7군 사령관 모리휘원(毛利輝元;모리 데루모도)까지 풍토병을 이기지 못하고 누워 있다는 보고가 올라왔다. 증세가 워낙 중해서 풍신수길까지 나서서 의원을 보내 주었다는 소식이다.

더욱 재수 없는 것은 제9군을 맡은 우시수승(羽柴秀勝;하시바 히데가쓰)이 거제도에서 죽은 일이다. 다른 사람도 아니고, 죽은 아이는 풍신수길의 친조카이자 풍신수길을 이어 관백이 된 수차의 친아우다. 여간 큰일이 아니다. 겉으로야 병으로 죽었다고 하지만 조선 의병에게 죽었느니 벼락을 맞아 죽었느니 말이 분분하다.

정말 더 재수 없는 게 한 가지 더 있다. 청국(靑國;충청도)을 맡은 제5군 사령관 복도정칙(福島正則;후구시마 마사노리)이 총사령관인 우희다수가의 체면을 긁어대는 것이다.

"그 새낀 왜 죽산에만 깔고 앉아 술타령이야! 충청도 하면 우리 대일본의 고향인 공주도 있고, 부여도 있는데 왜 고향 참배는 안 하고 술주정만 한다는 거야!"

우희다수가를 위해 뛰는 횡목들은 조선군과 명군의 첩보만 탐지하는 게 아니라 이즈음에는 같은 일본군 장수들의 동태까지 몰래 조사하고 다녔다. 그래서 5군 사령관 복도정칙이 죽산에서 한 발짝도 움직이지 않으면서 연일 술만 퍼마시고 있다는 정보를 여러 차례 들었다. 그때마다 독전서를 내려 보냈지만 놈은 보았는지 말았는지 꿈쩍도 하지 않는다. 그래도 벌을 내리지 못하니 답답했다.

복도정칙으로 말하자면 풍신수길의 사촌동생, 나이는 32세다. 겨우 스무 살밖에 안 되는 젖비린내 나는 우희다수가보다야 자신이 총사령관 감이라고 늘 주절거린단다. 그러고서 여자 사냥에나 주력할 뿐 전쟁은 접어버렸다. 한양에서 죽산은 그야말로 하루거리, 복도정칙의 말 한 마디 한 마디가 매일매일 보고된다.

"그 새낄 죽여 버려야 해! 적은 조선군이 아니라 복도정칙 같은 배신자 새끼라고!"

그렇다고 우희다수가가 복도정칙을 직접 벌하지는 못한다. 그에게는 현해탄을 건너올 때부터 데리고 있는 병력 2만 4천여 명이 비교적 그대로 있는 편이다. 복도정칙이 정말 술주정을 핑계 삼아 대들기라도 하는 날이면 우희다수가로서는 감당할 수 없다.

그야말로 이럴 수도 저럴 수도 없는 상황이었다. 언제까지 이러고만 있을 수는 없는 노릇이다. 어떻게 해 볼 도리도 없다. 일본으로 후퇴할 수도, 그렇다고 마냥 주둔한다고 해서 될 일이 아니다. 내버려 두면 전염병을 막지 못해 반년도 안 가 저절로 무너질 지경이다.

한편 눈보라가 몰아치는 12월, 요동의 한겨울은 특히 혹독하다. 눈이 내리면 내리는 대로 맞아야 하고, 바람이 불면 부는 대로 맞아야 한다. 그야말로 이즈음에 부는 바람은 삭풍朔風이다.

한번 불면 말도 사람도 고개를 푹 수그리고 걷지 않으면 이리저리 쏠리기 일쑤다. 바람이 심할 때는 눈발이 앞에서 달려오는 듯하다. 눈이고 얼굴이고 뒤범벅이다. 이따금 귀나 코, 눈썹을 털지 않으면 그나마 지척도 분간할 수 없다.

이여송은 병부 상서 석성으로부터 조선으로 출동하라는 명령을 받아 놓았지만 눈보라가 그치질 않아 아직 진군동병을 하지 못한다. 게다가 누르하치가 조선에 출병하네 못하네 하여 더 늦어졌다.

누르하치의 여진족 군대를 파병하는 문제가 대두됐을 때만 해도 명나라에서는 한시름 놓는 줄 알았다. 누르하치가 먼저 일본군과 싸워 이기면 이기는 대로, 지면 지는 대로 이여송이 압록강 변에서 기다리고 있다가 마지막 급소를 치면 만사형통이라고 믿었다. 까짓 누르하치가 이상한 태도를 보인다 한들 이여송이 짓누르면 그만이라고 자신했다.

그런데도 조선의 사신들은 결사반대를 부르짖었다. 울고불고, 심지어 오랑캐에게 나라를 맡기느니 자결하겠다고 협박하는 사신도 있었다. 결국 누르하치 군을 파병하는 문제는 시들해지고, 이여송이 마지막 대안으로 떠올랐다.

조선을 구할 명군은 봄부터 겨울까지 여태껏 모아봤지만 결국 10만을 모으는 데는 실패하고 총 4만 3천 명으로 부대를 편성했다. 그나마도 양자강 이남에서 올라온 만족蠻族들이 상당수다. 눈발만 보아도 기겁을 할 만큼 추위에 약한 사람들이다.

명나라도 더 이상은 어떻게 해 볼 수가 없다. 이제는 보바이 군을 물리친 이여송 개인의 지략에 의지할 수밖에 없다.

요동 광녕성에 집결한 명군 군영.

이여송은 전군에 영을 내려 눈이 그칠 때까지 쉬라고 해 놓고는 광녕성에 들어가 아버지 이성량을 만나 출정 인사를 올렸다. 이성량은 총병 관직에서 물러난 뒤 고향 철령에 가 당분간 머물다가 북경으로 아주 거처를 옮겼다. 그러므로 일부러 요동까지 와서 아들을 배웅하는 것이다.

"여백如栢인 왜 안 왔느냐?"

"1군을 맡고 있는데, 사사로이 움직일 수 없어 본영에 대기시켜 놓았습니다."

"네가 공사公私를 제법 가릴 줄 아는구나."

"아버님, 이번에 소자가 데리고 가는 명군은 다 오합지졸입니다. 지난번에 보바이의 난을 진압한 우리 요동 기마군밖에는 쓸 자가 없습니다. 병부에서 보낸 군사를 점고해 보니 한족은 얼마 되지 않고, 위구르족, 몽골족, 여진족, 베트남인, 인도인, 티베트족, 아프리카 흑인, 포르투갈인 등이 섞인 잡군입니다. 난감합니다."

"그래도 철제 불랑기포가 많다면서?"

"예, 그나마 믿을 건 대포뿐입니다. 포수들도 모두 대포를 만든 포르투갈 사람들이니 그 점은 안심할 만합니다."

이성량은 난로에 놓인 주전자가 펄펄 끓는 걸 보고는 찻잔에 따라 홀홀 들이마셨다. 백두산에서 난 산삼을 달여 먹는 중이다. 산삼은 한때 누르하치가 정기적으로 바치던 물목物目이다.

"너도 한 잔 마셔라. 따뜻할 때 마셔야 몸이 더워진다. 겨울에는 그저 열이 펄펄 나야 전쟁도 잘하지."

이여송은 아버지 이성량이 건네주는 인삼차를 받아마셨다. 올해 마흔네 살, 이여송은 장수로서도 적지 않은 나이다. 이성량은 비리 사건에 연루되어 요동 총병관직에서 물러났지만 결국 아들의 성공으로 재기했다. 직함을 가진 것은 아니지만 다들 영원백寧遠伯이라고 불렀다. 백작이다.

아들인 이여송도 지난 번 보바이의 난을 진압한 공로로 백작伯爵이되었다. 황제가 내린 하사품이 하도 많아서 다 헤아리지도 못할 지경이다. 그런 이여송에게 황제는 제독提督이라는 직함을 주면서 왜적을 막는

총병관으로 임명했다. 조선으로 출병하라는 명령을 받는 날 주색잡기로 바쁘기만 하던 황제 주익균이 이여송에게 친히 술을 쳐주기까지 했다. 그만큼 조선 출병은 명나라의 최대 현안이다.

"요샌 누르하치란 그 '멧돼지 가죽'(여진어로 누르하치는 멧돼지 가죽이다.)이 잠잠한가?"

이여송 대신 병부 상서인 석성이 대답한다. 황제하고는 함부로 말을 섞을 수 없다.

"여진족은 원래 말을 잘 듣습니다. 이여송 제독이 있는 한 폐하께서는 근심하실 이유가 없는 줄 압니다."

황제는 자세히 물어보지도 않고 그저 그런 줄만 알고 이여송에게 은 10만 냥을 하사했다.

"성은이 망극합니다."

그러고서도 병부 상서 석성의 입을 빌려 황제는 몇 가지 특전을 발표했다.

- 풍신수길이나 관백 수차秀次, 그리고 중 현소를 죽이거나 포로로 잡아오는 자는 후작 벼슬을 주고, 큰상을 내린다.

명나라에서는 이때까지도 대마도주 종의지의 심부름으로 조선에 들락거린 현소를 전쟁의 주범인 줄로 알았다.

- 그밖에 사령관인 우희다가수가, 1군 사령관 소서행장, 1군 기수 대마도주 종의지, 1군 종군 횡목대장 송포진신을 잡는 사람은 은 5천 냥에 지휘사란 벼슬을 내린다.

명군 장수들은 조선에 나가기만 하면 적장이 거저 잡히는 줄만 알고 모두들 환호했다.

그렇게 출정 명령을 받고 오늘에서야 아버지 이성량에게 문안을 드리는 중이다.

"소문에는 왜적의 수효가 20만이라고도 하고, 30만이라고도 한다. 그런데 어떻게 4만 3천으로 이길 수 있겠느냐?"

"조정에서 원래 백만이고 오십만이고 준다고 했는데, 더는 군사를 모을 수 없나 봅니다. 그래서 저번에 영하에서 승리한 우리 기마군을 선봉으로 세워 적을 칠까 합니다. 그러자니 강과 땅이 얼어붙은 겨울에 적을 쳐야만 하겠습니다. 적이 수십만이라지만 실상 지금은 엄동설한이라 1,2만씩 떨어져 있나 봅니다. 한 놈이라도 요절을 내주면 나머지 놈들이야 자연 물러나겠지요."

"아들아, 그래도 조심하고 조심해라. 조선은 우리 조상의 나라, 가거들랑 목숨 아끼지 말고 싸워 왜적을 물리쳐야 하느니라. 여력이 생기거들랑 군사를 몰아 일본까지 쳐들어가라. 그런 다음, 뭣이냐. 폐하께서 알아서 하실 일이지만 아마도 왜적을 섬으로 몰아 낸 뒤에는 네게 조선을 맡길지도 모른다. 그러니…… 내 소원은 네가 조선 국왕이 되어 여생을 지내는 것이니라. 네가 국왕을 맡으면 나야 상왕이 되어도 좋고……."

"예, 아버님. 제가 제독이긴 하나 경략이란 이름으로 송응창이 따라간다 하니 불편하지 않을까 걱정입니다. 경략이란, 결국 저를 감시하라는 자리 아닙니까?"

"그런 문관들이야 조선의 대신들하고 붙어 지내게 하면 시나 읊으면

서 음풍농월하겠지. 그깟 것들 신경 쓸 필요 없다. 조선 것들에게 맡겨
버려."

"아버님, 그럼 다녀오겠습니다."

"오냐. 혹시 평안도 초산을 지날 때는 조상들께 정성을 올리거라."

이별을 마친 이여송은 군대를 일으켰다. 이 달 안에 얼어붙은 압록강
을 말 타고 건너야 한다.

조선 사신들이 말하는 것으로 보아 한겨울에 적을 쳐야 쉽다고 했다.
따뜻한 섬나라에서 올라온 왜구들은 추위를 견디지 못해 전전긍긍한다
는 것이다. 그저 고드름처럼 얼어 방구석에 웅크리고 있을 때 한바탕 몽
둥이를 휘둘러버리면 우드득 꺾일 것이다.

실은 명군 중 5천여 명은 양자강 이남의 따뜻한 지방에서 올라온 사
람들이라는 걸 이여송도 모르고 하는 소리다. 일본군이 고드름이 되면
명군도 고드름이 되는 것이런만.

1592년 12월 25일, 양력으로는 해를 넘긴 1593년 1월 27일이다. 매
우 늦었다. 전쟁이 난 지 무려 8개월 12일 만이다. 자칫하다가는 도로 봄
이 되어 일본군이 재기할 수도 있다. 그럴수록 조선 조정에서는 명군을
맞이하여 하루라도 빨리 전선에 투입하려고 노력했다. 대동강 물이 풀
린다는 우수雨水 전에 전쟁을 끝내야지 안 그러면 다급한 일이 생길 수도
있다.

경략 송응창, 제독 이여송. 휘하의 장수로는 제1군 사령관 겸 중협대
장 이여백李如栢, 바로 이여송의 친동생이다. 제2군 사령관은 부총병 겸
좌협대장 양원楊元, 제3군 사령관은 부총병 겸 우협대장 장세작張世爵이
다. 각 군은 각각 1만 1천 명으로 편성되었다.

그러고도 이여송이 직접 지휘하는 본부 기마군 1천 명이 따로 있다. 이 4만 3천 병력 중 보군은 불과 5천 명이고, 나머지는 모두 전쟁 경험이 많은 기마군이다. 가지고 온 화약은 2만 근, 군량미는 8백 석이다.

병부 상서 석성이 추가로 8천 명을 더 보내 주기로 했으니 그럭저럭 5만 군대는 되는 셈이다.

명군은 기치창검을 높이 쳐들고 북이며 꽹과리를 요란하게 두드리며 압록강을 건넜다. 조선 쪽에서는 좌의정 윤두수가 기다리고 있다가 이여송을 맞이했다.

이여송은 간단한 환영식을 받고 그대로 의주성까지 진군했다. 왕이 남문까지 나와 이여송을 맞이했다. 그리고 용만관까지 이여송을 데리고 가서 극진히 대접했다. 통역으로는 홍순언이 나서서 분위기를 부드럽게 해 주었다.

이여송은 왕이 내려주는 환도環刀만 선물로 받을 뿐 술은 사양했다.

"내가 받고 싶은 것은 술이 아니라 조선군과 일본군 현황입니다."

행재소에서는 화들짝 놀라 재빨리 현황판을 만들어 이여송에게 올렸다. 당시 조선군은 도원수 김명원의 지휘를 받으며 전국 각지에서 활동하고 있었다. 부대 간 연락은 매우 활발했다.

특히 분조를 중심으로 완벽한 통신 체계를 갖추고 있었다. 그러므로 조선군의 정점에는 광해군이 있고, 광해군의 분조와 의주의 행재소 사이에는 끊임없이 파발이 이어졌다.

이 무렵의 조선군 현황.

평안도 순찰사 이원익과 평안도 병마사 이빈 휘하 4천 명, 순안 주둔.

평안도 좌방 어사 정희운 휘하 2천 명, 승군과 함께 강동(江東:대동강 동쪽) 주둔.

평안도 우방 어사 김응서 휘하 1만 명, 강서(江西;대동강 서쪽) 주둔.

경기도 순찰사 이정형(연안성 전투의 영웅 이정암의 동생)과 고언백 휘하 8천3백 명이 우희다수가 군을 상대로 유격전 활동.

함경도 순찰사 및 의병장 정문부 휘하 1만 명이 가등청정 군을 상대로 유격전 활동.

충청도 순찰사 허욱과 충청 방어사 황진 휘하 1만 명이 공주, 청주 등에 분산 주둔.

황해도 순찰사 이정암(의병장에서 승진) 휘하 8천8백 명이 연안성 등을 중심으로 유격전 활동.

강원도 순찰사 유영길 및 방어사 원호 휘하 2천 명이 강릉 등지를 중심으로 유격전 활동.

전라도 순찰사 권율, 전라도 병사 선거이, 승군장 처영, 의병장 임희진 휘하 1만 명, 수원 독성산성 주둔, 현지 병력 1만 명으로 호남 각처 수비.

경상좌도 순찰사 한효순 1만 명, 안동 주둔(개전 초기에 흩어졌던 군사를 거의 다 회복한 수효다.)

경상좌도 병마사 박진 휘하 2만 5천 명, 울산 주둔(개전 초기에 흩어졌던 군사를 거의 다 회복한 수효다.)

경상우도 순찰사 김성일과 우병사 최경회 휘하 1만 5천 명은 진주 주둔, 1만 5천 명은 창원 주둔.

경상우도 의병장 곽재우, 김면, 정인홍 등의 의병 1만 2천 명, 유격전 중.

수군은 전라 좌수영 이순신 수사와 우수영 이억기 수사 연합함대 휘하 1만 천 명이 해상 작전 중.

경상 우수영 원균 수사 휘하 수백여 명이 해상 유격전 중.

충청 수영 정걸 수사 휘하 수백여 명이 한강 지역 유격전 중.

경기 수영 이빈 수사 휘하 수백여 명이 강화도와 대동강 지역에서 유격전 중.

승군은 도총섭 휴정 휘하 1천5백 명, 총섭 의엄 휘하 1천5백 명, 유정 휘하 8백 명 등 연합승군 5천 명이 순안에 주둔.

처영 휘하 1천5백 명은 권율과 연합 작전차 수원 독성산성 주둔.

의능 휘하 수군 1천5백 명은 이순신 휘하에서 해상 작전 중.

신열 휘하 8백 명은 경상우도 지역에서 유격 중.

영규의 부장이던 홍정弘靖과 성정性靖 휘하 2천5백 명 등이 충청도 내 각지에 주둔.

경기도에서는 칠장사, 청룡사 승려를 중심으로 일본군 제5군(복도정칙: 후구시마 마사노리 軍)을 상대로 유격전 중.

의병은 모두 2만 2천 명으로 적었는데, 이 숫자에는 관군과 연합 작전 중인 승군들까지 포함되었다.

"그렇다면 조선군은 승군, 의병 다 합쳐 도합 몇 명이오?"

"예, 17만 2천4백 명입니다."

이여송의 질문에 왕은 입을 다물고 병조 판서 이항복이 대신 대답했다.

"그렇다면 일본군 15만보다 더 많잖소? 그 많은 군사로 왜 일본군을 막지 못했소? 굳이 우리 명군이 수고할 것도 없구려.”

“왜적은 조총으로 무장하여 예기가 매우 날카롭습니다. 그래서 처음 몇 달간에 우리 군은 완전히 무너졌다가 최근에야 다시 예전의 기세를 회복했습니다.”

“그럼 여태 손을 놓고 있었단 말이오? 당신들 전쟁에 다들 뒷짐만 지고 왜 우리 명나라 사람이 죽음을 무릅쓰고 싸워야 한단 말이오?”

이여송이 은근히 왕을 무시하는 발언을 해 대자 재치 있는 이덕형이 있다가 앞으로 나섰다. 말싸움에는 문관이 제일이다.

“저, 이여송 제독. 우리 조선군은 올해 들어서만 모두 일흔두 차례 적과 싸웠습니다. 일본군의 공격을 방어한 것이 스물일곱 번이고, 우리가 일본군을 친 것은 마흔다섯 차례입니다. 소소한 유격전은 빼놓고요. 이중 마흔두 번을 우리가 이기고, 서른 번을 졌습니다. 지금 남해 바다에서는 우리 수군 수만 명이 적선을 격침시키고 있으며, 호남군과 충청군은 한양성 턱밑까지 진격해 와서 일본군에 맞서고 있습니다. 적 치하로 떨어졌던 경상도는 거의 군세를 회복했습니다. 지금 비록 평양성이 적지로 남아 있다 하나 그 아래 황해도와 강원도는 우리 조선군이 장악하고 있는 중입니다. 그러니 염려 마시오. 대명大明 천군天軍이 쳐들어가기만 하면 일본군은 우르르 달아날 것입니다.”

이여송은 그 말에 허리를 젖히면서 호탕하게 웃었다.

“하하하!”

왕 이하 행재소 관리들은 이여송이 무슨 말을 하나 하여 귀를 모았다.

“우리한테는 불랑기포라는 무시무시한 대포가 부지기수로 있고, 몽골 놈들도 벌벌 떠는 기마군이 몇 만 있소. 가서 놈들을 완전히 요절냅시다!”

그제야 왕 이하 조선 관리들은 졸였던 가슴을 활짝 펴고 이여송을 따라 웃었다. 그러고는 이번에는 일본군 현황 자료를 이여송에게 보여 주었다.

제1군 소서행장(小西行長:고니시 유기나가) 휘하 1만 8천7백 명(부산 상륙 당시 병력. 이하 같음), 평양성에 고립 중. 부산성, 동래성, 밀양성, 상주, 충주성, 임진강, 평양성 전투에서 5천 명 이상 손실 추정.

제2군 가등청정(加藤淸正:가토 기요마사) 휘하 1만 2천 명, 길주성에서 정문부 군에 포위되어 고립 중. 임진강, 경성, 길주성 전투로 수천 명 병력 손실 추정.

제3군 흑전장정(黑田長政:구로다 나가마사) 휘하 1만 2천 명, 황해도 연안성에서 패주한 뒤 평산에서 고립 중. 김해성, 연안성 전투로 병력 손실 수천 명 추정.

제4군 도진의홍(島津義弘:시마쓰 요시히로) 휘하 1만 5천 명, 병력 손실 미미.

제5군 복도정칙(福島正則:후구시마 마사노리) 휘하 2만 4천 명은 원래 충청도로 진입해야 하나 청주성을 잃은 후 죽산으로 이동, 보급선 유지 중,

제6군 소조천융경(小早川隆景:고바야가와 다가가게) 휘하 1만 5천7백 명, 금산벌 전투에서 패전한 뒤 호남 진입을 포기하고 경상도로 후퇴하여 주둔 중. 금산벌 전투 등에서 병력 5천 이상 손실. 안국사 중 혜경(惠瓊:에케이)이 이끄는 2천 명과 입화통호(立花統虎:다치바나 무네토라)의 증원군을 받아 도리어 4만 5천으로 증강.

제7군 모리휘원(毛利輝元:모리 데루모도) 휘하 3만 명과 제9군(사령관 羽柴秀勝은 사망) 병력 1만 1천5백 명은 영남 지역 군수 보급로 유지. 의병장 곽재

우 등의 유격전, 진주성과 경주성 전투로 병력 5천 이상 손실, 병력 2천 명을 혜경에게 주어 6군에 파견.

제8군 우희다수가(宇喜多秀家;우키다 히데이)의 일본군 총본영 1만 명. 수원 독성산성에서 권율이 이끄는 호남군 및 경기 지역 유격대와 혼전 중, 이로써 병력 손실.

그나마도 대부분의 병력은 부산에서 평양으로 이어지는 보급선 유지에 배치되어 전투력을 집중시키지 못하고 있다. 보급선 유지에 파견된 병력은 모두 6만여 명, 결국 전투 부대는 불과 몇 만에 지나지 않는다.

일본군의 지역별 주둔 현황은 다음과 같다.

부산성·동래성 – 9군 사령관 우시수승(羽柴秀勝) 휘하 8천 명 주둔.

양산 – 곡위우(谷衛友;다니 모리토모) 휘하 1천 명 주둔.

밀양 – 별소길치(別所吉治;벳쇼 요시하루) 휘하 5백 명 주둔.

대구 – 도엽정통(稻葉貞通;이나바 덴쓰) 휘하 5천6백 명 주둔.

인동 – 목하중현(木下重賢;기노시다 시게다카) 휘하 2천3백 명 주둔.

선산 – 궁부장희(宮部長熙;미야베 나가히로) 휘하 1천4백 명 주둔.

상주 – 호전승륭(戶田勝隆;토다 가쓰다카) 휘하 3천9백 명 주둔.

문경 – 장회아부원친(長會我部部元親;조소가베 모도시카) 휘하 3천 명 주둔.

충주 – 봉수하가정(蜂須賀家政;하치스가 이에마사) 7천2백 명 주둔.

음성 – 생구친정(生駒親政;이코마 지카마사) 휘하 5천5백 명 주둔.

죽산 – 5군 사령관 복도정칙(福島正則;후구시마 마사노리) 휘하 4천8백 명 주둔.

양지 – 중천수정(中川秀政;나카가와 히데마사) 휘하 3천 명 주둔.

우봉 – 소조천수포(소조천수포;나카가와 히데케아네) 휘하 4천 명 주둔.

평산·용천·백천 － 3군 사령관 흑전장정(黑田長政;구로다 나가마사) 휘하 5천 명 주둔.

"그렇다면 일본군은 허깨비 군대로군."

이여송이 거만하게 중얼거리자 왕은 그의 기분을 맞추겠다고 고개를 힘차게 끄덕였다. 그런 허깨비 군대를 깨지 못해 압록강을 건너 명나라로 튈 생각만 해 온 왕으로서는 부끄러움을 아주 감출 수는 없다.

사흘 뒤인 12월 28일, 이여송은 전군을 일으켜 의주를 떠나 전선으로 향했다. 곧 안주 청천강변에 이르러 유성룡이 이여송을 만나 전투 현황을 알렸다.

"원로에 고생이 많으십니다. 어서 오십시오."

"수고 많소. 이 강이 그 유명한 살수薩水라면서요?"

"그렇습니다. 수隋나라의 우중문于仲文·우문술宇文述이 113만 수륙 양군水陸兩軍을 이끌고 고구려에 침입했을 때 을지문덕 장군이 대첩을 거둔 유서 깊은 강이지요."

이여송은 유성룡의 말에 청천강을 휘둘러보았다. 낭림산맥에 우뚝 솟은 낭림산(해발 2천14 미터)과 웅어수산(해발 2천19 미터)에서 발원하는 청천강은 요동 방향으로 힘차게 내리뻗다가 영변, 박천, 안주를 지나 서해로 빠지는 강이다. 강의 물줄기가 어찌나 곧고 빠른지 빙빙 돌아가는 다른 강들하고는 비교가 안 되게 힘차다.

"좋소. 을지문덕 장군이 살수 대첩을 했다니, 난 대동강 대첩을 할까하오."

"제독, 일본군은 결코 만만치 않습니다. 평양성에 1만 수천이 우글거리고, 싸움이 났다는 소문이 나면 함경도의 가등청정이하고, 황해도의 흑전장정하고, 강원도의 도진의홍이 합세하여 금세 10만 대군으로 불어날 겁니다. 보아 하니 제독의 군대는 겨우 사오 만에 지나지 않는 것 같아…….."

유성룡은 명군이 들어오면 적어도 10만은 보내올 줄 알았다. 그런데 지난번에도 조승훈이라는 말장에게 겨우 5천을 보내 망신만 당하더니 이번에도 겨우 사오 만밖에 안 온 것이다.

"하하하. 걱정 마시오. 왜놈들이 뭐 조총이라나 하는 쇠붙이를 들고 다닌다던데, 우리 대포는 5리 정도 날아가오. 까짓 놈들 마구 퍼부으면 꼼짝 못하오. 또한 적들이 한꺼번에 몰려들지 못하도록 계책을 쓸 것이오."

"계책이라 하면?"

"사기꾼 심유경이 있잖소? 그놈을 내가 군영에 가둬 끌고 다니는데, 이놈을 내세워 놈들하고 화친하는 척할 거란 말이요. 놈들이 화친한다고 머뭇거릴 때 들이칠 거요. 심유경이야 죽든지 말든지."

"아이고."

"조선군 사정은 어떻소? 조총 소리에 놀라 벌벌 떨고만 있는 건 아니지요?"

유성룡은 이여송의 비아냥에 어깨를 쭉 펴고 자신 있게 말했다. 의주에서 이미 조선군 현황을 제출한 만큼 이여송이 짐짓 떠보는 말이라는 것쯤은 벌써 알고 있다.

"전쟁 초기에는 처음 들어보는 조총 소리에 군사도 놀라고 군마도 놀라고 황망하기 짝이 없었지요. 이젠 그 소리도 자주 들으니 들을 만하고, 총소리가 나도 화살 맞아죽는 거리와 비슷해 우리 군사들이 겁을 안

먹습니다. 우리는 지금 도원수 김명원 휘하에 한 5만 군사가 있는데 평양성을 사방에서 포위하고 있습니다. 제독이 오신다는 말씀을 듣고 지금 각지에 흩어졌던 군사들이 일제히 모여들었습니다. 그리고 용맹하기로 이름난 승군 5천도 순안에서 훈련 중입니다."

"승군이라니? 중이 전쟁에 나섰소?"

"그렇습니다. 스님네들이 나라를 구한다고 지금 순안에 집결해 있습니다. 여기말고도 팔도에 걸쳐 모든 스님들이 들고 일어났습니다. 처자가 없는 사람들이라 아주 용감합니다."

실제로 벼슬아치들이나 조정 관리들 중 부모 봉양을 위해 호종 대열에서 이탈한 경우가 허다하다. 문중과 가문에 매여 나랏일을 폐한 사람들이지만 평소에는 군신유의君臣有義를 입이 아프도록 외친 자들이다. 그런 반면 승려들은 가만히 앉아 있기만 해도 피난살이가 되는 심산유곡의 산사에서 뛰어내려와 어쩌면 사지가 될지도 모를 전쟁터에 원수처럼 알고 이를 갈던 그들 유림 사대부를 대신하여 나선 것이다.

"호, 그래요? 개미 한 마리 죽이지 못하는 스님들이 사람을 어찌 죽이겠소?"

유성룡은 기다렸다는 듯이 영규의 금산벌 전투를 자랑스럽게 소개했다.

"무슨 말씀을요? 휴정 도총섭 휘하에 영규라는 제자가 있는데, 청주성을 수복하는 데 앞장서고, 이어 호남으로 진격하던 왜군 1만 이상을 상대로 싸워 경상도로 쫓아버렸습니다. 덕분에 호남은 아주 깨끗합니다. 일본 놈들은 평양성에 갇혀 굶주리지만 우리 군사들은 호남에서 올라오는 세곡선 덕분에 잘 먹고 있습니다."

"그래요? 영규 스님은 지금 어디 계신가요? 뵙고 싶군요."

"영규는 그 전투에서 승군 8백 명하고 전사했습니다. 조정에서는 당상 벼슬을 내려 공을 치하했고요. 영규말고도 평양에 가면 뛰어난 승군 장수들이 많으니 한번 만나 보십시오. 눈이 부리부리하고 선기禪機가 도도한 스님네들이 쫙 깔려 있습니다."

"그러지요. 우리 대명大明의 시조 주원장 태조도 실은 스님이었잖습니까?"

이여송은 청천강 변에서 일본군과 조선군의 현황을 파악하고, 먼저 심유경을 불러 일본군을 만나 시간을 끌라고 지시했다. 전쟁 초기 사기를 치려다 잡혀 지금은 끌려 다니는 신세인 심유경으로서는 이여송이 시키는 대로 해야만 목숨이나마 부지할 수 있는 형편이다. 그는 이여송이 내 준 군사 천여 명과 함께 공작을 하러 먼저 떠났다.

"우리 장수를 황제가 보낸 칙사라 꾸미고 저들의 경계심을 풀어라. 왜구들이 원하는 건 다 들어주고 곧 평화 협정을 맺자, 그러란 말이야."

심유경 일행이 떠난 뒤 이여송도 군사를 몰아 조선군과 승군이 주둔하고 있는 순안에 도착했다. 이제 거기서 모든 작전과 전투 준비를 마치고 30리 밖의 평양성을 들이칠 작정이다.

이제 모든 준비는 끝났다.

명군 제독 이여송 휘하 병력 4만 3천, 도원수 김명원 휘하의 이일 부대 4천여 명, 도총섭 휴정 휘하의 승군 5천 명이 순안 그 좁은 땅에 빽빽하게 들어찼다. 또 그 자리에는 참석하지 못했지만 승군 옆에 군영을 차린 방어사 정희운 휘하의 1천 명이 또 있고, 용강에 군영을 둔 김응서 휘하의 7천 명, 조방장 이사명 휘하의 1천 명이 있었다. 그리고 대동강 하류에는 황해도와 경기도 수군 3백 명이 대기 중이다.

조선 측 장수들과 대면하고 서로 인사를 나눈 뒤, 연합군 사령관격인 이여송은 작전에 앞서 조선군 도원수 김명원은 제쳐 두고 휴정과 유정을 따로 만났다.

이여송이 직접 말을 타고 순안 법흥사 승군영에 다다르니 한눈에 전의戰意가 느껴졌다. 승군들이 머리를 시퍼렇게 깎아서 그런지 더 힘이 넘쳐 보이고, 눈초리가 매섭다.

살생을 금하는 수도승들이 창검을 들고 군영을 왔다 갔다하는 것도 신기하고, 일흔세 살이나 된 노인이 도총섭이네 하면서 나무 지팡이를 흔들어대면서 젊은 승군들을 지휘하는 것도 낯설기만 하다.

중국의 역사를 통틀어 보아도 승복을 입은 스님들이 칼을 쳐들고 전쟁을 하는 경우는 없었다. 하긴 명나라 창업주 주원장이 승려 출신이라는 것은 다 아는 사실이지만, 그는 실상 먹고 살기 힘들어 스님이 되었을 뿐 제대로 수행을 한 사람이 아니다. 그러니까 반란을 일으키면서 승복을 훌훌 벗어던질 수 있었다.

조선 승군은 단정한 가사를 입었을 뿐만 아니라 군영에서도 조석으로 예불을 올리고, 승군들끼리 만나면 합장을 하는 등 절간 생활하고 하나도 틀리지 않았다. 일반 군사들이 북을 쳐서 공격 신호를 삼고 징을 쳐서 퇴군 신호를 삼는 것에 비해 승군들은 주로 목탁과 운판 따위를 이용했다. 그러므로 아무리 혼전 중이어도 승군간의 신호 체계는 또렷했다.

이여송이 방문했다는 소식을 듣고 승군을 지휘하는 휴정, 의엄, 유정 세 사람이 맞이했다.

"사람을 죽이는 일에 스님네들까지 나서 주셨군요. 우리 무장武將들의 죄업을 얼마나 덜어주시렵니까?"

"우린 생명을 살리기 위해 죽입니다. 죽여야 사는 이치를 터득한 게지요. 제독뿐만 아니라 천하 만민을 살리는 죽임을 찾으리다."

"그렇다면 풍신수길을 죽여주셔야겠습니다."

"그자의 머릿속에는 이미 귀신이 들어앉았습니다. 머잖아 죄업이 폭발하여 저절로 죽고 말 것입니다."

"좋습니다. 승군은 여기 모란봉 쪽을 맡아주시겠습니까?"

이여송은 조선군으로부터 얻은 지도를 펴놓고 평양성 북동쪽 모란봉을 가리켰다. 대동강 맨 위쪽이다. 언덕이 잘 발달되어 피아간에 싸우기 알맞은 장소다. 휴정은 두말없이 이여송의 말에 고개를 끄덕였다. 작전은 유정이 지휘하고, 의엄은 군량 보급을 맡기로 분별했다.

그렇게 하여 대동강을 등진 평양성은 반달 형태로 연합군을 맞게 되었다. 왼쪽 정양문 쪽은 정희운, 함구문 쪽은 김응서가 각각 공성에 나서고 뒤에서 이일의 조선 정규군이 뒤를 받치기로 했다. 다만 조선군에는 포병이 없으므로 명군에서 조승훈과 낙상지가 각각 1천 명씩 이끌고 서문 밖에 포진하기로 했다. 이 포병대에는 포르투갈인도 있다.

정면은 이여송의 아우 이여백이 제1군 기마군 1만 명을 이끌고 공격하기로 하고, 칠성문 쪽으로는 명군 장수 양원과 장세작의 2군과 3군 2만 명을 포진시켰다.

오른쪽 모란봉 쪽은 유정이 이끄는 승군 5천 명과 상수 전세성 휘하의 1군 돌격대, 사대수 휘하의 2군 돌격대, 오유충 휘하의 3군 돌격대가 각각 1천 명씩 이끌고 포진했다. 이여송은 휘하의 기마군 9천 명을 이끌고 보통강 쪽에서 모든 작전을 지휘하기로 했다.

천시멸시를 받아온 승군이 평양성 수복전에 나선 것도 그렇지만, 조선조에 들어 내내 북도(北道:경기 이북) 사람을 천시하여 벼슬길을 틀어막았는데, 나라가 위급한 지경에 이르러서는 결국 북도 출신 백성들이 일어나 제 목숨을 내던져가며 나라를 구할 지경에 이른 것이다. 이제는 누구하나 그런 것을 문제 삼지 않았다. 오로지 평양성에서 왜적을 몰아내고 옛날처럼 편안히 살 수 있기만 바란다.

작전 계획이 모두 서자 이여송은 계속 심유경을 내보내 연막전을 펴면서 동병動兵 날짜를 헤아렸다. 종군 점바치 유여복이 이여송의 본부 군영에 불려가 산대를 붙잡고 택일에 나섰다.

"1월 1일은 피해야겠지요? 모처럼 멀리 나왔는데 설을 맞아 술도 마시고, 조선 여인들 감상도 하고……."

"아무렴. 남 제삿날 잡아 주는 데도 예의가 있어야지."

"그러고 나면 1월 8일이 길일입니다."

"누구한테 길일이냐? 조선 국왕이냐, 풍신수길이냐, 아니면 나냐?"

"그야 제독님이시지요. 다른 사람한테야 흉하든 말든 무슨 상관입니까?"

"그럼 1월 8일로 하자. 내가 명령을 내리기 전에는 입 다물고 있어라. 근지러우면 계집 입술이나 빨아. 아니면 칼날을 빨아야 할 테니깐."

"하오(好)."

명군과 조선군은 안으로는 은밀하게 전투 준비를 했지만 겉으로는 평화스럽게 보냈다. 한편으로 심유경을 놓아 강화를 제안하면서 일본군의 사기를 누그러뜨려주는 작전에 나섰다.

1월 1일, 양력으로는 2월 1일.

눈이 내렸다. 설날이라고 떡과 술을 나누어 주어 군영마다 즐기게 했다. 전란 중에 어렵사리 모은 관기들도 줄을 지어 명군 군영에 들어가 노래를 부르고 춤을 추었다.

이여송의 군영에는 조선국 세자 광해군 이름으로 귀한 술이 전해졌다. 이 무렵 광해군은 황해도에 있던 분조를 평양과 의주의 중간인 연변으로 옮겨 조명 연합군을 지원하기 시작했다.

원래는 황해도를 거쳐 강화도로 들어갈 생각이었는데, 이여송이 구원군을 이끌고 들어온다는 말을 듣고 영변으로 돌아온 것이다.

"이 제독, 남의 나라를 구해 주려 오셔서 변변히 대접도 못해 드리고, 이렇게 고생만 끼쳐드려 죄송합니다. 부디 이 술 한 잔으로 시름을 거두어 주십시오."

"세자 저하, 무슨 말씀이십니까? 저는 조상의 나라를 구한다는 일념으로 달려왔습니다."

이여송도 귀가 있으니 조선 사정을 모르지 않는다. 왕은 의주까지 도망간 다음 세자에게 국사를 떠맡겼으며, 명나라에 귀부하겠다는 편지까지 보내 왔다는 걸 그도 안다. 그러므로 실질적인 조선의 국왕은 광해군이다.

광해군이 가는 걸음을 따라 종묘 신위들이 따라다니고, 영의정 이하핵심 대신들이 줄줄이 따라다니니 분조야말로 온전한 조선의 조정이다. 의주에서 왕을 모시던 조선 관리들은 핏기가 없고, 비굴하기까지 해 보였지만 여기 분조 사람들은 그렇지 않다. 눈이 시퍼렇게 살아 있고, 칼찬 얼굴에서는 전의가 번득인다.

광해군 자신이 때가 찌들고 주름이 풀어진 융복을 걸친 채 꼿꼿하게 처신하고, 한 마디 한 마디 힘을 주어 말하는 게 여간 믿음직스럽지 않다. 이여송에 비하면 나이가 스무 살도 더 어린 소년이건만 그토록 의젓하다.

"이 제독, 나는 조선국 세자로서 아무 것도 한 게 없습니다. 생각 같아서는 평양성 전투의 선봉에 서고 싶습니다. 하나 제독의 지휘에 지장이 있을까 봐 꼼짝 않고 지켜보겠습니다. 이번 평양성 전투에는 일절 나서지 않을 것이니 제독께서 모든 작전을 통제하시고, 제독 뜻대로 하소서. 군량이든, 전투 물자든 도움이 필요하면 언제든 연락해 주십시오. 피를 뽑아서라도 해 낼 것입니다."

"하하하, 세자 저하. 저하 같은 분이 계시는 한 조선은 쓰러지지 않습니다. 걱정 마시고, 저 평양성의 왜적들이 어떻게 무너지는지 즐거이 감상해 주시기 바랍니다."

분조며 명군 군영, 조선군 군영은 장차 있을 평양성 전투로 다들 기분이 들떠 있을 때, 조명 연합군의 공격 목표인 평양성 사정은 전혀 그렇지 않았다. 설날이라고는 하지만 하나도 기분이 나지 않는다. 날씨가 워낙 추워서 그렇기도 하지만 명군과 조선군의 움직임이 심상치 않다. 일본 땅에서 설을 맞았으면 더없이 좋으련만, 이번 설에는 떡 한 점 구경해 보지도 못하고 하루 종일 성벽에 붙어 바깥만 노려보아야 한다.

바람은 어찌나 시린지 아무리 발을 싸매고 옷을 껴입어도 견디기가 어렵다. 그마저도 조선 사람들이 다 도망가는 바람에 겨울옷을 챙길 게 없다. 교대만 되면 죄다 평양성 내 구들방으로 기어들어가 언 몸을 녹이는 게 고작 하루 일과다.

"그래, 보고해 보게."

그래도 설날이라고 소서행장 앞에는 제법 푸짐한 음식상이 올라왔다. 그 자리에 어제까지 의주, 순안, 안주 등지를 돌다 온 부장 송포진신이 합석하여 함께 술잔을 들었다. 기쁠 것은 없고, 두 사람 사이에는 오직 불안감만 있다.

최고 목표가 강화, 그러고 나서 퇴군하는 길밖에 없다. 만에 하나 잘못되어 전쟁이 벌어진다면……?

소서행장은 술잔을 들면서 연신 머리를 털었다.

그간 송포진신은 이여송의 명군이 들어온다는 소식을 듣고 또 다시 횡목을 파견했다. 이 횡목들은 의주까지 나아가 명군 참전 소식을 시시각각으로 보고해 왔다.

처음에는 명군 백만이 들어온다는 소문이 있어 송포진신도 몹시 두려워했다. 그런데 압록강을 건너온 명군을 헤아려 보니 겨우 4만여 명이다. 적은 것도 아니고 많은 것도 아니지만, 그 정도는 조총으로 모조리 쏘아죽일 수도 있는 병력이다.

"신 송포진신, 보고를 올리겠습니다. 명군은 4만여 명이라고 합니다. 제독은 이여송, 지난 번 영하에서 일어난 보바이의 난을 진압한 맹장이라고 합니다."

"4만이면 우리 일본군 1, 2, 3, 4군이 집결하면 되겠군. 안 그런가?"

"그럴 필요도 없습니다. 제가 압록강에 숨어 놈들이 건너오는 걸 보니 정말 가관이었습니다. 얼굴이 새카만 것도 있고, 머리가 곱슬곱슬한 것도 있고, 눈깔이 푸른 것도 있는데, 가만 보니 한족은 아니고 어디 다른 나라에서 빌려온 것들 같은데, 도대체 눈에 총기가 보이질 않습니다. 부대마다 어찌나 시끄럽던지 도대체 전쟁을 하러 온 것들인지, 소풍 나온 것들인지 분간이 되질 않습니다. 이놈들 무기라는 것도 죄다 칼과 창, 활밖에 없습니다. 이여송이 기마군을 이끌고 있다지만 우리가 성을 지키고 앉아 있으면 그 기마군을 어디에 쓰겠습니까? 여기가 뭐 오르도스 초원이라도 됩니까. 그래 가지고는 이여송은 우리 조총부대를 이기지 못합니다. 그러니 우리 1군만 가지고도 얼마든지 이길 수 있습니다. 굳이 가등청정을 불러 긁어 부스럼을 만들 이유가 없습니다."

"그런데 심유경이란 명나라 사자 말은 영 다르단 말이야. 이자는 계속 화평을 하자고 그러는데, 진심인지 거짓인지 알 수가 있어야지. 며칠 전에 사신으로 올라갔던 우리 사람 열여덟 명이 놈들한테 붙잡혀 버렸어. 속을 알 수 없단 말이지. 그중 두 명이 가까스로 살아왔는데, 이놈들은 화평할 마음이 없다는 거야. 그러니 싸워 죽여주는 수밖에."

"그렇습니다. 어서 전투 준비를 하고 매운 맛을 보여 주어야겠습니다."

소서행장은 이를 악물었다. 그의 사위 종의지도 기왕 벌어질 전쟁이라면 사력을 다하겠다는 표정이다. 그들을 따라온 중 현소도 어쩔 수 없다는 듯이 입을 다물었다. 어차피 주도권은 명군이 쥐었다.

소서행장은 잠시 이마를 만졌다. 답답한 전황이다. 이긴 것도 아니고, 진 것도 아닌 싸움, 명군은 강한 것 같기도 하고 아닌 것 같기도 하다. 싸우면 이길 것 같기도 하고, 질 것 같기도 하다. 어떡한단 말인가.

"이번 싸움에 만일 이긴다면 우린 즉각 의주까지 밀고 올라간다. 그런 다음 조선은 우리가 차지하는 것으로 하고, 명나라하고 강화를 청해도 된다. 그러면야 저 남쪽 바다에서 까부는 이순신인지 원균인지 하는 것들 하루아침에 날려 버릴 수 있지. 안 그런가?"

"핫!"

송포진신, 종의지, 현소 등이 힘차게 대답했다.

1월 6일.

이여송은 조선군과 연락하여 이날부터 공격용 진지를 구축하기 시작했다. 승군은 순안 법흥사에서 모란봉 뒤쪽으로 이동해 목책을 두르고 무기를 옮겼다. 명군은 각처에 대포를 설치하고, 기마군은 군마마다 배가 불룩해지도록 건초를 먹이면서 진군 북소리가 떨어지길 기다렸다.

외성 쪽에는 아무 움직임이 없다. 일본군은 문을 꼭꼭 걸어 잠그고 성벽마다 조총을 겨눈 채 밖을 감시했다. 조선군이나 명군도 일본군이 나와서 맞붙어 주지 않는다면 길이 없다. 이여송은 불랑기포를 앞세운 포병들에게 모란봉으로 방향을 돌리라고 명령했다.

"대포를 저기 저 모란봉으로 겨눠라."

이여송의 공격 명령이 떨어지자 준비가 끝난 포수부터 차례로 불을 당기기 시작했다. 포병들은 인정사정 볼 것 없이 마구 쏴 젖혔다. 화약도 넉넉하겠다 아까울 게 없다. 아름드리 소나무가 쩍쩍 갈라지고, 시뻘건 불이 번쩍거렸다.

과연 포성 중간중간 사람의 비명이 들리기 시작했다. 숲에 일본군이 매복 중이었다. 포성은 귀청을 흔들어댔다. 그간 조총 소리만 듣고도 간담을 졸이던 군사들은 그제야 가슴을 폈다. 명군이 쏘아 대는 포성은 조총 소리가 꽹과리쯤이라면 천지를 뒤흔드는 천둥이나 다름 없다.

모란봉의 매복군은 소서행장이 진두지휘하는 정예 병력이다. 소서행장은 조명 연합군의 공격이 있을 것을 미리 알고 정예병 2천 명을 이끌고 직접 기습에 나섰던 것이다. 모란봉에서 승군을 감쪽같이 처치한 뒤 이여송의 본부 군영을 급습해 혼란에 빠뜨릴 계산이다. 그런 다음 강화의 주도권을 잡아볼 참이다.

그러나 이여송이 그것을 간파하고 먼저 무자비한 대포 공격을 감행했다. 포성 속에서 소서행장은 부리나케 모란봉을 뛰어내려오기 시작했다. 명군은 더욱더 대포를 쏘아댔다. 아직은 포탄이고 화약이고 무진장하다.

소서행장은 재빨리 내성으로 귀환하고, 그 대신 종의지에게 모란봉으로 나가 진지를 구축하라고 명령했다. 그와 동시에 자신은 특공대를 조직했다. 소서행장은 모란봉에서 쫓겨 내려온 뒤로 더욱 투지에 불탔다. 천 명씩 3개 부대, 그들에게는 조총하고 단도만 휴대하게 했다.

"오늘밤 자정, 성을 넘어 명군 진영에 잠입한다. 닥치는 대로 죽이고 새벽에 각자 귀환하라. 그러면 심유경이 큰 보따리를 가지고 찾아올 것이다."

그렇게 해서 명군 진영이 흔들리면, 종의지의 2천 군사는 모란봉을 돌아 이여송의 본부 군영을 들이치기로 약조했다. 성공하든 못 하든 이여송의 간담을 서늘하게 만들어 놓아야만 한다.

이윽고 1월 6일 자정.

일본군 특공대 3개 부대가 평양성을 몰래 빠져나가 명군 진영을 급습했다. 조선군 쪽은 건드리지 않고 일단 칠성문 쪽의 양원, 장세작 군과 보통문 밖의 이여백 군을 기습적으로 치고 달려들었다. 한꺼번에 조총 3천 자루가 불을 뿜자 명군은 혼비백산했다. 다투어 달아나느라 전열이 한꺼번에 무너졌다. 그러고 보니 군대도 아니다. 그간 겁을 먹은 게 억울할 정도다. 명군은 서로 도망하느라 칼을 버리기까지 했다.

멀리서 이 광경을 목격한 이여송은 즉시 휘하의 기마군 9천 명에게 출격 명령을 내렸다. 그러면서 도망쳐오는 명군의 목을 베어 일본군과 맞서 싸우게 하는 한편 직접 일본군을 향해 말을 달렸다.

이때 모란봉에서 때를 기다리던 종의지의 2천여 명.

내성 앞에서 콩을 볶는 듯한 조총 소리가 나면서 시끄러운 명군의 잡소리가 들려오자 그들도 일제히 일어섰다. 먼저 모란봉 위쪽에 주둔 중인 명군 돌격대 3천을 치는 게 급선무다. 그러기만 하면 곧바로 이여송의 본군을 배후에서 공격할 참이다. 그러면 제아무리 성능 좋은 대포를 가지고 있다는 명군이어도 꼼짝 없이 당할 수밖에 없다.

"공격!"

종의지는 대마도 병사 2천 명에게 돌격 명령을 내렸다. 어둠 속에서 종의지 휘하의 2천 명은 명군 1, 2, 3군 돌격대를 향해 조총을 쏘아댔다. 수많은 불빛이 터지면서 여기저기서 번쩍거렸다. 한밤중이니 명군은 대포를 쏠 수도 없다.

종의지의 2천 군이 일제히 일어서면서 조총을 쏘아대기 시작하자 명군 3천 명은 무조건 뒤로 물러나기 시작했다. 그것도 그럴 것이 3천 병력 중 천 명만 요동에서 온 군사고 나머지 2천은 남방에서 유람 삼아 건너온 군사들이다. 총기를 사용하는 전쟁은 그들도 처음 겪는 것이고, 조총 소리는 더구나 생전 처음 들어보는 무서운 소리다.

"그대로 적을 쫓아라! 명군 본영을 향해 달려라! 이여송을 죽이는 병사에게는 큰 상을 내린다!"

기세가 오른 종의지 휘하의 대마도 군사들은 승승장구하면서 앞을 보고 내달렸다. 아무 데로나 조총을 쏘았지만 명군은 지레 혼비백산했다. 명군 3천 명은 멀리서 조총 소리만 듣고도 무턱대고 산으로 들로 달아나기 시작했다. 어찌나 요란하게 떠들면서 도망가는지 명군은 썰물처럼 쑥 빠져버렸다.

"하하하! 명군은 들쥐 떼만도 못하다!"

"지푸라기 허수아비다!"

"압록강까지 밀어붙이자!"

그 순간. 뒤쪽에서 생각지도 않던 함성이 크게 일었다. 종의지가 뒤를 바라보니 후미에선 이미 백병전이 붙었다. 명군은 다 달아났는데 적이 누군가 하고 보니 그들은 머리를 빡빡 밀어댄 승군들이다.

"빌어먹을, 중 새끼들이 왜 칼을 들고 설쳐!"

종의지는 승군 따위는 애초 고려하지도 않았다. 중들이 몰려 있은들 그게 뭐 대단하랴, 군량이나 나르고 화살이나 깎겠지, 그 정도로 보았다.

그게 아니다. 백병전에 돌입하자 승군들은 명부冥府 신장神將이나 되는 것처럼 무서운 기세로 달려들었다. 정말이지 일본의 절간마다 늘어서 있는, 눈알이 부리부리하고 근육이 꿈틀거리는 사천왕이나 신장상 같다.

"왜적을 해탈시켜라!"

"저 마귀들을 인도 환생시켜라!"

"이놈들아, 새 세상에서는 악마처럼 살지 말고 사람답게 살거라!"

승군은 천둥 같은 기세로 달려 나갔다. 승군과 일본군이 뒤섞이자 그때부터는 조총이나 활은 소용이 없다. 서로 칼을 빼들고 난자질에 나섰다.

명군을 쫓느라 한참이나 달려나갔던 대마도 병사들은 혼비백산했다. 명군은 꼬리가 빠져라 도망가는데 갑자기 후미에서 함성이 일더니 백병전이 붙기 시작한 것이다. 숨어 있던 승군은 미리 목표로 찍어둔 일본군을 하나하나 찍어대기 시작했다. 그러기를 삽시간에 1천 명이나 넘어뜨렸다. 백 명도 아니고 천 명, 대마도 출신 군사의 절반이다. 종의지는 깜짝 놀랐다. 자칫 전멸할지도 모른다는 불안감이 스쳤다.

"싸우지 말고 모란봉 진지로 귀환한다! 후퇴하라!"

일본군은 승군의 공격을 뿌리치며 모란봉 임시 진지로 후퇴했다. 포위망에 들지 않은 일본군은 혼전 중인 전장을 향해 마구 조총을 쏘아댔다. 그러니 승군이 맞을지 일본군이 맞을지 알 수 없다. 조총이 불을 뿜으면서 승군도 넘어가고 일본군도 넘어갔다.

"후퇴하라! 물러서라!"

일본군이 위에서 내려다보는 형국이니 승군도 패잔군을 더 추적하지는 못했다.

혼이 빠지도록 도망친 종의지는 진지에 돌아가서야 겨우 숨을 돌렸다. 시신 천여 구는 거두지도 못한 채 몸만 빼어 도망쳐 왔다. 부상자들도 내팽개쳤다. 승군들이 부상자들을 찾아다니며 일으켜 세우는 게 멀리서 보였다. 죽일 것 같지는 않다. 어쨌든 큰일이다. 종의지는 얼른 비각을 불러 패전 사실을 소서행장에게 보고하도록 했다.

"군사 절반이 전사했다고 말씀드리고, 대체 어째야 할지 명령을 받아 와라!"

한편 정문 쪽의 전세도 뒤바뀌었다. 종의지의 2천 군사가 대패하면서 이여송의 군대는 아무런 제지도 받지 않고 그대로 밀고 내려왔다. 조총에 탄환을 장전하기도 전에 기마군이 먼저 달려와 칼을 날렸다. 그렇게 해 가지고는 더 이상 싸울 수가 없다.

소서행장은 다급하게 후퇴령을 내렸다. 평양성으로 돌아온 소서행장은 급기야 한양성의 총사령관 우희다수가와 황해도 배천에 주둔 중인 3군 사령관 흑전장정에게 비각을 보냈다. 구원해 달라는 긴급 호소다.

- 이대로 있다가는 전멸당할지 모릅니다. 급히 구원군을 보내 주십시오.

1월 7일, 소서행장은 하루 종일 군사들을 쉬게 한 다음 결사대 8백 명을 뽑았다. 소서행장은 이 결사대를 이끌고 직접 보통강을 건너 이여 송의 본진을 들이칠 작정이었다. 마지막 수를 놓아 통하면 좋고, 아니면 그만이라고 생각했다. 소서행장은 자결을 앞둔 사람처럼 자포자기 상태로 돌입했다.

"이여송 목만 잘라오면 만사 끝이다. 아니면 내 목을 내놓을 수밖에."

소서행장은 전군에 경계령을 내려놓고 몰래 보통문을 열고 밖으로 나갔다. 그리고 얼어붙은 강을 살그머니 건넜다.

하지만 강을 건너기도 전에 앞에 시커먼 그림자들이 불쑥 나타났다. 김응서 휘하의 7천 명이다. 김응서는 얼마 전에도 평양성에 단신으로 들어가 기생 계월향을 첩으로 데리고 살던 일본군 장수의 목을 살그머니 베어 나올 정도로 담이 큰 장수다.

그는 어젯밤 이여백이 이끄는 명군이 형편없이 무너지는 걸 보고 오늘 저녁 군사를 돌려 보통강 주변에 배치시켰다. 척후를 놓아 보통문이 열리는 걸 처음부터 지켜보던 김응서의 조선군은 이들이 보통강을 넘자마자 그대로 들이쳤다.

보통강 흰 얼음판은 일본군 시신에서 흘러나오는 피로 붉게 물들었다. 8백 명, 조선군 대여섯이 하나씩만 목표로 잡아 마구 찍어대니 당할 재간이 없다. 일본군 결사대는 소서행장만 간신히 호위하여 보통문까지 죽을힘을 다해 달렸다. 돌아온 사람은 겨우 열 명, 나머지 790명은 돌아오지 못했다.

1월 8일은 본격적인 전투를 벌이기로 택일된 날이다.

보통강 기습 작전에 성공한 김응서는 순변사 이일을 중화로 먼저 가게 했다. 소서행장 군 보급 부대가 있는 전략 지점 중화를 장악하고 있다가 내일 후퇴하는 일본군을 모조리 엮어버릴 참이다. 이일의 부대가 들이닥치는 대로 겨우 수백 명이 주둔 중이던 중화의 일본군 보급 군영은 그대로 초토화되었다.

드디어 이여송의 전속 점바치가 택일한 1월 8일.

이날 소서행장은 오로지 평양성을 굳게 닫고 방어에만 주력하기로 했다. 이삼 일만 견뎌주면 흑전장정하고 우희다수가가 대군을 이끌고 구원하러 오리라고 믿었다. 그러나 아무도 오지 않았다. 아니, 우희다수가나 흑전장정이나 군사를 보낼 형편이 되지 못했다.

이날 아침, 명군과 조선군은 일제히 평양성을 두드리기 시작했다. 소서행장은 운명의 날이라는 것을 본능적으로 느꼈다. 먼저 명군은 평양성을 향해 불랑기포를 쏘아댔다. 유정이 이끄는 승군과 오유충, 사대수 등 명군 돌격대는 그새 증원된 모란봉의 종의지 군을 재차 두드리고, 양원과 장세작은 칠성문을 들이쳤다.

그리고 이여백은 보통문을 공격하고, 조승훈과 낙상지는 대포를 이끌고 조선군 진영으로 달려와 함구문을 쳤다. 사방팔방에서 조명 연합군이 포를 쏘고 각종 공성 장비를 갖다 대고 두드리자 소서행장은 혼비백산한 군사들을 수습하느라 안간힘을 다했다. 일본군은 성벽에 기대어 조총을 쏘는 것밖에는 대항할 방법이 없었다.

이여송은 전장으로 말을 타고 나가 군사들을 독려했다.

"성에 가장 먼저 오르는 군사에게 은 5천 냥을 상금으로 주겠다!"

군사들은 와 함성을 내지르며 일제히 달려들었다. 싸울 줄은 몰라도 함성을 지르는 데는 후한 삼국 시절부터 이골이 난 명군이다.

이여송은 나중에는 칠성문 공격에 직접 나섰다. 불랑기포, 대장군포, 위원포, 자모포, 연주포를 가까이 끌어다놓고 칠성문을 향해 불을 뿜어대자 성문이 와르르 무너져 내렸다.

"성에 들어가면 예쁜 처녀들이 줄지어 기다리고 있다!"

"띵하오!"

"뭐든 먼저 보는 사람이 임자다!"

"띵하오!"

명군은 개미떼처럼 성문으로 몰려들었다. 예쁜 처녀들은 다 조선인이다. 얼레빗(일본군) 대신 참빗(명군)이 몰려간다.

한편 모란봉에서 한창 전투를 벌이던 승군과 명군 돌격대들은 종의지 군을 계속 밀어붙여 대동강까지 치고 나갔다. 승군의 기세에 밀린 종의지는 얼어붙은 대동강으로 달려 내려가 평양성으로 후퇴하려 했다. 승군들은 집요하게 따라붙어 일본군의 후미를 거듭 물어뜯었다. 무수한 사상자가 대동강 얼음판에 쓰러지면서 얼음조차 핏빛으로 물들었다.

그때쯤 김응서도 함구문을 때려 부수고 외성으로 진입했다. 그는 전날 기생 계월향의 도움으로 평양성에 들어간 적이 있었으므로 성내 형세를 손바닥 보듯이 꿰고 있다.

그대로 8천 군사를 휘몰아쳐 달려가 내성까지 공격했다. 주작문을 때려 부수고 이어 대동문까지 쳐부쉈다. 일본군은 만수대와 밀덕대로 도망쳐 마지막 저항을 했다. 일본군이 필사적으로 저항하자 보통문과 칠성문을 부수기까지 한 명군은 더 전진하지 못하고 소리만 질러댔다.

모란봉에서 쫓겨 내려온 일본군도 밀덕대 사이로 기어들어갔다. 날이 저물자 명군은 군영으로 철수하고, 조선군은 대동문 쪽에 참호를 구축하고 대치했다.

이날 밤, 이여송은 몰래 암수暗數를 놓았다. 피차 죽을힘을 다해 싸우다 보면 일본군만 죽는 게 아니라 명군도 많이 죽는다. 그보다는 평양성을 탈환했다는 승전보가 더 필요하다. 승전보를 급히 북경성으로 보내야 자신의 지위도 올라가고, 군사들 사기도 올릴 수 있다. 남의 나라 전쟁에 참전한 장수로서 당연한 결론이다. 그는 칼 대신 붓을 잡았다.

"소서행장을 만나 이 편지를 전해라."

- 천군(天軍)은 그대들을 일격에 척살시킬 대포와 화약과 기마군을 가지고 있노라. 그러나 인명을 몰살시킨다는 것은 우리 황제 폐하의 뜻이 아니다. 이제 황제 폐하의 은총으로 너희들에게 살 길을 열어주고자 한다. 너희들이 물러가겠다면 길을 열어 줄 수 있으니 장수들을 거느리고 우리 군영으로 와 항복하라. 목숨을 살려 주고 상도 내리리라.

이여송이 이런 편지를 낸 데는 말 못할 사연이 있다. 적을 평양성 내성에 몰아놓고 병력을 점검해 보니 피아간 사망자가 1만 명이 넘는다. 백병전 중에 베어 낸 일본군의 목은 1,285수, 대포 탄환에 산산조각난 시신은 얼마나 되는지, 부상자가 몇 명인지 계산할 수가 없다.

평양성 외성에 살던 조선 백성 천여 명이 구출되었지만, 무엇보다 기분 나쁜 것은 조선군 사상자는 얼마 되지 않고 명군 사상자가 많이 났다는 점이다. 조총을 처음 경험해 본 명군은 사정거리 내에서 마구 약탈을 벌이다가 많이 죽거나 다쳤다. 그러고도 워낙에 싸울 줄 모르는 남방 군사들이라 미숙하기 짝이 없다.

대포 공격을 빼놓고는 도무지 군사인지 한량인지 구분할 수 없다. 그런 만큼 사상자가 많이 나는 것도 당연하다. 증원병 8천이 더 왔다지만 군사는 겨우 5만, 그중에서 평양성을 회복하는 데 혹 2~3만이라도 죽는다면, 그때는 이겨도 아무 소용이 없다. 부상자들이 고통을 호소하는 소리가 이여송의 군막까지 들려오는 상황이다.

북경 조정에서 이여송을 탄핵하는 목소리가 빗발칠 것은 뻔하다. 또한 전투를 감독하러 온 경략 송응창이 후방에서 송골매 같은 눈으로 이여송의 일거수일투족을 감시하고 있다. 결국 이여송은 사망자를 더 늘리지 않고 평양성을 수복하는 길을 찾기 위해 강화에 나선 것이다.

소서행장은 이여송의 친서를 받아보고 고민했다. 요 며칠간의 전투로 휘하 군사는 무려 6천여 명이 죽었다. 남은 것은 겨우 6천, 그것도 부상자투성이에 병자와 약골들뿐이다. 이대로 하루만 더 싸워도 전멸은 불을 보듯 뻔한 상황이다. 명나라 밀사를 맞이하는 지금 이 순간도 대동문 쪽에서는 조선군들이 쳐대는 꽹과리 소리가 시끄럽다. 싸우자고 소리를 지르는 조선군들도 교대로 달려 나와 목청을 돋운다.

현소는 소서행장의 표정에서 무슨 말인지 읽고 즉시 붓을 들었다.

- 우리는 천군과 싸울 이유가 없으니 이만 물러갑니다. 다만 후퇴하는 길

이나 막지 마소서.

항복이니 하는 말은 조금도 비치지 않고 그대로 편지를 둘둘 말아 명군 밀사에게 건넸다. 자존심은 최대한 지켜보자는 속셈이다. 답서를 받은 이여송은 부장들의 반발을 누르면서 그러기로 했다.

"중요한 것은 평양성 수복이다. 사람을 죽이는 게 능사가 아니다. 손자병법에 이르기를, 싸우지 않고 이기는 것을 최상이라 하지 않았는가?"

그래놓고는 평양성 내성, 외성의 대문을 까부쉈던 대포도 철수시키고, 기마군도 멀찍이 물려버렸다. 그런데 조선군이 말을 듣지 않는다. 조선군은 숫제 대동강 얼음판에 군영을 설치하고, 일본군이 기어 나오기만 하면 작살로 물고기를 찍어대듯 죄다 죽여 버리겠다고 벼른다.

조선군은 일본군을 내성의 밀덕대와 만수대 사이에 밀어 넣고 연광정 쪽과 대동강 쪽 장경문, 그리고 모란봉 쪽의 승군들까지 가세해서 점점 더 압박을 가하기 시작했다. 그러고도 혹시 일본군이 후퇴할지도 모른다며 후퇴로인 중화 쪽에 김응서가 가세해 칼을 갈고 기다리는 중이다. 그런 중에 이여송의 명령이 조선군에게 떨어졌다.

- 조선군은 길을 비켜 주어라. 일본군이 물러간다.

이여송의 명령에도 불구하고 조선군은 끄떡도 하지 않았다. 오히려 눈을 더 부릅떴다. 일본군은 죽어서는 평양성에서 나갈 수 있으되 살아서는 나가지 못한다고 공공연히 소리쳤다. 몰살 직전에 이른 소서행장은 거듭 편지를 내어 이여송에게 사정했다.

"어차피 일본군은 거의 다 죽고, 살아남은 건 부상자나 중, 의원, 화가 같은 사람들 겨우 6천이오. 그까짓 거 다 죽여 무엇 합니까? 어차피 정예 군사는 어제, 그제 전투에서 다 죽었어요. 그러니 너그럽게 놈들을 보내 줍시다."

"그깟 왜구 놈들은 비렁뱅이나 다름없어요. 개미 새끼처럼 밟기만 해도 다 죽어버릴 텐데 왜 살려 보내요?"

김응서가 박박 대들었다. 이여송은 체면불구하고 설득에 나섰다.

"그러니 그까짓 거지 같은 목숨을 살려 주고 우린 어서 평양성을 수복하여 그대들의 국왕을 모셔야 할 것 아니오?"

그렇기는 하다. 평양성을 수복해 의주까지 도망간 국왕을 모셔 와야 나라꼴이 말이 된다. 지금은 국왕도 없고 조정도 없이 그저 의기 하나만 믿고 백성들이 들고 일어나 싸울 뿐이다. 결국 중화를 장악한 순변사 이일과 김응서는 이여송에게 설득되어 군영을 십 리 밖으로 물려주었다.

일본군은 날이 밝는 대로 오직 이여송만 믿고 후퇴 길에 나섰다. 혹시라도 약속이 깨지는 날이면 몰살을 피할 수 없지만, 어쨌거나 운에 맡겼다.

아침부터 눈이 내리기 시작했다. 손발이 더욱 시리다. 남은 군량을 털어 군사들에게 먹인 뒤 소서행장은 후퇴령을 내렸다. 이제 얼어붙은 대동강을 건너 한양성까지 걸어서 가야 한다.

조선군이 일시 군영을 물렸다지만 언제 또 달려들어 야수처럼 공격해 댈지 알 수 없다. 그래도 방법은 후퇴밖에는 생각할 수가 없는 처지다. 그나마 기운이 남아 있는 군대를 선봉에 세우고, 나머지 잔병을 뒤에 붙였다. 혹시 끊더라도 뒤를 끊어가라는 계산이다. 걷기 힘든 중상자와 병이 깊은 환자는 아예 평양성에 버려두었다. 살든 죽든 팔자소관이다.

"한양으로 가자."

소서행장은 대동강 쪽 장경문을 통해 밖을 내다보았다. 과연 밤새 시끄럽게 떠들어대던 조선군은 자취도 보이지 않는다. 모란봉 쪽에서 승군 수천 명이 창검을 쳐들고 내려다보고 있으나 공격할 기미는 보이지 않는다. 창피하다기보다는 무섭다는 생각밖에 들지 않는다. 평양성을 벗어나 대동강을 건너는데도 승군은 움직이지 않았다. 정말이지 다행이다.

눈보라 속에 중화 지역을 지날 때는 소서행장도 떨었다. 동상에 걸리거나 병세가 심한 병사들이 서넛씩 낙오되었지만 누구 하나 그들을 구하려 하지 않았다. 대오에서 이탈하면 그냥 죽는다. 더구나 어디서 조선군이 나타나 칼을 휘두를지 알 수 없기 때문에 대오에서 떨어진 부상자나 환자를 돌볼 여유가 없다.

역시 명군의 엄중한 감시가 있기 때문에 결국 조선군은 나타나지 않았다. 다만 행군이 어려운 부상자나 노병들 가운데 일부는 대오에서 이탈하여 가까운 민가로 찾아가 머슴을 자처하거나 혹은 산사를 찾아 머리를 깎아버렸다.

한편 일본군이 떠나간 평양성에는 이여송의 직할 부대가 먼저 들어가 적이 놓고 간 조총이며 각종 물자를 노획했다. 일본군이 후퇴하면서 버리고 간 중상자와 병자들은 명군을 보자마자 일제히 손을 쳐들었다. 살려달라고 애걸하는 그들에게 명군들은 약 대신 칼을 먹었다. 전투 때는 뒤로 빼고 몸을 사리던 명군이지만 막상 적진을 함락한 뒤에는 가장 용감하게 나댔다. 일본군 포로들은 남김없이 참살되었다.

그것으로 끝나면 좋으련만 명군은 여자들부터 노획하기 시작했다. 이때부터 일본군이 살이 성긴 얼레빗이라면 명군은 살이 촘촘한 참빗이라는 말이 돌았다. 명군들은 그저 뭐든지 싹싹 쓸어갔다. 백성들로서는 미칠 노릇이다.

처음에는 왕이 느닷없이 올라오는 바람에 온 백성이 수발에 나섰다. 그러다가 일본군이 들어와서는 더 힘들게 당했다. 있는 것 없는 것 다 빼앗기며 굴욕적으로 살았다. 명군이 들어오면 해방되는 줄 알았더니 도리어 일본군만 못하다.

전쟁터가 된 다음에야 누굴 욕할 수도 없다. 전쟁터로 만든 게 잘못이지 그런 난리 중에 삼강오륜이란 빛 좋은 개살구다. 명군이 배도 채우고, 아랫도리도 채운 다음에야 휴정이 이끄는 승군이 입성하였다. 그때까지도 조선군은 평양성 출입이 금지되었다. 작전권이 명군에 있기 때문이다.

승군만이 피아간의 전사자를 수습하라는 이유로 출입이 허용되었다. 그리고 나서야 이여송은 살아남은 평양성 백성들을 위로하고, 전투에서 승리한 명군과 조선군 장수들을 포상했다.

영변 분조.

유성룡, 김명원 등을 실질적으로 지휘하며 조명 연합군의 평양성 탈환전을 지켜보던 세자 광해군은 적을 몰아낸 조선 장수들에게 포상을 했다. 명군 제독 이여송처럼 은전銀錢을 풀면 좋겠지만 돈도 없고 곡식도 없다. 그저 품계나 하나씩 더 올려 주는 수밖에 없다.

그러다 보니 이번 평양성 전투에 누구보다 열심히 싸운 승군들에 대해서도 포상을 하게 되었다.

평양성 탈환전에서 승군을 지휘한 유정에게는 선교양종판사를 주기로 하고, 정3품 당상관인 절충장군호분위상호군으로 높여주었다. 그리고도 김응성, 정희운, 이일 등 조선군 장수들에 대해서도 각기 포상을 했다.

의주 행재소.

평양성이 수복됐다는 분조의 보고에 행재소는 천세 소리로 들끓었다. 술을 내다가 너나없이 서로 잔을 부딪치며 즐거워했다. 문제는 장수들에 대한 포상 문제가 거론되면서 복잡해지기 시작했다.

그동안은 광해군이 하면 그대로 이루어졌지만, 평양성이 수복되었으니까 생각이 달라진 것이다. 그것도 승군장 유정을 당상관으로 올린다는 부분에서 벌떼가 웅웅거리듯이 시끄러워졌다.

"아니, 제 놈이 명군을 뒤따라 다니다 보니 공을 세운 거지 중이 무슨 칼질을 했다고 당상관이야. 말도 안 돼."

"앞으로는 당상관 중이 적선하러 다니는 걸 구경하게 생겼네그려. 세상 말세로다, 말세."

왕이야 듣거나 말거나 대간들은 저희들끼리 목청을 돋우었다. 왕은 모처럼 주먹으로 서안을 내리치면서 소리 질렀다.

"빌어먹을, 그렇게들 잘났으면 당신들도 창 들고, 칼 들고 나가 싸워요! 내 아들 광해군까지 적지로 들어가 뛰는 마당에 여기서 혓바닥만 놀리지 말고!"

왕은 광해군의 제청대로 유정을 선교양종판사로 임명했다. 그리고 정3품에 해당하는 당상관 직책인 절충장군호분위상호군을 정식으로 제수했다. 이제부터 눈을 부릅뜨고 덤비던 대간이고 조선군 장수들이고 간에 유정 앞에서는 입을 조심하지 않으면 안 된다.(평양성 수복 뒤에도

전투가 계속 이어졌으므로 실제로 선교양종판사로 제수된 것은 3월, 절충장군에 제수된 것은 4월 12일

이다.)

행조의 관리들은 하도 답답했던지 입을 쭉 내밀었다. 더욱 놀라운 것
은 왕의 다음 조치다. 그동안은 도총섭인 휴정 휘하에 의엄 한 사람만
총섭으로 임명하고, 나머지는 그저 대장이니 좌영장이니 우영장이니 편
할 대로 불렀다. 그런 끝에 왕은 승군들에게 파격적인 인사를 선포했다.
평양성 수복 직후 휴정이 분조와 행재소에 올린 장계 한 장 때문이다.
내용인즉 승군 편제에 대한 건의다.

― 전하, 우리 승군은 수백 명의 사상자를 내면서 평양성 전투의 선봉에 서
서 마침내 왜적 8천을 몰살시키고, 잔당을 눈보라가 휘날리는 허허벌판으로
내몰았나이다. 이제 우리 승군은 평양뿐만 아니라 팔도 곳곳에서 일제히 일
어나고자 하니 도총섭 아래로 각도 총섭을 두고자 합니다. 또한 적병을 벤 승
군에 대하여 총섭이 직접 포상하거나 도첩을 내줄 수 있도록 해 주시기를 청
합니다.

이 장계가 올라왔을 때는 승지들이 펄펄 뛰면서 저희들끼리 거품을
물었다.

"이젠 중놈들이 군대를 만들었다 이거지? 이 새끼들 이젠 우리 유림
을 깔보고 거들먹거리겠군."

"아주 중놈의 나라를 세우지 그래. 이 새끼들 팔도에 승군을 설치하
고 나면 이 나라는 도대체 어떻게 되는 거야? 중새끼들한테 무기를 쥐여
줬으니 우린 어떡하냐고."

왕은 묵묵히 그 장계대로 전교를 내렸다.

"도총섭 휴정 휘하에 조선 8도마다 각각 총섭을 두시오. 각도 승군은 관군과 마찬가지로 군권을 행사하고, 총섭이 도첩을 내릴 수 있소."

파격적인 전교다. 각도에 병마절도사가 있거늘 어찌 따로 승군 총섭을 둔단 말인가. 군권이 이분화되는 것은 물론이고, 승군 세력이 커지면 승려가 되려는 사람으로 인산인해가 될 것 아닌가.

면포 한 장 안 내고 중이 되는 세상이라니, 유림들은 혀를 찼다. 어쨌거나 이로부터 승군 주둔이 합법적으로 허용되었다.

"행재소를 평양으로 옮겨라."

왕은 1월 18일에 의주를 떠나 1월 20일에는 정주에 도착했다. 거기서는 분조의 왕세자 광해군과 합류했다. 왕은 그간 분조를 이끌고 전투를 독려해 온 광해군을 만나자마자 분조를 해체할 것을 명령했다. 서로 끌어안고 목 놓아 울어도 감정이 북받칠 상황에 왕은 왕권부터 회수했다.

"오늘로써 분조는 해체하노라."

그러고는 그간 전란의 소용돌이 한가운데를 뚫고 돌아다닌 종묘 신주들을 접수했다. 그로써 왕권을 포기한 지 8개월여 만에 그는 조선 국왕의 자리를 되찾았다.

"뭣이? 소서행장 군이 전멸해?"

1월 12일, 우희다수가는 평양성에서 달려온 비각으로부터 패전 소식을 듣고 깜짝 놀랐다. 소서행장 군이 지금 평양성에서 달아나는 중인데, 병력은 불과 5천밖에 되지 않는다는 보고다. 나머지 7천이나 8천은 전사했다는 말이다.

큰일이다. 그까짓 소서행장의 부하 놈들쯤 다 죽었다 해도 눈 깜짝

할 일이 아니지만, 전멸하다시피 졌다는 것은 총사령관인 자신의 책임이다. 너는 왜 구원을 하지 않았느냐, 풍신수길이 그렇게 문책을 한다면 피해갈 길이 없다.

"지금 즉시 함경도에 나가 있는 가등청정의 2군, 황해도에 나가 있는 흑전장정의 3군, 강원도에 나가 있는 도진의홍의 4군에게 각각 비각을 보내 한양성으로 후퇴하라고 전해라. 하루라도 지체하면 배후가 끊겨 몰살될 수 있다. 어서!"

우희다수가는 경기 이북에 주둔 중인 일본군에게 전원 철수령을 내렸다. 북진했던 일본군이 한양성으로 돌아온다고 해서 묘수가 생기는 것도 아니다. 우희다수가 자신도 요즘은 개인적인 궁지에 몰렸다. 전황이 교착 상태에 빠진 책임을 물어 풍신수길이 감독관을 보내오질 않나, 권율의 호남군이 수원 독성산성에 주둔하면서 과천, 시흥 등지로 출몰하지 않나 어느 것 하나 마음 편한 것이 없다.

독성산성에는 우희다수가가 친히 나가 공성을 지휘해 보았지만 조선군은 응대조차 하지 않는다. 군대를 물리면 그들은 기마군을 내어 후미를 치곤 했다. 그러기를 벌써 수차례나 해서 짜증이 날 대로 나 있는 상황이다.

11
행주산성

한편 소서행장의 패잔군 5천 명은 한양성까지 허겁지겁 달려와 용산 백사장에 주둔했다. 소서행장이 후퇴를 할 때 강원도와 황해도에 포진했던 일본군이 후퇴로를 열어주면 좋았으련만 그들은 소서행장보다 먼저 후퇴해 버렸다.

그러다 보니 황해도 지역에 출몰하던 의병들이 수시로 달려들어 서너 명씩, 혹은 여남은 명씩 대오의 끝을 잘라버린 뒤 사라지곤 했다. 늑대에게 물려가는 양떼 꼴이었다. 알면서도 어쩔 수가 없었다.

소서행장 군이 홑옷을 입고 추위에 벌벌 떨고 있을 때 두만강 접경까지 치고 올라갔던 가등청정은 우희다수가의 퇴군령을 받고 역시 조선의 왕자 두 명을 앞세워 급거 퇴각하기 시작했다.

이 무렵 한양성에는 우희다수가의 8군, 소서행장의 1군, 흑전장정의

3군, 도진의홍의 4군, 영규와 조헌의 결사 저지로 호남 진입에 실패한 소조천융경의 6군까지 모여들었다. 군사는 대략 5만 정도다. 우희다수가는 소조천융경을 불러들여 호통을 쳤다.

"맨날 조선 놈들에게 쫓겨 다니지만 말고 이번에는 공을 좀 세워 보시오. 6군 병력을 몰아다가 벽제관에 매복시키시오."

우희다수가는 호남 진입을 노리다가 경상도로 패퇴한 소조천융경의 제6군 병력 중 개성 쪽으로 진출시켰던 병력을 끌어내려 벽제관에 매복 배치했다.

"어차피 개성에서 쫓겨 내려오는 거지만 한양성이 고립되면 가등청정의 2군 퇴로가 없어진단 말이오."

황해도와 강원도에 나가 있던 일본군은 철군령이 내려지기도 전에 소서행장 부대가 전멸했다는 소문을 듣고 허겁지겁 귀환해서 별 문제가 없다. 다만 함경도까지 너무 멀리 올라간 가등청정이 걱정이다. 만일 그가 귀환하지 못한 상황에서 퇴로를 끊긴다면 2군은 전원 몰살될 수 있다. 이 때문에 우희다수가는 어떻게든지 벽제관을 막아야 했다.

이 무렵 명군은 퇴각하는 일본군의 꼬리를 잘라먹는 맛에 신이 나서 덜렁대며 달려 내려왔다. 그저 내리치면 일본군이 죽어나자빠지고, 발에 걸리면 일본군 머리인 줄 알았다. 방심한 채 산발적으로, 경쟁적으로 남하하던 명군이 벽제관에 이르렀을 때다. 장수고 병사고 누구도 적의 매복을 걱정하는 사람이 없다. 동상 입은 다리를 질질 끌면서 도망치는 패잔병들이 무슨 힘이 있어 매복을 하랴 싶었다. 그래서 명군은 술 마시고 노래하며 떠들썩하게 행군하던 중이다.

"쏴라!"

명군 선봉이 벽제관에 이르렀을 때다. 일본말이 외마디처럼 터지더니 이어 귀가 아프도록 조총탄이 터지기 시작했다. 처음에는 총알이 어디서 날아오는지 분간하지도 못했다. 소리가 날 때마다 명군이 쓰러져 나갈 뿐이다.

명군은 조총 소리가 나자마자 서로 먼저 달아나려 저희들끼리 밟고 밟히느라 응전하는 자가 없었다. 뒤따라오던 이여송까지 황급히 말을 돌려 전속력으로 달아났다. 뒤쫓는 일본군이 하나도 없었지만 명군은 그 길로 개성까지 쉬지 않고 뛰었다. 이 기습전으로 명군은 벽제관 이남으로 감히 내려오질 못했다. 그렇게 해서 일본군은 한양성 북방 수비에 성공하고, 가등청정 군의 퇴로를 무사히 열었다.

한양성에 5만이 넘는 군사가 갑자기 몰려들다 보니 먹을거리도 부족하고, 질병도 크게 돌았다. 경상도 쪽에서 군량을 보급받으면 좋겠는데, 보급선은 의병들의 유격으로 뚝뚝 끊어져버린 뒤다.

어떻게든 조선 백성들이 먹는 양식을 훔쳐다 먹어야겠는데, 그게 그리 쉽지 않다. 조선 백성들은 기르던 소며 돼지, 닭까지도 끌고 피난을 가버렸다. 빈 집을 뒤져본들 쌀 한 톨 나오지 않는다. 배는 고프고, 춥기는 하고, 도무지 희망이 보이지 않는다. 일본에서 즐겨 먹던 해산물은 구경도 못한다.

한양성에 집결한 뒤로는 너나없이 평양성에 갇혔던 1군 꼴이 되었다. 남쪽으로 내려가자니 조명 연합군의 공격이 두렵고, 지키자니 승산이 없다. 게다가 한겨울, 쏟아지는 눈발을 헤치고 하늘에서 장수 두 명이 내려왔다. 첫째는 동冬 장군, 둘째는 기아飢餓 장군이다. 조선군들은 은근히 일본 군영 주변에 소문을 퍼뜨리고 다녔다.

- 동장군 기아장군에 죽을 병사는 왜병뿐이다. 왜놈들은 추운 게 뭔지 모르니 죄다 얼어 죽을 것이요, 놈들은 먹을 게 없어 저희들끼리 잡아먹어야 할 것이다.

사실이 아니라면 그저 흉악한 조선 놈들이 지어낸 유언비어라고 내치면 그만이다. 그러나 그것은 사실이었다. 먼저 동장군은 겨울이 뭔지, 눈이 뭔지 모르는 남방 왜병들에게 동상凍傷, 동사凍死를 무기로 들고 나타났다.

일본군들은 부산에 들어올 때 입고 있던 단벌 삼베옷말고는 준비한 게 없었다. 이때만 해도 일본인들은 솜옷을 구경하지도 못했다. 결국 동장군은 하루에 수백 명씩 얼어죽거나 동상에 걸리게 했다.

그 다음 기아장군은 유격전에 능한 승군과 의병이 보급로를 끊은 상태에서 굶주림을 무기로 휘둘렀다. 먹을거리를 구하기 위해 주린 배를 움켜쥐고 동대문 밖으로 기어 나가는 왜병들이 많았지만 곳곳에 매복해 있던 승군과 의병에게 사살되거나 체포되었다. 용케 조선군을 피해봤자 한양성 밖의 경기도는 청야淸野 작전으로 먹을거리 또한 깨끗이 치워놓았기 때문에 더 허기지고 힘만 들 뿐이다.

동장군과 기아장군이 기승을 부린 1월부터 봄까지 동사하거나 아사한 일본군은 무려 5만에 가까웠다. 지금까지 전투 중 사망한 일본군의 몇 배에 해당하는 숫자다.

참담한 겨울이다. 춥고 배고프고, 한번 병들면 고칠 길이 없다.

가장 답답한 것은 패잔병 집단이 한양성 근처에 가까스로 군영을 짓고 자청해서 갇혀 있다시피 한다는 것이다. 수백 명 무리를 짓지 않으면 서로 연락하기도 힘들 만큼 조선군이나 의병의 활동이 점점 거칠고 대담

해졌다. 그럴수록 패잔병끼리 마주 보면서 추위를 견디고 배고픔을 견디야 한다. 더러 사람을 잡아먹는 병사들이 생기기도 했다. 제비뽑기를 하여 사람을 먹는다는 말까지 돌았다. 시간이 지날수록 일본군은 괴멸 위기로 빠져들었다.

"안 되겠어."

최고 사령관 우희다수가는 뭔가 국면을 전환하지 못하면 앉은 채로 떼죽음을 당할지 모른다는 불안감에 휩싸였다. 결국 춘투를 한 판 벌이기로 했다. 사기 진작을 위해 불가피한 일이었다. 그러나 그것이 무엇인지는 알 수 없었다.

우희다수가가 권율이 이끄는 호남군과 일단의 승군 부대가 행주산성으로 들어갔다는 횡목의 보고를 받은 것은 2월 11일 저녁이다. 인원은 대략 2천3백에서 5백쯤이라고 했다. 그 중 절반은 승군, 절반은 관군이라고 한다.

"행주산성 주변 병력은?"

"핫! 평양성을 잃은 뒤 조선 조정은 충청 감사 허욱과 전라 감사 권율에게 한양성 수복전을 위해 북진하라는 명령을 내렸답니다."

과연 직산에 주둔 중이던 충청 감사 허욱까지 보령의 충청 수사 정걸을 시켜 충청 병마사 이옥 휘하 2천8백 명을 싣고 한강으로 진입, 양천에 주둔지를 개척했다.

"독성산성의 호남군은?"

"1만 병력을 나누어 한양성을 노리고 있습니다."

이에 앞서 전라도 관찰사로 승진한 권율은 휘하의 호남 관군과 처영의 지리산 승군까지 합쳐 모두 1만 병력을 이끌고 수원까지 치고 올라왔다. 전라도 병마사 선거이, 소모사 변이중, 조방장 조경, 의병장 임희진, 의병장 변사정, 승장 처영이 각각 휘하 병력을 이끌고 참전했다. 그들은 독성산성에 들어가 성문을 굳게 잠그고 한양성 남부에 포진한 일본군 연락소나 약탈에 나선 소규모 부대를 유격했다. 조선군이 시흥, 과천 등지를 장악하자 일본군 사령관 우희다수가는 휘하 병력과 소조천융경의 군사들까지 3만 병력으로 독성산성을 공격했다.

권율은 성문을 굳게 닫아 걸고 응전하지 않았다. 조선군은 일본군의 동태만 살필 뿐 화살 한 대 쏘지 않았다. 그러다가 일본군이 쉬려고 하면 갑자기 기마병을 내보내 한바탕 군영을 휘젓곤 했다. 결국 추위와 허기를 이기지 못한 우희다수가는 병력을 철수시켜 버렸다. 그게 불과 며칠 전의 일이다.

도원수 김명원이 주둔 중인 파주산성.

김명원은 순변사 이빈을 불러 상의했다. 명군이 개성으로 물러난 뒤 조선군은 곤경에 빠져 있다. 한양 쪽으로 보낸 척후병이 일본군 매복에 걸려 죽는 일도 심심찮게 일어난다. 그런 중에 일본군이 총력을 기울여 행주산성을 친다는 급보가 들어온 것이다. 도원수 김명원은 행주산성을 구하기 위해 한양성을 바로 치는 전법을 구상했다. 그러고는 한양성 주변의 조선군 배치도가 그려진 전황 판을 탁자 위에 펼쳐 놓았다.

도원수 김명원, 순변사 이빈 휘하의 조선군 본영, 파주산성.

임진강 남쪽에 도원수 직할 기마군 3천 명 주둔.

전라 관찰사 권율 휘하의 병마사 선거이, 4천 명을 이끌고 수원 동쪽 광교산에 주둔.

전라 소모사 변이중, 3천 병력으로 김포에 주둔.

충청 관찰사 허욱 휘하의 충청 연합 2천8백 명, 한강 남쪽 양천 주둔.

의병장 고언백 휘하 2천 명, 의병장 이시언 휘하 1천8백 명, 양주 게너미 주둔.

의병장 박유인, 윤선정, 이산휘(토정 이지함의 아들이다. 또 다른 아들 이산겸은 충청 지역에서 활동 중)는 한양성 지척인 서오릉 지역에서 유격전 중.

의병장 우성전은 한강 하류 심악산에서 유격전 중.

경기도 조방장 홍계남은 안산 지역에 주둔.

전 경상 우병사 조대곤, 개전 초기의 불명예를 씻고자 67세의 노구로 의병을 일으켜 충청 관찰사 허욱 휘하에서 종군.

경기 수사 이빈(순변사 이빈과 다른 사람), 강화도 동북 달곶에 주둔.

김명원은 전황 지도를 내려다보면서 순변사 이빈에게 영을 내렸다.

"충청 연합군에게 일본군 배후를 치게 하고, 우리 기마군 3천 명을 한양성 북부까지 진격시키시오. 의병장들에게는 한양성 4대문을 돌아가며 시위하되 전투는 하지 말고. 전라 병마사 선거이는 한강 남쪽 관악산까지 진격하여 적의 군량 창고가 있는 용산 방면을 노리게 하시오. 경기 수사에게는 한강으로 진입하여 충청 수군과 연합 작전을 펴 행주산성을 보급 지원하라고 전하시오."

작전이 완료되자 순변사 이빈은 대기 중인 전령들을 소집해 각처로 달리게 했다.

한편 행주산성.

"이제 한양성을 수복한다!"

권율은 이여송의 명군이 개성으로 후퇴했다는 사실을 아직 모른다.

그저 내일이나 모레쯤 한양성을 협공할 수 있을 것이라고 믿었다. 얼마 전 독성산성 전투에서 우희다수가의 공격을 막아 낸 권율은 사기가 오른 호남군을 세 부대로 나누었다. 전라 병마사 선거이에게 4천 명을 주어 광교산을 지키게 하고, 소모사 변이중에게 3천 병력을 주어 김포를 지키라고 했다.

남은 병력은 겨우 2천3백여 명, 그나마도 처영의 승군이 절반으로 그의 지휘 체계에 있는 군사는 불과 천여 명이다. 그가 이렇게 소수 병력으로 한강을 건넌 것은 파주산성의 조선군 본영에 들어가 한양성 수복전에 나서기 위해서다. 권율은 일단 경유지인 행주산성으로 들어가 숙영하기로 했다. 일본군의 기습은 전혀 예상하지 않았기 때문에 성에 목책과 흙담만 설치하고 군사들을 쉬게 했다.

그런 틈새를 우희다수가는 비수처럼 파고들었다. 우희다수가 역시 횡목을 파견해 행주산성 남쪽 양천에 충청 수군, 보군 3천여 명이 연합하여 주둔 중이라는 첩보를 받았다.

"충청도 놈들부터 쫓아라!"

우희다수가는 죽산으로 비각을 내려 보냈다.

- 거기 가만히 앉아 있지 말고 충청도 아무 데나 마구 쳐라!

그와 함께 조선인으로 위장한 횡목들을 양천 지경으로 보내 헛소문을 퍼뜨리게 했다.

- 죽산에 주둔 중인 복도정칙(福島正則:후구시마 마사노리)의 제5군 병력 2만 4천 명이 충청도를 치러 떠났다더라!

충청 감사 허욱은 화들짝 놀랐다. 한양성을 친다고 올라왔다가 자칫하면 본거지인 청주, 공주를 잃을 판이다. 더구나 복도정칙의 군대는 별 손실이 없어 2만이 넘는다는 소문이 있다.

"안 되겠다. 우리는 본영으로 귀환한다."

그러고는 병마사 이옥에게 전군을 이끌고 원래 주둔지로 돌아가라고 명령했다. 그는 강화도의 경기 수영으로 들어가 한양성 전황을 지켜보면서 재차 부르마고 약속했다. 충청군이 떠나는 걸 확인한 우희다수가는 쾌재를 불렀다. 그와 함께 행주산성의 조선군이 파주산성 쪽으로 이동할 것이라는 첩보가 들어왔다.

"그렇다면 조선 놈들이 한양성으로 밀고 들어올 가능성이 있다. 그러지 않아도 사기가 엉망인데, 차라리 놈들을 선공해서 기를 꺾어놓자. 그까짓 2천, 우린 3만 명을 총동원하자고. 놈들이 성을 떠나기 전에 포위해 버려야 돼. 전군 인시寅時에 기상하여 행주산성으로 진격한다!"

우희다수가는 한양성에 갇혀 신음하던 패잔병 3만 명을 일으켜 세워 행주산성으로 떠밀었다.

조선군이 미명을 열어젖히면서 달려드는 새카만 일본군 무리를 발견한 것은 새벽 여섯 시 무렵. 권율과 처영은 도원수부로 급히 전령을 보낸 다음 새벽잠에 빠져 있던 군사들을 깨웠다. 적의 기습을 받고 장막에서 달려 나온 권율은 성을 빠져나갈 시간이 없음을 깨달았다. 유일한 진입로인 북서쪽 길을 일본군 수천 명이 가득 메우고 있다. 그렇다면 싸우는 수밖에 없다.

얼른 승군장 처영을 찾았다. 승군들은 새벽 예불을 올리려고 인시에 맞춰 기상해 있었기 때문에 부대 배치가 매우 신속했다. 권율이 일어났을 때 처영은 벌써 승군들을 무장시켜 놓고 있었다.

권율은 성의 서쪽에 관군을 배치하고, 처영은 북쪽을 맡았다.

일본군들은 새벽을 틈타 성의 출입구 쪽을 통제하면서 일제히 조총을 쏘아대기 시작했다. 일본군의 주 무기는 역시 조총이다.

이때 조선군이 보유한 무기는 개전 초기하고는 현격하게 달라져 있었다. 먼저 화포火砲와 화차火車를 대량으로 제작해 전투에 쓰기 시작했다. 특히 전라도 소모사 변이중은 화차火車 3백 량을 제작해 호남군에 공급했다. 이중 1백 량이 행주산성까지 따라 들어왔다.

변이중이 개발한 화차는 승자총통 50정을 묶어 한꺼번에 발사할 수 있도록 고안한 연속사격용 무기다. 또 수차석포水車石砲는 돌멩이를 한꺼번에 날릴 수 있는 신무기인데, 이 석포에 쓸 돌멩이는 행주산성의 백성들이 총동원되어 날랐다. 비격진천뢰 또한 충분히 보유한 상태다. 병력은 비록 일본군에 비해 10대 1도 안 되지만, 화력 면에서는 월등하다.

조선군은 먼저 포를 쏘아 적의 접근을 막았다. 화살은 적이 가까이 오기 전에는 한 대라도 아끼기 위해 가급적 날리지 않았다.

"적이 30보 이내로 달려들기 전에는 화살을 쏘지 말라!"

처영은 적이 가까이 올 때까지 기다려 몰살시킬 기회를 노렸다.

처영의 승군은 북서쪽으로 기어드는 소서행장의 제1군 패잔병들을 맞아 무수히 포를 쏘고, 함성을 질러댔다. 적이 날리는 조총 탄환은 허공을 가르며 뒤쪽으로 날아갔다.

성벽에 기대어 적을 맞는 승군들에게는 그리 위협적이질 못했다. 소서행장과 우희다수가가 자랑하는 기마군도 거기서는 위력을 발휘하지 못했다. 언덕의 경사가 높기 때문에 그들은 쉽게 노출될 수밖에 없다.

"불화살을 쏘아 숲에 불을 질러라!"

처영은 성문 앞 언덕의 우거진 숲을 향해 불붙은 화살을 쏘게 했다. 나무를 의지하는 조총 공격수들을 물리치기 위한 것이다. 막상 숲에 불이 붙자 일본군들은 우르르 퇴각했다. 서쪽 관군 지역에서도 숲에 불을 지르기 시작하면서 일본군은 우왕좌왕했다. 3만 대군이긴 하나 성책이 견고하고, 경사가 높기 때문에 그들은 발만 동동 구르면서 허공에 대고 조총질을 해 댔다.

"이길 수 있다! 적이 아무리 많아도 문제없다!"

권율은 막상 접전에 들어가서야 일말의 자신감을 얻었다. 무기를 아껴 쓰기만 한다면 하루쯤은 넉넉하게 막아낼 수 있을 것 같다.

전령을 내보냈으니 누구든지 이 전투 소식을 듣고 달려와 줘야만 할 텐데, 그것이 문제다. 구원군이 와 주지 않는다면 내일이든 모레든 종국에는 조선군이 질 수밖에 없다.

"화약과 화살을 아껴 써라! 포는 정확하게 조준해서 쏘아라!"

권율과 처영의 영에 따라 군사들은 일사불란하게 움직였다. 적이 열 명이라도 모여 있으면 비격진천뢰를 쏘아 집단 폭사시키고, 수십 명이 조총 공격을 해 오면 수차를 쏘거나 화차를 쏘아 격퇴시켜 버렸다.

호남군은 일본군을 시간당 약 1천 명씩 쏘아 죽였지만 끝이 없었다.

오후 유시(酉時;6시).

"감사님! 화살이 떨어지고 있습니다!"

"포탄도 얼마 남지 않았습니다!"

적은 아직도 쉬지 않고 덤벼든다. 오늘은 어떻게 견뎌본다지만 막상 내일 일은 기약할 수 없다. 열두 시간에 걸친 숨 막히는 전투로 화살, 포탄 등이 거의 바닥나자 군사들은 돌멩이를 던지며 성을 지켰다.

"감사님! 저기 한강 좀 내려다보십시오!"

권율은 땀투성이 얼굴을 한강 쪽으로 돌렸다.

"아니, 저게 누구냐?"

전함 40여 척이 느닷없이 한강에 나타났다.

"깃발을 보십시오! 전라 우수영 보급선입니다!"

군량과 피복, 화살, 포탄 따위를 가득 싣고 온 호남 우수영 소속 수군 선단이다. 호남군 보급은 호남에서 맡는 게 군제였으므로 그들은 전투가 벌어진 줄도 모르고 무작정 올라온 것이다. 전투 요원은 얼마 타지 않은 보급선이지만 일본군은 조선군이 나타난 줄만 알고 곧 동요하기 시작했다.

"저기 또 배가 옵니다!"

이번에는 경기 수군 소속 전함이다. 행주산성에서 전투가 벌어지자마자 내보낸 전령이 구원을 요청한 덕분에, 경기 수사 이빈이 군선 두 척에 화살을 가득 싣고 나타났다. 경기 수군은 빗발치는 조총탄을 무릅쓰고 행주산성에 화살을 보급하고, 일본군 후미로 미끄러져 내려가 상륙 채비를 하기 시작했다.

조선군이 증원되자 마음이 급해진 일본군 총사령관 우희다수가는 선봉에 서서 공성전을 지휘했다. 마음뿐이다. 그마저 어깨에 화살을 맞고 낙마하고 말았다.

"사령관님, 조선 수군 선단이 새카맣게 몰려들고 있습니다! 이러다간 다 죽습니다!"

"한양성 북부에 조선 기마군이 나타났다 하옵니다!"

도원수 김명원이 일부러 기마군을 보내 한양성 북부를 흔들어 준 덕분이다.

"조선 의병이 동대문 밖에 출몰하여 우리 군영을 노리고 있답니다!"

우희다수가는 악을 쓰면서 어깨에 박힌 화살을 뽑아 던졌다. 피가 콸콸 솟았지만 그는 통증을 느끼지도 못했다. 종군 의원이 달려들어 촉을 발라내고 약을 친 다음 환부를 묶었다.

"빌어먹을! 적은 앞뒤에서 나타나고, 이게 뭐란 말이야! 하는 수 없다! 한양성으로 퇴각한다!"

우희다수가는 1만 명이 넘는 시체와 부상자를 버려 둔 채 한양성으로 패퇴하기 시작했다. 방어전을 위주로 하는 권율이지만 그는 적의 허점을 예리하게 파고들었다. 즉시 기마병을 놓아 후미를 치기 시작했다. 후미의 일본군 보군步軍들은 조총을 쏘아대며 저항했지만 조선군의 공격에 수십 명, 수백 명씩 무너졌다.

뒤에 처진 부상자들은 행주산성에서 몰려 내려간 호남군에게 모두 도살되었다. 그렇게 해서 한양성으로 돌아간 일본군은 겨우 6천여 명. 나머지 2만 4천 명은 죽거나 다치거나 투항했다.

"승리에 자만해선 안 된다. 우리는 조선군 본영이 있는 파주산성으로 옮겨 연합 작전을 편다!"

권율은 전장을 수습한 뒤 승전군을 이끌고 도원수 김명원이 주둔 중인 파주산성으로 진군했다.

한양성으로 퇴각한 부상자 우희다수가를 기다리는 비보가 한 가지 더 있었다. 함경도로 진출했던 가등청정마저 길주성 전투에서 패전한 뒤 함흥, 안변을 거쳐 허겁지겁 후퇴해 오는 중이라는 보고다. 군승軍僧

시탁(是琢;세타쿠)이 올린 보고서에는 이렇게 적혀 있었다.

— 콩과 콩 삶은 감탕물만 먹으면서 후퇴하고 있습니다. 하늘과 땅은 온통 빙한氷寒의 세상입니다. 함흥을 떠나 한양으로 후퇴하는데 눈이 무릎까지 빠져 어서 전진할 수가 없습니다. 금강산을 비껴 지나가는데 산인지 눈덩이인지 구분할 수가 없습니다. 사람과 말이 무수히 얼어 죽어 누구도 내일을 장담할 수 없는 참담한 지경입니다. 비각이나마 한양성에 닿을 수 있을는지⋯⋯. 오, 부처님.

우희다수가는 기겁했다.

행주산성의 대첩이 있던 날로부터 사흘 뒤 충청 수사 정걸이 이끄는 수군 50척은, 조선군을 피해 용케 한강 상류에서 내려오던 일본군 보급선 150척을 대파시키고, 이어서 일본군 패잔병들이 발을 동동 구르는 가운데 군량 창고이던 용산창을 화포로 공격, 잿더미로 만들었다. 최악의 상황이 벌어졌다. 경상도 쪽에서 한강으로 내려 보내던 보급선마저 길이 끊겨버렸다. (충청 수군은 이처럼 남해보다 서해에서 주로 싸웠다. 왜적이 부산으로 후퇴한 뒤로는 충청 수군도 이순신과 합류한다.)

우희다수가는 3월 3일, 급히 전군 장수들을 소집했다.

"큰일이오, 우리는 이제 먹을 것도 없소. 조총에 장전할 탄환도 모자라고 화약도 얼마 없소. 이대로 있다가는 전멸이오. 어떻게 해야겠소?"

우희다수가는 수원 독성산성에서 권율과 싸워 패퇴하고, 그러고도 행주산성에서 참패를 했기 때문에 기가 잔뜩 꺾여 있었다. 어린 나이에 겪는 일이라 더 정신이 없다. 전군을 점고해 보니 처음 조선에 출병한 군사의 3분지 1인 5만 명 이상이 죽어 없어졌다.

누가 먼저 말을 꺼내느냐뿐 한양성에서 철수하여 부산으로 퇴각해야 한다는 결론은 뻔하다. 그렇지만 누구도 패전의 책임을 질 수 없기 때문에 회의는 엉뚱한 방향으로 정리되었다.

우희다수가는 전 장수들이 합의한 결론이라면서 풍신수길에게 보고서를 써서 일본으로 보냈다. 잘 읽어 보고 제발이지 퇴군령을 내려달라는 간절한 염원을 담았다.

- 합하께,
조선 정벌군 현황을 보고 올립니다.

한양성에 집결한 우리 일본군의 군량은 4월 11일까지 버틸 수 있는 정도입니다. 그 이상은 견디기 어려울 것 같습니다. 부산에서 한양까지 군량을 수송하려고 해도 열흘 이상 걸리고, 육로 수송이든 수로 수송이든 조선군의 유격이 매서워 안심할 수가 없습니다. 솔직히 말씀드려 현재 상황에서 보급은 거의 불가능한 상황입니다. 현재 조선군과 명군이 한양성을 속속 포위해 들어오고 있습니다. 머지않아 적들이 공격해 올 것 같습니다.

물론 이 보고서 한 장을 일본까지 전하기 위해 비각을 호위하는 일본군 병사 수천 명이 따라가야만 한다. 그런데 이 보고서가 부산에 도착하기도 전에 풍신수길의 명령서가 먼저 한양성에 날아들었다. 이 명령서는 3월 10일에 도착했는데 2월 27일자 서신이다.

- 아무 때든 형세를 보아 철군하라.

이날 이후 매일같이 한강을 순시하는 정걸의 충청 수군을 향하여 사위 종의지와 장인 소서행장의 필담筆談이 걸렸다. 일본군의 퇴군은 결정되었지만 우희다수가는 그 사실을 숨긴 채 후퇴로의 안전을 보장받기 위해 강화 협상에 나선 것이었다.

- 길만 터주면 일본으로 돌아가겠다. 얘기 좀 하자.

그러면 조선 수군은 휘휘 갈겨쓴 글씨를 뱃전에 내걸었다.

- 우린 바람이나 쐬러 나왔다. 살기 좋은 한양에 그냥 눌러앉지 그래?

어렵사리 조선 관리와 접선이 되어도 마찬가지다.

- 보내만 주면 조용히 철군하겠습니다.
- 들어올 때는 마음대로 들어왔다만 나갈 때는 다 놓아두고 귀신들만 돌아가라.

그러는 중에도 날이면 날마다 조선군과 의병, 승군이 한양성을 사방 팔방에서 들이쳤다. 성 밖으로 먹을 것을 구하러 나가는 날이면 그날로 제삿날이다.

그런 중에 가등청정 군이 피골이 상접한 몰골로 패퇴해 왔다. 2만 2천여 명으로 조선에 상륙했던 가등청정의 2군은 약 9천 명의 시체를 함경도와 강원도 눈길에다 버려둔 채 1만 3천여 명만 돌아왔다. 그나마도 태반이 동상자요 부상자다.

"잃은 것만 있는 게 아닙니다."

가등청정은 우희다수가에게 뜻밖의 선물을 바쳤다. 수천 군사를 잃은 것보다 더 값진 물건이다. 조선의 왕자 두 명을 포로로 잡아온 것이다. 이 포로야말로 한양성에 갇힌 일본군을 무사히 보내줄 신불神佛의 은총이요, 선물이다.

"싸울 테면 싸워 보자. 그 대신 너희 왕자들 또한 가장 잔인하게 죽일 것이다."

우희다수가는 그동안의 수세에서 벗어나 도리어 자신만만하게 나오기 시작했다. 과연 국왕은 왕자들을 포기하지 못했다. 그대로 들이쳤더라면 일본군은 어쩌면 한양성에서 전멸했을지도 모른다. 하지만 왕은 애초 그럴 만한 인물이 되지 못했다.

결국 종의지의 끈질긴 중재와 교섭으로 일본군과 명군 간에 일시 강화가 이루어졌다. 싸움을 하지 않고도 한양을 수복했다는 명분이 필요한 명군은 심유경을 내세워 일본군의 강화 요청을 덥석 받아들였다.

"조선의 왕자 두 명을 풀어 주고, 일본군 장수 한 명을 인질로 넘겨라. 그래도 물러가지 않으면 40만 대군을 풀어 한 놈도 돌아가지 못하게 할 것이다."

허풍이긴 하지만 심유경은 소서행장을 호되게 몰아쳤다. 소서행장은 이미 평양성 전투와 벽제관 전투에서 명군에는 전의戰意가 없다는 사실을 간파하고 있었다.

"퇴로만 보장해 준다면 왕자를 보내드리고 4월 8일에 퇴군하겠습니다."

그렇게 하여 강화 협상이 이루어졌다. 구원을 받는 조선군 입장에서는 명군의 결정을 따를 수밖에 없다. 이에 따라 개성에 주둔 중이던 이여송은 전쟁이 다 끝났다며 평양성으로 물러가 버렸다.

종의지의 장인 소서행장은 그간 가등청정이 잡아두었던 왕자 두 명을 인계받아 조선 측에 넘기려 했다. 그렇게 하여 일본군 침략은 용두사미로 끝날 참이었다.

이때 뜻하지 않은 사건이 발생했다. 유성룡이 조선군 장수들에게 보낸 비밀 지령문 한 부가 일본군 초병의 손에 들어가고 만 것이다.

- 형세를 보아 알아서 쳐라!

일본군이 철군하기 시작하면 승군이나 의병으로 위장하여 알아서 유격하라는 명령이다. 이로써 조선군이 이여송의 명령을 어기고 독자 작전을 모의하고 있다는 사실이 드러났다.

깜짝 놀란 일본군은 두 왕자를 부산에 가서 풀어 주는 것으로 강화 조건을 바꾸었다. 유성룡 필체의 지령문이 증거로 나온 이상 이여송도 어쩔 수 없다.

"왕자를 무사히 구하고 싶다면 경거망동하지 마시오."

도원수 김명원에게 제독 이여송의 명령이 재차 떨어졌다.

일본군은 마침내 한양성을 버리고 떼를 지어 남하하기 시작했다. 작년 봄 한양성에 들어올 때의 그 의기양양하던 군사들은 하나도 보이지 않고 병나고 다치고 배고픈 패잔병 일색이다. 조선군은 일본군이 패주하는 것을 버젓이 보고도 그냥 보내 줄 수밖에 없다. 그래도 조선군의 지휘선상에 있지 않던 의병들은 곳곳에서 출현했고, 그때마다 일본군은 아얏 소리 못하고 꼬리를 잘리면서 사흘 만에 부산으로 달렸다.

그 이전인 2월 12일, 왕은 행주산성에서 대승을 했다는 보고를 받고 닷새 뒤인 17일, 정주를 떠나 평양으로 향했다. 그렇게 하여 3월 23일에는 이여송이 개선 중인 평양성에 도착했다.

왕은 이튿날 이여송을 대동관으로 불러 전승을 축복했다. 그때는 일본군이 한양성에서 철군하기로 강화 협정을 맺은 뒤였으므로 전쟁은 거의 끝난 듯한 분위기였다. 산으로 들로 숨었던 백성들도 주린 배를 끌어안고 폐허가 된 고향으로 돌아가고, 도망쳤던 관원들도 슬슬 눈치를 보며 수복된 관아에 복귀 중이었다.

이여송은 왕을 만난 직후 평양에 있던 주력을 개성으로 전진 배치하면서 오랜 관망을 끝냈다. 벽제관에서 당할 때처럼 질 때는 누구보다 먼저 달아나지만 이긴 싸움에서는 제일 먼저 얼굴을 내미는 것이다. 그렇게 하여 '대명大明'의 큰 공을 조선 국왕에게 주지시키고, 고맙다는 인사를 확실히 받아내야 한다.

무너진 평양성에서 기생들을 불러 노래를 부르게 하고, 춤을 추게 할 수는 없는 일, 피차 덕담을 주고받는 것으로 잔치를 대신했다. 그렇지만 이 모든 것이 명군의 지원으로 이루어진 것이라는 점을 이여송은 분명히 짚고, 왕 역시 이의를 달지 않았다.

일본군이 무려 10만 명 이상의 전사자를 내면서 패퇴한 사실은 분명한데, 도대체 누가 그 10만 대군을 죽였는지 왕은 알지 못했다. 그저 대명의 천군天軍이 도와서 그랬으리라고 막연히 짐작할 따름이다. 혹한酷寒과 기아飢餓, 그리고 의병·승군의 유격전, 권율 등 관군의 집요한 저항, 이순신 등 수군의 연전연승은 잘 생각나지 않고, 그저 명군이 때려대는 쨍과리며 북소리만 지금 당장 귀에 들려온다.

잔치가 끝나고도 왕은 평양에 더 머물렀다. 그런 중에 한양성을 접수했다는 장계가 날아들었다. 전라 순찰사 권율이 보낸 것이다.

- 신 권율, 4월 20일 오전 파주 군영을 출발, 전속력으로 행군한 끝에 11 개월 보름간 적 치하에 있던 한양성을 수복하고 남으로 퇴각하는 일본군을 맹추격 중입니다.

권율의 행주산성 결사대가 한양성에 뛰어든 이후 순변사 이빈, 경기 방어사 고백언, 이시언, 정희연도 각기 휘하 군사를 휘몰아 한강으로 달렸다. 한양성 수복은 문제가 아니므로 도하 작전 중인 왜적을 잘라버리기 위한 것이다. 하지만 이 작전은 명군의 방해로 제대로 이루어지지 못했다. 명군은 일본군의 철수가 확인된 다음에야 조금씩 진격을 허용했다. 그 방해가 워낙 집요하여 조선군은 뜻대로 싸울 수가 없었다.

명군이야 가만히 있기만 해도 일본군이 저절로 도망칠 텐데 군이 쫓을 이유가 없다. 실컷 놀다가 일본군이 부산까지 다 내려가면 그때 생색을 내면 그만이다. 그 대신 이여송을 비롯한 명군 장수들은 평양성 수복에 이어 한양성까지 수복했다는 기쁜 소식을 북경에 있는 황제에게 전해 자신들의 공을 더 빛낼 생각만 했다.

한양이 안전해지자 왕은 평양성을 떠나 귀로에 올랐다.

어가는 한양에 입성하고도 막상 경복궁으로 들어가지 못했다.

경복궁은 불에 타지 않은 건물이 없었다. 일본군이 태운 게 아니라 왕이 몽진한 직후 진노한 백성들이 불 질러 버렸기 때문이다. 왕은 그제야 전쟁의 참화를 피부로 느꼈다. 포격으로 무너진 평양성을 보긴 했지만, 그래도 경복궁에 댈 일이 아니다. 자신이 잠을 자던 강녕전이며 조회를 받던 만춘전, 궁빈들이 머물던 은밀한 내전까지 모조리 타버려 오직 주춧돌만 남아 있다.

그 많던 궁녀들은 하나도 보이지 않고, 왕이 눈길만 돌려도 우수수 고개를 숙이던 환관들까지 보이지 않는다. 그 폐허에서 가까스로 살아남은 꽃나무 몇 그루만 안타깝게 꽃을 피우고 있었다.

왕은 전쟁 통에 제대로 장례를 치르지 못한 공회빈의 시신이 창경궁 후원 어딘가에 묻혀 있다는 소문을 듣고 그제야 승군들을 시켜 뼈를 수습했다. 일 년밖에 되지 않았지만 워낙 낮게 묻은 탓인지 썩을 건 다 썩고 뼈만 남았다. 왕은 눈물로 예를 갖추어 유택을 마련해 주었다.

어쨌든 창경궁 안에서는 결국 머물 곳을 찾지 못하고 성 밖에서 행궁 자리를 찾아야 했다. 일국의 왕이 도성에 돌아와도 머물 곳이 없다는 게 한스러웠지만 상황은 돌이킬 수 없다. 수소문 끝에 월산대군의 구택舊宅이 그나마 온전하다고 하여 일단 그곳에 행궁을 정했다. 덕수궁이다.

10월 4일, 한양성이 수복된 지 거의 반 년 만이다.

12
진주의 눈물

한편 훨씬 이전인 일본군의 한양성 탈출 무렵.

일장기(日章旗:소서행장의 軍旗. 지금의 일본 국기)를 달고 맨 앞에서 후퇴하던 소서행장은 조선 의병의 기습 공격이 있을까 두려워 거친 숨을 헐떡거리며 말을 달렸다. 중간에 잠시 쉬기는 했어도 편안하게 신발을 벗고 잔 적이 없다. 정 견디기 어려우면 말을 세워 놓고 새우잠을 청하다가도 어디서 개 짖는 소리만 들려도 벌떡 일어나 말에 올라타곤 했다.

그렇게 해서 일본군의 거점인 부산에 이르렀을 때다. 호위를 겸해서 바짝 따라붙던 사위 종의지에게 물었다.

"종의지, 너도 조선의 핏줄이라니 도대체 왜들 이러는지 설명 좀 해봐. 행주산성의 오합지졸이 일본군 전 병력을 궤멸시키고, 지난 해 겨우 이삼천 되는 병력으로 정예 일본군 수만 명이 결딴난 진주성 싸움도 이상하잖아? 그거 다 조선 국왕은 모르는 일이라면서?"

"조선 왕이야 의주로 도망가 아무 것도 몰랐지요. 다만 왕세자란 놈이 들쑤시고 다니는 바람에 의병이 너무 많이 일어난 거지요."

"조선 놈들은 왜 이렇게 악다구니로 달려드느냐 말이야. 그 정도 죽고 빼앗겼으면 손을 반짝 쳐들어야 하는 것 아니냐고? 우리 일본처럼!"

소서행장은 지긋지긋하다는 듯이 혀를 내둘렀다.

"조선에 이런 신화가 있습니다. 환웅桓雄이 하늘에서 내려올 때 천인天人 3천 명을 데리고 왔는데, 그들 천인이 곧 이 나라의 백성이 되었답니다. 그러니 하늘나라 사람으로 득실거리는 나라는 천지간에 조선밖에 없어요. 그러다 보니까 국난을 당하면 남녀노소, 귀천이 따로 없이 다들고 일어난다니까요. 사실 이놈들이 죽기를 무릅쓰고 대드는 데는 역사와 전통이 있는 거지요."

"전쟁이란 게 하다 보면 질 수도 있고, 이길 수도 있는 것 아니냐. 그런데 조선 놈들은 이기든 지든 왜 끝까지 덤비느냐 말이야."

조선의 천민인 노비, 승려, 기생들까지 전투에 참여하는 것을 두고 하는 말이다. 소서행장은 조선 사람들의 이런 사고방식이 도무지 이해가 되지 않았다.

"스스로 천인天人이라고 생각하는 거야 우리 일본도 그렇잖느냐? 천황이 곧 천인 아니냐?"

"풍신수길이한테 옴짝달싹 못하는 천황을 보고 무슨 천인 운운합니까. 이놈들은 저희들이 진짜 천인인 줄 안다니까요. 신라와 짜고 백제, 고구려를 치러 왔던 당나라는 나중에 본전도 못 찾고 쫓겨 갔지요. 고려 조정이 강화도로 숨었던 몽골 침략 때도 백성들이 알아서 다 싸웠지요. 몽골군 사령관이던 맹장 살리타이를 죽인 것은 관군이 아닌 한낱 목탁이나치던 중이었답니다. 이번에도 보십시오. 부산성, 동래성, 진주성, 금산벌,

행주산성에서 마지막 한 사람이 죽을 때까지 악을 쓰고 대들잖아요?"

"뻔히 질 싸움에 왜 목숨 걸고 대드느냐 말이야? 조선 놈들은 다들 미친놈들이야. 도무지 항복하는 놈이 없어!"

소서행장은 진저리가 난다는 듯이 이마를 찡그렸다.

"일본군은 성주城主를 위해 싸우지만 조선군은 자신을 위해 싸웁니다. 항복했다가는 그 가문이 영영 낙인이 찍혀 조선 땅에서 살지 못합니다. 그러니까 죽을힘을 다해 대들 수밖에요. 늦었지만 지금이라도 일본으로 돌아가야 합니다. 그래야 잔명이나마 부지할 수 있습니다."

"이 몰골로 도망치다가는 현해탄은 건너가지도 못하고 다 빠져죽어. 원균 그 미친놈한테 붙들려 죽든지, 용케 살아가도 아마 배를 갈라야 할걸? 행주산성에서 대패한 것을 만회하지 않으면 태합이 화를 풀지 않을 거야. 그걸 두려워하는 장수들이 많다."

"또 싸운다고요?"

"태합께서 진주성을 치라는 독전서를 보내 왔다."

"진주성은 작년 10월에 우리 일본군이 대패한 곳 아닙니까? 거기 건드렸다가 조명 연합군이 한꺼번에 달려들면 어떡합니까?"

"걱정 마라. 명군은 싸울 마음이 없는 오합지졸이야. 조선군도 저희들 마음대로는 우릴 공격하지 못해."

풍신수길이 진주성을 공격하라는 명령서는 일본군 패잔병들이 한양성에서 막 철수를 준비하던 4월 11일에 도착했다. 이 명령서를 부산에서 한양으로 나르는 데 수천 명의 호위 병력이 붙을 만큼 전황은 지극히 불리했다. 그러나 그런 전황과는 전혀 다른 명령서가 우희다수가 앞으로 날아든 것이다.

- 즉시 진주성을 쳐라.

진주는 호남으로 들어가는 길목이므로 반드시 장악해야 한다. 너희들이 한양에서 철수하게 된 것은 진주와 금산 양쪽에서 모두 패했기 때문이다. 그러므로 이번에는 모든 병력을 진주에 집결시켜 남쪽에서 호남을 먹어 들어가기로 한다.

길주성에서 패한 뒤 초주검이 되어 돌아온 가등청정의 보고서를 받은 풍신수길은 4월 17일에도 답서를 보내왔는데, 이때에도 구체적인 진주성 공격 명령을 내렸다. 그러고도 5월 15일, 5월 20일에 같은 명령서가 날아들었다.

교토의 취락제.

풍신수길은 며칠 전 조선에 다녀온 군사 고문 흑전여수黑田如水와 석전삼성石田三成으로부터 철군할 시점이라는 보고서를 받았다. 우희다수가가 사령관으로서 자질이 모자란다는 것과 군량, 탄약, 피복이 절대적으로 부족하며 질병이 돌고 동상에 걸린 병사들도 부지기수라는 이야기도 들었다.

그러나 그는 승태를 불러 전혀 딴 이야기를 했다.

"원래 나는 전라도를 먼저 칠 생각이었다. 처음부터 진주 쪽으로 해서 호남으로 진입해야 했는데, 그게 내 실수였어. 한양성만 치고 나면 조선이 고구마 줄기처럼 다 뽑힐 줄 알았는데, 그게 안 그래. 그래서 나중에 소조천융경 이 자식을 시켜 금산으로 해서 호남을 먹으라고 시켰는데, 이 병신 같은 새끼가 글쎄 대사를 망쳤어."

"그래서 안국사 중 혜경惠瓊이를 보냈던 것 아닙니까?"

"그놈도 마찬가지지. 아니 막판에 가서 왜 중새끼들까지 나서서 일을 망쳐? 당신네 중들이 문제야. 영규인가 뭔가 하는 미친 중만 아니었어도 그때 호남으로 쳐들어가는 건데, 그놈 때문에 일이 틀어졌어. 거기서 전쟁은 이미 진 거야."

"하긴 평양성에서도 당취승들이 너무 설쳐댔고, 행주산성에서도 승군 놈들이 하도 무섭게 나오는 바람에 졌잖습니까? 당취 존재를 너무 과소평가한 듯싶습니다."

풍신수길은 골똘히 생각에 잠겼다가 주먹 쥔 오른손으로 왼손바닥을 세게 내리치면서 말했다.

"안 되겠어. 이번에는 전군을 동원해서라도 호남으로 들어가야 돼. 기왕 쳐들어갔으면 세간이 많은 곳간을 털어야지 왜 헛간이나 측간을 뒤지느냐 말이야."

"아니, 사기가 떨어지고 다치고 배고프고 병든 병사가 대부분이라는데 무슨 수로 호남을 칩니까? 몇 년 더 기다렸다가 호남을 노리시지요?"

"무슨 소리야? 처음부터 호남을 쳤어 봐. 추운 것 걱정할 필요 없지, 군량 걱정할 것 없지, 조선 수군 놈들을 다도해 바다로 쓸어버릴 수 있지, 명호옥에서 수송 거리 짧아 좋지, 게다가 양반이 많다는 충청도-경기도가 지척이야. 훔쳐 먹기로 말하면 조선은 동쪽보다는 서쪽이야. 아차 실수로 이 좋은 것들을 다 놓쳤단 말이야. 괜히 보리쭉정이만 나는 경상도를 쳤다가 이 모양 이 꼴이 된 것 아닌가?"

"정말로 진주성을 함락시키고 호남으로 진격시킬 참이십니까? 설마……?"

승태는 도무지 이해가 되지 않는다는 듯, 그러면서 풍신수길의 심중을 대충 읽었다는 듯 고개를 얄밉게 흔들었다.

"이 사람, 눈치 한번 빠르군. 전쟁에는 고려해야 할 게 많아. 나중에 보세."

풍신수길은 일본을 통일한 장수답게 치밀하게 작전을 구사하여 조선으로 부쳤다.

이로써 패주하는 일본군에게 진주성 공격은 움직일 수 없는 대원칙이 되고 말았다. 종의지는 난처했다. 조선에 길잡이로 들어와 1년 넘게 갖은 고생을 하면서 전쟁을 막아보려 애썼지만 번번이 실패만 했다. 서울에서 서둘러 철수한 것은 잘한 일이나 막상 부산까지 철군한 마당에 또 진주성을 치겠다니 종의지로서는 땅을 칠 노릇이다. 종의지 수하의 대마도군은 그간 늘 선봉에만 서왔기 때문에 이제는 군사가 겨우 몇 백밖에 남아 있지 않다. 얻은 것 하나 없이 그러니 더욱 미칠 지경이다.

다급해진 종의지는 소서행장의 허락을 받아 조선 쪽에 밀지密旨를 보냈다.

- 일본군은 신병과 무기와 식량을 공급받아 일시에 진주성을 칠 것입니다. 이번 전쟁은 단지 진주성만을 장악하기 위한 것이니 부디 응전하지 말고 성을 비워 주시기 바랍니다. 성만 비워 주면 군대가 들어갔다가 즉시 철병할 것이며, 결코 호남 쪽으로 더 진격하는 일은 없을 것입니다.

일본군이 진주 공성전을 준비 중이라는 첩보가 들어오자 조명 연합군 사령부는 발칵 뒤집혔다. 이여송은 즉각 강화 사절을 보내 진의를 파악하라고 지시했다. 그리고 부총병 유정은 소서행장에게 심유경을, 또

한 가등청정에게도 심복을 보내 진주성 공격을 포기할 것을 권했다.

- 만일 너희들이 진주성을 치겠다면 우리는 백만 대군을 동원하여 일본군을 전멸시킬 뿐만 아니라 바다를 건너가 풍신수길을 잡아 죽일 것이다.

일개 장수인 가등청정이 결정한 일이 아닌 만큼 대세를 돌려놓을 수가 없다. 이 무렵 심유경도 소서행장에게 공격 중지를 요청했으나 그 역시 소용없다고만 보고했다. 소서행장 자신도 답답하다고만 하면서 혀를 찼다.

"태합 전하께서는 우리 일본군이 호남 진격에 실패해서 오늘날 이 신세가 되었다고 판단하고 있습니다. 아무리 저를 설득한들 우리 태합 전하께서 결심을 바꿀 리가 없습니다. 더구나 패전군이 일본에 돌아갔을 때 민심이 이반될 것은 뻔한 이치, 그걸 태합께서 바라겠습니까? 남편이나 자식을 조선에 보냈다가 죽어나간 게 벌써 10만 호屋입니다. 유족만 대략 5십만, 친척까지 치면 2백만, 이 사람들이 한꺼번에 들고일어나 소리 지르면 취락제는 눈 깜짝할 새에 무너집니다."

"그러면 풍신수길이는 제 권세를 지키려고 이 무모한 작전을 벌인단 말입니까?"

"임진년 9월, 모리휘원(毛利輝元;모리 데루모도)이 2만 명으로 진주성을 공격했다가 거의 몰살당했지요. 2만 명이 어디 적은 병력입니까? 태합께서는 그때 원수를 꼭 갚아야 한다고 떠들고 있습니다. 그러니 진주성 공격은 내가 막을 일이 못 됩니다. 한즉 차라리 진주성을 공성空城으로 비워 주시오. 그러면 우리는 진주성을 함락했다는 명분만 얻고 조용히 물러가겠습니다. 명나라나 조선이야 실리만 얻으면 그만 아닙니까?"

심유경은 대세를 확인하고는 그대로 이여송에게 보고했다.

이 같은 사실은 조선군 도원수 김명원과 경상좌도 순찰사 한효순에게도 전해졌다. 조선 조정은 결국 청야淸野에 나서 곡창지대인 호남을 굳건히 지키느니만 못하다고 결론을 내렸다.

- 전군은 호남 방어에 나서고, 진주성은 비워라.

그러면서도 설마 하는 것이 조선 조정의 분위기였다. 조정에서는 일본군이 모두 30만 명이라는 소문이 있지만 실제 병력은 불과 7~8만 명으로 알고 있었다.

일본군이 패군을 수습해 진주성을 친다는 소문이 돌자 명군 경략 송응창은 심유경을 불러 사태를 원만히 수습할 것을 지시했다.

"너는 세 치 혀만으로 왜적을 바다 멀리 쫓아내고 조선국 왕자 두 명을 무사히 귀환시키겠다고 장담했다. 그런데 아직까지 적이 남아 노략질을 그치지 않으니, 다시 적진으로 들어가 네 말을 반드시 실천하라. 그렇지 못하면 너를 병부兵部로 넘겨 엄중한 처벌을 받도록 할 것이되, 추호의 용서도 없을 것이다."

심유경은 심유경대로 불만이다. 송응창에게는 대들지 못하고 도원수 권율에게 하소연했다.

"일본군이 진주를 공격하겠다는 것은 저들이 평양성, 행주산성에서 너무 많이 죽었기 때문입니다. 또 바다에서 선척船隻이 불에 타거나 파손된 게 많아 분한忿恨을 품고 있지요. 게다가 조선군이 말 먹일 풀을 베러 나온 왜적들까지 모조리 죽여 버리는 바람에 몹시 화가 나 있습니다. 저들 장수들이 풍신수길에게 문의하니, 그가 지시하기를 '너희들도 진주를 공격하여 성지城池를 격파해서 지난날의 원한을 풀라.'고 하였답니다. 소서행장이 내게 말하기를 '진주의 백성들로 하여금 공격의 예봉銳鋒을 피하게 하라. 공격하는 일본군도 성이 텅 비고 사람이 없는 것을 보면 즉시 철병撤兵하여 동쪽으로 돌아올 것이다.'고 하였습니다."

심유경은 소서행장의 군영에 들어갔다 나오면서 통사 이유열에게는 이렇게 말했다.

"가등청정이 진주 공격을 강력히 주장하여 반드시 함락시키고야 말겠다고 풍신수길에게 장담했소. 소서행장이 강력하게 저지하였으나 가등청정은 듣지 않았지요. 소서행장이 양산에서 날 전송할 적에 손을 잡고 이별하며 '내가 강력히 저지하였으나 가등청정이 돌이키지 않는다. 다만 일본군의 공격은 진주에서 끝날 것이니 결코 다른 근심은 없을 것이다.'고 하였소. 그런 줄이나 아시오. 난 할 도리를 다 했소."

소식을 들은 김명원과 경상 감사 한효순은 즉시 심유경을 만나 도움을 청했다.

"진주 사태가 위급하니 힘을 다해 구원해 주기를 바라오. 싸움이 없게 하거나, 아니면 명군을 동원해 함께 적을 막도록 해 주시오."

"소서행장과 하루 동안 꼬박 이 문제를 놓고 간절하게 대화를 나누었습니다. 그런데 그 사람 생각도 내 생각하고 다를 바가 없습니다. 그러나 저 가등청정 놈의 기세가 어찌나 대단한지 끝내 돌이키지 않으니 어쩌겠소. 다른 방책은 없소. 진주에 있는 조선군 장수들더러 성을 비우고 잠시 피하라고 하는 방법밖에 없소이다."

진주전은 피할 수 없는 대세로 굳어져 갔다. 그렇다고 조선군도 막을 생각이 없고, 명군 역시 이 싸움에는 끼고 싶지 않다. 명군 부총병 유정이 그래도 가등청정에게 편지 한 장을 낸 게 전부다.

- 너희가 조선을 침범하여 우리 속국을 훼상毁傷시켜 병화兵禍가 계속되어 해마다 잠잠할 때가 없었다. 이에 우리 황상皇上께서 들으시고 혁연赫然히 진노震怒하시어 특별히 절월節鉞을 보내시고 호신虎臣을 보내신 것은 너희들을 다 죽여 동해를 영원히 맑게 하시려는 생각에서였다. 근래 심유경이 일본 진영에 갔다가 돌아옴으로 인하여, 일본이 마침내 강화에 마음을 기울여 군대를 해체하고 성심으로 복종하여 맹약하기를 청하고 조선 땅에서 다 물러나서 무리를 이끌고 귀국하기로 했다는 것을 들었다. 또 부산에서 소서비小西飛를 보내어 천조天朝에 가서 명을 기다리게 한 일념一念이 지극히 정성스러워서 매우 가상嘉尙하게 생각하였다.

그러므로 천조에서 보낸 수백만의 장병이 모두 압록강 나루에 머물러 있고, 이여송 제독이 직접 거느리고 한양에 주둔해 있는 2만 군사와, 곽 총병, 진 총병, 이 총병이 거느리고 요동에 주둔해 있는 2만의 군사와, 오 부장이 거느린 2만의 군사와 제장들이 거느리고서 평양·개성 등지에 분포해 있는 10만의 군사들이 모두 출동하지 않고 있다. 이는 혹시라도 한 번 교전하였다가 화의 약속을 저버려 당당한 우리 천조의 도량을 잃을까 두려워서다. 그런데, 너희들은 아직까지 돌아갈 뜻을 결정하지 않고 다시 진주를 공격하여 앞서의 맹약을 저버리고서 지난날의 원한을 갚겠다고 한다. 조선 팔도의 지방이 이미 열에 일곱은 파괴되어 죄 없이 화를 당한 남녀의 시체가 들판에 가득하고 잘린 목이 즐비하게 널렸으니 지극히 참혹하지 않은가. 다시 무슨 원수를 갚겠다는 것인가. 더구나 진주는 작은 고을인데 무엇 때문에 조그마한 혐의를 개의介意하여 우리 대국에게 신의를 잃으려 하는가.

지금이라도 생각을 바꾸어 속히 철병하여 돌아간다면 우리도 군사를 출동시켜 너희들에게 가해하여 너희 나라에 신의를 잃지 않고, 너희들로 하여금 칼날을 만나지 않고 살아서 바다를 건너 돌아가게 하겠다. 만약 깨닫지 못하고 고집을 부려 병란이 점점 심해지면 우리는 반드시 수군 백만을 싣고 멀리 해안을 차단하여 너희들이 돌아갈 길을 막고 군량 수송로를 끊을 것이다. 그렇게 한다면 결전도 하기 전에 너희들은 도서에서 자멸하여 한 사람도 살아서 돌아가지 못하게 될 것이다.

그리고 풍신수길이란 자 역시 너와 동급인 무장일 뿐인데 너희들은 저 관백이란 자에게 농락되어 다만 지시만을 따르고 있다. 관백도 이미 천조를 사모하여 조공을 바치기로 약조하였는데 너희들은 어찌하여 진주를 포위하고 공격하는가. 깊이 생각하고 자세히 살펴 후회하는 일이 없도록 하라.

구구절절 일본군을 위협하는 내용이지만, 일본군은 명군이 몇 명인지, 군사력은 어느 정도인지, 그리고 싸움을 원하지 않는다는 사실까지 훤히 꿰뚫고 있었다. 백만 대군이니 십만 대군이니 하는 말에는 콧방귀조차 뀔 그들이 아니다.

과연 4월이 되어 일본군은 본토에서 조총과 탄환, 신병을 대량으로 공급받았다. 서해를 통해 대동강을 타고 북진하려던 명호옥의 후군이 기껏 부산에 상륙해 진주성을 노린 것이다.

이제 진주성 혈전이 시작된다.

희망은 있다.

이 무렵 조명 연합군은 서울 이남으로 진격하여 각처에 주둔하고 있었다.

명군 제독 이여송은 조령을 넘어 문경에 주둔하고, 부총병 유정은 대구에서 연합군을 총지휘했다. 부총병 오유충은 선산, 부총병 조승훈은 거창, 부총병 사대수는 남원과 전주 사이에 주둔했다.

조선군 도원수 김명원은 선산으로 진출하고, 순변사 이빈은 의령, 전라 순찰사 권율은 함안, 창의사 김천일−충청 병마사 황진−경상 우병사 최경회는 진주, 의병장 곽재우는 정암진, 전라 병사 선거이−전라 방어사 이복남−전라 의병장 임계영−순천 부사 강희보−경상도 조방장 홍계남과 조의−의병장 고언백 등은 전황에 따라 기동타격하기로 했다.

형세만으로는 조명 연합군이 일본군 패잔병을 부산으로 몰아낸 형국이다. 게다가 그 무렵 분조를 해체하고 왕권을 되찾은 왕은 모처럼 조선 수군에 전투령을 내렸다. 아직 정주에 머물고 있을 때다. 선전관 채진과 안세걸 두 사람이 전라 좌수영을 찾아가 이순신에게 독전서를 내린 것이다.

- 왜적 잔당의 퇴로를 차단하라. 한 놈도 바다를 건너지 못하게 하라.

왕명을 받은 이순신은 수군을 일으켜 적을 향해 나아갔다.

1593년 2월 10일, 이순신 함대 외에 원균의 경상 우수영 함대 7척, 전라 우수영 이억기 함대 40척이 연합한 조선 수군 연합군은 웅포에 재건된 일본군 전함 115척을 향해 공격을 퍼부었다. 웅포는 일본 패잔병이 본토로 후퇴선을 띄우기에 가장 좋은 요충지다.

조선 수군 함대는 일본군 수영이 밀집해 있는 웅포를 포위하고 연일 맹공을 가했다. 웅포의 일본군은 진주성 공격에 때를 맞추어 호남 진입을 노리는 증원군이었다. 그런 만큼 일본군은 수영을 빙 둘러 말뚝과 쇠사슬을 쳐놓고 수군의 진입을 저지했다. 수영 좌우 협곡에도 수많은 조총수를 배치하여 조선 수군의 진입을 막았다.

그러던 중 2월 22일, 전라 좌수영 소속 승군 삼혜(순천 지역 승군장)와 의능(흥양 지역 승군장), 성휘(광양 지역 승군장), 신해(광주 지역 승군장), 지원(곡성 지역 승군장) 등이 이끄는 돌격대 6백여 명이 웅포 서쪽 산기슭에 상륙하여 백병전에 돌입했다. 일부러 조선 수군이 전원 상륙하는 것처럼 보여 적진을 혼란케 하려는 계책이다. 과연 일본군 조총수들은 전력을 다해 응전에 나섰다.

승군과 일본군 간에 전면전이 벌어지자 이순신은 이번에는 웅포 오른쪽 산기슭으로 수군 1천 명을 상륙시켰다. 조선군이 화포 등 최신 무기로 맹공을 퍼붓자 조총으로 맞서는 일본군은 우왕좌왕하면서 밀렸다. 웅포 좌우 협곡에서 버티던 조총수 부대가 거의 섬멸되자 이번에는 조선 수군 소속 경쾌선 15척이 일본군 수영으로 치고 들어가 적진을 휘저었다.

이어서 거북선이 들어가 맹포격을 가했다. 이로써 적선 20여 척이 격파되는 등 웅포의 일본군 수영이 크게 무너졌다. 전면전을 벌이기에는 협곡이 깊어 불리했고, 날이 저물었다. 일본군 수영을 맹타한 조선 수군은 상륙 작전에 나섰던 승군과 수군 돌격대를 불러들여 먼 바다로 물러났다.

5월 7일, 이순신은 경상 초유사 김성일, 전라 순찰사 권율로 하여금 웅포를 배후에서 치게 해 달라고 조정에 요청해 놓고 재공격에 나섰다. 전라 좌수영 함대 42척(이순신 휘하), 전라 우수영 함대 54척(이억기 휘하), 경상 우수영 함대 7척(원균 휘하), 충청 수영 함대 1척(정걸 휘하) 등 모두 104척의 연합군이 웅포에 또다시 몰려들었다.

조선 수군이 증강된 만큼 일본 수군도 기존의 전함 외에 따로 2백 척이 더 보강되었다. 진주성을 치고, 이어 호남 공략을 바다에서 후원한다는 명목으로 대규모 함대가 몰려들었다. 웅포의 일본 군선은 명호옥에서 새로 건조된 전함들이고, 병력 또한 대부분 신병들이다. 피차 전력을 다해야만 하는 공방전이 벌어지기 직전이다.

이순신이 기다리던 조선 육군의 지원은 이루어지지 않았다. 진주성에 전운이 감돌면서 조선군은 청야 작전을 빌미로 멀찍이 물러났기 때문이다. 조정에서는 진주성에 철수령을 내렸지만 막상 주둔군과 현지 백성들은 이 명령을 받지 않았다. 진주성 백성들은 청야는커녕 전혀 달리 생각했다. 작년 전투에서 일본군 2만을 궤멸시킨 백성들이나 현지 군사들은 아무도 피난길에 나설 생각을 하지 않았다.

백성들이 나가지 않자 진주성 내의 관군 지휘부도 사수死守를 선언하고, 이어서 경상도 일대에서 활약하던 의병과 뜻있는 관군들이 이 '비공식 전투'에 참여하고자 속속 집결하였다.

"까짓 거 작년에는 3천8백 명으로도 왜병을 박살냈어. 이번에는 7천 명이나 되니 수길이 놈이 직접 온대도 끄떡없어!"

진주성 사수의 최고 책임자인 경상우도 병마사 최경회는 첩 주논개를 끌어안고 모처럼 큰소리를 쳤다. 주논개 나이 스무 살, 꽉 찬 아름다움이 더욱 돋보인다. 전쟁통에 화장 한번 제대로 할 수 없지만 맑은 물에 씻기만 해도 옥처럼 빛이 곱다.

"지면 어떻게 하지요?"

"지긴 왜 져? 우린 이겨."

"하긴 절 다루듯이 다루면 일본 놈들은 죄다 죽어나자빠질 걸요?"

주논개는 자신을 으스러질 듯 끌어안은 최경회를 바라보면서 눈을 흘겼다. 의병장으로 몇 차례나 죽을 고비를 넘기더니 이제 이길 가능성도 없는 진주성 사수에 들어간다는 것 아닌가.

"아무렴. 이것도 마지막이라."

최경회는 전쟁을 앞두고 가족 간의 정을 하나하나 접었다. 그는 그간 의병장으로서 큰 공을 세우기까지 수많은 고비를 넘겼다. 결국 경상우도 병마사란 큰 벼슬을 받긴 했지만, 실상 그의 휘하에는 관군이 그리 많지 않다. 경상우도 중 상당 지역이 적 치하에 있기도 하고, 설사 군사가 있다 해도 군량을 댈 길이 없어 대군을 유지하지 못한다. 그러니 분기만으로 떨쳐 일어나지 않을 수 없다.

최경회는 처첩과 자식들, 노비들까지 무기를 나르게 시켜놓고는 진주성 사수에 들어갔다. 성에 남은 사람들은 관군은 관군이되 왕명을 받지도 않는 자율 관군이다. 진주성을 비우라는 왕명을 거역했으니 사실상 탈영병이고, 반역도들이다. 고려 말기, 몽골군의 대규모 침공을 받을 때에도 육지에서는 조정과 상관없이 군민이 함께 일어나 적과 싸웠다. 그때나 지금이나 조정은 뒷전이다.

부산의 우희다수가 본부 군영.

그는 한양에서 후퇴할 때 안전을 믿을 수 없어 조선 왕자 두 명과 한양에서 체포한 조정 대신, 관리, 궁녀, 민간인들을 방패로 둘러쳤다. 그런 다음 전 속력을 다해 남진했다. 이따금 소규모 의병 부대가 나타나 기습 공격을 퍼부었지만 그 대상은 후미에 처진 말단 부대일 뿐 우희다수가의 본영은 감히 치질 못했다. 포로로 잡힌 왕자 두 명 때문이다. 왕자를 둘씩이나 잡은 이상 조선군은 적극적으로 나오지 못했다. 덕분에 우희다수가는 안전하게 부산까지 내려온 것이다.

1593년 6월 22일.

우희다수가는 한양에서 후퇴하느라 지쳐 있던 병력을 한 달 가까이 쉬게 한 다음 일제히 일으켜 세웠다. 일본군은 지난봄의 행주산성 패전을 생각해서 이번에는 필수 병력을 제외한 전군을 동원하기로 했다. 거기에 명호옥에서 4만이 넘는 지원군을 받았다. 그렇게 해서 진주성으로 달려든 일본군의 실제 병력은 9만 2천 명. 패잔병에 그 사이 지원받은 신병들까지 동원된 총력전이다.

제1대 가등청정 2만 5,624명, 진주성 북면 공격.

제2대 소서행장 2만 6,182명, 서면 공격.

제3대 우희다수가 1만 8,822명, 동면 공격.

제4대 모리수원(毛利秀元: 모리 히데모토. 모리휘원의 양자) 1만 3,600명, 예비대로 진주성 전투 직전에 증파된 부대다. 전황에 따라 지원.

제5대 소조천융경 8,744명, 예비대. 전황에 따라 지원.

제6대 길천광가 병력 미상. 남강 방어.

수군 8,250명 해상 방어.

우시수승(이미 사망) 휘하 1만 2,000명, 부산 왜군영 방어.

궁부장희宮部長熙 6,000명, 상주와 부산 사이 방어.

이에 비해 조선 조정이 취한 조치는 풍신수길과는 정반대다.

6월 6일, 즉 진주성 전투가 일어나기 16일 전, 그간 임진왜란을 총지휘해 온 도원수 김명원을 일선에서 불러들였다. 그러고는 전쟁 통에 타

버린 궁궐을 복원하라며 공조 판서 자리에 앉혀버렸다. 이게 조선 왕이 한 일이다. 그러고는 전라도 절제사에게 호남 방어령을 내리고, 관찰사 권율을 도원수로 임명했다. 공석이 된 전라 관찰사에는 황해도 연안성을 지켜낸 의병장 이정암(부임 직전까지 황해 관찰사였다)을 내려 보냈다.

"왜적이 진주성을 노리니 우리 군은 진주성 사방 백 리에 걸쳐 청야淸野하라."

왕명으로 조선군은 진주성에서 멀찍이 물러나고, 청야령이 떨어진 진주성에는 혈기만 믿은 백성과 관군, 의병만 남았다. 그중 왕명을 거역하고 남은 관군 병력은 이러하다.

경상우도 병마사 최경회 휘하 600명.

충청 병마사 황진 휘하 700명(경상우도말고 외지에서 지원 온 병력은 이 충청군 밖에 없다. 이들은 원래 도원수의 명령으로 진주성을 주둔지로 하고 있던 병력이다. 철수하라는 왕명을 받고도 차마 떠나지 않았다.)

진주목사 서예원 휘하 병력 미상(임진년 진주 대첩시 병력 약 3,500여 명)

판관 성수경(진주 목사 서예원과 판관 성수경은 명나라 장수들에게 음식을 지원하러 상주에 나갔다가 소식을 듣고 부랴부랴 돌아왔다. 피할 수 있었지만 피하지 않았다.)

김해 부사 이종인, 병력 미상.

사천 현감 장윤, 300명.

거제 현령 김준민, 병력 미상.

의병장 고경명의 아들 고종후, 400명.

의병장 김천일, 500명.

전투가 일어나기 직전 일본 수군 주력이 모여 있는 웅포를 공격하려던 조선 연합 수군은 육군의 접응을 얻지 못하자 함대를 한산도로 물려 느슨한 포위 작전에 들어갔다. 일본 수군의 호남 진입을 저지하겠다는 전술이다.

조정의 청야령을 받고 진주성이 공격당하는 걸 맨눈으로 쳐다 본 조선군 주력, 전투를 피하려는 명군은 어디에 주둔하고 있었는가.

명군 제독 이여송, 문경.
부총병 유정, 대구.
부총병 오유충, 선산.
부총병 조승훈, 거창.
부총병 사대수, 남원과 전주 사이.

조선군 도원수 김명원, 선산(공조 판서가 되어 올라가고 이후 권율이 함안에서 지휘)
순변사 이빈, 의령.
경상 우감사 김늑, 함안.
전라 관찰사 권율, 함안.(전투 직전 권율은 도원수가 되고, 이 자리에 황해 관찰사 이정암이 내려온다.)
의병장 곽재우, 정암진.
전라 병사 선거이-전라 방어사 이복남-전 라의병장 임계영-순천 부사 강희보-경상도 조방장 홍계남과 조의-의병장 고언백 등 진주 후방에 분산 주둔.(이들은 진주성 외곽에서 응원했다. 왕명을 받은 듣고 받은 거역한 것이다.)

이들이 총력을 기울인다면 패잔군투성이인 일본군쯤 충분히 물리칠 수 있었다. 그런데 이루어지지 않았다. 국왕 선조 이하 조정대신들은 누구도 이 전쟁에 대해 적극적으로 나서질 않았다. 눈앞에 적이 보이지 않는다고 벌써 임진년을 잊었다.

일본군 전군에 진주성 공격령이 떨어지자 일본 수군은 전력을 다해 호남 진입을 노렸다. 그런 만큼 병력이나 전함이 조선 수군의 세 배가 넘는다. 맞서 싸우기에는 양군 모두 벅찬 상황이다. 육군은 청야를 내세워 물러나고, 수군은 호남을 지키기 위해 포위망만 구축하고 있다는 사실을 전혀 모르는 진주성은 마침내 대접전에 들어갔다. 병력의 차이를 보자면 행주 대첩 때와 비슷하다.

"곧 행주 대첩 영웅 권율 도원수께서 우릴 구하러 달려오실 것이다!"

"이순신, 원균, 이억기, 정걸 같은 용맹한 수사들께서 수군을 이끌고 적의 배후를 끊어 줄 것이다!"

관군을 공동 지휘하게 된 진주 목사 서예원, 경상우도 병마사 최경회, 충청 병마사 황진은 목이 터져라 외쳤다. 처음부터 패색이 짙은 이 전투에 앞서 진주성에 모인 장수들은 나름대로 역할을 분담했다. 충청 병마사와 경상우도 병마사처럼 같은 직급이 두 명, 창의사까지 있다 보니 위계질서를 조절해야만 한다. 그래서 김천일과 최경회가 도절제都節制를 맡고, 나이가 어린 충청 병마사 황진이 순성장巡城將을 맡았다. 나머지 군사들은 성문별로 나누어 배치하여 그 임무를 죽을 때까지 맡기로 맹세했다.

6월 22일부터 시작된 전투는 29일까지 치열하게 계속되었다. 하루만이라면 기적을 바랄 수도 있지만 8일간 계속된 전투에서는 결국 병력이 많은 쪽이 유리할 수밖에 없었다. 구원을 청하는 사자를 수없이 내보냈지만 어느 곳에서도 말 한 마리 달려오지 않았다. 그러는 사이 5만에 달하던 진주성 백성들은 앞뒤가 다를 뿐 차례차례 죽어나가야만 했다.

22일 진시辰時, 일본군 선봉 5백여 기가 북산北山에 올라 열진列陣하고 서 병위兵威를 과시했다. 사시巳時에는 적의 대부대가 뒤이어 도착했다. 한 무리는 개경원開慶院의 산허리에 진을 치고, 한 무리는 향교 앞길에 진을 쳤다.

첫 교전에서 진주성의 조선군이 일본군 30명을 쏘아 맞히자 일본군이 군대를 거두어 물러갔다. 초저녁에 한번 더 전투가 있다가 2경에 물러갔고, 3경에 다시 전투가 벌어졌다가 5경이 되어서 물러갔다.

23일 낮, 조선군은 일본군이 세 차례 공격해 온 것을 세 번 다 물리쳤다. 밤이 되어 일본군은 또 네 차례 공격해 온 것을 조선군이 네 번 다 물리쳤다. 안달한 일본군이 전군을 동원해 일시에 크게 고함을 치니 함성이 천지를 진동하였다. 진주성에서도 지지 않고 어둠 속으로 무수히 활을 날려 적을 물리쳤다.

24일, 일본군 증원군 5~6천 명이 더 보강되어 마현馬峴에 진을 치고 또 5~6백 명의 2차 증원군이 와서 동편에 진을 쳤다. 이날은 전투가 없었다.

25일, 일본군이 동문 밖에 흙을 메워 언덕을 만들고 그 위에 토옥土屋을 세워 성을 내려다보면서 조총을 소나기처럼 퍼부었다.

충청 병마사 황진도 성에 높은 언덕을 쌓기 시작했다. 초저녁부터 밤중까지 황진이 전복戰服과 전립戰笠을 다 벗고 몸소 돌을 짊어지고 나르자 성 안 백성들이 감격하여 눈물을 흘리며 축조築造를 도왔다.

조선군 토옥도 하룻밤 만에 완성되었다. 황진은 이곳에서 현자총통을 쏘아 적굴賊窟을 파괴하였으나 일본군은 그때마다 개수하였다. 이날

세 차례 진격해 온 것을 세 차례 다 물리치고 또 밤에 네 번 접전하여 네 번 다 격퇴하였다.

26일, 적이 나무로 궤짝을 만들어 생가죽을 씌워 각자 그 궤짝을 가지고 탄환과 화살을 막으면서 성 밑을 파헤쳤다. 성에서 큰 돌을 아래로 던지고 화살을 빗발처럼 쏘아대어 일본군을 물리쳤다. 일본군이 또 동문 밖에 큰 나무 두 개를 세워 그 위에 판옥을 만들었다. 그러고서 불화살을 쏘았다. 성내 초가집이 무수히 불에 탔다. 연기와 불꽃이 하늘까지 뻗쳐올랐다. 진주 목사 서예원이 겁을 먹고 당황하자 의병장 김천일은 의병 부장 장윤을 가목사假牧使로 삼아 서예원의 지휘권을 임시 박탈했다.

이때 날씨가 궂어 활과 화살이 느슨하게 풀리고 병력도 지쳤다. 그런 틈을 놓치지 않고 일본군이 화살에 편지를 매달아 날렸다.

- 대국大國 군대도 우리 일본군에 항복했는데 너희같이 손톱만 한 성이 어찌 일본군을 대적하지 말라는 왕명을 거역하고 감히 항거하는가.

조선군도 분기탱천하여 글을 적어 날렸다.

- 우리는 죽음으로 싸울 뿐이다. 더구나 명군 30만이 지금 너희들을 추격하여 남김없이 섬멸하려는데 왜 우리가 싸우지 않겠는가.

일본군들은 옷을 벗고 엉덩이를 두드려가면서 마구 소리쳤다.
"명나라 장수들은 벌써 물러갔다!"
그런 끝에 이날 낮에도 세 번 싸움을 하여 세 번 다 물리쳤으며, 밤에 또 네 번 싸워 네 번 다 물리쳤다.

27일, 일본군이 동문과 서문 밖 다섯 군데에 언덕을 쌓고 그 위에 대나무를 엮어 성책을 짓더니 진주성을 내려다보며 탄환을 쏘아댔다. 진주성 백성 3백 명이 이날 총에 맞아 죽었다. 또 일본군은 큰 궤짝으로 사륜거를 만들어 수십 명이 각각 철갑을 입고 끌고 와 철추鐵錐로 성을 뚫으려 했다. 이때 군중에서 가장 힘이 센 김해 부사 이종인이 성 밖으로 달려 나가 연거푸 일본군 다섯 명을 죽이자 나머지는 도주하였다. 진주성 백성들도 기름을 부은 횃불을 계속 던져 성벽 아래 일본군을 태워 죽였다.

초저녁에 일본군이 다시 신북문으로 침범해 왔는데 김해 부사 이종인이 수하들을 이끌고 나가 싸웠다. 일본군은 또 시체를 무수히 버려두고 물러갔다.

28일, 새벽에 김해 부사 이종인이 성채를 순찰하는데, 전날 밤에 진주 목사 서예원이 야간 경비를 소홀히 하여 일본군이 몰래 와서 성을 뚫어 곧 무너질 지경이 되었다. 일본군이 바싹 다가왔지만 백성들은 죽을 힘을 다해 싸웠다. 그때 적장 한 명이 조선군이 쏜 총에 맞아 죽자 일본군은 일제히 물러갔다.

황진이 그때 성 안쪽을 굽어보며 '오늘 싸움에서 죽은 적이 천여 명은 충분히 될 것이다.' 하고 웃으면서 말하는데, 성벽 아래에 잠복 중이던 일본군 한 명이 위를 향해 조총을 쏘았다. 황진은 왼쪽 이마에 총탄을 맞고 쓰러졌다. 이때 황진과 사천 현감 장윤이 가장 잘 싸운다는 소문이 있었기 때문에 진주성 백성들은 그의 죽음을 몹시 슬퍼했다.

29일, 죽은 황진을 대신하여 진주 목사 서예원을 순성장巡城將으로 삼았는데, 서예원은 전립戰笠도 벗은 채 말을 타고서 눈물을 흘리며 순행하였다. 그러자 경상 우병사 최경회가 군심을 어지럽힌다는 이유로 그를 해임하고(두 번째 해임이다. 감정이 매우 여린 분이었던 듯하다), 대신 사천 현감 장윤을 순성장으로 삼았다. 그러나 장윤은 얼마 되지 않아 적탄에 맞아 죽었다.

미시未時에 비가 내리더니 동문 쪽 성이 무너져서 적이 개미떼처럼 붙어 올라왔다. 김해 부사 이종인이 물에 젖은 활과 화살은 내려놓고 부하들과 함께 창과 칼을 들고 육박전을 벌였다. 이때 쳐 죽인 일본군 시체가 산더미처럼 쌓이자 일본군이 또 물러갔다. 이때 서북 문에서 일본군이 고함을 치며 돌진해 오자 창의사 김천일의 군사가 무너지면서 모두 촉석루로 후퇴했다. 일본군이 성으로 올라와 날뛰자 조선군은 일시에 흩어지고, 동문을 지키던 이종인도 결국 적탄에 맞아 전사했다.

일본군 함성에 귀가 따갑다. 최후까지 살아남은 경상 우병사 최경회, 의병장 김천일, 의병장 고종후는 밀려오는 적을 치면서 남강 쪽으로 밀렸다. 군사들은 우수수 무너지고, 최경회는 더 이상 칼을 쳐들 힘이 없을 만큼 지쳤다.

"남강에 몸을 던집시다!"

김천일이 적병 한 놈을 내리찍으면서 최경회에게 말했다.

"우리 죽음이 헛되지는 않겠지?"

"아무렴요. 조선이 그렇게 호락호락하지 않다는 걸 충분히 보여줬잖습니까? 우리가 결사전을 펴는 바람에 적들은 아마도 호남 땅으로 진입하지는 못할 것입니다. 전날 금산벌에서 끝까지 싸우다 죽은 조헌과 영규 스님이 그렇게 한 것처럼 우리 역시 놈들의 발목을 잡아버린 것입니다."

의병장 고종후다. 최경회가 병마사로 승진하기 전까지는 함께 의병을 이끌던 동지들이다. 세 사람은 뒤로 밀리면서 계속하여 일본군의 목을 베었다. 베어도 베어도 끝이 없다. 세워 놓고 목을 벤다 해도 다 벨수 없을 만큼 적병은 까마득히 많다. 한 발만 더 나아가면 남강, 최경회가 먼저 뒤로 돌아섰다.

"조상이 주신 목을 놈들에게 더럽힐 수 없지. 나 먼저 가네."

이어서 김천일과 고종후도 이를 악물고 칼을 휘두르다가 마지막에는 남강으로 몸을 던졌다. 그들을 따라 최후까지 싸우던 병사들까지 모두 남강으로 뛰어들었다. 죽기 아니면 자결이다. 일본군도 악을 쓰고 달려드는 만큼 어차피 포로로 잡힌들 목숨을 보전할 길이 없다. 열흘 가까운 전투 중 조선군만 죽은 게 아니다. 일본군도 엄청난 사상자를 냈다. 다만 그들은 이기고, 진주성은 졌을 뿐이다.

성으로 밀어닥친 일본군들은 우희다수가의 명령으로 최경회와 서예원의 시신을 찾았다. 전투 중 사망한 서예원의 시신은 금방 찾았지만 남강에 투신한 최경회가 문제다. 강물에 떠내려간 시신을 찾을 수는 없으므로 병사들은 아무 머리나 대충 끊어다가 최경회라고 보고했다.

우희다수가는 그 목을 소금에 채워 풍신수길에게 보냈다. 나중 이 목을 받은 풍신수길은 승전 사실을 대대적으로 알리기 위해 정체불명의 목을 교토에 효시했다. 일본군은 지고 돌아오는 것이 아니라 이기고 돌아온다는 명분을 얻기 위한 몸부림이다.

그로부터 며칠 뒤, 아직 한양성에 입성하지 못하고 있던 국왕 앞으로 장계가 도착했다. 도원수 권율이 보낸 진주성 전투 결과 보고다. 이 장계에는 조정이 버린 백성, 진주성 방어전에서 사망한 조선군 장수와 의병장의 이름이 새카맣게 적혀 있었다.(이하 인명은 征蠻錄 인용)

- 진주성의 민관군이 일심으로 뭉쳐 나라의 부고府庫 호남을 지켜냈습니다. 이에 눈물로써 그 거룩한 이름을 올리나이다.

경상우도 병마사 최경회崔慶會는 함락 직후 남강에 투신, 경상우도 병마우후虞侯 성영달成永達 전사, 병마사 부장 겸 전前 군수 고득뢰高得齎 전사, 그 밖의 경상우도 소속 병사 약 600명 전원 전사.

충청 병마사 황진黃進 전사, 해미 현감 정명세鄭名世 전사, 회덕 현감 남경성南景誠 전사, 남포 현감 이예수李禮壽 전사, 첨정 이잠李潛 전사, 당진 현감 송제宋悌 전사, 보령 현감 이의정李義精 전사, 그 밖의 충청도 소속 병사 약 700명 전원 전사.

진주 목사 서예원徐禮元, 임진년 김해성을 잃고 절치부심 중 이곳에서 전사, 진주 판관 성수경成守慶 전사, 휘하의 진주목 소속 병사 전원 전사.

김해 부사 이종인李宗仁, 부하들과 함께 전사.

사천 현감 장윤張胤, 부하 300명과 함께 전사.

결성 현감 김응건金應鍵, 부하들과 함께 전사.

거제 현령 김준민金俊民, 부하들과 함께 전사.

황간 현감 유몽설柳夢說, 부하들과 함께 전사.

의병장 고경명의 아들 고종후, 함락 직후 남강에 투신, 휘하 의병 400명 전원 전사.

의병장 김천일金千鎰, 함락 직후 남강에 투신, 휘하 의병 500명 전원 전사.

그리고 이름 없는 백성들까지 작대기를 휘두르고, 낫을 휘두르고, 괭이를 휘두르면서 불꽃같은 숨을 거두었습니다.

왕은 장계를 읽으면서 눈물을 흘렸다. 아무리 청야를 명령한 그였지만, 그래도 제 나라 제 땅을 지키겠다고 나섰다가 장렬하게 전사한 장수와 병사들, 그리고 백성들을 생각하고는 눈물을 흘리지 않을 수 없었다.

"경상우도 소속 장수와 병사들이야 그렇다 쳐도 왜 충청도 병사들이 이다지도 많이 죽었단 말인가."

군사로서 전사한 사람은 대부분 경상우도와 충청도 출신 병사들이다. 그들은 단지 도원수의 명령에 따라 전부터 진주성에 본부를 둔 군사들일 뿐이다. 남해안으로 달아난 일본군 추격은 전라도, 경상도, 충청도 등 하삼도下三道 군사들이 맡았는데, 도원수 김명원은 이들을 각지에 분산 배치시켰다. 그들 중 창의사 김천일, 충청 병마사 황진, 경상 우병사 최경회는 진주성에 주둔할 것을 명령받고 전부터 성을 지키고 있던 참이다. 단지 명령을 따랐을 뿐, 적이 오니 맞서 싸우다 죽었을 뿐이다.

이에 앞서 일본군 제1군 가등청정 군은 선봉에 나서 진주성 공략에 앞장섰다. 성이 함락되자 오랜 패전으로 지쳐 있던 일본군은 파도치듯 기세등등하게 밀려들어갔다. 구역별로 나누어 장악을 해 가다 보니 가등청정 군 역시 살아남은 백성과 포로들을 굴비 엮듯이 엮을 수 있었다. 그 중에 얼굴이 반반하거나 젊은 여자들은 붙들어다 승전 잔치에서 춤추고 노래를 부르게 했다. 전쟁의 뒤풀이란 늘 약탈물을 늘어놓고, 잡아들인 여자들을 미모별로 가려 위에서부터 저 아래까지 나누어 갖는 것으로 시작되는 법이다.

가등청정과 그의 부장들도 촉석루에 둘러앉아 진주성 부고를 열어 남은 음식을 꺼내다 늘어놓고, 그 옆에는 기혼이든 미혼이든 여자라고 생긴 포로들은 줄줄이 엮어다 세웠다. 그러고는 모처럼의 승리를 자축

했다.

"가만, 이게 얼마만의 승리더냐? 함경도 길주에서 도망쳐 내려온 이래 우리 군사들 모두 피골이 상접해 있었는데, 오늘에서야 전쟁의 참맛을 알겠구나! 전쟁 아니면 언제 다시 이런 즐거움을 맛보랴. 마음껏 마시고 먹고 더듬어라."

가등청정은 그때까지 살아남은 부하들에게 찬사를 늘어놓은 뒤 포로로 잡은 조선 여인들을 부하들에게 나눠 주었다. 그 중에 선봉장 모곡촌 육조(毛谷村六助 : 게야무라 로쿠스케)는 경상우도 병마사 최경회의 첩 주씨를 배당받았다.

"모곡촌. 네가 경상우도 병마사 최경회를 몰아붙여 남강에 빠뜨렸다지? 그렇다면 최경회가 남긴 첩은 네 몫으로 넘겨주마. 이 아이가 얼굴이 아주 반반하고, 말도 제법 잘 한다고 한다. 그러니 이번에 큰 공을 세운 네게 상으로 내리노라."

일본군 장수들은 적장의 첩을 상으로 받은 모곡촌을 다들 부러워하는 눈으로 바라보았다. 사실 최경회의 목이라고 베어다 준 건 모곡촌이 맞지만, 실상 그 머리가 최경회인지 아는 사람은 아무도 없다. 그저 다들 그랬으면 하고 바란 것이 기정사실로 굳어지고, 포상까지 하게 되었다.

"론스케論介, 넌 출세한 거다. 죽을 때 죽더라도 모곡촌의 씨를 한번 받는 게 여간 행운이 아니다."

주논개는 이를 물고 억지웃음을 떠올렸다. 섬기던 최경회를 생각하면 당장이라도 놈들에게 달려들어 비녀를 찍어버리고 싶다. 다들 칼을 차고 있으니 그것도 여의치 않다. 어떻게 하든지 때를 잡아야 한다. 모곡촌은 뜨끈해진 아랫도리를 풀어보려고 안간힘을 다했다. 그런 것을 주논개는 이리저리 몸을 틀면서 모곡촌의 애간장을 녹였다.

'우리 주인의 영전에 북어 한 마리 바칠 겨를이 없었는데, 바로 네놈을 통째로 바쳐야겠다.'

주논개는 목표를 정하자 곧 자리에서 일어나 모곡촌에게 손을 뻗쳤다. 부드러운 논개의 손을 잡은 모곡촌은 온몸이 그만 불덩어리처럼 타올랐다. 와락 손을 뻗쳐 논개를 안자, 논개는 기다렸다는 듯이 모곡촌의 허리를 꼭 껴안았다.

"아이구, 네가 더 급하구나."

기분이 좋아진 모곡촌은 주논개의 발길을 따라 남강이 내려다보이는 바위를 밟아가며 이리저리 춤을 추었다. 춤이라기보다는 한 몸이 되어 이리 뒹굴고 저리 뒹구는 형국이다. 논개의 부푼 젖가슴이 제 가슴에 닿을 때마다 모곡촌은 야릇한 소리를 내지르며 뜨거운 입김을 마구 내뿜었다.

모곡촌이 느물거리는 눈빛으로 헤벌쭉 무너질 때 주논개는 이를 악물면서 남강 쪽으로 한 발 한 발 다가갔다.

"론스케論介, 널 오늘 극락으로 보내주마."

모곡촌은 주논개의 젖가슴을 아프도록 쥐어뜯었다. 주논개는 그런 손길에는 아랑곳하지 않고 남강을 내려다보았다. 그믐이어서 달은 뜨지 않고, 일본군이 펴놓은 화토 불빛만 어른거린다.

"경상 우병사 최경회 영전에 널 제물로 던지겠다."

"뭐, 뭐라구?"

주논개는 모곡촌의 허리를 잡은 손에 힘을 주었다. 그러고는 제 몸을 먼저 남강 쪽으로 휘청 틀어버렸다. 순간 모곡촌은 주논개의 젖가슴에서 손을 거두고 등에 걸린 깎지를 잡아당겼다. 반지에 걸린 손가락이 안 떨어진다. 한번 무너진 균형을 되돌릴 길이 없다. 두 사람은 곧 남강으로 떨어져 내렸다. 한밤 칠흑 속으로 풍덩 떨어졌기 때문에 일본군들은 우왕좌왕하기만 할 뿐 누구도 모곡촌을 구하지 못했다.

　선봉장을 잃은 가등청정은 잔치를 거두고 장막으로 돌아가 버렸다.

　이후 일본군은 성곽을 깨부수고 관아에 불을 질렀다. 호남으로 진격한다는 것은 어디까지나 구호일 뿐 누구도 그 일을 거론하지 않았다. 근처 하동, 단성까지 출몰하기는 했으나 조선군의 청야 작전으로 사람은 만나지 못했다. 더구나 일본 수군이 호남 해안까지 진출하여 보급선을 왕래한다는 기본안이 조선 수군에 의해 저지되자 호남진격론은 상상할 수조차 없는 망상으로 가닥이 잡혔다.

　"부산으로 철수한다."

　총사령관 우희다수가는 7월 14일, 각 군 장수들을 불러 철수를 명령했다.

　이렇게 하여 진주성 전투는 마무리되었다. 죽을 사람은 죽고, 떠나갈 사람은 떠났다. 진주성은 형체도 알아볼 수 없도록 짓밟혔다. 누구도 진주성을 빼앗지 못했고, 누구도 진주성을 잃지 않았다. 단지 억울한 생령들이 목숨을 잃었을 뿐 전황은 변한 게 없다. 진주성 전투에 대해 조선 조정은 애써 의식하려 하지 않았다.

　- 할 수 없는 일이다. 조정의 명을 어기고 자기들끼리 벌인 싸움이니……

　이것이 패전 보고를 받은 왕의 공식 대응이었다.

　왕은 다만 백성들의 죽음을 기리기 위해 전사자 중 몇 명을 골라 표창하는 것으로 위안을 삼았다. 김천일, 최경회, 황진 세 사람은 찬성, 김해 부사 이종인은 병조 판서, 거제 현령 김준민은 형조 판서를 각각 추

증했다.

일본군은 소서행장을 내세워 강화 협상을 벌이는 한편 조선군 몰래 퇴군하기 시작했다. 진주성 승리로 그들은 패전군이라는 오명을 벗었다고 자부했다. 사령관인 우희다수가가 먼저 현해탄을 건넜다. 풍신수길도 패잔병이 아닌 승전군을 원했다. 철수한 일본군은 처음 떠났던 곳 명호옥으로 돌아가 대대적인 환영을 받았다.

명호옥을 떠난 사람 셋 중 둘이 돌아오지 못했다. 내부 반란을 염려한 풍신수길은 개선군을 맞이한다는 명목으로 호들갑을 떨었지만 분위기는 고조되지 못했다. 그런 분위기 탓에 누구도 조선에서 돌아오지 못하는 10만 명에 대해 묻지 못했다. 묻는 자는……, 칼로 응징을 받는다.

이겨도 좋고, 져도 좋다는 당초의 생각에서 풍신수길은 져도 좋다는 패를 잡았다. 그 결과 전쟁을 직업으로 삼아 평생을 살아온 전사 10만 명을 조선 땅에 갖다 버린 셈이 되었다. 과연 이대로만 나간다면 장차 풍신수길에게 반항할 만한 군대는 일본 땅에 존재하지 않는 것이다. 풍신수길에게 대항할 만한 군사력이 생기려면 상당한 세월이 필요할 것이다.

그러나 한 가지 근심이 있다.

1593년 봄, 일본군 철수를 돕기 위해 파견된 군사 5만여 명은 사실상 인명 손실 없이 무사 귀국했다. 그게 문제다. 하필 그들이 덕천가강을 성주로 모시는 군사들이라는 점에서, 그들에게 도리어 군사 훈련만 시킨 결과가 돼 버렸다. 풍신수길은 자신이 무슨 잘못을 하고 있는지 아직 깨닫지 못했다. 아직은 그의 세상이므로.

13
귀휴령^{歸休令}, 죽은 귀신은 돌아와 쉬어라

"가장 섭섭한 시기가 다시 찾아왔군. 왜군이 물러간 뒤 우리 조정은 또다시 넋을 놓아버렸어. 자그마한 평화만 와도 금세 잊어버리고 또 정쟁에 몰두하는 거지. 영의정이 이리 뛰고 저리 뛰어도 도리가 없어. 무력감을 느낀 게 한두 번이 아니야."

"서애 대감님, 제 〈호종일기〉는 국왕이 월산대군 저택으로 들어간 때까지만 적어 그 뒤는 없습니다. 제가 승지가 되어 주상 전하를 가까이 모셔 오고 있지만 후회가 많습니다. 왜군이 물러가고, 부산 언저리에 몇 개 왜성만이 외로이 남아 있을 때 왜 전력을 다해 물리치지 못했던가, 아무리 생각해도 모르겠습니다."

이효원은 〈호종일기〉는 덮어두고, 〈징비록〉을 들여다보면서 유성룡의 이야기에 귀를 기울였다.

"이 승지. 내 말이 이상하게 들릴지 모르지만, 난 이렇게 보네. 수나라 백만 대군, 당나라 백만 대군, 그리고 온 세상을 다 정복한 몽골군까지 물리친 게 바로 우리 백성들이야. 종국에는 우리 조선이 일본군을 물리치리라는 것쯤은 나도 알고 있었네. 시련에는 우리 백성들보다 더 강한 민족이 없어. 그런데 말이야. 우리 민족은 평화에 약해. 참 이상한 일이야. 태평성대가 시작되면 그때부터 싸움질이거든. 이치를 들어 따지는 공론은 없고 우기고 싸우고 죽이려고만 들지."

"그렇다고 날마다 전쟁을 할 수는 없잖습니까."

"그러게 말일세. 이 난리를 겪고도 또 전쟁이 나면 역시 속무무책일 거야. 세 치 혀로 전쟁을 하려는 비겁하고 약삭빠른 유자儒者들이 당상을 점령하겠지. 참 난해한 일일세. 정유년 이야기를 하려니 참으로 답답하군."

"잠시 편안하다고 임진년의 영웅이신 이순신 통제사를 잡아다 죽이려 했잖습니까?"

"이순신 같은 사람은 국난 때 잠시잠깐 반짝하고 빛나는 난세의 영웅일 뿐 평화 시에는 모함이나 받고 시기질투로 제 명에 못 살 사람이지. 아, 사람을 추천한다는 게 이처럼 어려운 일이야. 이순신을 살리려고 내가 마음에 없는 소리로 그를 비난하기도 했지만, 덕분에 살려내기는 했지. 다만 권율이 아쉬워. 행주 대첩의 그 영웅이 조금만 더 신중했더라면, 아직도 권율을 생각하면 참으로 안타까워. 나 스스로 한계를 느낄 정도였으니까."

따뜻한 봄빛 한 줄기가 열린 창으로 쓱 들어와 유성룡의 볼에 머문다.

전쟁은 끝나가는 듯했다. 일본군은 왜성 방어 병력만 남겨둔 채 살아남은 자는 전원 일본으로 돌아갔다. 물론 10만 이상 육신을 버린 일본군은 영혼조차 일본으로 돌아가지 못했다. 정작 일본에서 전사자로 발표를 하지 않았기 때문이다.

명나라와 일본 간에 부지런히 사자가 오가는 동안 조선군은 부산을 포위한 형국으로 군사를 재배치한 다음 장기전에 돌입했다. 마음으로야 부산의 잔당을 일거에 소탕시켜버리고 싶지만 일본군의 재침을 염려한 명나라가 조선군의 진격을 막았다. 명군은 마치 일본군을 치러 들어온 것이 아니라 조선군을 막기 위해 들어온 것처럼 행동했다.

어쩔 수 없는 일이다. 조선군 중 경상도와 전라도, 충청도 군사들은 각자의 군영에서 무기를 생산하고 군사 훈련을 하면서 만일의 사태에 대비하기로 했다.

이 무렵 일본군이 남겨놓고 간 군영은 주로 남해 바닷가를 중심으로 늘어서 있었다. 강화를 시도하되 여차하면 일본으로 철수하기 위한 전략이다.

울산 바닷가(서생포)에는 가등청정, 그 서쪽인 웅천에는 소서행장, 김해 과도직무, 부산 모리수원(毛利輝元의 養子)이다. 본성本城 11곳, 지성枝城 7곳. 물론 왜성마다 불과 수천 명이 머물러 있을 뿐 대부분은 일본으로 건너갔다. 이들이 남아 있는 것은 조명 연합군이 일본을 공격할까 무서워서였다.

승군 도총섭 유정이 가등청정을 만나 회담을 하고 그 사실을 간파하여 조정에 보고했다. 국왕 선조는 유정의 장계를 보고는 비변사에 전하면서 조치하라고 전교했다. 싸우라는 것도 아니고, 그렇다고 싸우지 말라는 것도 아니고, 그저 편지 철에나 묶어두라는 것이다.

유정으로부터 따로 소식을 들은 도원수 권율은 일본 군영을 포위하고 길일을 잡아 한번 들이치려고 준비했지만, 여기저기서 반발이 심했다. 이때는 전쟁이 모두 끝난 줄만 알아서 전의를 잃었을 뿐만 아니라 지휘 계통도 잘 서지 않았다. 병력이 비교적 온전하게 남아 있던 충청도만 해도 권율의 명령을 따르지 않았다. 전운이 가시자 무관은 도로 천시되고 문관 세상이 왔다. 나라 망친 자들이 다시 국권을 쥐었다.

1593년 8월 3일, 일본 교토 취락제.

임진왜란의 장본인 풍신수길은 패전 처리를 어떻게 해야 할까 하고 연일 머리를 싸매고 고민했다.

"승태, 이거 큰일이군. 민심이 들끓고 있어. 남아 있는 놈들 처리도 그렇고, 옛날처럼 내가 권세를 꼭 틀어쥘 수 있을까? 요즘 같아서는 불안해 못 살겠어."

"모든 게 예정대로 되었잖습니까? 진주성 전투에 앞서 예비군을 긁어모으려고 해 봤지만 굉장히 힘들었잖아요? 태합의 명령도 잘 먹히지 않는 마당에 누가 반란을 일으키려 결심해도 아마 잘 안 될걸요?"

지난 진주성 전투에 앞서 예비군 2만 명 정도를 모아 보내려는 데도 진땀깨나 흘렸다. 예비군 대장을 맡은 모리수원(毛利秀元;모리 히데모토, 진주성 2차전에서 4대 사령관을 맡았다.)은 결국 나이 어린 소년들까지 마구 잡아다가 머릿수를 채울 수밖에 없었다. 경도京都와 명호옥 수비군을 빼고, 또 풍신수길을 경호할 덕천가강 등 예비군 4대를 빼니 일본 땅에는 군사로 쓸 만한 남자가 남아 있질 않았다. 보고를 받은 풍신수길은 '불행하게도 작은 나라에 태어나 병력이 부족하구나. 장차 이 일을 어쩌랴.' 하고 탄식했다고 〈정한위략〉征韓偉略이란 책에 기록되어 있다.

"그건 그렇겠지? 진주성 싸움으로 적당히 기를 살려줬으니 그것도 그렇고, 소서행장을 시켜 조선 땅 반을 내놓으라는 강화 협상을 진행하라고 했으니 그럭저럭 명분은 잡은 셈이라고. 명나라 황제더러 황녀를 보내달라고도 했다면서? 거, 소서행장이 역시 장사꾼 수완이 있다니깐. 안 그래?"

"전쟁도 일종의 장사이고 흥정이지요. 장사와 흥정에는 일가견이 있는 소서행장이 바로 태합께 충성하는 장수 아닙니까. 태합께서는 참으로 탁월한 안목을 가지고 계십니다. 사실 해안가로 쫓겨난 우리 일본군을 조선군은 멍하니 바라다보고만 있잖습니까? 조선 국왕 정도는 태합 손바닥 안에 있는 듯합니다."

풍신수길과 승태는 듣기 좋은 말만 척척 주고받았다.

이때 문이 열리면서 시위 한 명이 안으로 뛰어들어 무릎을 꿇었다.

"무슨 일이냐?"

"핫! 정전(淀殿:요도도노) 마님께서 옥동자를 순산하셨습니다."

그 말에 풍신수길은 놀라는 표정을 짓고, 승태는 본능적으로 풍신수길의 사타구니를 들여다보았다. 씨 없는 불에서 아들이 나오다니, 참으로 알 수 없는 일이다. 수많은 여인을 데리고 사는 수길이 왜 유독 이제야 아들을 보게 되는지 알다가도 모를 일이다. 승태는 풍신수길에게 들킬세라 눈을 내리깔고 가만가만 상황을 의심해 보았다.

풍신수길도 같은 생각이다. 그의 첩 정전이 필시 어느 놈하고 눈이 맞아 새끼를 싸질렀으려니, 그렇게 믿고 눈을 감았다. 눈치를 챈 승태가 계산을 끝내고 조심스럽게 입을 열었다.

"어찌 됐든, 장차 일본군을 이끌어갈 동량棟梁을 얻으신 겁니다."

잠시 고민하던 풍신수길은 승태를 마주 바라보면서 천천히 고개를 끄덕였다. '어찌 됐든'이라는 승태의 말머리가 신경 쓰였지만 그 다음 말이 썩 마음에 들었다. 장차 일본군을 이끌어갈 동량이라.

"그래. 바로 그거야."

패전 처리를 고민하던 풍신수길은 뜻밖에 새로운 희망을 찾아냈다.

그의 첩 정전(定殿;요도도노)이 사내아이를 낳은 것이다. 수길의 첩이 낳은 사내아이니 주인 수길의 것이다. 수길은 그 사실만으로 흡족하다. 이름도 척 나왔다. 수길秀吉이 의지할 사람이란 뜻으로 수뢰(秀賴;히데요리)다. 부자지간에 마치 항렬이 같은 것처럼 똑같은 글자를 집어넣은 게 좀 몰상식해 보이지만, 어쨌든 돌파구를 마련해야만 한다. 수뢰를 만든 씨가 어느 놈이든 풍신수길 자신이 그 아이의 공식 아버지다. 풍신수길로서는 학송을 잃은 이후 기적같이 얻은 아들이다.

아직껏 아이를 낳지 못한 수길이 정전한테서만 둘씩이나 낳게 되자 주변에서는 틀림없이 씨가 다르다고 수군거렸다. 하지만 수길은 무조건 자식을 사랑했다. 주변 정리는 승태가 맡아서 적당히 손질했다. 손질하는 데 껄끄러우면 죽여서 판판하게 만든다. 풍신수길은 이 아들에게 모든 권력을 물려주기로 결심했다.

만약 이 아들이 태어나지 않았더라면 수길은 어쩌면 일본군을 모조리 철수시킬 수도 있었다. 어차피 20만 병력 중 10만이 죽고 5만이 다치고, 성한 건 5만밖에 되지 않기 때문에 이제는 반란이 두려울 것도 없다. 그러나 천만뜻밖에 태어난 아들 수뢰는 그 결심을 바꾸게 만들었다. 임진왜란은 실패했음에도 불구하고 그는 또 다른 망상을 꿈꾸었다. 그러는 동안은 휴전이다.

풍신수길은 승태를 다시 불러 아무도 모르는 전쟁 얘기를 또 꺼냈다.

"공부는 제대로 해야지. 승태 스님은 우리가 진 이유를 뭐라고 보시는가?"

승태는 갑자기 패인을 묻는 풍신수길의 저의를 몰라 슬슬 눈치를 살피면서 머뭇거렸다.

"태합, 전쟁에 지다니요? 반란을 일으킬지도 모를 군사들을 조선 땅에 갖다 버린 것이지요."

"허, 이 사람."

풍신수길은 차 한 잔을 입에 물었다가 꿀꺽 소리가 나도록 삼켰다. 그러고는 만면에 미소를 담아 다시 물었다.

"이 찻잔 좀 봐. 옛날 그 투박한 질그릇에 담아 먹던 차맛 하고는 천양지차야. 명나라에서 한두 개 몰래 수입해다 먹던 시절은 지나갔어. 조선에 가면 이런 찻잔 정도는 지천이야. 이제는 진짜로 조선을 차지해야겠어. 모조리 훑어다가 내 아들 수뢰한테 유산으로 물려줄 생각이야. 천 대代 만 대代."

승태는 풍신수길의 생각이 달라진 걸 깨닫고 비로소 마음 속 말을 꺼내놓기 시작했다. 그동안 얻어먹은 찻값이며 받은 은혜를 생각해서라도 계책을 내지 않을 수 없었다.

"첫째, 수군이 너무 약했습니다."

"젠장. 이순신이나 원균 같은 놈들을 미리 죽여 없앴어야 하는데, 대체 횡목들은 뭘 한 거야? 이번에는 조선의 붕당인지 당쟁인지 그걸 이용해서 조선 수군 장수들을 모조리 없애버리자고. 또 다른 원인은?"

"둘째, 보급선線이 너무 길었습니다."

"그래 맞아. 곡창 전라도를 먼저 쳤어야 했는데, 그게 실수야. 빌어먹을, 그놈의 전라도 땅에서 권율과 처영이 이끄는 육군이 일어나고, 이순신의 수군이 일어났지. 그러니 다시 쳐들어가는 날에는 놈들의 근거지를 쑥대밭으로 부셔버리고, 전라도 백성을 모조리 죽여버리라고. 다른 이유는?"

풍신수길의 본성대로 파괴적인 말뿐이다.

"셋째, 우리는 조선의 땅만 차지했지 민심을 얻지 못했습니다."

"그래? 어차피 얻을 수 없는 민심이라면 닥치는 대로 코를 베어버리지 뭐. 또 간장 종지든 여물통이든 일본에 없는 거라면 뭐든지 훔쳐오게 하자고. 그래야 군사들이 싸울 맛이 나는 것 아닌가? 임진년에는 내가 약탈도 금지하고 방화도 금지했는데, 다음 번엔 안 그럴 거야. 방화, 약탈, 납치, 강간, 이런 걸 빼놓으면 전쟁이 아니지."

풍신수길은 임진왜란의 패인을 조목조목 분석했다. 그러고서 하나하나 대책을 마련했다.

이 무렵, 조선.

또다시 세 치 혓바닥으로 나라를 흔드는 무리들이 조정으로 몰려들었다. 전쟁 덕분에, 조총 소리 덕분에 1년여 조용했던 조정이 또다시 동당 서당 쿵쿵거리는 소리로 시끄러워졌다.

하긴 음양陰陽이란, 음은 음답고 양은 양다워야 한바탕 돌아가는 것 아닌가. 일본이 전쟁 준비를 한다면 조선은 나른하게 늘어져야만 전쟁이 되지 두 나라가 다 전쟁 준비를 하면 싸움이 안 된다. 밤낮 주역을 염불 삼아 외는 국왕이나 대신들이 실상 주역의 본뜻은 모르고 축 늘어져 나라 망하는 길만 자꾸 쑤셔댔다.

풍신수길은 전쟁 준비가 착착 진행되는 걸 눈으로 확인한 뒤 관백 자리를 물려준 조카 수차(秀次;히데쓰구)를 눈여겨보기 시작했다. 과연 수차는 자신에게 닥쳐오는 검은 먹구름이 예사롭지 않다는 걸 깨달았다. 학송(쯔루마쓰)이 죽자 조카인 자신에게 관백 자리를 물려주었지만 막상 정체불명의 핏덩이가 취락제에 태어난 뒤로는 뭔가 모르게 분위기가 달라졌다.

외삼촌 풍신수길, 누구보다 수차가 더 잘 안다. 직전신장(오다 노부나가) 밑에서 출세 가도를 달린 것도 한번 전쟁에 나서면 반드시 이기고, 이기고 나면 반드시 적을 응징하기 때문이었다. 적을 몰아붙이는 괴력은 아군들조차 혀를 내두를 정도다. 어찌나 잔인한지 풍신수길에게 대든다는 건 상상조차 할 수 없을 정도로 철저히 짓이겨버린다. 그런 풍신수길이 수차 자신을 바라보는 눈길이 예사롭지 않은 것이다.

겁먹은 수차는 정신불안 증세를 보이기 시작했다. 그러지 않아도 걸핏하면 사람을 죽이는 풍토에서 사소한 이유로 부하들을 목 베어버렸다. 아니, 그렇다는 소문이 났다. 1595년 7월 15일, 수차는 평소에 자주 다니던 원찰願刹로 기도하러 떠났다. 마음이 심란해진 수차가 수행원 수백 명을 인솔하고 해발 2천 미터가 되는 고야산高野山 금강봉사로 가서 불공을 드리기로 한 것이다.

그때 풍신수길의 명령으로 그를 기다리는 눈 수백 개가 금강봉사 주변 숲에 숨어 있었다. 수차가 법당에 들어가는 것을 확인한 그들은 일거에 들이닥쳐 수차의 수행원, 경비원들을 체포하고 수차와 수차의 가족까지 씨도 없이 모조리 붙잡았다. 체포된 수차와 그 가족, 경비병들이 압송된 곳은 취락제, 풍신수길은 길게 설명하지 않았다.

"수차를 따르던 군사들은 알아서 배를 갈라라切腹!"

도리가 없음을 확인한 군사들은 일제히 배를 갈라 그 자리에서 피를 흘리고 내장을 다 드러낸 채 죽었다. 한 놈도 반발하는 놈이 없다. 그렇게라도 해야 처자식들 목숨이나마 부지할 수 있다.

"그 다음, 수차, 너도 배를 갈라라. 아무 소리 하지 말고 외삼촌이 시키는 대로 하는 거야."

수차는 풍신수길이 던져 주는 칼을 잡았다. 진즉에 관백 자리를 내놓고 살려 달라고 청했더라면 그런 화는 입지 않을 수도 있으련만, 차라리 조선에 출병하겠다고 나섰어도 이런 일은 없었으련만 뒤늦은 후회다. 수차는 눈을 감고 힘차게 배를 갈랐다.

"흡!"

내장이 콸콸거리는 피와 함께 주르르 밖으로 밀려나왔다. 수차는 차마 제 내장이 쏟아져 나오는 것을 볼 수 없어 외삼촌 풍신수길을 바라보았다. 아무리 보아도 악마가 아닌 인간이다. 어려서부터 줄곧 그가 따라다닌 외삼촌임이 틀림없다. 평생 그 외삼촌을 위해 전쟁을 하고, 목숨을 무릅쓰고 적진을 뚫고 다닌 기억만이 주마등처럼 머리에 떠올랐다. 그러면서 하늘 귀퉁이에서부터 빛이 흐려지기 시작하더니 나중에는 검은빛이 외삼촌 풍신수길까지 덮어버렸다.

'외삼촌은 역시 악마였구나.'

그러고는 벌써 붉은 피가 흥건해진 땅바닥에 풀썩 쓰러져 버렸다. 피를 본 풍신수길은 수차의 처첩과 자식들까지 모조리 목을 베어버렸다. 그런 다음 수차 등 모든 시체의 머리를 잘라 대나무에 꿰어 엮은 다음 교토에 내걸었다. 수뢰가 태어나지만 않았어도 명대로 살았을 뿐만 아니라 한 시대를 떵떵거릴 자들이다. 그러니 때가 중요하고, 자리를 잘 골라서야 한다. 시절이 사람을 만들기도 하고 또 버리기도 한다지만, 결국 사람은 시절을 이기지 못한다.

풍신수길은 수차에게 주었던 관백의 지위를 거둔 다음 예비군으로 명호옥에 남아 있던 대영주 네 명을 불렀다. 덕천가강(德川家康:도쿠가와 이에야쓰), 전전이가(前田利家:마에다 도시이에), 상삼경승(上杉景勝:우에쓰기 가게가쓰), 이달정종(伊達正宗:다데 마사무네)다.

"조선으로 출정한 병사의 3분지 2가 죽었어. 수송선의 선부船夫들은 전염병으로 반 이상이 죽었지. 결국 자네들 경쟁자의 손발이 다 잘려나간 셈이지. 안 그런가?"

네 사람은 바짝 긴장했다. 관백 수차 일당을 잔인무도하게 죽인 뒤끝이라 무슨 속셈으로 하는 말인지 불안하다. 다들 입술을 일자로 물고 숨도 쉬지 않았다. 그런 그들을 향해 풍신수길은 예상과는 달리 포근한 미소를 보냈다.

"군대를 한 번 더 출정시켜 놈들을 완전 거세할 작정이다. 그러므로 그대들은 내 아들 수뢰를 중심으로 똘똘 뭉쳐 일본을 이끌어갈 수 있겠는가?"

네 사람은 한 번 더 출정을 한다는 말에 모두들 가슴을 쓸어내렸다. 임진왜란에서는 용케 전화戰禍를 피해 군사력을 온전히 지킬 수 있었는데, 아무래도 이번만은 피할 도리가 없을 듯하다. 어떻게든 섬에 남아 조선 땅을 밟지 않는 길이 없을까, 덕천가강은 머리를 조아렸다. 한 마디, 수뢰를 중심으로 똘똘 뭉치라는 말이 희망이다.

"합하, 선지를 목숨으로 받들겠습니다. 또한 두 눈 부릅뜨고 합하를 지키겠습니다."

덕천가강이 나서서 충성을 맹세하자 그 자리에 참석한 다른 영주 세 명도 차례로 머리를 조아렸다. 풍신수길은 흡족한 표정으로 예비군 대장 네 명의 뒤통수를 훑어보았다. 땅바닥이 닿도록 그렇게만 계속 머리를 찧어준다면……, 풍신수길은 속으로 중얼거렸다.

"정유년까지는 재출정군을 일으킬 것이다. 그럴수록 자네들은 준비에 박차를 가하도록 하라. 그리고 덕천가강,"

전쟁 준비를 하라는 것이 아니라 전쟁에 동원되는 민심 이반을 바로잡아 군기를 엄정히 세우라는 뜻이다.

지목받은 덕천가강은 우선 대답부터 시원하게 했다.

"하핫! 태합, 하명만 하십시오."

"내 아들 수뢰를 장가들여야겠네."

"벌써요?"

수뢰 나이 세 살, 아는 말이라곤 '핫!' 이 한 마디뿐인 오줌싸개 어린아이를 장가들이겠다는 것이다. 덕천가강은 무슨 말인지 잘 알아듣지 못했다.

"그 애 나이가 문제가 아니라 내 나이가 문제야. 하여 조혼을 시킬 작정이네. 자네 손녀가 수뢰 또래라면서?"

덕천가강은 그제야 감을 잡았다.

"예. 우리 천희千姬 나이야 제법 되지요."

"잘됐군. 두 아이를 결혼시키자고. 수뢰는 어차피 자네가 잘 보살펴 주어야 할 것이니 이참에 손녀사위로 만들어두라고."

덕천가강은 꼼짝없이 손녀를 내놓아야 했다. 전에 풍신수길이 정략 결혼시킨 동생 욱희는 덕천가강에게 시집간 지 5년 만에 병으로 죽어버렸다. 그러니 정략결혼이란 말이 무색해진 것은 오래 전의 일이다. 따라서 덕천가강의 손녀딸이라도 데려다가 며느리를 삼아 맞사돈이라도 맺어 놓아야 후사를 안정시킬 수 있다고 믿은 것이다.

덕천가강은 풍신수길을 거역할 수 있는 처지가 아니다. 아니, 자청해서라도 그렇게 해야 할 형편이다. 풍신수길의 오른팔을 자처하지 않는다면 재출정에서는 선봉에 나서라고 할 게 뻔하다. 일본 내의 반란을 진압하고, 여차하면 풍신수길을 지키는 호위군 노릇을 톡톡히 해낼 것이란 믿음을 확실히 주어야 한다. 피할 수 없을 때에는 상대의 의도대로 철저히 따라주는 것이 상책이다. 그것이 덕천가강이 아직까지 살아남은 처세술이다.

"핫! 영광이옵니다!"

풍신수길은 1536년생 원숭이띠, 덕천가강은 그보다 일곱 살 어린 1543년생 토끼띠다. 두 사람의 관계를 가리켜 묘신원진卯申怨嗔이라고 한다. 서로 같은 길을 가는 줄로 착각하지만 실상 다른 목표를 가진 상대라는 걸 아는 순간 적으로 바뀐다. 그러기 전까지는 우애 돈독한 사이다. 즉 덕천가강이 발톱을 숨기고 있는 한 풍신수길은 그 속마음을 캐내지 못한다. 더구나 덕천가강이 야망을 품는 순간 형세는 뒤집힌다. 풍신수길이 왜란을 일으키지만 않았어도 덕천가강의 야망은 꿈도 꾸지 못할 공상에 불과하지만, 미래는 그를 향해 조금씩 다가오고 있다. 한 치 앞을 보지 못하는 풍신수길, 바로 미래의 원수를 향해 철없이 잔을 쳐들었다.

"자, 대일본의 앞날과 우리 풍신가문의 천대, 만대를 위해 건배!"

풍신수길과 예비군 사령관인 네 영주는 잔이 깨지도록 건배를 했다.

"자네들은 다음 번 출정에서도 조선으로 나가지 말고 나를 지켜야 한다."

풍신수길이 철석같이 믿었던 이 자리의 네 영주는 그가 죽은 뒤 똘똘 뭉쳐 풍신 가문의 혈통과 수족을 끊어버린다. 덕천가강(德川家康:도쿠가와 이에야쓰), 전전이가(前田利家:마에다 도시이에), 상삼경승(上杉景勝:우에쓰기 가게가쓰), 이달

정종(伊達正宗;다데 마사무네).

　최종 권력 앞에서는 친소親疎가 없고, 혈연血緣 지연地緣이 필요 없는 법이다. 부자지간에도 못 믿을 게 권력인데, 하물며 예비군으로 고스란히 전력을 기른 호랑이 네 마리에게 후사를 부탁하다니, 풍신수길의 총기는 이미 흐려졌다. 덕천가강을 비롯한 예비군 영주 세 명은 흐뭇한 마음으로 돌아갔다. 그들이라고 세상을 보는 안목이 없지는 않다. 어떻게든 웅크리고 있다 기회가 오면 펄쩍 뛰리라. 덕천가강은 입술을 깨물며 하늘높이 피어오르는 뭉게구름을 바라보았다.

　"구름이며 바람도 내 허락을 받아야 피어오를 것이다."

　이 무렵의 일본군 전진 기지 명호옥.

　임진년 초만 해도 시장이 곳곳에 서고, 조선 땅에 들어가기만 하면 큰 부자나 되어 돌아올 줄 알고 시시덕거리던 병사들이 인산인해를 이루었다. 방 한 칸 구하려 해도 값이 천정부지로 솟아 장사꾼들 애를 태우기도 했다. 사내들이 들끓는 만큼 경도에서 해웃값이나 챙겨보자고 몰려든 아가씨들도 많았다. 불과 1년 전만 해도 그랬다.

　이제는 다르다. 어디서고 예전의 그런 분위기를 찾아볼 수 없다. 북새통 같던 시장도 한산하다. 장사꾼들은 장사도 되지 않을 뿐더러 혹 군문軍門을 지나다가 강제로 징집당할까 두려워 지방 섬으로 달아난 지 오래다. 명호옥은 한번 떠나가면 영영 돌아오지 못하는 죽음의 항구가 되었다. 지나다니는 사람이라곤 절뚝거리거나 혹은 흐느적거리는 철병撤兵들 뿐이다. 조선에 출정했던 일본군이 돌아오는 것을 가리켜 철군撤軍, 후퇴後退, 패퇴敗退 등 갖가지 말이 많았지만 풍신수길은 달리 정의했다.

귀휴歸休!

돌아와 쉬어라, 절묘한 속임수다. 죽은 놈이든 산 놈이든 일단 돌아와 쉬라는 명령이다. 공식적으로 전사자가 없으니 귀신도 와서 쉬다 다시 나가란 말이다. 전쟁이 끝났다는 말은 지친 병사들 입에서나 나오는 넋두리일 뿐 장수나 영주, 풍신수길, 그 누구도 귀휴령 외 다른 말을 하지 않았다.

풍신수길의 귀휴 명령에 따라 많은 부대가 철군해 왔지만, 그 수는 아직 미미하다. 부대 깃발은 요란하게 돌아왔건만 그 깃발 뒤에 북 치고 나발 불며 뒤따라와야 할 군대가 3분지 1로 줄고, 부상자 아니면 피골이 눌어붙은 초췌한 병사들뿐이다. 개선군이라면 그럴 리가 없다. 누가 보아도 그들은 패전군이다. 그나마 돌아와 잠시 쉬라는 명령이므로 집으로 돌아갈 수 있는 것도 아니다. 그저 휴가 며칠 따내는 게 고작이다. 10만 전사자는 장부상으로 들어와 있다. 그래서 귀신이다.

"죽어서도 안 되고, 손발이라도 잘려야 집에 갈 수 있다."

철군 병사들은 낙담했다. 전선으로 남편이나 아들을 떠나보낸 뒤 기다리다 못한 가족들이 명호옥에 몰려들어 생사를 수소문하고 다녔다. 그런 음산한 분위기를 타고 이상한 소문이 나돌았다. 대부분 죽었을 것이라는 괴이한 소문이다. 하지만 누구도 그 사실을 확인해 주지 않았다. 출병자 15만 중 10만 전사, 이런 말이 밑도 끝도 없이 떠돌았다.

더구나 더 불안한 것은 조선에 남은 병사는 웅천의 소서행장, 울산의 가등청정, 거제도의 도진의홍뿐이다. 나머지는 다 돌아온 것이다. 그런데도 일본군은 전사자는 하나도 없고, 조선에 남아 있다고 둘러댔다. 비밀은 있을 수 없다. 장수들이나 부장말고는 거의 다 죽었다는 극언까지 나오고, 이번에 돌아온 병사들은 나중에 들어간 지원병이라고들 했다.

"하긴 그래. 조선은 대국大國인데 우리가 어떻게 이겨."

"명나라가 50만 대군을 보냈다잖아."

"지난겨울에 다 얼어 죽었다는 소문이 있어."

그럴 때마다 출병자 가족들이 겪는 고통은 그것만이 아니었다. 전쟁 이후 시신을 받아 본 가족이 아무도 없다는 사실이 더욱 불안했다. 자식이나 형제를 면회한 사람도 극히 드물었다. 이따금 조선 병사들의 목이 소금에 채워져 경도까지 행차를 하는 것은 보았지만, 일본군 병사의 시체를 실어오는 것은 본 적이 없다. 거제도에서 죽은 9군 사령관 우시수승(羽柴秀勝;하시바 히데가쓰)의 시신만은 고스란히 돌아왔지만 나머지는 소식이 없다. 실제로 일본군 사망자는 대부분 전쟁터에 그냥 버려두거나 화장해 버렸다. 평양성이나 행주산성 패퇴 때는 목숨이 붙어 있는 중상자들을 들판에 내팽개치기도 했다. 죽어도 할 수 없고, 용케 조선군에 발견되면 자비심에 의지하거나 천운에 맡기라는 식이다.

"어떻게 전쟁 중에 한 사람도 죽지 않을 수 있느냐?"

이런 의문이 일본인 참전 가족들 사이에 돌았지만 아무도 그 대답을 해 주지 않았다.

"천군天軍은 죽지 않는다!"

취락제에서 누군가가 말 같지 않은 소리를 해 주었지만 다들 콧방귀만 뀌었다. 그런 만큼 전쟁에 이기고 돌아왔다, 일본군은 하나도 죽지 않았다는 말이 믿길 리 만무하다.

한편, 아직 경복궁을 복구하지 못해 남의 집에 행궁을 차리고 있는 조선 조정.

휴전이 이루어지자 조정은 의병을 관군에 편입시켜 도원수의 체계적인 지휘를 받도록 유도했다. 의병을 그대로 두면 민폐가 될 뿐만 아니라 백성들의 기강이 무너질 염려가 있기 때문이다. 처음에는 의병의 활약이 별것 없었지만 나날이 달라졌다. 의병들은 어쨌건 밥은 굶지 않았다. 배고픈 백성들조차 숨겨둔 곡식을 퍼주며 박수를 치고, 관아에서는 부고를 열어 뭐든지 쓰게 했다.

양반 출신들이야 전쟁이라는 자체가 불편한 것투성이지만 늘 핍박만 받아온 노비, 머슴, 광대, 갓바치, 백정들로서는 새 세상을 만난 것이나 다름없다. 양반이 있거나 말거나, 어디서나 고개를 빳빳이 세울 수 있고, 어쩌다 일본군 포로를 잡으면 그놈들을 놀리는 재미가 기가 막히다. 도망친 관리라도 잡으면 그 자리에서 물고를 내버렸다.

전쟁을 피해 도망 다니던 양반 나부랭이를 잡아 두드려 패는 재미도 좋다. 심지어 임지를 이탈한 전직 현감, 군수라도 이들에게 걸리면 수모를 당하기 일쑤다. 그래서 전날 양반들이 거드름을 피운 이유를 알았고, 그 맛을 느꼈다. 이처럼 평민, 천민 출신의 의병들이 이런 저런 맛까지 직접 보고 나니 의병에 모여드는 사람들은 갈수록 늘었다.

전쟁이 길어질수록 의병들 권세가 하늘을 찌를 듯하다 보니 뛰쳐나오고 도망쳐 나온 노비들이 다투어 의병이 되었다. 그러지 않아도 전쟁 통에 천민이 양민 되고, 노비가 면천된 게 워낙 많아 고을마다 위계질서가 와르르 무너졌는데, 의병들마저 양반들을 무시하고 관을 깔보는 상황에서는 국기國基를 잡을 수가 없다.

"의병을 파하라!"

도망갔다 돌아온 조정이 던진 제일성이다. 의병장 김천일은 방어사,

의병장 곽재우는 성주 목사 등으로 끌어올려 국가 기강을 바로 세우고, 훈련도감을 설치하여 본격적으로 군사 훈련에 돌입했다. 그런데도 의병 노릇을 하는 자는 화적떼로 간주해 체포하기로 했다. 결국 의병 자체를 해체한 것이다.

남은 것은 유림들이 보기에 가장 기분 나쁜 승군이다. 승군한테도 전공에 따라 똑같이 포상을 하다 보니 당상으로 올라선 경우에는 양반 관리들조차 그 앞에서 처신하기가 어렵다. 그저 옛날 같으면, 아니 이태 전만 해도 아무리 늙은 중이라 해도 "이보게!", "어이!" 하면 될 것을 이제는 머리를 한껏 조아리면서 상급자 대우를 해 바쳐야만 된다. 특히 상대가 휴정 같은 도총섭이면 정승판서들조차 마주 대하기 어렵다.

그런데 그 휴정이 웬일인지 승군을 모조리 산성에 가둬 놓겠다고 스스로 침묵을 지켰다. 승군은 잘 눈에 띄지도 않는다. 절에 가두든 산성에 가두든 중만 보지 않으면 살 것 같다는 유림들로서야 대환영이다.

승군들이 산성에 스스로 갇혀 있는 게, 그간은 전쟁이 났기 때문에 부득이 속세로 나갔지 안 그러면 산중에 계속 머물겠다는 뜻으로 비치자, 독설로 일관하던 대관들까지 잠잠해졌다. 그 틈을 타서 승군을 제도화하자는 왕명이 통과되었다.

어명이 있자 팔도 승군은 각기 요해처에 산성을 수축하고 방어전에 들어갔다. 유림들로서도 만족이고, 승군으로서도 만족이다. 이제는 누가 중이라고 깔보는 사람도 없고, 지나가는 승려를 잡아다가 때리는 경우도 없다. 그랬다가는 산성에서 창칼을 쳐든 승군이 우르르 몰려 내려올 판이므로 유림들은 감히 그런 생각조차 하지 못했다. 그저 예나 지금이나 자주 상면하지 않게 된 것만으로 다행이다.

일본군 잔당이 아직 남해 바다에 남아 있다지만, 그래도 나라는 차츰

기틀을 찾아 갔다. 세자인 광해군은 왜성이 멀지 않은 전주부까지 직접 내려가 거기서 인재를 뽑는 과거 시험을 주관했다. 광해군이 전투 일선이나 다름없는 전주까지 내려가 태연하게 과거를 주관하고, 현지 군사들을 위문하고 돌아다니자 민심은 급속도로 안정되었다.

승군 도총섭 휴정도 이제는 일흔네 살, 체력이 달려 묘향산으로 돌아갔다. 그리고 도총섭 자리를 유정에게 맡겼다. 그 사이 왕은 새로 도총섭이 된 유정을 한양으로 불러들여 환속하면 삼군을 통괄하는 도원수 자리를 주겠다고 제의했다. 이때는 마침 탈영병을 즉결 처분했다는 이유로 도원수 권율이 낙직된 무렵이다. 나라가 편안해지려니까 전승자들 대우부터 달라지기 시작한 것이다. 행주 대첩의 영웅 권율까지 그런 대접을 받는 걸 보고 유정이 그 자리를 받을 리 만무하다.

그 무렵, 남해 바닷가에 웅크리고 있는 일본군 잔당을 속 시원히 털어내지는 못했지만 조선은 언제 전쟁이 있었냐는 듯 금세 태평시절마냥 변했다. 흩어진 가족이 모이고, 닫았던 가게가 문을 열고, 전란 중에 비어 있던 시전이 손님으로 흥청거렸다. 무엇보다 음산하기만 하던 행궁에 입심깨나 센 사대부들이 몰려들어 또다시 공자왈 주자왈 하고 떠들어대기 시작했다.

아, 이대로만 가면 아무 일도 없을 듯했다. 까짓 붕당朋黨의 소음 정도는 귀를 막으면 되잖은가. 전쟁은 정말 끝난 것인가. 또 다시 2백 년 태평성대가 시작될 듯한 분위기다. 아직도 남해 바닷가에는 일본군 잔당이 기생충처럼 남아 있지만, 사실 그들은 밥만 먹고 잠만 자는지 조용하기만 했다.

14
요시라의 반간계

그러던 1596년 9월.

경상 우병사 김응서 장군의 군영.

"장군, 일본인 요시라가 찾아 왔습니다."

"죽여 버려!"

"소서행장하고 종의지 두 사람이 보낸 밀지를 갖고 있다 합니다."

"그래? 밀지나 받아 보고, 시원치 않으면 그놈 목을 따다가 포상 신청이나 하지 뭐. 아직까지 승진하지 못한 사람이 누구야?"

전방 부대조차 이렇게 한가하다. 소서행장의 밀사 요시라要時羅.

히죽 웃으며 장막으로 들어선다. 피차 죽이겠다고 싸우는 전쟁터에서 뭐 그리 웃을 일이 많은지 일본인 사자들은 얼굴만 부딪치면 웃는다.

"속없는 것들. 뭐야?"

"핫! 우리 대마도주 종의지와 소서행장 장군 두 분께서 장군께 이걸 갖다드리랍니다."

요시라는 상투 속에 숨겨온 조그만 쪽지를 꺼내 김응서에게 바쳤다.

- 1597년 1월, 동남풍이 불면 가등청정이 대군을 이끌고 재침합니다. 그 때 들이치면 더 이상 전쟁이 없을 것이오.

요시라는 밀지와 함께 선물 보따리를 전하고 서둘러 돌아갔다. 요시라가 돌아간 곳은 소서행장이 웅거하고 있는 웅천 왜성.

"밀지는 전했는가?"

소서행장이다.

"핫! 김응서 우병사에게 확실히 전했습니다."

"표정이 어떻던가?"

"믿는 듯했습니다."

이때 가등청정은 군사력을 보강하기 위해 일본으로 돌아가 병사를 모으는 중이었다. 사사건건 시비를 붙고 딴죽을 거는 숙적이 당장 눈앞에 보이지 않으니 일을 도모하기엔 안성맞춤이다. 가등청정도 치고 이순신도 죽일 수 있는 묘책, 소서행장은 자나 깨나 그 생각이다.

한편 요시라의 첩보를 받은 조선 조정은 의심 없이 곧이곧대로 믿어주었다. 요시라를 통해 소서행장이 올린 반간계는 참으로 치밀했다. 경상 우병사 김응서가 중개한 소서행장의 비밀 첩보는 1597년 정유년 1월 19일자로 국왕이 접수하였다.

- 경상 우병사 김응서 장군께,

가등청정이 군사 7천 명을 거느리고 1월 4일(양력 2월 19일)에 이미 대마도에 도착하였는데 순풍順風이 불면 곧 바다를 건넌다고 합니다. 저하고 약속한 대로 준비는 갖추었습니까? 가등청정이 바다를 건너면 비록 심하게 공격하지는 않겠지만 바다 가까운 지경은 틀림없이 약탈할 것입니다. 그러니 그렇게 나오기 전에 놈이 간사한 계교를 부리지 못하게 해야 합니다. 요즈음 우수雨水가 지나면서 잇따라 순풍이 불고 있어 바다를 건너는 데 어려움이 없을 것이니 조선 수군이 속히 거제도에 나아가 기다렸다가 가등청정이 바다를 건너는 걸 지켜야 합니다.

동풍東風이 세게 불면 놈은 반드시 거제도로 향할 것이니 그렇게 되면 공격하기가 쉽지만, 만약 바람이 조금만 어그러져도 곧바로 기장機張이나 서생포西生浦로 향할지 모르니 이 경우에는 거제도와 거리가 멀어 놈을 막기 어려울 것입니다. 그러니 따로 전함戰艦 50척을 기장 지경에다 매복시켰다가 좌도 수군과 합세, 결진結陣하고 전선 5~6척을 내보내 가등청정의 눈에 띄게 시위를 해 주시면, 우리 장수들이 속히 가등청정에게 글을 보내 "조선朝鮮이 너를 원수로 여겨 전함을 무수히 정제하여 좌우도左右道에 나누어 정박하고 있다. 육군陸軍 역시 가까운 곳에 주둔하고 있으면서 네가 나올 날을 엿보고 있으니 경솔히 건너오지 말라."고 한다면 놈은 의심이 많아 감히 바다를 건너지 못하고 지체할 것입니다. 그 사이에 조선에서 반드시 모든 일을 주선할 것이며, 신소서행장 역시 중간에서 일이 이루어지도록 할 것입니다. 제 손으로 직접 가등청정의 목은 베지 못할지라도 은근히 후원하고자 하니, 이보다 나은 계책은 없습니다.

소서행장의 주장은 조선 첩자라도 감히 짜내기 힘든 계책이다. 그런만큼 첩보가 워낙 치밀하고 누차에 걸쳐 오간 얘기라서 조선 조정은 깜빡 속아 넘어갔다. 소서행장이 바라는 대로 조선 조정은 부산에 있는 왜적을 소탕하고 가등청정의 재침군을 격퇴하라는 명령을 이순신에게 내렸다. 물론 가등청정이 그 날짜에 올지 안 올지는 소서행장도 모른다. 조선 조정의 내분을 노리는 반간계가 꼭 성공하길 빌 뿐이다.

한편 갑작스런 출전 명령을 받은 한산도 통제영의 삼도수군통제사 이순신. 권율이 직접 한산도 통제영으로 찾아가 어명을 전달했다. 극비 사항인 만큼 권율은 좌우를 물리치고 이순신과 단둘이 마주 앉아 이 명령을 전달했다.

설명을 듣고 난 이순신은 허탈하게 웃었다.

"도원수께선 그 말을 믿으시오?"

"안 믿으면?"

"세상에 적장이 하라는 대로 군사를 움직이는 바보가 어디 있습니까? 병법을 숫제 모르는 사람이라면 몰라도 도원수까지 부화뇌동하십니까?"

얘기를 듣고 보니 권율도 의심이 든다. 어명을 아무리 좋게 해석하려고 해도 이순신의 말이 더 귀에 잘 들린다.

"소서행장이란 놈이 대관절 어느 나라 장수입니까?"

"그야 일본 장수지."

"제 대답은 분명합니다. 저는 소서행장의 반간계에 넘어갈 바보가 아닙니다. 천하를 다 속여도 저를 속이지는 못합니다."

권율은 더는 이순신을 설득하지 못했다. 그렇다고 어명을 어길 수는 없으니 최소한 부산진이라도 봉쇄해 일본군이 상륙하지 못하게 하는 길을 모색해 보기로 했다.

"어떤가? 부산진이라도 장악하면?"

"육군이 내응합니까?"

"위험해서 군사를 해안으로 보낼 수는 없네."

"그렇다면 부산진은 사지死地입니다."

"왜 그런가?"

"보급선이 너무 깁니다. 사방이 왜성인데 수군이 부산진만 차지하고 있은들 계속 유지할 수 없습니다. 그보다는 한산도를 거점으로 치고 빠지는 게 훨씬 유리합니다."

"어명을 어기면 좋지 않을 텐데?"

"가등청정은 동남풍을 받아 일곱 시간이면 달려오지만 우리는 역풍으로 두 배 더 걸립니다. 육군이 연합하지 않는다면, 차라리 제가 죽어 수군을 보전하느니만 못합니다."

실력이 엇비슷한 상태에서 전면전을 펴거나, 무리한 공격을 감행하는 것보다 조선 수군은 막강한 위세를 뽐내면서 남해를 굳게 지키는 게 더 중한 임무다. 그러나 조정의 생각은 이순신과 전혀 다르다.

휴전도 잊고 전쟁이 끝난 줄 안 조정에서 보자면 이순신은 말도 듣지 않고, 제멋대로 굴고, 잘난 척이나 하는 독불장군일 뿐이다.

그러나 이순신이 옳다.

가등청정은 요시라의 말과는 달리 1596년 11월 15일에 명호옥을 출발했다. 첩보보다 약 두 달 빠르다. 이른바 기습 작전이다. 풍랑이 심해 대마도에서 두 달이나 기다렸다가 1597년 1월 14일에야 들어왔다. 그런 다음 부산의 다대포에 상륙하여 서생포 왜성으로 들어갔다. 쳐올라가지 않고 왜성으로 들어가 잠잠하다.

조선 조정이 소서행장의 첩보를 접수한 게 1월 19일, 이미 가등청정은 조선에 상륙한 뒤다. 뒤늦게 북 치고 장구 친 셈이다. 소서행장의 꼼수는 다 드러난 것이다. 이어서 더 증강된 소서행장 부대까지 부산포 왜성으로 들어갔다. 이어서 후진 부대들이 속속 조선에 상륙했다. 전투는 일어나지 않았기 때문에 조정에서는 이것이 어떤 의미인지 제대로 파악하지 못했다. 임진년 상황이나 다름없건만 국왕은 그 심각성을 눈치 채지 못했다. 차라리 임진년처럼 부산 첨사가 결사항전하고, 동래부사가 최후의 일인까지 싸우다 죽는 장렬함이라도 보였더라면 희망이라도 있었을 것을, 이때는 다들 멍한 눈으로 일본군의 상륙을 바라다보기만 했다.

이쯤 되면, 임진년 이전에 일본에 갔던 조선 통신사들이 일본도를 벼리고 조총을 만드는 걸 보고도 전쟁을 실감하지 못한 것은 차라리 애교에 속한다. 조선 강토를 유린한 일본군이 임진년 병력에 못지않은 대군으로 우리나라 땅에 재상륙했는데도 조선은 위기감을 느끼지 못했다. 당장 전시 체제로 조정을 개편하고, 국왕 이하 융복을 차려 입고 전선으로 달려야 하건만, 그들은 입으로 이발기발을 일삼았다.

그런 와중에 괜스레 이순신만 어명을 어긴 꼴이 되고 말았다. 불똥은 "내 비록 죽더라도 수군을 깰 순 없다."는 이순신에게 튀었다.

한번 죄인으로 몰리자 조정은 벌떼같이 일어나 이순신이 마치 풍신수길이나 가등청정, 소서행장보다 더 나쁜 악마인 것처럼 후려치기 시작했다.

임진왜란의 영웅 이순신은 단 한 번의 출전 거부로 사형 위기에 몰렸다. 이순신을 사형시키라니, 이처럼 생각 없는 대신들이 조정에서 국사國事를 틀어쥐고 있다. 그런 시각으로 보자면 이순신이나 승군은 잘못 생각했다. 그들의 적은 일본군이 아니라 조정의 입이다. 그 입이 왜란도 부른 셈이다. 이순신을 사형시키라고 재촉하는 사람들은 하나같이 지난 임진년에 도망쳐 다니거나 입으로만 전쟁을 한 사람들이다. 명군과 조선군 간의 합동 작전에 분루를 흘리면서 뛰어다닌 유성룡은 이런 분위기를 돌려보려고 애썼지만 허사였다. 미친 여론은 광풍처럼 일어났다.

"죽여라!"

"쳐 죽여라!"

시끄러운 조정에서 그러지 않아도 줏대도 없고 소신도 없는 왕은 이랬다저랬다 망설이다가 결국 이순신에게 백의종군령을 내렸다.

"무신이 조정을 경시하는 버릇은 반드시 다스려야 하오. 다만 죽이기는 아까우니 삭탈관직하여 말단 병사 노릇 해서 죄를 갚으라고 하시오."

국난을 극복해 낸 것이 그의 죄다.

국왕은 승지를 불러 비망기를 내렸다. 하나는 이순신에게 전하고, 하나는 원균에게 전하란다.

- 이순신에게,

통제사 이순신은 나라의 중책을 맡고 있으면서 거짓말만 일삼고 방자하게도 적을 치지 않아 가등청정이 제멋대로 바다를 건너왔소. 마땅히 잡아다 국문하고 죄를 주어야 할 것이나 바야흐로 적과 대진 중이니 우선 공을 세워 죗값을 치르오.

- 원균에게,

평소 경의 충성심과 용맹에 대해 잘 알고 있소. 이제 경을 경상 우수사 겸 경상도 통제사로 임명하오. 더욱 채찍질하고 가다듬어 나라를 위해 힘쓰시오. 우선 이순신과 협력하여 원한부터 풀고, 바다로 기어든 도둑들을 모조리 멸하여 나라를 구하고, 그 이름을 역사에 남기시오.

비망기를 받은 승지가 길을 떠나기도 전에 이 사실이 요로를 통해 새나갔다. 사헌부의 붉은 혓바닥들이 가만있지 않았다. 이순신을 미워하는 왕의 복심이 드러난 이상 더 후려칠들 손해날 게 없다. 전쟁 내내 유명무실했던 사헌부의 존재를 드러낼 호기다.

- 이순신은 조정을 속이고 어명에 불복했습니다. 이러고도 무사하다면 국법을 어떻게 시행하리까. 마땅히 잡아다 그 죄를 다스려야 합니다.

왕은 원균과 이순신 두 사람을 다 쓰기로 결정해 놓은 상황에서도 고개를 갸웃거렸다.

"비변사에서 한 번 더 의논해 보고하시오."

국왕이 빠지고 대신들만 의논해 보라는 건 이순신을 죽이든 살리든 마음대로 하라는 뜻이다. 임금이라도 있어야 이런 저런 핑계를 대고 좋은 말로 이순신을 변호해 줄 수 있지만, 대신들끼리만 모여 떠들어 본들 삿대질 끝에 목청만 찢을 뿐이다. 어제하고는 판이하다. 비변사는 하루 만에 '이순신을 잡아들여야 한다'고 결론을 맺었다. 왕은 헐레벌떡 비망기를 회수하고 말을 바꿨다.

"원균을 삼도수군통제사로 보내고 이순신은 즉각 잡아 오라!"

그러고는 이순신에게 내리는 글을 열 배 백 배 사납게 지어 우부 승지 김홍미에게 던져놓았다.

1597년 2월 7일. 한산도 수영.

금부도사 이결은 후임 통제사 원균을 앞세우고 선전관과 함께 바람같이 날아들었다. 전쟁터에서는 한 걸음도 내딛지 못하면서 제 살을 도려내는 데는 이처럼 신속하다. 금부도사 일행이 한산도 운주당에 도착했을 때 이순신은 자리에 없었다. 그 대신 3도 수사들이 모여 있었으므로 즉석에서 통제사 인수인계를 실시했다.

한참 뒤에야 이순신이 나타났다. 선전관은 카랑카랑한 목소리로 어명을 읽어 내렸다.

- 이순신은 조정을 속였으니 임금을 업신여긴 죄요, 적을 놓아 주고 잡지 않았으니 나라를 저버린 죄요, 또 남의 공로를 빼앗고 남을 모함하고 방자한 죄이다. 마땅히 법대로 사형에 처할 것이고, 임금을 속인 자는 반드시 사형에 처하되 용서해서는 안 된다……

금부 도사는 이순신을 묶어버렸다.

쫓겨난 이순신 자리에는 원균이 들어앉았다. 원균이 신임 삼도수군통제사가 되자 전라 좌수사 소속 수군들은 그의 명령에 반발했다. 아니, 의리 없는 조정에 대한 반발을 대신 원균에게 퍼부었다. 이순신이 무고를 당해 억울한 죄를 받고 있다면서 그 화풀이를 원균에게 해 댄 것이다. 이제는 예전의 수군이 아니다.

이 소식을 일본 횡목들이 스쳐지나갈 리 만무하다.

횡목단으로부터 조선 수군의 사정을 보고받은 풍신수길은 기세 좋게 대규모 군단을 발진시켰다.

"조선 왕은 우리 편이다. 출병! 조선에 상륙하는 대로 적국(赤國;전라도)부터 유린하라! 적국을 잡지 못하면 조선을 잡지 못한다."

이른바 정유재란丁酉再亂. 이것도 나중에 사가들이 붙인 이름이지 당장 정유년 그해 초에는 전쟁이 난 줄도 모르고, 전라도가 쑥대밭이 되고 서야 전쟁이 난 줄 깨닫게 된다.

임진왜란을 치른 게 1592년, 정유재란이 1597년. 1593년 말 휴전이 이루어졌으니 꼭 3년 휴전 끝에 전쟁이 재개되었다. 3년이면 전쟁을 대비할 수 있는 시간으로 충분하다. 일본도 그렇고 조선도 그렇다. 그렇지만 그 3년이 조선에는 약藥이 아니라 독毒이 되었다.

정유재란에 나선 일본군은 이러했다.

제1군 가등청정(加藤淸正;가토 기요마사, 熊本 성주, 10,000명)

(임진년의 제2군)

제2군 소서행장(小西行長;고니시 유키나가, 宇土 성주, 14,700명)

(임진년의 제1군)

제3군 흑전장정(黑田長政;구로다 나가마사, 中津 성주, 10,000명),

제4군 과도직무(鍋島直茂;나베시마 나오시게, 佐賀 성주, 12,000명)

(이 부대는 임진년에는 출전하지 않고, 진주성 전투부터 참전했다.)

제5군 도진의홍(島津義弘;시마쓰 요시히로, 栗野 성주, 10,000명),

제6군 장종아부원친(長宗我部元親;조소가베 모도지가, 高知 성주, 13,300명),

(이 부대는 임진년에는 출전하지 않았다.)

제7군 봉수하가정(蜂須賀家政;하지스가 이에마사, 德島 성주, 11,100명)

제8군 응원군 모리휘원(毛利輝元;모리 데루모도, 廣島 성주, 30,000명)

우희다수가(宇喜多秀家;우키다 히데이, 岡山 성주, 10,000명),

(이 두 부대는 전황에 따라 임무를 교대할 것.)

부산성 수비 및 총사령관

소조천수추(小早川秀秋;고바야가와 히데아기, 名島 성주, 15,700명),

(임진년의 제6군 소조천융경의 양자겸 후계자이다. 실질적인 총대장이다.)

군감 대전일길(大田一吉;오오다 가스요시, 臼杵 성주, 390명)

(임진년에는 출전하지 않았다.)

안골포성 수비

입화종무(立花宗茂;다지바네 무네시게, 柳川 성주, 5,000명)

(임진년에는 출전하지 않았다.)

가덕도성 수비

고교직차(高橋直次;다가하시 나오쓰구, 三池 성주, 500명)

축자광문(筑紫廣門;쓰구시 히로도, 筑後山下 성주, 500명)

(두 성주 모두 임진년에는 출전하지 않았다.)

죽도성 수비

모리수포(毛利秀包;모오리 히데가네, 久留米 성주, 1,000명)

(임진년에는 출전하지 않았다.)

서생포성 수비

천야행장(淺野幸長;아사노 유기나가, 若狹府中 성주, 3,000명)

(임진년에는 출전하지 않았다.)

명호옥과 부산간 의 문서 전달 책임

사택정성(寺澤正成;데라사와 마사나리, 唐津 성주)

(임진년에는 출전하지 않았다.)

총병력 14만 1천5백 명

임진년에는 출전했으나 정유년에는 빠진 부대는 다음과 같다.

제5군 복도정칙(福島正則;후구시마 마사노리, 今治 성주),

제9군 우시수승(羽柴秀勝;하시바 히데가쓰, 岐阜 성주),

(우시수승은 거제도에서 죽었다.)

수군 구귀가륭(九鬼嘉隆;구기 요시다가, 鳥羽 성주)

이에 대비한 조선군은 이러했다.

국왕 이균

영의정 유성룡

좌의정 김응남

우의정 겸 도체찰사 이원익, 경주 주둔.

병조 판서 이덕형(3월 1일자로 이항복으로 변경)

병조 참판 유영경

도원수 권율, 의령 주둔. 이후 초계로 주둔지 변경.

경상 감사 이용순

경상 좌병사 성윤문, 경주 주둔.

경상좌도 방어사 권응수

경상 우병사 김응서, 의령 주둔(진주성에서 전사한 최경회 후임), 이후 정기룡

전라 감사 박홍로, 이후 전주 함락 직후 황신

전라 병사 원균(곧 삼도수군 통제사로 전보된다), 장흥 주둔. 원균이 삼도수군

통제사로 부임한 이후 이복남(이복남 전사 후), 오응태, 이광악

전라 방어사 오응정

충청 감사 김시헌, 정윤우丁允祐, 김신원金信元

충청 병마사 이시언(진주성에서 전사한 황진의 후임)

충청 방어사 박명현

경기 감사 이용순, 홍이상

삼도수군통제사 원균, 원균 전사 후 삼도수군통제사 이순신

경상 좌수사 겸 경상통제사 유영순, 이응표

경상 우수사 배설

전라 좌수사 이순신(체포되어 백의종군), 수군통제사 원균 직접 통제

전라 우수사 이억기(원균과 함께 전사한 후), 김억추, 이시언

충청 수사 최호, 최호 전사 후 권준

　　명군은 연락선을 유지하기 위해 남겨 놓은 인원 외에 전투 병력을 남겨 놓지 않았다. 기세 좋게 재침한 일본군은 풍신수길의 명령대로 전라도로 바로 진격하지 않고 예전부터 준비해 두었던 왜성으로 들어가 얌전하게 지냈다. 처음에는 전쟁이 일어난 줄도 모르는 백성들이 많았다. 조선군 역시 일본군의 공격 의도를 제대로 파악하지 못한 채 시간만 허비했다. 가등청정의 제1군이 들어온 것이 1월 14일(양력으로는 3월 1일이다), 그리고도 6개월이 다 가도록 일본군은 왜성만 지켰다. 정말 무슨 일이 일어나고 있는지 조선은 까마득히 몰랐다.

15
왕자를 도로 내놓아라

울산군 관아.

가등청정을 상대하는 조선군 최전선이다.

"군수님, 적 사신이 찾아왔습니다."

전시 태세에 돌입한 울산군은 관아에 딸린 모든 아전이며 식솔들이 창 칼을 쳐들고 군복을 입은 상태다. 그런 중에 적진에서 사자가 찾아왔다.

"무엇이냐?"

울산 군수 김태허를 만난 일본군 사신은 넙죽 엎드려 글을 바쳤다.

- 내 부장 금대부金大夫를 한양으로 보내고자 하니 길을 인도해 주시오.

"또 시작이군. 전에도 정명가도征明假道라고 궤변을 늘어놓더니 같은 수작 을 부리는군."

김태허는 마음이 내키지 않았지만 이 내용을 지휘계통을 통해 한양 조정에 올렸다. 그렇지만 일본이 하는 방식이란 게 늘 그게 그런 것인 줄 아는 조정에서는 깔아뭉개는 답을 보냈다.

- 울산 군수하고 얘기하든지, 아니면 대구 부사하고 얘기하라. 한양까지 올 것 없다.

경상 감사도 아니고 기껏 대구 부사를 만나라니, 가등청정은 속이 타서 술만 자꾸 들이켰다. 임진년, 함경도에서 잡았던 조선 왕자 두 명 중 한 명이라도 도로 불러다가 풍신수길 앞에 앉히기만 해도 체면이 서겠는데, 도무지 조선은 상대를 하려 하지 않는다. 아니, 왕자들은 건강이 좋지 않으니 대신을 대신 보내 드리리다, 이렇게만 나와도 풍신수길한테 체면이 설 것 같은데, 도무지 씨가 먹히질 않았다.

가등청정이 생각하는 이번 전쟁은 순전히 풍신수길이 위기를 모면해 보려는 몸부림에 불과한 것이다. 임진 · 계사 양년에 10만 이상의 아까운 목숨을 잃게 만든 장본인이 백성들의 불만을 무마하려고 괜스레 전쟁을 만들었다. 그럴수록 가등청정은 고개를 저었다.

지난 임진년에는 풍신수길이 약속하기를 "가등청정에게 중국 땅 20주를 주마."고 했다. 처음에는 진심인 줄 알고 앞만 보고 달려 함경도 그 추운 땅까지 멋모르고 갔다. 운까지 따라주어 조선 왕자 두 명을 체포하는 등 승승장구했지만 결국 정문부 군에 일격을 당한 뒤 군사 절반 이상을 버린 채 후퇴했다.

그렇게 전쟁이 끝났더라도 자신의 영지에 사람이 있어야 영주 노릇도 하는 법인데, 임진, 계사년에 대부분 죽고, 이제는 어린아이들까지 모조리 끌어다가 현해탄 그 험한 바다를 건너왔다. 만일 이번에도 군사들을 잃고 아무 소득 없이 돌아간다면 영지를 지킬 사람이 다 없어진다. 영주라고 한들 무슨 의미가 있을까, 가등청정은 그 고민으로 날을 지새웠다.

이 무렵 북경 황궁.

"뭐라고?"

명 황제 주익균이다.

"왜군이 또 쳐들어왔으니 구원을 해 달라, 뭐 그런 얘기지요."

"조선 국왕 낯짝 좀 보면 좋겠어. 그 정도 도왔으면 이번에는 저희들이 알아서 지킬 만도 하잖아?"

병부 상서 석성은 전전긍긍하여 머리를 조아렸다.

"조선에 군대를 보내야겠습니다. 조선 사신들이 연락부절로 들어오고 있는데, 사정이 아주 딱합니다. 이번에는 지난 임진년보다 더 어렵습니다. 일본이 수군을 몇 배 증강했다는데, 뱃길로 천진을 그대로 노리겠다고 소리친답니다."

"뭐 천진? 안 되지. 어떻게든 조선에서 전쟁을 끝내라고. 그리고 그런 건 병부 상서가 좀 알아서 처리하시오."

답답한 일이다. 나라 덩치는 커서 동서남북이 각각 수만 리건만 황궁 창고는 텅 비어 있다. 중원의 나라는 대부분 2백 년쯤 되면 황실부터 가난해지고, 그러면서 통제력을 잃기 시작한다. 공을 세운 신하들에게 누대에 걸쳐 나라 땅을 갈라주다 보면 나중에는 남는 게 없어진다. 권문세가들은 갈수록 살이 찌지만 나라 재정은 비쩍 말라 종국에는 대신들 녹봉조차 지급하지 못할 지경에 이른다.

한漢 · 당唐 · 송宋 · 원元이 그렇게 망했다. 세계 제국 원나라는 초기의 그 거대한 부富를 마구 쓰다가 나중에는 재정이 파탄 나 황실에서 직접 은광을 채굴하기까지 했다. 명나라가 지금 그 지경이다. 무얼 하려해도 돈이 없다. 그러니 황제의 말이 먹혀들지 않는다. 그런 중에 조선전쟁에 출병하려니 더욱더 죽을 맛이다. 군사 10만도 모으질 못한다는건 군사 10만을 유지할 돈이 없다는 뜻이다. 사람이야 왜 없는가. 조선도 그렇고 명도 그렇다.

석성은 힘없이 병부로 돌아왔다. 어떻게 하든 군사를 모아 재출병시킬 일만 남았다. 조정에서도 의견이 분분하여 조선을 팔도로 나누어 중국인 관리를 파견하고, 중국군을 보내 직접 통치하자는 주장도 있다. 그러면야 골치 아플 일이 없지만, 남의 나라를 통치한다는 게 쉬운 일이아니다. 더구나 수 양제, 당 태종, 살리타이가 백만 대군으로 기세 좋게들어갔다가 허겁지겁 후퇴한 땅이다.

이 무렵 조선의 사정은 더 한심했다.

지난해에 명나라 사신들과 함께 일본에 갔다 돌아온 황신이 전쟁이또 일어날 것이라고 보고하자, 전날 김성일·황윤길의 보고가 있을 때와 똑같은 일이 벌어졌다.

- 일본은 또다시 군사를 모아 쳐들어올 것입니다.

과거 황윤길의 보고와 똑같은 내용이다. 그런 그에게 대간들은 '공은 없고 나라와 국왕의 체신이나 깎이고 온 죄가 많다.'며 탄핵에 열중했다. 황신은 하도 어이가 없어 숫제 이 일에서 완전히 몸을 빼버렸다. 임진년 그 난리에 된통 맞아보고도 아픈 줄 모르는 대간들을 당해 낼 재간이 없다.

정신없는 짓을 하기로는 이순신을 잡아다가 죽이라 한 게 으뜸이지만, 황해도 연안성을 지켜낸 영웅 이정암이 전라도 관찰사로 있으면서 '화의를 하는 것도 나쁘지 않다.' 는 장계를 냈다가 여기저기서 잡아 죽이라는 여론이 일어 크게 곤욕을 치렀다. 그저 입이 으뜸이지 전공은 두 번째, 세 번째다.

임금 이하 조정 백관, 온 백성들이 그 처참한 꼴을 당하고도 조선은 정신을 차리지 못했다. 정유년만이 문제가 아니라 앞으로 일본이 열 번 쳐들어오면 열 번 더 당하고, 백 번 쳐들어오면 백번 당할 수밖에 없는 게 조선의 조정이요, 권신들이다.

곤혹스러운 사건은 얼마 전에도 있었다.

2월 10일, 경상 우병사 김응서가 통제사, 경상 우수사와 함께 전선 63척을 거느리고 해 뜰 무렵에 장문포長門浦에서 배를 띄워 미시에 부산 앞바다로 진출했다. 일본 수군은 병력 3백여 명을 내어 저항하려고 하였다. 다만 접전은 없었다. 날이 저물 무렵 수군이 절영도로 후퇴하자 일본군도 부산으로 돌아갔다.

이날 날이 어둡자 요시라가 살그머니 배를 타고 나와서 소서행장의 말을 전했다.

"우병사님, 우리 장군께서 병사님이 오셨다는 보고를 받고 즉시 사람을 보내 문안하려고 했으나 보는 눈이 있어 그러지 못했습니다. 이 점 사과드린답니다."

피차 죽도록 싸워보자고 맞대결하는데 문안 인사라니, 간사한 수작이다.

요시라는 더 이상한 말을 읊조렸다.

"우리 장군께서는 오로지 전쟁을 막아보려 나섰다가 오늘날 궁지에 몰려 있습니다. 장군께서는 늘, 조선군은 이제 준비를 많이 하고, 전투 경험도 늘어서 우리가 함부로 이길 수 없다고 말해 왔습니다. 특히 수군은 너무나 정예해서 감히 겨룰 수가 없다고 하셨지요. 그런데 가등청정이놈이 바다를 건너와서 조선 수군을 보고는 겨우 천여 척밖에 안 되는 수군을 가지고 우리 장군더러 호들갑을 떤다고 비난하고 있습니다. 우리가 보기에도 정말 조선 수군은 예전처럼 강해 보이지도 않고, 군척이 많지도 않은 것 같습니다. 그렇다면 저는 거짓말을 한 셈이 되고 마니, 장차 이 전쟁을 무슨 수로 막겠습니까."

이순신이 붙잡혀 간 뒤 경상 수군과 전라 수군 간에 합동 작전이 잘 이루어지지 않는 걸 일본군이 어느새 눈치를 챈 모양이다.

"가등청정 이놈이 풍신수길에게 장담하기를, 지난 임진, 계사 양년에 조선군은 대부분 죽어서 지금은 젖비린내 나는 어린애들밖에 없다, 치기만 하면 무너진다고 큰소리쳐 결국 이번에 대군이 또 들어온 것입니다. 그러니 제발이지 어서 전함을 두루 모아 놈이 주둔하고 있는 서생포 앞바다에 와서 위세를 보이십시오. 겨우 60여 척 가지고는 어림없고, 적어도 수백 척은 와서 코앞까지 휘젓고, 이따금 천자총통도 허공을 향해 펑펑 쏘아 주십시오. 그때 만약 가등청정이 나와 응전한다면 한 방에 때려잡고, 아니더라도 일본군은 더 이상 조선 수군을 업신여기지 못할 것입니다. 꼭 위엄을 보여 주길 간청합니다. 이상은 우리 소서행장 성주님의 간곡한 말씀으로 한 자도 더하지 않았습니다."

김응서는 반신반의했다. 얼마 전에는 가등청정 군이 들어올 때 이순신더러 치라는 말을 조정에 전했다가 궁지에 몰리기도 했다.

소서행장 말대로 하고 싶어도 조선 수군은 그럴 수 없는 형편이다. 연합군을 서생포 앞바다에 집결시킨다 해도, 서생포는 동해에 접해 있어 파도가 험하고 군선이 정박하기 어려워 이 계책은 써보지도 못했다. 그러니 소서행장의 말이 진심인지 아닌지 확인할 길도 묘연하다.

"시험이나 해 보자."

김응서는 과연 소서행장의 말이 얼마나 진실성이 있는지 알아보기 위해 단독 기습 작전을 벌였다. 안골포 만호 우수가 휘하의 배를 몰아 항왜降倭 17명과 함께 적진으로 돌진, 대포를 어지럽게 쏘아댔다. 일본군 10여 명이 즉사했다.

과연 이틀날 요시라가 득달같이 찾아왔다.

"오늘 가등청정과 일본군 제장들이 안골포에 모여 서로 의논했습니다. 가등청정이 말하기를, 조선 수군이 함부로 우리 군영을 범하니 앞으로 공격할 수 있으면 공격하고 그렇지 못할 형편이면 대응하질 말자고 했습니다. 다른 장수들이 명나라하고 서로 싸우지 않기로 맹세했으니 명나라 조정에서 회답이 올 때까지는 거제, 칠원, 창원, 진해, 함안, 진주, 고성, 사천 경계를 범하지 말자고 했답니다. 가등청정은 여론을 듣고도 처음에는 고집을 피우더니 조선 전선은 배 한 척에 몇 명이나 실을 수 있는가 물었습니다. 그래서 노꾼 1백50 명, 사수 1백 명, 화포군 60명이라고 말해 주었더니 가등청정이 두말없이 서명했습니다. 아주 잘하신 겁니다."

일본군이 조선군을 칭찬하고 있다.

"그러니 이후부터 명나라 조정의 명령이 있을 때까지는 적어도 충돌할 이유가 없습니다. 역시 조선군이 스스로 강군임을 내보이면 이렇게 잘 끝날 수 있는 것입니다. 어제 병사께서 보낸 수군들이 포를 쏘아 댄 덕분에 가덕도 주둔 장수가 우리 군영에 찾아와 한탄했습니다. 어제 조선군하고 싸웠는데, 군관 6명과 병사 8명이 탄환을 맞아 즉사하고, 총알을 맞았으나 죽지 않은 자 17명이 중태에 빠져 있어 생사를 예측하기 어렵다, 그러면서 애통해했습니다. 소서행장 성주께서 말씀하시기를, 오늘의 화는 너희들 스스로 불러온 것이다. 무엇 때문에 너희들이 먼저 조선인을 공격하여 괜스레 원한을 샀단 말이냐. 그동안 잡아온 조선인을 속히 돌려보내라고 했습니다. 그 장수는 조선인 포로를 즉시 방면하겠다고 약속했습니다."

도대체 일본군은 무슨 뜻으로 이런 비밀 정보를 조선군에 넘기는지 당사자인 우병사 김응서도 아리송하기만 하고, 도원수 권율도 그 진의를 알지 못해 전전긍긍했다.

며칠 뒤.

왕명을 받은 승군장 유정이 경상 우병영 군관 이겸수, 장희춘, 통사 김언복 등 일행 37명을 대동하고 가등청정의 군영으로 들어갔다. 명나라 사자 심유경이 소서행장을 상대하니, 가등청정은 승군장이라도 만나 주도권을 잡으려 했다.

군영은 전과는 달리 활기가 넘친다. 갑오년(1594년)에 왔을 때는 다들 지치고 파리한 군사들만 보였는데, 이번 병사들은 복장도 깨끗하고 얼굴에 제법 핏기가 올라 있다. 신병으로 보충했다는 말이 실감이 난다.

유정은 조금이라도 더 자세히 일본 군영을 살피겠다는 일념으로 천천히 길을 갔다.

가등청정은 여전히 자신만만한 기세로 유정을 맞았다.

유정은 감기 기운이 올라 심기가 몹시 불편했지만 일부러 눈을 부라리며 견뎠다.

"대사님, 어서 오십시오."

"맨날 헛걸음만 해서 무얼 하겠소. 오늘은 좀 야무진 얘기라도 좀 해보십시다."

유정은 만나자니까 만나주는 것일 뿐이라는 듯 약간 퉁명스럽게 분위기를 열어갔다.

"오늘 얘기는 뭐 간단합니다. 우리는 포로로 잡은 조선국 왕자 두 명을 무사히 방면했는데, 왜 저희들은 동방예의지국이니 뭐니 하면서 인사하는 놈이 없느냐 말이오. 마땅히 두 명 중 한 명이 일본으로 건너가 우리 태합 전하께 엎드려 '살려 줘서 고맙습니다.', 이 한 마디만 하면 전쟁은 끝난다 이겁니다."

"쓸데없는 소리 말고 오늘도 글씨나 좀 쓰다 갑시다. 이번에는 법구경에서 몇 구절 뽑아 써주지. 너, 그렇게 멍하니 서 있지 말고 지필묵이나 챙겨 오렴."

유정은 일부러 가등청정의 옆에 서 있던 일본 종군승 일진日眞을 가리키며 호령했다. 그는 유정의 말이 떨어지기가 무섭게 허리를 활처럼 구부리며 합장을 올렸다. 그러자 가등청정은 얼굴을 붉히면서 한 마디 올렸다.

"스님, 대체 그까짓 왕자 따위가 뭐가 중요하다고 그러십니까? 그 자식들, 한양에 있을 때부터 계집질에 행패나 일삼던 놈들 아닌가요?"

"인품이 어떻든 조선국 왕자 신분 아니오. 그럼 당신은 천황인지 뭔지를 우리한테 보낼 수 있소? 천황은 허수아비라면서요?"

"아이 참, 그까짓 천황, 원한다면 보내 줄 수 있어요. 그러니 어서 왕자 한 명쯤 보내 주세요. 지난번에 소서행장 그 멍청한 놈이 심유경이 하는 말만 믿고, 또 제 놈이 거기다 몇 마디 더 보태서 마치 조선이 항복하고 명나라가 항복하는 것처럼 해서 지난 계사년의 전쟁을 중지시켰던 거지요. 그게 들통 나서 우리 태합이 소서행장을 죽이겠다고 펄펄 뛰셨잖습니까. 그렇다면 빈말이라도 고맙다고 할 일이지 어째서 일사불란하게 입을 다물고 있느냐 말이오. 통신사라고 황신인가 뭔가 하는 조무래기를 보내는 바람에 우리 태합 전하가 한바탕 뒤집어지지 않았겠습니까. 대체 명나라가 시켜서 그러는 겁니까, 아니면 조선이 줏대를 못 잡아 그러는 것입니까, 아니면 심유경과 소서행장 두 놈의 장난질입니까?"

가등청정이 하는 말은 반은 거짓말, 반은 공갈이다.

유정은 들은 척 만 척 가등청정의 부하 금대부金大夫가 내민 차를 맛만 보고는 퉤퉤 흙바닥에 뱉었다.

"우리 대조선이 일본과 교린 수호한 게 벌써 2백여 년이오. 새삼 만나서 무슨 얘길 하자는 겐지 난 모르겠소. 난리가 나기 전에도 통신사를 보냈고, 난리 중에도 보냈는데, 우리가 예법을 잃은 건 또 뭐요? 황신이라는 우리 통신사 직급이 낮다고 투정인가 본데, 누군 처음부터 당상직을 달고 나오는 줄 아시오? 풍신수길은 원래 바늘장수에 직전신장(오다 노부나가)의 신발 당번이었다면서요? 그에 비하면 황신은 양반 출신에 과거 급제하고, 정3품 통신사 정사로 된 게 이미 출세한 것이거늘 더 무얼 바라는 거요?

우리는 이렇게 지성으로 일본을 아끼고 보살피거늘 일본은 도리어 명분 없는 군대를 일으켜 우리 산하를 짓밟고 우리 백성을 학살했소. 또 우리 종사를 폐허로 만들고 또 우리 왕자까지 잡아다가 욕을 보였소. 그만큼 데리고 가서 욕을 보이고 불충했으면 됐지 새삼 또 오라는 건 뭐고, 고맙다고 말을 하라는 건 또 뭐요? 풍신수길하고 인사시킬 게 있으면 차라리 일본까지 데려갔다가 나중 방면할 일이지 이제 와서 무슨 허깨비 같은 말을 하시오? 사과를 하려면 우리 왕자가 할 게 아니라 당신네 풍신수길이 바다 건너 달려와 우리 국왕께 엎드려 빌어야 할 거요. 난 도무지 당신이 하는 말을 하나도 알아듣지 못하겠구려."

가등청정은 말발에 밀려 슬그머니 화제를 돌렸다.

갑오년에 서너 차례 만나면서 유정의 인품과 학식을 깊이 있게 느껴본 그로서는 함부로 막 나갈 수가 없다. 그러자니 애들 같은 질문이 나간다.

"대사님, 조선이 우리 일본하고 교린한 지가 2백 년이나 됐습니까?"

"일본 사람들은 역사 공부도 안 하오?"

"전쟁하느라 바빠서 몰랐습니다. 혹시 대마도하고 서로 통신한 것을 잘못 알고 말씀하는 것이 아닙니까? 만약 스님 말씀이 사실이라면 제가 모를 리가 없을 텐데요?"

유정은 말이 제대로 통하질 않자 가등청정을 조롱하는 질문으로 내리찍었다.

"서당은 졸업했소?"

"서당이 뭔데요? 검도 배우는 도장인가요?"

"이 사람, 서당이 공부하는 곳이지 웬 칼을 배워? 일본에는 서당도 없소?"

"하, 일본에는 그런 거 없습니다. 배우는 건 칼질밖에 없지요."

물론 일본에는 서당 같은 게 있을 리 만무하다. 책도 희귀하고 지필

묵도 귀한데 서당을 두고 공부를 하다니, 그런 일은 조선이나 명나라쯤 돼야 구경할 수 있는 문화다. 오죽하면 강아지 밥그릇으로 쓰는 막사발이나 쓰다 버린 몽당붓까지 그들에겐 보물이 될까. 일본 전역을 통틀어 한자를 읽을 줄 아는 사람은 승려들밖에 없고, 그중에서도 고승 소리는 들어야 문장이라도 지을 수 있다. 웬만한 서민은 먹물을 찍어보지도 못했다.

"가등청정 장군, 내 말 잘 들어보고 사실인가 아닌가 되새겨 보시오. 지난 경인년(1590년)에 우리나라 사신 황윤길·김성일 일행이 일본에 가서 통신하고, 그때 풍신수길에게 글도 써주고 그의 글까지 받아왔는데, 이것도 대마도하고 만난 것이오? 장군은 어째서 잘 알아보지도 않고 다른 사람에게 죄를 덮어씌우는고?"

"만난다고 다 교린입니까? 그때 명나라를 칠 테니 길 좀 빌려달라고 우리 관백이 말씀을 하셨는데, 통신사들이 거절했잖습니까? 그런 것도 교린이라고 한다면 저 역시 조선 백성들하고 무지무지 교린했습니다. 제 손으로 목까지 잘라 주었으니 그처럼 가까운 교린이 어디에 있습니까?"

밀리기만 하던 가등청정이 이제는 뻐딱하게 나가기 시작했다.

"이보시오, 가등청정 장군. 조선은 대명의 속국이오. 대명의 힘이 크니 그 나라에 의지해 살 수밖에 없소. 하여 우린 시시콜콜 대명과 의논하여 무엇이든 결정하오. 그런데 우리더러 명나라를 배신하라니, 그랬다가는 일본이 쳐들어오기 전에 조선은 명나라한테 먼저 망할 것이오. 일본군은 바다를 건너느라 고생이나 한다지, 만일 명나라가 조선을 치기로 결심하면 압록강 물길 하나만 넘으면 바로 전쟁이란 말이오. 뭘 좀 알고 따질 걸 따지시오."

가등청정도 준비가 있던 만큼 그냥 넘어지지 않는다.

"아마 그때는 대마도 놈들이 조선의 미곡과 재물이 탐나 이리저리 거짓말을 늘어놓았을 것이오. 그래서 놈들이 일본 사신을 자칭했겠지요. 그때는 우리 일본이 미처 통일되지 않았고, 천황은 종놈 종년 하나 제 마음대로 못 다루던 시절인데 무슨 사신을 보내고 말고 하겠습니까. 지금은 태합 전하께서 60여 주를 통일하였으니 대마도 사람들이 그간에 한 짓을 속속들이 알게 되면 저 대마도 촌놈 종의지하고, 그 일당 소서행장, 그리고 중 현소 이놈들은 반드시 주륙될 것입니다."

하긴 그렇다. 그때는 대마도주 종의지 무리한테 조선 조정이 완전히 농락당한 것이다. 그렇다고 가등청정 말이 다 진실인 건 아니고, 어디까지나 풍신수길이 시켜서 한 일, 그걸 소서행장과 종의지가 과장했을 뿐이다. 그런 줄 아는 가등청정도 그 문제를 오래 잡지는 못하고 슬그머니 딴 데로 빠져나갔다.

"그나저나 스님, 요즘 명나라 심유경 유격하고 소서행장 끄나풀 소서비란 놈은 대체 무슨 꿍꿍이를 꾸미고 있는 겁니까? 이놈들이 하라는 전쟁은 안 하고 늘 머릴 맞대고 다른 장난질이니……."

유정은 옳다구나 하면서 빗장을 내질렀다.

"풍신수길을 일본 국왕으로 봉한다고 합디다. 소서행장도 한 자리 줄 모양이오. 그뿐 난 모르오. 워낙 쉬쉬하니."

"스님, 괜히 그러지 마십시오. 조선에 관한 얘긴데 어찌 스님께서 모르시겠습니까? 스님은 당상관 아니십니까?"

"지금 나하고 장군하고 하는 얘기를 소서행장인들 안답디까? 피차 뚜껑을 열기 전에는 비밀이니, 내가 그네들 마음속까지야 어떻게 들여다보겠소? 더구나 명나라에서 소서행장을 풍신수길 보듯 하고 있으니 낸들 만나보길 하겠소, 아니면 엿듣기라도 하겠소?"

"그래도 조선 국왕은 죄다 알 텐데, 스님께는 왜 말을 안 해 줍니까? 승군이 아니었으면 평양성 탈환이 쉽지 않았을 텐데, 그 은혜를 잘 모르는 모양이지요?"

풍신수길 옆에 승태니 뭐니 하는 승려들이 친구 삼아 우글거리는 걸 보고는 조선 국왕도 그런 줄만 알고 있다.

"우리 국왕이 그렇게 채신머리없는 분일 줄 아시오? 그러기로 말하면 우리 두 사람의 대화도 조선 국왕이 심유경한테 설명해 줘야 하오? 국왕이 그처럼 입이 싸다면 무슨 일이 되겠소? 우리 얘기나 합시다."

사실은 왕도 진짜 모르는 일이다. 같잖은 심유경이 골이라도 낼라치면 국왕조차 체통을 잃고 허둥대기 일쑤다. 강화는 명나라 마음대로고, 왕은 이따금 통기해 주는 내용이나 받아볼 뿐 뭐가 어떻게 돼 가는지 뜬소문으로나 주워들을 뿐이다. 제 나라 일이건만 왕도 제삼자가 된다. 그래서 유정이 가등청정을 만나는 것도 쾌히 승낙된 것이 아닌가. 유정더러 가등청정을 만나 무슨 강화를 맺고 왕자를 보내는 일을 상의하라는 것이 아니다. 그런 말이 나오면 유정의 말재간으로 적당히 얼버무리고 기실 그쪽 사정이나 염탐해 오라는 뜻이다. 소서행장을 상대하는 심유경에게서 보고를 받을 수 없으니, 가등청정을 통해서 그쪽 사정이라도 엿들어보자는 계산이 깔려 있다.

"우리가 아무리 좋은 얘기를 해도 심유경이 모르고서야 어찌 성사가 되겠소?"

가등청정은 입술을 삐죽거리며 가죽장화로 바닥을 툭툭 찼다.

"심유경이하고 대관절 무슨 상관이오? 이치에 닿는 말이면 저절로 이루어지는 것이고, 이치에 닿지 않으면 대명 황제가 그러라고 해도 안될 것이오."

"들리는 말로는 그게 아니던데요? 심유경한테 한 가지도 빼놓지 않고 죄다 보고해서 결재를 받는다면서요?"

"심유경은 황제의 명을 받는 분이오. 그분은 단지 조선과 일본 사이를 화평하게 하려고 뛰어다니는 분이니, 일이 잘 된다면야 어째 내가 보고하지 않을 수 있겠소? 대명이 어떤 나라냐, 군사를 삼사십 만 명이나 보내준 고마운 나라란 말이오."

명군 삼사십 만이라는 것은 피차 아는 거짓말이다.

"스님, 그러지 말고 심유경을 경주로 내려오라고 해서 거기서 우리 삼자가 만나는 건 어떻습니까? 조명일朝明日 삼국이 회담을 하는 겁니다."

"심유경은 아마 어지간한 얘기가 아니면 소서행장하고 담판을 지으려 할 것입니다. 두 사람 사이는 이제 고운 정 미운 정 다 든 사이 아닙니까. 서로 사사로운 선물이 오가는 정도랍디다. 어쨌든 내가 그분을 오라마라 할 처지는 아니니, 돌아가거든 그 말을 명나라 도독부에 전하기는 하리다."

"스님이 여기로 오실 때 조선 조정에서는 대신들이 뭐라 하는 말이 없습디까?"

"나는 산에 사는 중이오. 한양에 잠시 들르긴 했으나 만난 사람도 있고, 만나지 못한 사람도 있소. 내 판단대로 얘기하고, 내 생각대로 말할 뿐이오."

"그래요? 조선의 대신들은 좀 질이 나쁜 것 같습니다. 스님이 왕사王使가 되어 먼 길을 행차한다는 걸 알면 마땅히 모두 다 나와서 격려를 하고 배웅할 일이지 어떻게 수수방관할 수 있습니까? 참으로 싹없는 나라 군요."

"하하하. 가등청정 장군. 당신은 우리나라의 원수이고, 난 산상백운 山上白雲이요, 석간수石澗水 같은 중일 뿐이오. 그런 내가 나라의 원수를 만 나는데 뭐 그리 대단한 일이라고 우리 대신들이 줄지어 날 배웅한단 말 이오? 그런 사람들 만나 봤자, 가등청정을 만나거든 비수를 숨겨 갖고 가서 한 번 내질러라, 그런 말이나 할 사람들이지요."

가등청정이 이맛살을 찡그렸다. 아무리 쑤셔 봐도 유정이 흔들리지 않자 드디어 본심을 드러냈다.

"그나저나 소서비하고 심유경이 그토록 강화를 도모했으나 끝내 성 사되지 않았다던데, 사실입니까"

"가등청정 장군, 장군도 소서행장 못잖은 일본의 으뜸가는 장수인데 왜 그런 정보를 직접 듣지 못하고 나한테 물어보지요? 누가 장군을 따돌 리기라도 하나요?"

가등청정은 그만 입을 다물어 버렸다. 역시 소서행장이란 말이 나오 기만 해도 가등청정은 피가 솟구치는 듯 진저리를 쳤다. 소서행장이 가 등청정을 견제하는 것은 작전일지 몰라도 가등청정이 소서행장한테서 경쟁심을 느끼는 것만은 틀림없는 사실이다.

"스님, 소서행장 그 새끼 애긴 안 하는 게 좋겠습니다. 야 이 자식아, 왜 내 말 번역 안 해?"

가등청정은 느닷없이 필담으로 일본말을 한자로 적어주던 종군승에 게 성을 냈다. 마침 먹물이 떨어져 다른 벼루에 물을 붓고 먹을 갈아대 는 중이었는데, 소서행장 때문에 화가 난 가등청정이 버럭 화를 낸 것 이다.

"이것들이 정말, 손발이 맞아야 뭘 하지!"

그러고는 마른 벼루를 집어 들어 바닥에 패대기를 쳤다.

"아이고, 아이고, 저 아까운 것!"

종군승 일진이 자리에서 벌떡 일어나며 벼루를 잡으려고 했다. 그 벼루도 조선 땅 어디서 훔쳐온 것일 테지만, 안타깝게도 두 쪽으로 쩍 갈라지고 말았다. 한참 씩씩거리던 가등청정이 벼루에 먹물이 찬 것을 보고는 다시 문답을 해 왔다.

"5년 전(계사년) 4월에 한양성에서 심유경하고 소서행장이 화평을 약속할 때 왕자 형제를 송환하면 국왕이 일본에 건너와서 치사하고 조선의 팔도 중 반을 끊어 일본에 귀속시킨다고 했습니다. 이 말을 믿은 태합께서 철군령을 내려 우리는 부산까지 내려온 것입니다. 그렇건만 국왕이 바다를 건너와 치사하기는커녕, 또 땅을 끊어 일본에 바치지지도 않고 왕자 중 한 사람은커녕 반 토막도 바다를 건너와 치사하지 않았습니다. 겨우 낮은 직위에 있는 신하 한 명을 구차하게 보내 치사하는 체했지요. 그러니까 우리 태합께서 벌컥 노하여 조선 사자를 만나지 않은 것입니다."

말이 달라도 한참 다르다.

"계사년에 도대체 어떤 놈이 우리 왕이 일본에 가 치사한다, 나라 반을 잘라준다 했습니까? 대체 그렇게 말한 미친놈이 누구입니까? 심유경입니까, 소서행장입니까? 왕자쯤 둘이 아니라 백 명을 잡아갔다손 어찌 국왕이 일본으로 건너가 사례를 한단 말이오! 또 그 약속만 믿고 부산까지 일부러 물러갔다니, 여보시오! 말 같은 소릴 해야지! 당신네 달아나는 뒤통수를 후려치려고 우리 조선군이 사방에서 달렸지만 명나라 군사들이 말리는 바람에 무사했던 줄이나 아시오. 이여송 제독한테 감사해야 한단 말이오. 행주산성에서 그만큼 혼쭐나고도 아직 딴소리야?"

가등청정은 머쓱한 지 차 한 잔을 입에 물고 가만히 기다렸다가 한마디 했다.

"아이 참, 조선은 나한테 은혜를 입었으면 나하고 강화를 해야지 왜 장사꾼 소서행장하고만 붙어 쏙닥거린단 말이오? 소서행장이 도대체 조선에 뭘 잘 해 주었소? 나야 왕자 두 명에 조선 고관들까지 방면한 공이라도 있잖소? 그게 어디 내가 잡은 사람들이오? 저희들 조선 놈들끼리 툭탁대다가 나한테 굴러온 거지."

"소서행장이 먼저 심유경더러 만나자 했고, 그렇게 한두 번 만난 게 서너 번으로 늘고 그런 것이오. 우리 두 사람이 먼저 만났더라면 우리 역시 수없이 만났을 거 아니요? 앞으로 그러면 되는 거요."

"스님, 이제 우리 두 사람이 하는 얘기는 여기 조선지朝鮮紙에 써서 동시에 날인하시지요? 그래야 나도 소서행장 놈이 어떻게 하나 목을 길게 빼고 구경이나 하는 신세를 면하지요."

"나는 조선의 국왕도 아니고 대명의 사자도 아니오. 그러니 우리 두 사람 말을 공론이라고 할 수 없소. 성불성成不成은 하늘에 달렸고 가불가可不可는 우리 조정과 장군에 달렸소. 난 아니오."

"우리하고 강화하지 않으면 장차 일본군이 무수히 건너와서 바위로 계란을 쳐버리고 빗자루로 티끌을 쓸어내듯 할 것입니다. 그래도 좋습니까?"

"병가의 승패는 누구도 장담하지 못하지요. 멸망의 화가 어느 쪽에 있을지 난 정말 모르겠소. 조선이 망할지, 명나라가 망할지, 일본이 망할지. 그대들 일본군이 아무리 많이 건너오더라도 명군과 조선군이 어찌 바다를 건너 먼 데서 온 군대만 못하겠소? 저희 집에서 따뜻한 밥 먹으면서 수년간 연마한 우리 장정들의 힘이 더 세지, 아무렴 물설고, 낯선 타관에 와서 먹을 거 제대로 못 먹는 왜병하고 같겠소."

영 말발이 서질 않자 가등청정은 한 번 더 속말을 내놓았다.

"스님, 우리 태합 전하의 속뜻은 왕자 두 사람 중에 임해군 한 사람만이라도 건너오기를 바라는 것입니다. 그러니 유람 삼아 바다를 건너가서 예의를 차린다면 즉시 천하가 태평해질 것입니다. 스님은 조정에 고하고 국왕께 진달하여 임해군 한 명을 보내라고 설득해 보시구려. 맨날 행패나 부리고 국왕 속이나 썩인다는 왕자 하나를 왜 못 보내십니까?"

어떻게든지 소서행장이 강화의 주도권을 쥐고 있는 국면을 돌려보려는 가등청정은 안간힘을 다해 호소했다. 조선국 왕자 한 명만 일본에 가서 풍신수길을 만나 주면, 그간 소득 없이 설쳐 댄 소서행장보다 훨씬 더 큰 공을 세울 수 있는 것 아닌가. 그러면 자신은 명실상부한 최고 장수가 되는 것이다. 유정은 호락호락하지 않다.

"왕자가 바다를 건너가는 것쯤이야 뭐 어렵겠소. 그렇지만 우리 국왕 입장에서 보자면 귀한 아들을 원수에게 보내는 격이니 그게 의리상 가당키나 한 일이오? 더구나 우리나라 왕자는 대명 천자의 명이 아니고서는 해외로 한 발짝도 움직일 수 없소. 그걸 뻔히 아는 소서행장이 자꾸만 거짓말을 늘어놓아 양국 간에 괜한 입씨름만 실없이 늘어놓게 된 거요. 아닌 건 아니고, 그른 건 그른 거지 왜 자꾸 말꼬리만 잡고 시간을 끕니까. 그리고 보면 소서행장이나 심유경이나 다 나쁜 사람들이오. 애초 불가능한 얘기를 왜 그리 오래도록 붙잡고 있단 말이오. 차라리 양군이 죽을 때까지 싸워 승부를 짓는 게 낫지."

유정은 서서히 본색을 드러내기 시작했다. 소서행장과 가등청정의 사이를 갈라놓는 것, 그리고 두 사람을 모두 풍신수길한테서 떼어 쐐기를 박아야 한다.

"우리 노스님(휴정)께서 천문도 잘 읽으시고, 간지도 잘 짚고, 기문도 잘 보시는데, 얼마 전에 이런 말씀을 하십디다. 천문을 보아 하니 일본에서 큰 인물 하나가 죽을 수가 있더라. 원숭이띠 누구라는데 그게 아마도 풍신수길 같다. 그렇다면 큰일이구나. 그래서 내가 원수가 죽는다는데 왜 큰일입니까 하고 노스님께 여쭸지요. 그랬더니, 조선에 출병한 장수들이 저마다 패권을 차지하려고 싸울 텐데, 자칫 조선 땅에서 저희들끼리 싸우는 날이면 임진년 병화보다 더 심할지 모르겠다. 이러시더란 말입니다. 정말 올해 예순한 살이라는 풍신수길이 갑자기 죽기라도 한다면, 도대체 누가 그 후계자가 되는 겁니까? 전쟁하는 솜씨로 보자면 가등청정 장군이 그 자리를 차지해도 될 것 같고, 명나라를 상대하는 것으로 보자면 소서행장이 풍신수길의 후계자인 것도 같고, 도무지 갈피를 못 잡겠소."

가등청정의 얼굴이 후끈 달아올랐다.

"한즉, 혹시 풍신수길이 죽더라도 제발이지 본국으로 건너가 싸우고, 이 땅에서는 피 흘리지 마시구려."

가등청정은 거의 외마디 비명처럼 소리쳤다.

"그런 일 없습니다!"

단호하다. 그러나 그의 목소리는 가볍게 떨렸다.

"아니오. 정말 아니오."

가등청정이라고 눈썰미가 아주 없지 않다.

이번 출정에 앞서 취락제로 찾아가 풍신수길을 만났다. 그는 우렁찬 목소리로 조선 국왕의 목을 비틀어 갖고 오겠노라고 큰소리쳤다. 그런데 보고를 받는 풍신수길의 표정이 전 같지 않았다. 어린 아들 수뢰만 끌어안고 망령 난 노인네처럼 헛소리를 해 댔다. 얼굴은 시커멓게 변해 가고, 검버섯이 목덜미까지 내려앉았다. 호위 무사의 부축이 없으면 잘 걷지도 못한다. 유정의 말은 어쩌면 사실일지도 모른다. 그러나 입에서 는 아니라는 말이 외마디처럼 나갔다.

"아니긴……. 당신네만 횡목을 운영하고 있는 줄 아시오? 우리네 세 작도 일본 군영마다 다 들어가 있소. 지금 소서행장은 풍신수길의 신임 을 받고 있소. 장차 관백이 되려는 것이지요. 소서행장이 화평을 내세 우면서도 평양성에서든, 진주성에서든 악랄하게 싸우는 게 무슨 이윤지 아시오? 바로 일본군들끼리 싸우게 될 때를 대비해 연습하는 것이라고 들 합디다. 가등청정 장군, 지금 급한 일은 조선 왕자를 모셔가는 게 아 니라 소서행장의 시퍼런 칼입니다. 누가 누구하고 한편인지 그런 것까 지 내 입으로 꼭 말해야 합니까? 잘 보세요, 적이 누구인지!"

"흠……. 농담도 잘 하십니다."

가등청정은 흔들리기 시작했다. 재수 없는 일은 어제도 있었다. 누이 가 부친 편지가 도착했는데, '천문을 보니 삼태성과 칠성이 조선 지방에 떨어졌어요. 누군가 크게 죽을지 모른다고 소문이 흉흉해요. 가급적 접 전을 피하세요.' 하는 불길한 글이 적혀 있었다. 유정은 그쯤에서 찻잔 을 들었다. 그 사이 일진 등 종군승들이 조선지를 끌어다 멍석처럼 깔아 놓고 또 먹을 갈기 시작했다. 가등청정이 멍청하게 앉아 눈을 반쯤 감고 있는 사이 일진은 유정에게 휘호를 청했다.

- 일시무시일—始無始— 일종무종일—終無終—

"무슨 뜻이옵니까, 스님?"

종군승 일진이 물었다.

"우리 승군이 의지하는 좌우명이야. 천부경 말씀이지. 하나는 우주 만물의 시원이오. 이 하나의 시원은 무無라, 자연히 본래 그냥 그대로 존재하는 것이지 어느 무엇에 의하여 생긴 게 아니란 말이지. 우리 승군이 그래. 그냥 그대로 존재하는 것이지 누가 일어나라고 한 적도 없고, 준비한 것도 없어. 어느 무엇에 의해서도 없어지지 않는 거지. 쪼개고 쪼개다 보면 다른 것으로 나누어 볼 수 있기는 하겠지. 그러나 근본은 변하지 않는 법이야. 변하게도 하고 변하지 않게도 하는 것, 그 속에 우리 승군의 뜻이 숨어 있지. 우리 승군은 우주와 그 안에 있는 모든 것이 다 없어지더라도 남게 되는 마지막 근본이지. 왜냐하면 우리는 진리 그 자체니까. 진실하지 않으면 우린 섬기지 않거든. 그러니 영원하지. 자네들처럼 전쟁터나 따라다니며 살육을 부추기는 무리들하고는 질적으로 달라. 우린 직접 칼을 잡아. 그래야 죽일 수도 있고, 살릴 수도 있거든."

무슨 뜻인지 알아들은 일진의 얼굴이 파르르 떨렸다. 일본의 종군승이란 전사자를 위해 목탁을 두드려주거나 필담 통역만이 전부가 아니다. 그들은 직접 군대를 이끌고 나서기도 한다. 안국사 중 혜경(惠瓊:에케이)은 병력 2천 명을 이끌고 영규와 조헌의 연합군과 싸워 패했다. 그들은 죽이는 칼만 쓸 줄 알지 살리는 칼은 쓸 줄 모르는 것을 유정이 같은 불제자로서 핵심을 꼬집었다.

유정은 아무 말도 먹히질 않자 심기가 불편해진 가등청정을 위로하면서 좋은 말을 글로 써주었다. 소나무 찬 그림자, 구름에 스치네라든가, '올 때는 흰 구름 따라 오고, 갈 때는 밝은 달 따라 가네.' 처럼 유유자적하는 문구 일색으로 적어 나갔다. 그럴수록 가등청정은 분을 풀지 못했다.

16
무관의 숙명은 싸우다 죽는 것이다

이 무렵 일본군은 이미 전열을 정비하고 각처에서 공격령이 떨어지기만 기다리고 있었다. 조선군도 도체찰사 이원익의 지휘로 경상도와 전라도 일대를 전선으로 삼아 일제히 포진했다. 명나라도 이때는 군사를 급파했다.

원래 임진년에 병부 상서로 있으면서 조선을 위해 동분서주하던 석성은 얼마 전 기어이 해임되고, 명 황제 주익균은 전에 병부 상서를 지냈던 전악田樂을 내세웠다. 전악은 병중이었다. 홧김에 석성을 자르긴 했는데, 후임이 마땅치 않았다. 하는 수 없이 형부 상서 소대형에게 겸임하도록 했다. 그런 뒤에 도독 마귀麻貴를 비왜총병관備倭總兵官으로 임명했다. 이여송의 후임인데, 어찌나 인물이 없던지 마귀는 한족이 아닌 위구르인이다.

그가 도독으로 정식 제수된 것은 출병 6개월 뒤인 접전 무렵이다. 경리經理는 양호楊鎬로 정하여 출정군을 총괄하도록 했다. 경략經略도 갈았는데, 송응창 이후 자리를 맡고 있던 손광을 해임하고, 그 자리에 병부 좌시랑 형개刑玠를 임명했다. 막상 경략을 임명하고 보니 병부 상서는 병이 나서 출근하지 못하고, 겸임을 맡은 형부 상서는 본 업무로 바빠 출병 준비가 자꾸만 차질이 났다.

참다못한 황제 주익균은 경략 형개를 아예 병부 상서로 승진시켜 버렸다. 그렇게 해서 명나라의 병부 상서가 직접 구원군을 이끄는 형국이 되었다. 전무후무한 일이다. 출전 명령을 받은 제독 마귀는 명나라 전역에 격문을 띄워 군사를 모았다. 다행히 마귀의 애끊는 호소로 명군은 가까스로 진용을 갖추었다. 2차 원조군援朝軍 진용은 이러하다.

경리經理 조선군무朝鮮群舞 양호楊鎬, 우첨도어사右僉都御使에서 승진, 휘하 병력 4천 명.
병부 상서 겸 총독군문總督軍門 경략經略 형개刑玠, 본진 2만 2천 명.
제독 마귀馬貴, 총병總兵에서 승진, 병력 5만 4천 명.
부총병 양원楊元, 요동병 3천 명, 남원 주둔.
부총병 오유충吳有忠, 남병(절강성 출신) 4천 명, 충주 주둔.
유격 우백영牛伯英, 밀운병(북경 동북 지방) 2천 명.
유격 진우충陣愚衷, 병력 2천 명, 전주로 진주.

명군이 남진함에 따라 조선군 역시 비상 전투태세에 돌입했다.

이런 와중에 승군영에도 도체찰사 이원익 명의의 독전서와 도원수 권율 명의의 명령서가 끊임없이 날아들었다. 승군장 유정 역시 이번에는 사생 결단을 내서라도 승부를 내고 말겠다는 각오다.

퍽!

"으윽."

"매우 쳐라!"

초계의 조선군 원수부.

도원수 권율은 주먹을 번쩍 쳐들면서 원수부元帥府가 쩌렁쩌렁 울리도록 마구 소리쳤다.

"안 됩니다. 세상에 이런 법이 어디 있습니까? 출전 중인 장수를 데려다가 볼기를 치는 경우는 세상천지, 고금왕래, 아무 데도 없습니다."

도체찰사 이원익의 종사관 남이공이 보다 못해 소리쳤다. 남이공은 이순신 대신 원균이 통제사가 되고 나서 도체찰사 이원익이 보낸 감독관이다.

"뭣이! 군법을 어긴 놈은 참형감이야! 똑같은 죄를 지은 이순신은 참형시키라면서 왜 원균에게는 관대하라는 거야! 이건 불공평해!"

권율이나 남이공이나 같은 동인으로서 같은 동인인 이순신의 백의종군에 몹시 분개하고 있는 사람들이다. 그것도 하필 서인인 원균에게 통제사 자리를 넘겨줬으니 더욱 더 그러하다. 아무리 그렇다 해도 삼도수군통제사를 도원수가 직접 매질한다는 것은 고금에 없는 일이다. 그것도 어디 어린 장수나 되는가. 원균은 쉰여덟 노장이다. (실제는 부관을 대신 때리되, 원균을 때리는 형식을 취한다. 사실상 모욕을 느끼는 건 마찬가지다.)

"그래도 장군이 지나치신 겁니다. 불가합니다!"

남이공은 임진왜란이 일어나기 두 해 전 장원급제한 수재로서 전쟁 발발과 함께 관리의 길에 들어선 사람이다. 나이는 불과 서른둘, 환갑에 이른 권율에 비하면 새파란 젊은이다.

"장군, 이것은 적전 분열에 지나지 않습니다. 어서 매를 거두십시오!"

권율은 마지못해 매를 거두었다.

"당장 가서 죽든지 살든지 왜적을 쳐라!"

"흠."

원균은 대답 대신 콧방귀를 힘차게 불어댔다.

'도체찰사 이원익, 너 도원수 권율, 이 동인 놈들아! 너희 동인 놈들이 불러들인 전쟁이니 어디 너희 마음대로 되나 잘 해 보라지.'

원균은 생각할수록 분통이 터진다. 이 무슨 창피인가.

원균은 권율을 노려보면서 이를 바드득 갈았다. 그리고 지나간 세월을 주마등처럼 돌려보았다. 지난 임진년, 전쟁이 일어나기가 무섭게 경상 좌수영이 무너지고 경상 좌우 병마영이 깨져버렸다. 그런 와중에 경상 우수영만이 용케 살아남아 몇 척 되지 않는 배로 일본군과 맞서 싸웠다.

얼마나 많은 부하가 죽었던가. 그 자신 빗발치는 조총 탄알을 무릅쓰고 적선을 당파시키고, 지친 몸을 이끌고 드넓은 남해를 제집 안마당처럼 누볐다. 전함이 많고 군사가 많은 전라 좌우수영에 수없이 구원 요청을 했지만 이순신과 이억기 수사는 끝내 오지 않았다.

하는 수 없이 적선이 많으면 도망치고, 적으면 들이치면서 구원군이 오길 기다렸다. 그러다가 이길 게 확실해지자 전라 좌우수영에서 뒤늦게 전함을 이끌고 나타났다. 어쨌든 이겼다. 이렇게 해서 원균은 해로를 통해 일본군 지원병 10만 명을 대동강까지 올려 보내려던 풍신수길의 계획을 여지없이 짓뭉갰다.

'그런데 최전방에서 죽음을 무릅쓰고 부하들의 피를 휘날리며 싸운

나는 종2품, 뒤에서 머뭇거리다가 전장 청소나 한 이순신 그 비겁한 자는 정2품이라니! 그게 다 저 동인 놈들 때문이야. 네 이놈들, 너희들 좋으라고 내가 전쟁을 한단 말이냐.'

원균은 이를 물고 일어나 버티고 섰다. 죽어도 잘못했다는 말은 하기 싫다. 수륙병진하자는 소신을 굽히고 싶지도 않다. 육군만 소중하고 수군은 다 죽어도 좋단 말인가. 원균은 누가 묻지도 않는데 고개를 힘차게 저었다. 그런 원균을 향해 권율은 명령서가 적힌 종이를 휙 집어던졌다.

- 경상 우수사 배설, 전라 우수사 이억기, 충청 수사 최호 세 수사는 즉시 부산 앞바다로 진격하시오. 나는 이제부터 통제사가 없는 것으로 생각할 테니 세 수사가 알아서 싸우시오.

기가 막히다. 원균은 벌건 얼굴 그대로 돌아섰다. 통제사가 없는 것으로 알고 수사들더러 알아서 싸우라니, 보지 않아도 뻔한 일이다. 수군이 뭐 낙화암 삼천 궁녀인 줄 아느냐면서 원균은 고래고래 소리 지르다가 한산도로 돌아갔다.

한산도 전라 좌수영 겸 조선 삼도 수군영.
"아이, 안 돼요. 대낮부터 이러시면 왜적은 언제 무찌르시나요?"
새파란 관기 하나가 아양을 떨었다.
원균은 벌써 만취가 되었건만 술을 마시고 또 마셔댔다. 그러다가 생각이 나면 계집을 취하고, 지치면 술을 마셨다. 그러기를 벌써 며칠째다.
"이년아, 이 짓도 이젠 내 마음대로 못 해. 두고 봐라. 내가 죽지 않으면 죽을 때까지 아우성칠 놈들이 있을 테니까. 내가 죽든가 그놈들이 죽든가 해야 되는데, 그놈들은 한양성 편안한 데서 주지육림에 묻혀 있을 테고, 내가 비록 잠시 술을 마시고, 싸움배 대신 네 년 배를 탄다만, 그것은 하루살이 꿈이지. 이순신, 그놈이 물론 내 마음에 드는 건 아니지만, 그렇다고 잡아다 죽이겠다고 대드는 놈들이야. 언제 또다시 날 잡아다가 죽이라고 떠들어댈지 몰라. 그러니 길은 뻔해. 내가 가야 할 길은 북망상 황천길밖에 없어. 으하하하!"

원균은 술잔을 내던지고 계집의 사타구니를 우악스럽게 쥐어뜯었다. 자지러지는 소리와 함께 원균은 육중한 몸을 당파하듯이 밀어붙였다. 원균과 계집이 내지르는 소리는 운주당에서 초조하게 기다리는 세 수사에게도 들렸다. 전라 우수사 이억기는 아무래도 안 되겠다 싶었는지 방사가 끝나기를 기다렸다가 살그머니 마루에 올라가 안으로 통기를 했다.

"통제사 어른, 우수삽니다. 도원수의 출전 명령서가 거듭 날아들고 있습니다. 시늉이라도 하셔야지, 안 그러면 이순신 수사 짝 납니다."

서른일곱 살 젊은 수사 이억기는 쉰여덟 원균에게 아들처럼 하소연했다.

"흠흠. 이억기 수사. 그럼 도원순지 철천지원순지 하는 녀석이 보낸 명령서를 받아보았을 것 아닌가? 거기에 통제사는 없는 셈 치라고 돼 있지 않나? 그러니 난 여기 없는 게야. 국왕의 명령이라면 몰라도 적어도 그 자식 권율의 명령 따위는 안 들을 것이야."

"아이구, 통제사님. 통제사님이 있으셔서 지난 전쟁에서 바다를 굳건히 지켜냈는데 이제 와서 남의 집 일 보듯이 하면 어떻게 하십니까? 나라와 국왕을 구하자고 싸우는 거지 어디 한두 사람 체면 살려주자고 목숨 걸고 싸웁니까?"

원균은 또 술잔을 가득 채워 입에 털어 넣었다.

"이년아, 옷을 챙겨 입고 앉든지, 아니면 이불이라도 뒤집어쓰고 돌아누워. 어디서 감히 시커먼 사타구니를 쩍 벌리고 있어."

"통제사님, 싸우진 못하더라도 전선을 이끌고 부산 앞바다에서 시위나 한바탕하고 오시지요. 뭐야? 누가 여길 들어오랬어?"

"무슨 말이야? 이 수사, 나더러 하는 말이야?"

"아닙니다. 누가 손님을 침소까지 들여보냈는가? 자네 누구야?"

"전 어명을 전하러 온 선전관 김식입니다. 통제사 어른, 어디 계십니까? 여기 계시다고 해서 왔습니다만……."

"이런 젠장. 아, 우리 통제사님께서는 어젯밤 늦게까지 훈련하셨기로 오늘 잠시 쉬는 중이시오. 운주당으로 급히 모실 테니 잠시 그리 가서 기다리시지요."

이억기는 고개를 쭉 빼고 기웃거리는 선전관을 데리고 허둥지둥 운주당으로 몰아나갔다. 원균에게는 굳이 말할 것도 없고, 귀가 있으면 들었을 테니 나오겠지 하고 일부러 말은 놓지 않았다.

과연 선전관이 왔다는 말에 비록 만취한 원균이지만 바람같이 운주당으로 내려왔다. 원균이 나타나자 선전관 김식은 위엄을 갖추어 앞으로 나섰다. 어명을 들고 내려온 사람인만큼 원균은 무릎을 꿇고 머리를 조아렸다. 도원수한테 모욕을 당한 게 엊그젠데 또 시작이구나, 원균은 입술이 아프도록 깨물었다.

"삼도수군통제사 원균은 어서 수군을 이끌고 부산으로 달려가 왜적을 소탕하라! 이상입니다."

이 어명으로 사단은 잡혔다. 권율이야 뭐라든, 또 원균이 무슨 이유를 대건 어명 한 마디로 정리되었다. 소서행장이 강화를 원하든, 심유경이 무슨 홍정을 걸든, 무조건 출전이다. 지난 임진년에는 일본군이 먼저 공격을 해 왔지만 이번에는 조선군이 먼저 공격하는 셈이다. 비록 일본군이 대군을 이끌고 조선 땅에 들어와 있기는 하지만 아직 이렇다 할 전투 행위가 일어난 적은 없다. 7월 5일, 선전관 김식은 어명을 전하고도 돌아가지 않은 채 장선將船에 올랐다.

김식은 어명을 받기 전 왕으로부터 준엄한 명령을 들었다.

– 원균이 어명을 받고도 싸우지 않으려 하거든 네가 밧줄로 목을 매서라도 부산 앞바다까지 끌고 가라. 가서 원균이 적과 싸우는 걸 직접 보고 돌아와라.

어쨌든 싸우라는 말이다. 선전관인 김식으로서도 전쟁터로 나가 치열한 선봉에 서야 하는 일인 만큼 각오가 대단했다. 부산 앞바다, 김식의 머리에는 오직 그 곳 형세만 오락가락했다. 어떻게 해서든지 부산 앞바다까지 수군 연합 함대를 이끌고 다녀와야만 한다. 이렇게 해서 이순신 이래 수륙병진水陸竝進을 줄기차게 주장하던 수군은 홀로 파도 높은 적진을 향해 진격했다.

거북선 3척, 판옥선 180척, 협선 200척.

삼도수군 연합 함대는 칠천량으로 서서히 움직였다. 한산도에 남은 보급 병력과 예비병들은 바닷가에 서서 손이 아프도록 승리를 기원하는 천세, 천세를 불렀다. 7월 6일, 원균의 연합 함대는 적정도 제대로 알지 못하면서 전 수군을 밀고 칠천량에 이르렀다. 양력으로는 8월 18일, 햇살은 따갑고 공기는 찌는 듯했다. 입추立秋가 지난 지 열하루, 그러나 폭염은 아직 가시지 않았다. 하늘은 언제고 소나기를 퍼부을 듯 팽팽하기만 했다.

원균은 먼저 척후선을 띄워 놓고 거제도 동단의 옥포에서 하룻밤 숙영했다. 오래지 않아 코앞의 가덕도와 안골포에 일본군 수군이 즐비하다는 첩보가 들어왔다. 보군이 등 쪽에서 힘차게 밀어붙인다면 수군도 바닷길을 틀어막고 호되게 나가볼 만도 하지만, 기껏 밀댔다가 일본군이 육지에 상륙해 버리면 싸움은 싱거워진다. 그럴수록 싸움에 나서지 않는 권율이 더 원망스럽다.

7월 7일 아침, 수사들이 장선으로 찾아와 회합을 가졌다.

"해안마다 적굴이 있습니다. 숨어 있는 적선도 포마다 진마다 적잖은 듯합니다. 지금은 적의 예기가 강하니 일단 한산도로 물러갔다가 다시 들이치는 게 어떨까요?"

이억기다.

"한산도로 돌아가는 즉시 나 또한 한양으로 압송될 게 뻔할 걸? 안 그래?"

원균은 아직도 자신을 졸졸 따라다니는 선전관 김식을 턱으로 가리키면서 이억기에게 대답했다. 김식은 아직 부산이 멀었나 하면서 먼 바다만 바라볼 뿐 대답을 하지 않는다. 그야 물어 보나마나란 듯이.

"그래도 부산을 치는 것은 위험합니다. 가령 부산에서 날이 저물도록 전투를 치렀다 치지요. 밤이 되면 이 대군을 어디에 정박시킵니까? 그때는 옥포도 위험하고 칠천량도 위험합니다. 밤길로 한산도까지 빠질

수는 없잖습니까?"

충청 수사 최호다.

"우리 충청 수군은 이곳 지리에도 어둡고, 적에게 한번 쫓기기 시작하면 달아날 길을 잃고 맙니다. 먼 길 온 우리 충청수군은 충분히 쉬지도 못했습니다. 그러다 보면 대마도로 갈지도 모르지요."

"퇴로가 없기는 경상 수군도 마찬가지요. 도원수가 매질을 하면서 나가 싸우라고 들볶고, 도체찰사 역시 그러하고, 이제는 어명을 처든 선전관이 내려와 우리 일거수일투족을 지켜보고 있소. 선전관 저 친구, 부산쪽만 줄기차게 바라보고 있잖소! 한양 조정에서 입 딱딱 벌리며 우리 등짝을 밀어대는 소리가 안 들리오? 무장은…… 뒤를 보아서는 안 되오."

원균은 뭔가 작심한 듯했다. 퇴로는 없다, 후퇴 역시 없다. 무조건 들이받아 보자. 이기면 이기고 지면 지는 거다. 아마도 그런 생각으로 원균은 이를 물고 있는 듯했다. 이억기도, 최호도, 배설도 낙담했다. 아무리 생각해도 달리 수가 없다. 싸우다 죽더라도 그게 유일한 길이다. 전쟁을 하다 보면 누군가는 선봉으로 나서야 하고, 누군가는 죽어야 한다. 그래야 영웅도 나고 승진하는 사람도 생긴다.

"누가 이순신더러 운 나쁜 사람이라고 하는가. 누가 이순신더러 잘못되었다고 하는가. 보아라. 이순신이 도리어 운이 좋은 거라. 우리가 비록 다 죽더라도 그 사람은 살아남는 거 아닌가? 하하하."

원균은 부산으로 진격하라는 영을 내리면서 허탈하게 웃었다. 세 수사와 부장들 모두 불안감을 느꼈으나 어쩔 수가 없다.

"부산으로…… 항진하라……."

원균은 선전관 김식의 등짝을 슬쩍 두드리면서 힘없이 명령을 내렸다. 부산진 첨사 정발, 다대포 첨사 윤흥신, 동래 부사 송상현이 최후의 일인까지 사투를 벌인 곳, 그들이 결사항전한 지 5년이 되도록 수복하지 못한 그곳으로 원균이 이끄는 조선 수군 연합함대는 서서히 미끄러져 나아갔다. 하늘마저 원균을 돕지 않았다. 비가 내리기 시작했다. 한여름철 폭우가 내리고, 폭풍이 파도를 일으켜 세웠다. 부산을 치기는커녕 대포 몇 방 쏘고 나서는 적보다 더 무서운 파도와 싸워야 했다. 적이 없다면 부산이든 어디든 배를 대놓고 육지에 내려 휴식을 취하면 딱 좋을 악천후다. 그러나 내 나라 내 땅에서 배를 댈 곳이 없다.

며칠간 격랑을 이겨내며 전열을 추스른 수군은 하는 수 없이 옥포로 귀환했다. 그곳은 적지나 다름없는 곳인 만큼 전쟁 비축 물자가 하나도 없다. 식량 등 전투 물자를 보조받으려면 한산도까지 돌아가야 하는데, 그렇게 할 수는 없다. 형편이 좀 낫다는 칠천량 동쪽 영등포로 자리를 옮겼다. 그게 7월 15일, 꼬박 열흘을 파도와 싸워온 수군들은 모두가 다 지친 상태. 우르르 뭍으로 내려 땔나무를 찍고 밥을 지었다. 그제야 살 것만 같다.

그때였다. 그동안 침묵만 지켜오던 일본군이 마침내 움직이기 시작했다. 난데없이 귀에 익은 조총 소리가 들려왔다.

"탕탕탕."

하늘이 부서져 내리는 듯했다.

"수군은 전원 승선하라! 서둘러라!"

전투가 시작되자 원균은 재빨리 장선에 올라 지휘봉을 잡았다. 조선군 사수들이 앞으로 달려 나가 일본군의 추격을 뿌리치는 사이 수군들은 다투어 전선으로 올랐다. 기습을 당한 만큼 조선 수군 수십 명이 적탄에 쓰러졌다. 영등포에 매복한 일본군은 5군을 이끄는 도진의홍島津義

^弘 휘하다. 1만 병력을 이끌고 재출전한 그는 지난 전쟁에서도 거제도를 무대로 최후까지 버티던 장수다. 그가 해안선을 따라 초병을 늘어놓고 있다가 조선 수군의 예상 상륙 지점을 간파해 내고 미리 복병을 깔아 둔 것이다. 그뿐만이 아니다. 일본군은 조선 연합 함대가 부산으로 향한 걸 탐지하고는 거제도 일대의 요충지마다 복병을 더 숨겨 두었다. 보군과 수군이 연합하여 조선 수군을 노렸다.

"적선이 도처에 깔려 있습니다!"

"옥포, 영등포 바다에도 적선이 새카맣게 몰려들고 있습니다. 물굽이마다 수백 척씩 숨어 있다 합니다!"

"해안에는 조총을 든 왜노들이 소나무처럼 늘어서 있답니다!"

원균은 세 수사를 급히 장선으로 불러들였다.

"이억기 수사, 배설 수사, 최호 수사, 들으시오. 우린 보군의 지원도 없이 단독으로 부산까지 밀려왔소. 적은 지금 전군이 불같이 일어나 우리 수군을 노리고 있소. 날씨마저 궂어 수군들은 지쳐 있고, 형세는 곧 사지나 다름없소. 어쩌겠소. 물러나도 죽고 싸워도 죽소. 그러니 싸우다나 죽읍시다. 우리네 무관의 숙명이오."

선전관 김식이 짐짓 딴 데를 쳐다보는 사이 경상 우수사 배설이 고개를 저었다.

"통제사 어른, 승산이 없습니다. 우리가 목숨을 바치는 것은 실로 가벼운 계책이고, 이 함대를 보전하는 것이야말로 둘도 없이 중한 일입니다. 저는 제 부하들이 몰살될 게 뻔한 지옥으로 달려갈 수 없습니다. 못합니다!"

전군 후퇴하자는 말이다. 후퇴하기로 말하면, 손바닥이 터지도록 노를 젓는다면 꼬리가 약간 잘리는 것 빼고는 한산도로 귀환할 수는 있다.

원균은 빙그레 웃었다.

"한산도로 돌아간다? 그러면 권율 그 자식이 좋아라 손뼉을 칠 텐데? 대간들은 성난 벌떼처럼 왱왱거릴 테고. 난 이순신처럼 비겁하질 못해. 전쟁터에 나와 한 번도 꼬리를 빼본 적이 없소. 더구나 지금 우리가 후퇴한다면 적은 더욱 승세해서 한산도까지 덮칠 것이오. 지더라도 적군의 예기를 꺾어 놓고 져야 하오. 임전무퇴, 사생결단합시다!"

"싸웁시다! 적선이 많다지만 우리 수군이 더 강하오!"

이억기가 사태를 파악하고 가장 먼저 동조했다.

"어차피 싸우는 게 가장 안전한 길이오. 우리가 이대로 적선을 보고 달아난다면 통제사만 문책당하는 것이 아니라 우리 세 수사 역시 하루아침에 역적이 됩니다. 우리도 가문이 있고, 자식이 있는 사람들이니 어찌 후일을 걱정하지 않겠소. 용감하게 싸우다 죽읍시다. 어차피 무관으로 길을 나선 마당에야 전장에서 죽는 게 영예 아니겠소?"

원균은 의기투합한 세 수사와 함께 전선을 벌여 섰다. 싸우는 길밖에 없다. 세 수사가 각기 장선으로 돌아가고 나서 원균은 선전관 김식을 불렀다.

"보았는가?"

"예."

"수륙 병진책이 잘못되었다고 생각하는가?"

"……"

"잘못하면 자네 목숨도 보전하기 어려울 걸? 난 임전무퇴 넉 자만 들고 이 나이까지 전쟁터에서 살아온 사람이거든."

"……"

"일이 잘못되거든 조정에 내 말을 전해 주게. 전쟁터 일은 제발 무관들에게 맡겨 두라고. 형세를 보게. 일본군은 이미 수륙 양군을 동원해 우리 연합 함대를 에워싸고 있네. 적들은 우리에게 밀리면 해안으로 안전하게 도망칠 수 있지만, 우리는 바다에 빠져죽을지언정 해안에 내릴 수가 없다네. 내리는 즉시 죽는 거지. 내가 권율더러 수륙 병진하자고 주장한 이유가 바로 이거야. 이순신도 그렇게 보았던 것이고. 이번 싸움은 이렇게 나가더라도 다음부터는 그래서는 안 된다고 반드시 전해 주게. 자, 내가 선봉이 되겠네."

원균은 선전관을 배 밑 안전한 곳으로 내려 보냈다. 거기라면 조총이나 포에 맞아 죽을 일은 없다. 원균은 이어 아들 원사웅을 불렀다.

"너는 지금 배설 수사에게 다녀와라. 아무래도 그놈이 싸움을 피해 달아날 것 같다. 죄를 짓더라도 그놈이 이끄는 경상 수군은 온전히 보전하는 공덕을 짓는 것이라. 내 말이라 이르고, 달아날 결심이라면 다른 데로 숨지 말고 제발 한산도 본영으로 돌아가 일본 수군의 공격을 대비하라고 전해라."

"예, 아버님. 아버님, 말씀은 전하겠습니다만, 전황이 극히 불리합니다. 철수하심이 옳을 듯합니다. 게다가 전에 이순신 휘하에 있던 수군들이 벌써부터 몸을 사리려고 합니다."

"쓸데없는 소리! 무武를 이마에 쓰고 다니는 자는 죽음을 두려워해서는 안 된다. 어서 다녀와라!"

원사웅은 쾌속선을 내어 경상 수군을 이끌고 있는 배설에게 가서 유언이나 다름없는 원균의 말을 전했다.

"아버님은 배 수사께서 수군을 보전하자고 하신 말씀을 뼛속에 간직하고 계십니다. 어명을 받든 몸이라서 아버님은 물러가지 못합니다. 아버님은 이곳에서 최후까지 싸우다 돌아가실 수밖에 없습니다. 배 수사께서는 부디 사세를 지켜보다가 우리 수군을 보전하여 후일을 기약하는 방책을 써 주십시오."

"전라 좌수영 수군 일부가 벌써 달아나던데, 아버님께는 전하지 말게나. 우리 경상 수군은 몰살이나 당한다면 모를까 그 전에는 몸을 빼지 않겠네. 나 하나만 비겁자가 되면 경상 수군은 보전할 수 있지 않겠나."

원사웅은 고개만 끄덕이고 사지로 돌아와 아버지 원균 옆에 섰다. 원균은 아무 말을 하지 않는 아들을 보고는 곧 전투 명령을 내렸다. 깃발을 올리고 대포를 쏘아댔다. 깃발이 펄럭거리고 파도 소리보다 더 높은 함성이 있어야 전쟁할 맛이 난다.

충청 수군, 전라 수군, 경상 수군은 각각 전선을 이끌고 포위망을 구축하는 일본 수군을 향해 내달았다. 조선군이 먼저 포문을 열고 내리 쏘아대자 일본 수군도 응전에 나섰다. 일본군은 주로 조총을 쏘면서 이리저리 밀려다녔다. 무려 1천5백 척, 일본 수군이 아무리 수가 많아도 조선군의 판옥선에 맞서기는 어렵다.

"왜선은 두부처럼 연하다! 마구 부숴라!"

피아 2천여 척이 해면을 가득 채운 채 하루 종일 전투를 벌였다. 원균도 장선을 몰아 전투 중인 해상을 헤집고 다니며 원조에 나섰다. 일단 해상 전투에서는 조선군이 밀리지 않았다. 임진, 계사년에 바다를 지켜낸 수군인데 하루아침에 밀릴 까닭이 없다. 대포의 위력도 역시 세고, 수군들의 전투 기술 또한 월등하다.

시간이 흐를수록 엉뚱한 데서 전세가 갈리기 시작했다. 원균이 그토록 갈망하던 수륙 병진책, 그것을 일본군이 쓰고 있었다. 일본군은 조선 수군에 밀리면 해안으로 올라가 조총을 쏘아대며 방어에 나섰다. 그러면 육지에 포진해 있던 보군이 우르르 몰려 내려와 응원했다. 그렇지만 그 반대가 문제다. 한꺼번에 집단 전투가 벌어지다 보니 수적으로 밀려 적선에 포위되는 조선 군선이 허다하게 생겨났다. 그럴 때면 수군들은 본능적으로 해안에 배를 대 놓고 육지로 뛰어오르게 마련인데, 그러는 순간 조선 수군은 전멸이다. 모든 해안선에는 이미 일본군이 빈틈없이 배치되었다. 수사들은 해안에 내리지 말고 끝까지 바다에서 싸우라고 거듭 명령했지만 다급한 순간에는 누구도 그 명령을 따를 자가 없다.

날이 저물면서 비는 쉼 없이 쏟아져 내렸다.

"이억기 수사가 전사했습니다!"

난전 중에 전라 수군을 이끌던 이억기 수사가 적탄에 맞아 쓰러졌다. 수사를 잃은 수군들은 지휘 계통을 잃고 우왕좌왕했다. 그중 과거 이순신 휘하에서 원균에게 불만을 가졌던 장수들은 그대로 먼 바다로 나가 한산도를 향해 도주했다. 그럴수록 조선 수군은 더욱 고립되었다.

"충청 수사 최호 수사가 전사하셨습니다!"

이억기에 이어 최호마저 쓰러졌다.

"배설 수사는 아직 있느냐?"

원균은 경상 수군을 이끌고 있는 배설 수사를 찾아보았지만 워낙 어두운 밤바다라서 확인이 불가능하다. 배설은 이미 전장을 벗어나 멀찌감치 후퇴하고 있었지만 원균은 짐작만 할 뿐 그 사실까지는 아직 알지 못했다.

'배설이 벌써 뺐을 리가…….'

원균은 이억기와 최호 두 수사의 군선을 수습했다. 그 자신이 나머지 전선을 이끌고 고군분투했다. 난전 중에 조방장 배흥립, 조방장 안세희, 가리포 첨사 이응표, 함평 현감 손경지 등이 차례로 전사했다. 지휘관을 잃은 전선들은 어디에 소속될 겨를도 없이 난전에 휘말려들어 적선을 격파하기도 하고, 깨지기도 했다. 그동안 깨부순 적선만 수백 척이지만 1천5백 척이나 되는 일본 수군은 줄어들질 않는다. 어찌나 활을 쏘았는지 원균의 손가락에서도 피가 흐른다.

"이보게 선전관. 나는 이 싸움을 원하지 않았네만 도원수가 매질을 하고 국왕이 등을 떠밀어 하는 수 없이 사지로 나왔던 것이네. 자네는 이 피바다를 잘 보았다가 반드시 국왕에게 전해 주게. 전장의 일은 무릇 장수에게 맡겨야 하거늘 책상머리에 앉아 무슨 전쟁을 한단 말인가! 너는 장차 대신이 되거든 이따위 짓을 하지 말란 말이야!"

"통제사 어른! 지금 그런 말씀을 하실 때가 아닙니다. 어서 육지로 올라가 몸을 지켜야 합니다!"

원균은 허탈하게 웃었다. 선전관도 제 목숨이 급해 허둥대는 걸 보고는, 조정에서 웃고 있을 대신들을 머리에 떠올려 보았다. 지금쯤 그를 사지로 몰아 댄 도체찰사 이원익과 도원수 권율은 무엇을 하고 있을까, 부질없이 원망해 보았다.

"요행히 목숨을 건진들 한양 나리들이 날 그냥 둘까? 하하하! 내가 대체 왜 싸우는 거지? 하하하!"

원균은 목청껏 시 한 수를 읊었다. 파도치는 거친 바다를 향해서 피를 토하듯 읊다보니 선전관의 귀에 또렷이 들렸다.

- 태평성대란 본디 장수들이 피땀 흘려 쟁취하는 것이련만
그 장수들이 태평성대를 보는 것은 허락되지 않는다네.

(泰平元是將軍致 不許將軍見泰平)

원균은 작심을 한 듯 미친 듯이 전선을 몰아갔다.

"당파撞破! 당파하라!"

원균의 장선을 호위하던 전선들마저 하나둘 바다 속으로 침몰했다.

"그만! 그만 배를 뭍에 대라!"

선전관 김식이 소리 높여 외쳤다. 장선에 올라 있던 순천 부사 우치적도 상황이 급한 걸 알고 부하들을 독려해 장선을 해안으로 밀어댔다. 그러고는 일제히 하선하여 산으로 내달렸다.

"통제사를 안전하게 모셔라!"

우치적의 명령으로 위사들이 몰려들어 원균을 몸으로 감싸고 돌았다.

"아버지! 어서 내리십시오!"

정신없이 화살을 쏘아대고 있는 원균을 향해 아들 원사웅이 절규했다. 원균의 나이 쉰여덟, 보름여 계속되는 해전을 지휘하기에는 너무 나이가 많다. 원사웅은 안 되겠다 싶어 위사들과 함께 아버지를 장선에서 끌어내렸다. 원균은 늙은 몸으로 힘껏 뛰지도 못했다. 숨을 가누느라 쉬는 틈에도 원균은 칼을 놓지 않았다.

"저기 원균이다!"

어디선가 일본군 수십 명이 원균을 발견하고 총탄을 퍼부으며 우르르 몰려들었다. 조선의 장선將船을 발견하고 몰려든 일본 보군이다. 그런 걸 먼저 내린 수군들이 나아가 맞붙고, 그 사이 아들 원사웅은 위사들과 함께 원균을 부축해 달렸다.

적군은 작심하고 매복 중이었기 때문에 때를 놓치지 않았다. 또 다른 쪽에서 적 수백 명이 나타나 함성을 지르며 달려 내려왔다.

"이보게, 선전관! 적은 날 쫓고 있어! 자넨 어서 다른 길로 해서 달아
나게나. 순천 부사! 자네가 선전관 좀 탈출시켜 주게. 그래야 우리네 사
정을 조정에 전하지 않겠나! 우리는 미련하게 싸우기는 했지만 결코 비
겁하지는 않았노라고 전해 주게! 나중에 저승에서 봄세! 사웅아, 우린
이쪽 길로 달리자!"

"통제사 어른, 차라리 아드님더러 선전관을 모시게 하고, 제가 따라
가겠습니다. 자손이라도 보전하셔야지요."

"쓸데없는 소리! 우리 부자는 죽어도 같이 죽고, 살아도 같이 살 거
야! 어명을 받든 선전관을 죽일 셈인가? 어서 뛰어!"

원균은 순천 부사를 윽박질러 선전관 김식을 데리고 달아나게 하고,
일부러 반대 방향으로 길을 잡았다. 아들과 마지막으로 남은 위사 세 명
이 원균을 뒤따랐다.

"아버지, 옷을 벗어 제게 주십시오!"

"이놈아, 난 삼도수군통제사니라. 죽어도 영예롭게 죽어야 하느니
라!"

원사웅은 안되겠다 싶어서 아버지 원균에게 달려들어 관복을 벗겨
냈다.

"이런, 이놈이 애비를 욕 먹이려 하는구나."

원사웅은 아버지는 돌아볼 새도 없이 위사들에게 옷을 던졌다.

"당신들은 이 관복을 어깨에 걸치고 저쪽으로 뛰시오. 우리 부자는
알아서 달리겠소. 피차 하늘에 명을 맡기고 끝까지 뛰어봅시다. 적이 보
이지 않는 대로 통제사 관복을 던져 버리시오. 아니면 아무 시체에나 덮
어놓든지."

마침내 수군통제사 관복을 걸친 위사들과 원균 부자는 길을 갈랐다.

여기까지다.

선전관 김식은 더 이상 뒤를 돌아다볼 수가 없었다.

다 죽었을 것이다, 그 생각을 하면서 오직 살기 위해 헉헉거리며 뛰었다. 다행히 힘이 장사인 순천 부사 우치적이 개미처럼 달려드는 일본군을 풀 베듯 베어 주어 무사히 사지를 벗어날 수 있었다. 그는 그 길로 한양으로 달려갔다. 7월 22일, 이 비극적인 전투에 대해 엎드려 보고했다.

"15일 밤 2경, 왜선 5~6척이 불의에 내습하여 불을 질러 우리 전선 4척이 전소되었습니다. 우리 장수들이 창졸간에 병선을 동원하여 어렵게 진을 쳤는데 닭이 울 무렵에는 셀 수 없이 많은 왜선이 몰려 와서 서너 겹으로 에워쌌습니다. 그때는 이미 형도刑島 등 여러 섬에도 적군이 가득 깔렸습니다. 우리 원균 통제사와 각도 수사들은 한편으로 싸우면서 한편으로 후퇴하였습니다. 그러면서 고성 추원포로 후퇴하였는데, 적세가 하늘을 찌를 듯하여 마침내 우리 전선은 불에 타 침몰되고, 제장과 군졸들도 불에 타거나 물에 빠져 죽었습니다.

신은 통제사 원균 및 순천 부사 우치적과 간신히 탈출하여 상륙했는데, 통제사 원균은 너무 늙어서 잘 걷지 못했습니다. 분기 어린 눈을 부릅뜨고 칼을 잡고 서 있는 것까지는 보았습니다. 신이 달아나면서 뒤를 돌아보니 왜병들이 칼을 휘두르며 통제사 쪽으로 달려갔는데 그 뒤로 생사를 알 수 없습니다. 우리 전선들은 불에 타서 그 불꽃이 하늘을 덮었으며, 무수한 왜선들은 일제히 한산도로 향했습니다."

왕은 망연자실하여 눈을 붉혔다. 장계를 통해 이 비보를 접한 비변사에 긴급 소집령이 떨어져 당상들이 줄을 지어 앉아 마른기침을 하고 있는 자리다. 영의정 유성룡, 판중추 부사 윤두수, 우의정 김응남, 지중추 부사 정탁, 형조 판서 김명원, 병조 판서 이항복, 병조 참판 유영경, 상호군 노직, 좌승지 정광적, 주서 박승업, 가주서 이성, 검열 임수정, 이필영 등이 고개를 떨어뜨렸다.

먼저 왕이 침통한 목소리로 입을 열었다.

"수군이 무너졌으니 이제는 어쩔 도리가 없소. 명군에 이 소식을 알려야겠소."

왕한테는 그래도 수가 있다. 기댈 언덕 명나라. 지난 임진년에도 명나라가 구해 줬으니 이번에도 또 구해 주겠지, 왕은 그렇게 배짱 두둑하게 믿었다.

"충청과 전라 두 도에 남은 배가 좀 있소? 어쩔 수 없는 일이라고 핑계만 대고 이대로 있을 수는 없잖소. 남은 전선을 수습하여 방어책을 세웁시다."

국왕이 그렇게 말하는데도 쟁쟁한 대신들은 묵묵부답이다. 누굴 잡아 죽이라는 말이라면 침을 튀기며 뱉어 낼 수 있지만, 이런 문제는 도무지 먹통이다.

"이보시오, 대신들. 대체 비변사 회의를 뭘로 알기에 왕이 묻는데도 대답을 하지 않소? 그러고도 비변사 당상들이라고 할 수 있소? 전황을 이대로 방치한 채 아무런 방책도 세우지 않을 셈이란 말이요? 여러분이 대답을 않는다고 왜적이 물러나고 우리나라가 무사하게 될 것 같소!"

'거 봐라.'

이 말이 목구멍을 들락날락했지만, 어쨌든 일인지하一人之下인 영의정 유성룡이 마지못해 나섰다.

"감히 대답을 드리지 않는 것이 아니고 너무도 놀라운 일인지라 미처 계책을 생각하지 못한 것입니다."

왕이 혀를 찼다.

"수군이 패한 것도 어찌 보면 천운이니 어쩌겠소. 원균 통제사는 죽었더라도 어찌 사람이 없겠소. 어서 후임을 찾고, 각도의 배를 수습하여 속히 방비하시오. 아참, 원균은 왜 척후선도 띄우지 않았단 말이오? 적군이 그렇게 포위망을 칠 때까지 뭘 했단 말이오? 승산이 없었으면 당장 후퇴하여 한산도를 지킬 일이지, 참으로 답답하오."

역시나 뒤늦게 이런 말이 나온다. 동인들은 은근히 서인들을 비웃으며 입을 다물었다. 그런 걸 서인들이 가만히 앉아 당할 수는 없다고 생각했는지 원균을 변명해 주었다.

"권율이 원 통제사의 볼기를 쳤다 합니다. 울분을 안고 전선에 나간 사람이 어찌 후퇴를 하려 했겠습니까. 내일모레 환갑인 사람을."

왕이 물끄러미 목소리를 찾아 눈을 돌려보니 윤두수다. 동인들이 어느새 눈알을 부라리기 시작한다. 자칫 또 당쟁으로 치달을 것 같자, 영의정 다음으로 전쟁 책임을 져야 하는 서인 계열의 병조 판서 이항복이 얼른 나섰다.

"전하, 지금 당장의 계책으로는 통제사와 수사를 차출하여 빨리 전선으로 내보내는 수밖에 없습니다."

왕도 고개를 끄덕였다. 그도 눈치가 있으니 또 원균과 권율을 놓고 죽여라 살려라 떠들 것 같은 분위기로 흐를 조짐을 보았다. 국왕이 직접 정리를 하고 넘어가야만 한다.

"자네 말이 옳군. 그러면 우리 수군이 왜 졌나 따져보십시다. 왜적을 감당하지 못하겠으면 한산도로 후퇴했더라면 좋았을 것인데, 그런 요새를 지키지 않았으니 매우 잘못된 계책이라고 생각하오. 원균이 일찍이 절영도 앞바다에는 나가기 어렵다고 장계하더니 이제 과연 이 지경에 이르렀소. 권율의 장계만 믿다가 일을 그르쳤소. 그나저나 적선이 전보다 커졌다고 하던데 사실이오?"

원래 동인으로, 이제는 남북 중 남인으로 분류되는 김응남이 대답했다.

"그렇습니다."

"왜놈들이 대포와 화전도 쓰던가?"

이번에는 김명원이 나섰다.

"잘 알 수는 없지만, 예전 같지 않은가 봅니다. 아무래도 절치부심하여 재출전한 만큼 준비가 있었겠지요. 우리 수군들이 속수무책으로 당했다는 걸로 보아 적의 무기가 만만치 않은 듯합니다."

왕이 얼굴을 찡그리면서 말했다.

"풍신수길 그 미친놈이 항상 말하기를 '먼저 조선 수군을 격파한 다음에야 육군을 잡을 수 있다.'고 했다더니 이제 과연 그렇게 되었구려. 참 병조 판서(이항복), 우리 수군이 전멸했다는 말이오, 아니면 아직 남아 있소?"

"넓은 바다라면 패전하였더라도 혹 도망쳐 나올 수 있지만 얘길 듣고 보니 포위망이 두터웠던 듯합니다. 그렇다면 전사자가 아주 많았을 것 같습니다."

왕은 해도海圖를 가져오라고 하여 서안에 펼쳐놓고는 이항복에게 다시 물었다. 칠천량에서 한산도까지 손가락으로 훑어본 왕은 혀를 찼다.

"알 수 없는 일이야. 자잘한 섬이 이렇게 많고, 후퇴로 또한 허다하건만 하필 고성 그 좁아터진 바다로 가서 졌단 말인가."

왕은 원균이 후퇴를 두려워했다는 걸 아직 헤아리지 못했다. 얘기가 비관적으로 흐르기만 하자 김명원이 핵심을 지적하고 나왔다.

"통제사를 보낸다면 누가 좋겠습니까?"

왕은 다시 정신을 차리고 김명원을 바라보면서 대답했다.

"원균이 죽었는지 살았는지 아직 모르잖소?"

"살아 있다 해도 어디 얼굴 들고 나올 수 있겠습니까? 낙도 산간이라도 들어가 머리를 깎아야겠지요."

왕은 혀를 차면서 비변사 당상들을 원망하듯이 바라보았다.

"원균은 처음부터 이번 전투가 승산이 없다고 했다는군. 도체찰사 종사관으로 있는 남이공이 그렇게 보고를 해 왔잖소. 그때 배설 수사도 '비록 군법에 의해 나 홀로 죽음을 당할지언정 내 군졸들을 어떻게 사지에 들여보내겠는가.' 하고 따졌다잖소. 이번 일은 아무래도 도원수가 원균을 지나치게 독촉했기 때문에 일어난 일이오."

왕은 자신이 선전관을 보내 출전을 다그친 건 쏙 빼놓고 권율만 물고 늘어졌다. 유성룡은 왕의 관심이 권율에게 흐르는 듯하자 얼른 말꼬리를 채 버렸다. 자칫하다가 또 백의종군하는 사람이 나올지 모르기 때문이다.

"전하, 사세가 워낙 급하니 남은 전선을 수습하여 강화도를 지켜야 합니다."

피난처로 거론되는 강화 사수론까지 나오자 분위기는 더욱 가라앉았다. 그런 틈에 유성룡은 또다시 이순신을 거론했다. 왕으로서도 그 말을 받아들이지 않을 수 없다. 결국 이날 비변사 회의에서 왕은 백의종군 중인 이순신을 전라 좌수사 겸 경상·전라·충청 삼도 통제사로 임명하고, 전사한 충청 수사 최호의 후임으로 권준을 임명했다.

17
적국赤國으로 진공하라

"모욕이었어, 모욕."

유성룡은 당시를 회상하며 처연한 눈빛으로 창밖 하늘을 올려다보았다.

조선은 소서행장과 가등청정이 벌인 반간계에 보기 좋게 걸려들었다. 원균의 삼도 수군을 승산 없는 사지로 몰아대 일거에 무력화시킨 것이다. 평양성이 무너지고 왕이 의주까지 몽진하는 절체절명의 위기에서도 조선 왕실이 살아난 것은 오로지 수군 덕분인데, 그 수군을 하루아침에 깨뜨려 버렸다. 일본이 바라고 바라던 대로 알아서 죽은 것이다. 전라 좌수사 겸 삼도수군통제사 원균, 전라 우수사 이억기, 충청 수사 최호가 전사했지. 현감, 군수, 첨사, 만호로 죽은 장수들도 부지기수고.

이효원은 고개를 숙였다. 전시 재상 유성룡이 마치 어제 일처럼 분해 울먹거리는데 도저히 눈을 맞출 수가 없다.

"권율은……, 행주산성의 영웅 권율은 도원수로는 도량이 좀 부족했어. 내가 천거한 인물이니 누굴 원망하랴. 임진년의 변은 이순신이 막아주었는데, 정유년의 변은 누가 막을지 영의정인 내 걱정이 태산 같았지. 그런데 그 이순신이, 뼈가 으스러지는 고통을 겪은 그가, 철저히 버림을 받은 그가, 왕을 원망하여 꼬리를 사릴 만도 하련만 겨우 열두 척 배로 명량 대첩을 거둘 줄 누가 알았는가. 하늘이 낸 인물이 아니고서야 그럴 수는 없었지. 참으로, 못난 전시 재상, 나의 죄를 씻어준 건 바로 이순신이라."

유성룡은 이순신을 회상하는 듯 살짝 눈을 감았다. 유성룡은 어린 시절 이순신과 같은 동네에서 자라고, 그 인연으로 평생 이순신의 후견인을 자처해 왔다. 이순신의 영광과 모욕과 부침을 함께했고, 마지막에는 파직당하여 지금껏 낙향해 있는 것이다.

7월 26일, 칠천량 해전을 독촉해 오던 도원수 권율의 서장이 도착했다. 7월 21일에 작성한 것이다.

– 그간 원균을 따라 종군했던 신의 군관 최영길이 방금 한산도에서 패주해 왔기에 칠천량 전투에 대해 보고 드립니다. 원균이 사지를 벗어나 진주로 향하면서 말하기를, 사량에 도착한 대선 18척과 전라선全羅船 20척은 경상우도 바닷가에 산재해 있고, 한산도에 머물러 있던 군민軍民·남녀·군기軍器와 여러 곳에서 모여든 잡선 등을 남김없이 창선도에 집합시켜 놓았으며, 군량 1만여 석은 일시에 운반하지 못하여 남는 것은 불태웠다고 하더랍니다. 격군이 나서서 칠천량 전투에서 도망쳐 온 전선을 모두 안전한 해안에 정박시켰으므로 사망자는 많지 않다고 했답니다. 곧 해전을 직접 보고 온 최영길을 한양

으로 올려 보내겠습니다. 신은 후임 통제사 이순신으로 하여금 흩어진 전선을 수습하도록 사량으로 가라고 명령했습니다.

권율의 서장은 연락부절로 또 날아들었다.

- 진주 목사 나정언의 치보입니다.

통제사 원균은 견내량에서 하륙하였는데 적병이 무수히 추격하는 걸 보았답니다. 그러니 해를 입었음이 분명하고, 전라 우수사 이억기, 충청 수사 최호, 조방장 배흥립과 안세희, 가리포 첨사 이응표, 함평 현감 손경지, 별장 유해 등도 전사하고, 그 나머지도 사망한 군사가 많다 합니다. 경상 우수사 배설, 옥포, 영등포, 안골포 만호들 및 기타 전선 7척이 한산도로 향하는 것을 멀리서 보았다고 합니다. 배흥립 등의 생존 여부를 조속히 조사하여 만약 생존자가 있으면 전라 좌우 수사와 충청 수영의 임시 수사로 부임하라고 했는데, 지금은 아무 성과가 없습니다.

사태를 촉발시킨 권율은 혹 불똥이 원수부에 떨어질세라 후임 통제사 이순신을 내세워 허겁지겁 수군 수습에 나섰지만, 그에 대한 혹독한 평가는 어김없이 떨어졌다. 도원수부로 맨 먼저 유정이 씩씩거리며 나타난 것이다. 유정뿐만이 아니다. 경상 좌우 병사가 뛰어들었다. 사태가 심상치 않은 만큼 도체찰사 이원익도 부랴부랴 원수부로 달려와 상황 파악에 나서는 중이다.

그 사이 전황을 파악한 것이라고는 누가 죽었다더라, 누가 도망쳐 왔다더라는 말뿐이다. 하다못해 도원수부 소속 군사라도 보내어 남해안을 훑으면 좋으련만, 권율은 도망쳐 오는 수군들한테서 한두 마디 정보를 들을 뿐이다. 조정이 떠들썩한 가운데 어명을 받고 원균의 장선에 탔던 선전관 김식이 초주검이 된 몰골로 다녀가고, 또 감독차 종군했던 도원수부 군관의 보고를 들었을 뿐이다. 도체찰사 역시 그가 들여 보냈던 감독관으로부터 패전 소식을 들었다. 용케도 국왕, 도체찰사, 도원수가 종군시켰던 감독관들은 모두 다 살아나왔다.

"해전에 참전했던 우리 승군은 어떻게 되었습니까?"

유정이 물었다.

"생사를 알 수 없소. 다만 전라 수군 중 상당수가 한산도로 피신했다고 하니, 그러길 바라는 수밖에……."

전라 수군으로 참여한 승군은 약 1천5백 명, 달아났다고 해도 수백 명은 어김없이 죽었을 것 아닌가. 제발이지 여천 홍국사 승군 본영까지 안전하게 돌아갔기를 염원했다. 유정은 도원수부로 오기 전 칠천량 패전 소식을 듣고 끓는 분노를 이기지 못해서 아직까지 얼굴이 벌겋게 상기되었다.

"유정, 나도 알아보고 있네만 아직 연락이 없다네. 곧 좋은 소식이 있을 것이야."

도원수부에 주둔 중이던 처영이 유정을 안심시키려고 일부러 좋은 말을 해 주었다.

경상 좌병사 권응수가 역시 상기된 얼굴로 나섰다.

"승군이 죽은 게 문제가 아니라 우리 수군이 궤멸된 게 문제요. 오늘의 사태는 도원수와 도체찰사 두 분의 책임이오. 통제사 원균, 충청 수사 최호, 전라 수사 이억기 이 세 사람이 출전하면서 말하기를, 명령을 어기면 우리 세 사람만 죽으면 되는데, 명령을 따르면 나라가 결딴난다고 걱정했더랍니다. 선전관 김식 등 감독관으로 나선 자들이 전황은 살피지 않고, 무조건 부산, 부산 하고 외치다가 이 꼴이 났소. 지난 임진, 계사년에 왜선을 꼼짝 못하게 몰아쳤던 역전의 용장들이 이번 싸움 한 판에 다 전사했소! 대체 어쩔 참이오!"

도체찰사 이원익이나 도원수 권율이나 할 말이 없기로는 피차일반이다. 두 사람 모두 원균의 수륙 병진책을 결사반대하고, 수군 단독으로 싸우러 나가라고 윽박지른 장본인들 아닌가. 유정도 이번에는 언성을 높여 권율에게 대들었다.

"행주 대첩으로 말하자면, 고군분투한 여기 이 처영 스님의 승군과 배수진에 몰린 전라병들의 안간힘 덕분에 이긴 것이지 도원수의 뛰어난 계책으로 이긴 것은 아닙니다. 장수로서 부하들을 그런 사지에 몰아넣은 것은 큰 실책입니다. 그런 것이 우연히 대첩으로 바뀌고, 그 덕분에 졸장이 영웅으로 된 것이오. 그래도 도원수는 그야말로 엄청난 적을 물리친 대장군이셨소. 하나 독성산성으로 말하자면 싸움을 피해 숨어 있었을 따름이고, 용인 전투에서는 손가락 하나 튕겨보지 못하고 패퇴했으며, 계사년 진주성이 함락될 때도 수수방관했으며, 이번 칠천량 해전에서도 화살 하나 쏘아 주질 못했소. 이러고도 도원수라고 할 수 있소?"

"뭣이? 대관절 승장이 무슨 근거로 날 모함하는가. 도원수가 된 이래 잠 한숨 제대로 못 자면서 나라를 지키려고 애쓴 나에게 졸장이라니!"

권율은 버럭 화를 냈다.

"그건 내 말이 아니오. 진주성에서 무참히 죽어간 수만 백성들과 이번 칠천량에서 전사한 우리 수군들의 넋두리요. 그 사람들은 모두 도원수의 원군을 기다리다 죽어갔소. 저승에 가서서 그 원혼들을 만나면 뭐라고 답할 거요? 난 동인이라서 서인 하는 꼴은 보기도 싫었다, 이렇게 말할 거요?"

유정은 얼굴뿐만 아니라 새파랗게 밀어댄 머리끝까지 상기되도록 소리를 질러댔다.

"당신, 말이 너무 심해! 여기서 왜 동인 서인이 나와! 차라리 죽은 수군들 극락왕생하라고 염불이나 해!"

동인 계열로서 최근에는 남인으로 분류되는 도체찰사 이원익이 벌컥 화를 냈다. 권율을 욕하는 게 이원익을 욕하는 것이고, 이원익을 욕하는 게 권율을 욕하는 것이다. 당인黨人 일체다.

"안 그러면 도체찰사, 도원수가 동인이고 이순신이 동인인데, 왜 서인인 원균만 비난하고 핍박하느냐 말이오! 내일모레가 환갑인 노인네를 잡아다가 장형을 가하다니, 그게 제정신으로 할 짓이오! 보나마나 이번에 원균 통제사가 전사한 데는 전날 이순신 휘하에 있던 동인 수군들이 뿔뿔이 흩어진 탓도 있을 것이오. 듣자 하니 지금도 전라 수군들은 원균을 모함해 살점을 뜯어먹고 싶다고 떠든다면서요? 원 통제사가 죽도록 수수방관한 그런 놈들이 칠천량에서 죽을힘을 다해 싸웠겠소?"

"어, 이 사람이 이거 정말?"

이원익이 또다시 화를 내자 경상 우병사 김응서가 앞으로 나섰다.

"아, 싸우지들 마시오. 여기서 까딱 잘못하면 우린 모두 역적이 되고 말게 생겼소. 소서행장한테 여태 농락당한 것도 그렇고, 이순신을 백의종군시킨 것에다가 칠천량 패전까지 우리 모두 잘못이오."

경상 좌병사 권응수도 분위기를 가라앉히려고 찻잔을 재차 돌렸다.

"그러잖아도 지금 조정에서는 도체찰사, 도원수를 갈아치워야 한다는 목소리가 나온다고 하오. 하지만 그런 목소리는 서인 일각에서 나오는 희미한 신음일 뿐이니 그런 사태야 일어나지 않겠지요. 워낙 동인들이 막강하니 말이오. 하나 이 당장 우리가 해야 할 일이 있소. 승세한 왜군은 분명 호남 지경을 범하려 들 것이오. 그러니 우리 모두 군사를 휘몰아 호남을 지켜야 하오."

"적이 어디 호남을 골라 친다고 하던가?"

승군장 유정 때문에 심기가 흐트러진 도원수 권율이 심드렁하게 대답했다.

"소서행장이 요시라를 보내 여러 번 얘기해 줬잖아요?"

"또 요시라야? 행장의 말을 듣다가 낭패 본 게 어디 한두 번인가? 기실 그놈 세 치 혀에 우리 모두 놀아난 셈이야. 창피해 미치겠구면."

"내 참, 그러면 어쩔 셈이오?"

그간 소서행장과 강화를 담당해 온 김응서가 골이 나서 대들었다.

"경상 좌우병사는 각기 군영을 지키시오. 적이 또 경상도를 통해 한양으로 진격할지 모르니."

"글쎄, 소서행장이 그러는데 이번에는 경상도를 치지 않겠다고 했다니깐요."

"이 순진한 사람아, 전쟁터에서 이번에는 여길 치마, 다음에는 저길 치마 그러는 전쟁이 도대체 어디 있어! 짜고 치는 전쟁은 없어!"

경상 좌우병사와 도원수, 도체찰사 모두 난상토론만 벌일 뿐 딱히 대책을 세우지 못했다. 결국 지난번 진주성 때 썼던 대로 '청야淸野' 전법을 또 쓰기로 했다. 일본 수군 천지가 돼 버린 한산도 본영에 남아 있는 조선군은 하나 없고, 패잔군들은 호남 바닷가를 멀리 떠돌아다니는 중이다. 그러므로 각지로 흩어진 수군을 모으자면 시간이 걸린다. 수군이 계속 남해를 열어 둔다면 일본군은 육로 뿐만 아니라 해로로도 전라도 진입이 가능하기 때문에 사실상 방어 전략을 세우기가 어렵다.

　　같은 시각, 부산에 집결한 일본군 사령부.
　　칠천량 해전에서 승리한 소조천수추(小早川秀秋; 고바야가와 히데아기), 그가 이끄는 본부 군사들이 마지막으로 출전하면서 하필 원균의 조선 수군과 맞섰던 것이다.
　　불과 스물한 살.
　　원래는 풍신수길의 양자, 본래 이름도 풍신수추다. 풍신수길은 처조카인 수추를, 지난 번 수뢰가 태어나면서 한바탕 광풍을 몰아칠 때 수차처럼 죽여 없애지는 않고 대신 소조천융경의 양자로 보내 권력 서열에서 배제시켜 버렸다. 막중한 전쟁을 수행해야 할 총사령관의 자리에 버린 인물을 기용한 것은 그만큼 이번 전쟁도 똑같이 버린 전쟁이라는 뜻이다.

　　지난 임진왜란 때의 사령관 우희다수가가 스무 살이었던 사실에 비추어 보면 그래도 한 살이나마 늘어난 것이 다행이랄까, 수길이 한번 건드렸던 과부의 자식이라고 중용했던 우희다수가나 한때 양자로 삼았다가 버린 소조천수추나 실상 전쟁을 치러낼 만한 위인이 못 된다. 다만 늘 그러하듯이 풍신수길은 작전에 능한 장수들을 딸려 보내 전쟁을 통제했는데, 이번에는 흑전여수黑田如水가 그 임무를 맡았다. 흑전여수 덕분에 칠천량 앞바다에서 폭풍우와 싸우던 원균 함대를 지치도록 유도하여 마지막에 한 방 매섭게 때렸던 것이다. 부산에 도착하자마자 전승을 올린 소조천수추는 기고만장한 목청으로 부하 장수들에게 위세를 보였다.
　　"우희다수가 장군, 이번에는 지난번하고는 다를 거요. 내가 오자마자 당신 발목을 잡았던 조선 수군 놈들을 결딴내 버렸으니 말이오. 그까 짓 여반장 같은 짓을 5년이나 질질 끌면서 뭘 했더란 말이오?"

우희다수가는 아니꼽지만 눈을 내리깔았다. 서열로 보자면 아직 소조천수추에게 밀릴 그가 아니지만 임진년 일을 두고 따지고 드는 데는 꼬리를 내릴 수밖에 없다.

"이번에는 전군을 삼군으로 나누겠소. 좌군, 우군, 수군. 지난번에는 수군을 경시하다가 일을 그르쳤지만 이번엔 다르오. 그만큼 수군을 중시하겠다 이 말이오. 수군이 남해와 서해를 장악하면 좌우군은 적국(赤國: 전라도)과 청국(靑國: 충청도와 경기도)을 두드릴 것이오."

사령관 소조천수추가 결정한 좌우군 배속은 이러했다.

좌군左軍 : 대장 우희다수가宇喜多秀家, 주장主將으로 소서행장, 도진의홍, 봉수하가정蜂須賀家政 등 4만 9천6백여 명.

우군(右軍) : 대장 모리수원毛利秀元, 주장主將으로 가등청정, 흑전장정, 과도직무 등 6만 4천3백여 명.

수군水軍 : 등당고호藤堂高虎, 가등가명加藤嘉明, 협판안치脇坂安治 공동 지휘, 병력 약 7천2백여 명.

나머지 병력은 사령관 소속으로 두고, 일본과 부산 간의 서류 연락을 맡긴다든가, 지원군이나 왜성을 지키는 데 쓰기로 했다.

"좌군은 사천으로 상륙하여 하동을 거쳐 구례, 남원을 지나 전주로 진격하시오. 내가 바닷길을 열어놓았으니 그리로 해서 냅다 들이치기만 하면 적국은 손아귀에 떨어질 것이오."

전 같으면 한산도가 지척인 사천으로 상륙한다는 것은 상상하지도 못할 일이지만 조선 수군이 없어진 마당에야 거칠 것이 없다.

"우군 역시 적국赤國의 남원과 전주가 목표인 것은 똑같은데, 다만 육로로 진격하시오. 그러자면 양산 쪽으로 해서 밀양, 창녕, 거창을 들이치다 보면 벌판을 달리듯이 신나게 달릴 수 있을 것이오."

소조천수추가 의기양양한 얼굴로 한쪽 구석에 자리를 잡고 있는 횡목단을 돌아보며 물었다. 송포진신이 허리를 직각으로 꺾어 인사를 한 뒤 입을 열었다.

"조선군은 볼 것이 없습니다. 우릴 내내 괴롭혀 온 수군이 괴멸되면서 적국 한산도가 초토화되었습니다. 권율이란 자가 도원수를 맡고 있는데, 이자는 원래 공격이 뭔지 모르는 장수입니다. 어디선가 방어나 하려고 들겠지요. 그래봤자 병력도 얼마 안 되고, 한마디로 오합지졸입니다."

"조선군은 도합 몇 명이나 되는가?"

"물론 장부에서야 십만 대군이 잠자고 있겠지요. 우리가 공격 목표로 삼고 있는 호남의 병력은 불과 1천5백여 명, 영남을 지키는 병력이 약간 많은 편인데, 1만쯤 됩니다. 적들은 우리가 호남을 치리라고는 예상하지 못할 것이기 때문에 그 만 명은 허수아비나 다름없지요. 뒤늦게 우리 목표를 저들이 안다 해도 한양에 있는 저희들 국왕이나 지키려고 죄다 한강으로 몰려갈 겁니다. 호남을 치는 건 식은 죽 먹기입니다."

송포진신이 자신만만하게 답할수록 일본군 장수들은 히죽거리며 좋아했다. 그렇다면 그냥 갈 게 아니라 수레를 잔뜩 끌고 가서 눈에 띄는 대로 쓸어 담아야겠다, 그런 생각뿐이다. 그래도 소조천수추는 사령관답게 명군을 짚고 넘어갔다.

"명나라 군대는 얼마나 되는가?"

"역시 별 게 없습니다. 남원에 3천 명(楊元 휘하), 전주에 2천 명(陳愚衷 휘하) 해서 우리 앞길에는 불과 5천밖에 없습니다. 나머지는 저 북쪽 충주에 4천(吳惟忠 휘하), 한양에 몇 천(麻貴 휘하) 있는데, 왕이 달아날 때 따라갈 병력으로 봐야지요. 백성 수십만이 죽어도 까딱 안 하던 대신들이 왕의 손톱에 가시만 들어도 한양이 다 들썩거린다니까요. 우리가 전주를 치면 조선 왕은 아마 겁을 집어먹고 또 의주로 달아날 겁니다."

결국 송포진신이 보고한 조명 연합군의 일선 병력은 불과 3만이 채 안 된다. 그걸 일본군 14만이 뭉개 버릴 참이다. 전쟁이 시작된 지 5년이나 지났는데 아직도 변한 것은 아무 것도 없다.

"좋아 좋아. 전주를 치고 나서는 공주, 그 다음에는 뭐 한양이지. 안 그래들?"

일본군 장수들은 다들 박수를 치면서 좋아했다.

그 순간 남쪽에서는 지옥문이 눈을 뜨고 있었다.

남원성, 하루 전날 오후.

"참외가 참 달구나."

우희다수가는 목이 마르던 차에 노란 참외를 보더니 우적우적 씹어 먹었다. 우희다수가는 원래 부산을 지킬 생각이었는데, 소조천수추가 눌러앉는 바람에 하는 수 없이 남원성까지 진격해 왔다. 오는 길 내내 조선군의 저항은 전무했다.

일사천리로 달려와 남원성을 포위한 일본군 좌군은 찌는 듯한 더위를 피해 잠시 휴전했다. 그러는 사이 성밖에서 재배되던 수박, 참외, 오이, 그리고 나무에 달린 실과들까지 모조리 걷어다 놓고 먹는 중이다.

남원성은 석성인데, 석축 둘레 8,199자, 높이 13자, 그 안에 우물이 71개소나 있는 제법 큰 성이다. 성 밖 옹성이 16개, 성가퀴는 1천 개가 넘는다. 동서남북 4문을 두고 인근의 강물을 끌어들여 생활용수로 썼다. 행주산성이나 진주성에 비하면 좋은 조건이 한두 가지가 아니다. 그런 만큼 조선군이나 명군이나 남원성만은 지켜낼 수 있으리라고 믿었다.

우희다수가는 그늘진 나무 밑에 앉아 남원성을 그려보면서 소서행장 등 좌군 장수들과 작전을 토의했다.

"조선군 놈들이 청야를 한다면서 농작물만은 태우지 않아 참 다행이야. 기껏 관고官庫나 저희 무기고를 태워 주었거든. 우리가 뭐 저희들 녹슨 창이나 칼을 뺏어 쓸까 봐 걱정되었는가 보지. 멍청한 것들."

"그래서 우리도 고생이 좀 있잖습니까?"

"우리가 무슨 고생이야? 저 들녘 좀 보라고. 저거, 며칠 있으면 베어 먹을 수 있는 쌀이야. 쌀 중 최고는 적도(赤稻;전라도 쌀, 아키바레의 원형)라고. 저걸 불 지르지 않았는데 우리가 무슨 손해야? 도리어 저들이 관고와 무기고를 불태워 손해 본 건 우리가 아니라 이곳 전라도를 중심으로 일어난 의병들이야."

"장군, 오늘은 날이 너무 더우니 구름이 끼거나 비가 오길 기다렸다가 한바탕 들이치시지요?"

나이 많은 도진의홍이 은근히 쉬어가며 싸우자는 건의를 올렸다. 도진의홍의 나이 62세, 스물대여섯 살 난 어린 장수들이 설치는 전쟁터를 뒤따라 다니기도 바쁘다. 어제는 비가 와서 하루 쉬었는데, 오늘은 작전을 논의한답시고 싸우는 척하다가 또 쉬는 중이다.

"나도 그 생각이야. 이거 너무 덥다 보니 구경하는 것도 지겹군, 그래. 사신이나 들여보내서 양원인가 하는 그 부총병 놈한테 항복하라고 전해 봐. 하면 좋고, 안 하면 두드려 잡는 거지 뭐."

우희다수가는 겉으로는 자신만만하게 굴었지만, 그도 속내는 그렇지 못했다. 소문을 들으니 남원성에 들어간 명군은 5만이나 6만쯤 된다고 한다. 정말 그렇다면 함락을 장담할 수 없는 것 아닌가.

성전城戰은 우희다수가가 가장 꺼리는 전투다. 개전 초기에 진주성에서 당한 것은 물론이고, 독성산성하고 행주산성에서 권율한테 당한 생각을 하면 지금도 낯이 화끈거린다. 그 한을 풀려고 나중 조선군이 버린 진주성을 초토화시켰지만, 정면 승부를 본 게 아니다 보니 쑥스럽게 끝나고 말았다. 그러니 이번에 남원성 하나만은 확실히 함락시켜야 한다. 그런데 그간 한 번도 겪지 못한 명군이 남원성에 들어갔다는 것 아닌가. 그것도 5만이나 6만이면 몇 달 몇 년이 걸릴지 모르는 대군이다.

"하여튼 조심해야 돼."

하지만 일본군 진군 속도가 워낙 빨라 횡목들은 남원성에 직접 들어가 활동할 시간적 여유를 갖지 못했다. 그러다 보니 실제 병력 5천밖에 안 되는 것을 두고 성 밖에서는 그 열 배라고 상상하면서 얼른 대들지 못하고 있다. 우희다수가는 뒤늦게 남원성에 잠입한 횡목단이 적정을 파악하고 돌아오기를 손꼽아 기다리는 중이다.

더군다나 13일 전투에서는 조선군이 날린 비격진천뢰 때문에 일본군 사상자가 무수히 발생했다. 일본군 종군승들은 그날부터 목탁을 두드리기 시작하여 매일 수백 명씩 죽어나가는 일본군 시신을 화장하기에 바빴다. 죽는 병사야 그래도 나은 편이다. 부상자들은 골치 아프기 이를 데 없다. 치료하기 위해 다른 병력이 따라붙어야 하고, 또 그들이 내지르는 비명 때문에 다른 병사들의 사기가 떨어지기 때문이다.

"장군, 오늘은 조선 백성들이 가장 중시하는 명절 추석이라고 합니다. 아예 저놈들 조상 차례도 못 지내게 매우 치시지요?"

조선 사정을 가장 잘 아는 소서행장의 사위 종의지란 놈이다. 종의지는 지난 임진년 이래 일본군의 향도嚮導 노릇을 해서 사사건건 끼지 않는 데가 없다.

"그래도 그럴 순 없지. 적을 외통수로 몰아대면 우리도 물린다니깐. 한즉, 오늘은 우리 군사들도 쉬게 합시다. 내일이든 모레든 작전은 이렇게 합시다. 먼저 봉수하가정(蜂須賀家政;하치스가 이에마사)이 동쪽을 치도록 하지. 동쪽에는 양원 부총병 이하고 중군 이신방이 지키고 있다는군. 자네 병력은 몇 명이나 되나?"

"핫! 1만 5천은 족히 됩니다."

"일본에서 건너온 숫자보다 어째 더 많군. 그런 건 거짓말할 필요가 없어. 한 1만이라 치고, 하여튼 주장主將 양원이 지키는 동문을 다 때려 부수라고. 그 다음 소서행장이 서문을 맡아야겠어. 거기는 모승선이라는 명군 장수가 지키는 모양인데, 확 불을 질러버리라고. 한 만 명 되나?"

"핫. 7천여 명입니다. 그 정도면 충분하고도 남습니다."

지난 임진년에는 2만 가까운 병력을 동원했던 소서행장은 재침을 앞두고 영지인 우토宇土를 샅샅이 뒤져 군사가 될 만한 장정을 끌어 모았지만, 그게 겨우 1만 4천쯤, 그것도 대마도 병사까지 합친 숫자다. 그러고도 이번 작전에는 병력을 아껴 7천만 앞에 세웠다.

"자만하지 말라고. 적이 5만인지 10만인지 모르잖나. 자, 남쪽은 누가 칠까? 아니, 남쪽은 내가 직접 치지. 장표蔣表란 명나라 장수가 지킨다는데, 내가 놈의 수염을 확 뽑아버리지. 그러면 전라 병마사 이복남이 지킨다는 북문이 문젠데, 이놈들 되게 사나울 거야. 도진의홍 장군께서 몸 좀 한번 풀어보시지요?"

"아, 이 늙은이한테도 기회가 오는구려. 군사로 말하면 나도 1만 3천은 되니 맨 먼저 입성하리라."

"젊은 애들을 앞세우고 장군께서는 뒤에서 독려나 하십시오. 그럼 이 정도로 병력 배치는 해 놓고, 공격 명령이 떨어지면 일제히 치기로 하지요. 군대별로 준비를 철저히 하면서 휴식을 하시오."

회의를 마친 장수들은 씹다 만 참외꼭지며 오이꼭지를 퉤퉤 뱉으면서 자리에서 일어나 각자 군영으로 돌아갔다.

16일, 추석 저녁부터 내리던 비가 아침에 그쳤다. 그 새벽으로 남원성에 잠입했던 횡목들이 가까스로 귀환했다. 우희다수가는 남원성 수비군이 불과 5천여 명밖에 안 된다는 것을 확인하고는 작전을 재점검했다. 이제 치기만 하면 이긴다.

"조선말 하는 대마도 군사 몇 놈을 보내 항복을 권해 보시오. 예의를 지키자는 것이 아니라 적의 사기를 누르자는 말이지."

우희다수가는 소서행장을 불러 지시를 내렸다. 소서행장은 곧바로 사위 종의지를 불러 남원성으로 사람을 보내게 했다. 전날 부산 왜관에 살던 대마도 병사 다섯 명이다. 이들은 성문에 이르러 화살을 피할 만한 거리를 두고 양원을 불렀다. 남원성의 지휘권은 전라 병사가 갖고 있는 게 아니라 명군 부총병 양원이 쥐고 있다.

"일본군이 곧 공격을 시작하겠답니다. 우리 일본군이야 부총병 눈으로 직접 보시면 알겠지만, 더도 덜도 아닌 딱 6만이올시다. 그러면 귀군의 열 배는 훌쩍 넘는 것 아닙니까? 그러니 어서 북문으로 해서 도망가시오. 북문은 두드리지 않을 참이오!"

일본군이 와서 항복을 권한다는 말에 양원이 성루에서 내려와 목청 좋은 통사通事를 불러 맞고함을 지르게 했다.

"내가 열다섯 살부터 장수가 되어 천하를 안 다닌 데가 없노라! 우리 중원으로 말하자면 너희 섬나라의 백 배, 천 배 넓은 세상 아니더냐! 이제 10만 정병을 이끌고 압록강을 건너와 이 성을 지키는데, 너희 같은 오랑캐 따위를 왜 두려워하겠느냐?"

대번에 허풍임을 아는 일본군도 지지 않는다.

"하이고, 겨우 5천 명 가지고 풍이 너무 심하십니다, 부총병님! 우리 횡목들이 벌써 남원성에 사는 개미가 몇 마리인지, 소와 닭이 몇 마리인지 다 조사해 왔습니다! 개미나 들쥐 따위를 합치면 10만이 될지는 모르겠습니다만, 그냥 항복하시는 게 좋겠습니다. 이 더위에 시체 치우기도 쉽지 않고, 혹 죽기라도 하시면 우린 바빠서 장례를 치러드리지 못하고 서둘러 북경을 치러 떠나야 합니다. 한즉 부총병님 시체는 아마도 똥파리 떼가 치우지 않을까 모르겠습니다!"

"저, 저놈들이!"

일본군은 항복을 권유하자는 게 아니라 도리어 약을 올리잔 것이다. 그러자마자 양원은 놈들을 향해 화살을 날리라는 명령을 내리고, 즉시 포를 발사하였다. 탕탕 하고 몇 발이 터져나가자 대마도 병사들은 혼이 빠져서 달아났다. 보고를 받은 우희다수가는 작전 시각을 정해 주었다.

"2경, 일제히 공성에 나선다!"

이날은 1597년 정유년 8월 16일, 양력으로는 9월 27일이다. 일본군은 사방으로 돌아가면서 포위망을 굳히고 각종 공성 장비를 끌어다놓고 시위를 벌였다. 이날 오후 다섯 시 반, 석양이 서산에 걸려 마지막 빛을 놓았다. 그때까지 공격이 없으면 야전이 벌어진다는 의미다. 일본군은 명군의 대포 공격을 분산시키기 위해 일부러 야전을 택했다.

해가 졌다. 아직 어스름 빛이 남아 있는 시각, 일본군은 공격을 시작하지 않았다. 어제가 추석 보름달이었으니, 오늘 역시 한쪽이 약간 먹겠지만 그래도 보름달에 가까운 밝은 달이 뜬다. 해가 진 지 한 시간 반 만에 과연 동쪽 산에 둥근 달이 고개를 내민다. 오후 일곱 시, 달이 뜨자마자 일본군은 전투 부대와 보급 부대로 나뉘어 동서남북 네 문을 향해 조총을 쏘아대기 시작했다.

우희다수가는 멀찍이 떨어져 불꽃놀이보다 더 아름다운 야전을 구경했다. 남원성에서도 응전에 나서 명군이 쏘아대는 포탄이 유성처럼 쏟아져 내렸다. 불랑기포 3문, 호준포 10문, 대완구 등이 마구 불을 뿜어댔다. 성 안팎으로 죽어나가는 비명이 귀를 찢었다. 명군이 한꺼번에 수백 발씩 쏘아대는 불화살이 일본군 진영을 쓸고 지나가면 한꺼번에 수십 명이 줄을 지어 쓰러졌다. 포를 쏘아도 마찬가지다. 철편이 사방으로 튀면서 여남은 명씩 물결처럼 쓰러져나간다.

"장관이야! 이 맛에 전쟁을 한다니까."

우희다수가 눈에는 죽어나가는 병사보다는 피를 끓게 하는 함성만이 들렸다.

"하지만 북문北門은 열어 두어야겠어. 우리 군 피해가 너무 커. 도진 의홍 장군께 전령을 보내 적당히 문을 비워 두시라고 전해라. 싸움을 이기자는 거지 저놈들 다 죽이자는 건 아니니까."

군사를 아껴 변에 대비해야 한다. 북문 공격은 그러지 않아도 뜻대로 되질 않는다. 전라 병사 이복남과 처영이 이끄는 승군이 철통 방어를 하고 있다. 처영은 빗발치는 조총탄을 피해 가며 무기를 나르고 마실 물을 공급했다. 승군은 직접 활을 당기기보다는 무너진 성벽을 재빨리 보수하고, 화살, 포탄 같은 전투 물자를 보급하는 일을 맡았다.

결국 시간문제다. 맨 먼저 무너진 것은 명군들이 지키는 남문과 서문이다. 성문이 허물어지자 일본군은 물밀 듯이 밀려들었다. 조선군과 명군은 북문까지 밀렸다가 거기서 도진의홍 군과 맞서 죽으면 죽고, 살면 살기로 달려들었다. 맨 먼저 몸을 뺀 부총병 양원은 가까스로 혈로를 뚫었다.

명군 쪽에서는 동문을 지키던 이신방, 서문을 지키던 모승선, 남문을 지키던 장표가 다 전사하고, 조선군 쪽에서도 병사 이복남 등 참전 장수들과 접반사 등 관리들이 모두 전사했다. 처영 휘하에서 북문을 지키던 승군들도 거의 다 죽었다.

'둥둥둥' 울리던 조선군의 북소리가 멎은 지는 벌써 오래다.

이날 같은 시각, 전주성을 향해 진격하던 일본군 우군은 조선군이 쳐 놓은 방어선에서 결전을 벌이는 중이었다.

황석산성. 물론 이곳 군사들은 조선군의 청야 명령만 받들어 도망치면 그만이다. 그러나 안음 현감 곽준은 온 가족과 현민들을 이끌고 방어전에 나섰다. 불과 5백 명, 일본군 우군은 힘들이지 않고 황석산성을 함락시키고 전주성을 향해 나아갔다.

전주성 수비군은 일본군 우군이 몰려오고 있다는 첩보를 입수했다.

또한 남원성이 함락되어 곧 일본군 좌군도 북진 중이라는 보고가 잇따랐다. 호남을 지키는 조선군과 명군은 마지막으로 전주성에 모여 방어전에 나섰다.

호남의 심장 전주를 지키는데 조선 쪽에서는 전라 감사가 나타나지 않았다. 박홍노 대신 신임 감사로 부임한 황신(얼마 전 일본에 사신으로 다녀왔다)이 행방불명이고, 도사 김순명 역시 행방이 묘연하다.

그 다음 지휘 계통으로 보자면 전주 부윤 박경신이 조선군 책임자인데, 박경신은 방어가 불가하다고 보고 병력을 이끌고 먼저 성을 나가버렸다. 명군 유격장 진우충은 사수전을 고민하다가 결국 그도 북으로 달아나 버렸다. 이렇게 하여 전주성은 싸워보지도 않고 일본군에게 넘어갔다. 일말의 자존심은 있어 조선조 왕실의 권위를 담아 놓은 경기전의 각종 그림이며 서책 따위는 지역 유림들이 나서서 멀리 빼돌렸다.

18
최후 방어선

일본군의 재침이 시작되면서 조선은 긴급 구원을 청하는 서신을 명나라에 보냈는데, 기가 막힌 답이 왔다. 그간 조선에 우호적이던 병부 상서 석성을 잡아 옥에 가둔 뒤 명 황제가 짜증을 내면서 써 보낸 것이다.

- 짐이 생각해 보니 귀국이 가까운 동쪽에 있으면서 대대로 우리와 선린했는데, 몇 해 전에 왜적이 강토를 잔파하자 의주까지 옮겨 와서 애절하게 구원을 청하였소이다. 짐이 측은히 여겨 문무에 뛰어난 중신들을 특별히 보내서 군사를 거느리고 동정하게 하되, 불에 타는 자를 구원하고 물에 빠진 자를 건졌습니다. 그때는 온 나라 백성의 뜻이 굳어서 다 함께 적을 토벌했으므로 강토가 다시 회복되고 뿔뿔이 피난 갔던 왕자들과 조정 신하들을 도로 찾았습니다. 왜적도 두려워서 도망하고 머리를 숙여 봉공을 구걸하므로 짐은 조선이

백성과 물자가 흩어지고 탕진한 것을 생각하여 우선 그 청을 따라 강화를 받아 주었소. 그것은 오직 조선을 편안하게 하려 함이었소.

그런데 어찌하여 몇 해 동안 휴식하면서도 훈련도 더 하지 않고 스스로 와신상담을 잊고 토붕와해土崩瓦解를 좌시했더란 말이오. 교활한 왜적이 다시 쳐들어오자 전과 같이 똑같은 말로 장황하게 아뢰어 우리 구원을 청하니 하는 수 없이 우리 명군이 다시 동병하게 되었소. 군사를 수고롭게 하고 험한 길을 헤치며 무기와 식량까지 가져가 구원하고 있으니, 짐이 조선을 보살피고 어려움을 불쌍하게 여기는 마음을 잘 알아야 할 것이오.

그렇건만 듣자하니 조선의 군신들이 우리 장수들 보기를 진월秦越과 같이 하여 조금도 생각하는 정의가 없고, 왕성을 헌신짝처럼 여겨 전혀 지키려는 기색이 없으며, 군량이 떨어져도 도와주지 않고, 병장기를 감추어 두고 내놓지 않으며, 백성이 흩어져도 모으려 하지 않고, 신하들이 도망해도 처벌하지 않는다고 하오. 짐은 만 리 먼 길을 마다하지 않고 구원병을 보내 조선을 도와주는데 당신들은 도리어 지키려 하지 않고, 한 가지 계책도 세우지 않았으며, 이미 명령할 능력이 없으면서 또한 명령을 받지도 않았소. 우리 경리가 그 곳에 있으니 나랏일에 대해 그의 명을 받아야 마땅한데 한 번도 백성들에게 황제의 교훈을 받들게 하였다는 말을 듣지 못했소. 당신들 마음이 너무나 어두워 가련할 뿐이오.

깊이 생각하여 그 자세를 고치기 바라오. 또 내가 파견한 문무중신들에 의지해서 나라를 정돈하고 천병天兵의 도움을 받아 함께 지키도록 하시오. 조선이 스스로 부국강병에 앞장서 나라 재물을 늘리고 병장기를 손질하고, 스스로 요새지를 지키고, 방패와 창을 높이 쳐들어야 할 것이오. 어명을 엄격히 선포하여 힘써 싸울 계략을 세우고 군법을 거듭 밝혀 도망하는 죄를 준엄하게 다스리시오. 충성하는 자를 높이고 의리를 고취해서 나라의 안전을 도모하시오. 이에 나는 어사 한 사람을 보내서 연합군을 감시하고 싸움도 독려케 하고자 하오. 보검 한 자루를 주어 군사들 중에 따르지 않는 자가 있으면 먼저 처벌한 다음 나중에 아뢰게 하였소. 그런즉 조선의 군신들도 함께 노력해서 우리 장수들을 도와주고 후회하는 일이 없도록 하시오. 거듭 삼가시오.

구구절절 맞는 말이다. 창피하기 짝이 없지만, 틀린 말이 없다. 그렇건만 왕은 그게 못마땅하다.

"아무래도 세자를 남쪽으로 보내 적을 맞아 싸우라고 해야 할 것만 같아요. 아니면 내가 직접 내려가든지. 아니면 왕위를 세자에게 물려주어 직접 전란을 수습하게 하든지 해야지. 이 문제를 의논해 보라고 비변사에 지시를 내려두었는데, 어째 아직도 소식이 없는지 모르겠소."

왕은 또 말 같지 않은 말을 내뱉는다. 왕위를 넘길 생각이 있다면 스스로 넘기면 그만이지 검토해 보란 말은 또 무엇인가. 그저 기록이나 남겨 두려는 얄팍한 술수다. 만일 그러라고 누가 의견이라도 낼라치면 그목을 어떻게 지킨단 말인가. 애초에 불가능한 지시를 내려놓고 호들갑을 떤다.

"도원수 권율이 와서 뵙고자 합니다."

"권율이? 아니, 남원성·전주성 떨어지고 금강 방어선이 무너지는 마당에 왜 전쟁터는 지키지 않고 한양까지 올라왔단 말이오? 적이 벌써 한강까지 쳐들어온 게 아닐까?"

왕은 퍼뜩 놀라 승지 이효원에게 반문했다.

"적이 파도처럼 밀려오는데 도원수가 한가하게 도성이나 출입하다니, 이게 웬일인가."

이윽고 군복을 입은 권율이 철편이 철걱거리는 소리를 내며 안으로 들어섰다.

"아니, 도원수! 지금 남쪽에서 적이 활개를 친다는데, 어째 한양에 올라왔는가? 아무리 청야령을 내렸기로서니 전선을 이탈하면 안 되잖소?"

왕의 말에 권율은 권율대로 놀랐다.

"전하, 신은 남원성을 구하기 위해 휘하 장졸들을 이끌고 적에 맞서고 있었습니다만, 조정에서 긴급히 올라오라는 전갈을 받고 하는 수 없이 왔을 뿐입니다. 오는 길에 전주성이 떨어지고 금강 방어선이 뚫렸다는 말을 들었습니다. 제가 온 것은 신의 뜻이 아니라 조정의 부름 때문입니다."

"뭐라고? 조정이 올라오라고 했다고? 아니, 한창 적과 싸우고 있는 주장을 도성으로 불러들이다니, 대체 내가 그처럼 생각 없는 미친놈인 줄 아시오? 대체 군사는 어디다 놓고 혼자 돌아다니는 거요!"

"도원수 직할군은 어차피 수백 명에 불과하옵니다. 휘하의 승군장 처영과 승군은 남원성을 구하러 떠났습니다."

그 승군들이 이미 전멸했다는 것을 도원수 권율은 아직 모른다. 어쨌거나 갑자기 나타난 도원수 권율 때문에 황당해 한 왕은 어찌된 영문이냐고 승지만 닦달했다. 그 자리에 영상 이하 대소신료들이 대부분 착석해 있지만, 그래도 대놓고 그들에게 따지지는 않았다. 그들 중에는 권율을 당장 불러올리라고 소리친 사람들도 섞여 있다.

"지난 번 적이 부산을 떠나 전라도로 진격해 온다는 보고를 받고는 비변사에서 한강을 끊어 적을 막아야 한다는 여론이 있었습니다."

"그랬지. 그게 어때서?"

"한강 방어전에는 역시 도원수 권율밖에 없다, 행주산성을 지켜낸 영웅 아니냐, 그래서 도원수를 불러다 한강 방어전을 준비하라고 해야 된다고 의견을 모았지요."

"그런 말이 있었지. 그래서?"

"그 즉시 비변사에서 원수부로 사람을 보내 긴급히 상경하라는 명령을 내렸지요. 명나라 경리經理도 충청 병마사 이시언과 도원수 권율은 왜 한강을 막으러 오지 않느냐고 따졌잖습니까? 전하께옵서도 역시……."

"경리나 내 뜻은 도원수가 직접 군사를 거느리고 와서 한강 수비전에 나서야 할 것이라는 말이었지, 도원수 혼자 입시하라는 말은 아니었소. 아니 그래, 한창 전쟁 중인 주장을 전선에서 불러올린단 말인가? 의논할 일이 있으면 비변사 당상들이 내려가 도원수를 만날 일이지, 대체 책상머리에 앉아 무슨 전쟁을 한단 말이오?"

왕은 머리를 휘저으면서 짜증을 냈다.

"하이고, 내가 이런 사람들하고 국난을 막아야 하다니……."

그러면서도 기왕지사 도원수가 눈앞에 나타났으니 잘 다독거려 전선으로 돌려보내야 했다.

"하여튼 노고가 많소."

"일선에 나선 지 5년 동안 공이 털끝만큼도 없으니 만 번 죽어도 죄가 마땅합니다."

물론 인사치레로 하는 말이다. 행주 대첩, 머릿속에서야 이 말 넉 자가 늘 태양처럼 빛난다.

"적세는 어떠하오?"

"임진년에는 미치지 못하지만 인심은 붕괴되고 있습니다. 경상 좌병사 김응서는 단지 2백여 명을 거느렸으나 몸소 사졸보다 먼저 나아가 싸웠는데, 왜적의 대세를 꺾지는 못했어도 적의 머리를 여러 명 끊었습니다. 이에 비해 충청 병사 이시언은 당초 2천여 명을 거느리고 영남으로 진군했는데, 돌아올 때쯤은 모두 도망가 흩어져 버리고 50여 명만이 남았습니다. 군사를 모으려 해도 모이질 않습니다."

"대체 무슨 이유로 군사들이 그렇게 없단 말인가. 기껏 모아도 사흘이 멀다 하고 도망이나 치고. 임진년에는 방방곡곡에서 의병이 일어났는데, 왜 지금은 창의하여 일어서는 사람이 없는가?"

한번 당한 것에서 구해 놓았으면 이번에는 나라가 방비를 해야지 또 똑같은 실수를 저질러 놓고 백성들더러 알아서 지키라니, 그게 될 말인가. 다들 그 생각이다.

"왜적이 재차 쳐들어 왔으니 다시는 어떻게 해 볼 수 없다고 여기고 있기 때문입니다. 소신이 영남에 있을 적에 전 의병장 정인홍에게 병사를 모집하도록 권고한 적이 있습니다. 그가 비록 늙고 병들었지만 본시 명망이 높아서 근방의 선비들을 모아 의병을 일으킬 만하므로 도체찰사 이원익도 그에게 권고하였습니다. 이 밖에는 듣지 못하였습니다."

이번에는 관군은 물론 의병까지 없다.

"이른바 복수군復讐軍이라는 자들은 왜적을 한 번 마주치기도 전에 모조리 흩어져 버렸습니다. 이시발이 훈련시킨 군사 역시 5분의 1은 달아나고, 북군北軍 잔병은 이미 한명련에게 줘 버렸습니다."

그 정도면 관군이랄 것도 없다. 1차 방어선 남원성, 2차 방어선 전주성이 무너진 뒤 3차 방어선으로 설정한 공주 금강 전선이 또 무너진 것이다.

금강에는 전주에서 탈출한 명군 유격 진우충의 2천 명, 급파된 명군 구원병 2천 6백여 명, 그리고 조선군 쪽에서는 충청 감사 정윤우, 충청 병마사 이시언, 충청 방어사 박명현, 체찰 부사 한효순, 도원수 부관 한명련 등이 강 언덕에 모여 일본군이 나타나기를 기다렸다. 막상 6만여 명이나 되는 일본군 우군을 보고는 앞서거니 뒤서거니 우르르 달아났다. 그 와중에 그나마 접전을 벌이던 한명련이 부상을 입었다.

문제는 그게 아니라 거기서 패퇴한 조선군이나 명군이나 죄다 한강까지 줄행랑을 놓아 그 이남에는 방어군이 전혀 없다는 점이다. 왕이 낙담하여 힘없이 물었다.

"한명련은 어디에 있소? 오른팔에 자상을 입었다고 들었는데 중상은 아니오? 그리고 북군은 어디 주둔하고 있소? 혹 도망간 건 아니오?"

"지금 동작진에 주둔 중인데 상처는 이미 치료했답니다. 그리고 북군 중에 도망자는 더 없고, 한명련이 아직 데리고 있습니다."

"다행이오. 하나 도원수가 한양에 나타났으니 민심은 보나마나 요동칠 것이오. 도원수까지 도망쳐 왔으니 그 다음은 임진강이라고 떠들 것 아니오? 일마다 이 모양이니 어떻게 천하 대사를 도모할 수 있겠소. 아무튼 한강은 어떻게 막겠소? 어디 말 좀들 해 보시오."

잠시 침묵이 흐르자 하는 수 없이 비변사 도제조인 영의정 유성룡이 나섰다.

"삼전도 아래와 저자도 사이에 강물이 양쪽으로 갈라지는데, 거리가 좁습니다. 그곳에 선릉과 정릉이 있어 수목이 울창한데 놈들이 배를 지어 능히 건너올 만합니다. 미리 나무를 베어 불상사를 막아야겠습니다."

"그쯤이야 영상 힘으로 알아서 자르면 그만이지 뭘 그걸 계책이라고……."

권율이 도원수다운 계책을 냈다.

"한강 방어전은 최후 수단이고, 그 전에 서북의 군사가 얼마나 되는지 모르겠습니다만, 기마군을 불러들여 수원 이남 너른 들로 내려 보내 왜적을 무찌르게 하는 것이 좋겠습니다."

한강 이남에 전선을 새로 구축하자는 의견이다.

왕은 고개를 끄덕이면서 대신들을 휘 둘러보았다. 의견을 구한다는 뜻이다. 다들 입을 꽉 다물고 있자 유정이 한 마디 의견을 냈다.

"임진년 왜적이 물러가자 산성만이 적을 무찌를 길이라고 하여 여기저기 힘써 쌓았지요. 온 승군을 다 일으켜 등짝이 문드러지도록 쌓았건만, 막상 왜적이 재침하자 하나도 쓸모없게 되었습니다. 성을 쌓은 뜻은 결사전을 벌여서라도 적들이 우리 땅으로 한 치도 더 들어오지 못하게 하자는 것이었는데, 갑자기 청야령이 떨어지는 바람에 군사들은 땀 흘려 쌓은 산성을 다 버려두고 도망쳤습니다. 도대체 이런 소극적인 전략으로 어찌 일본군을 막겠습니까."

"그러게 말이오. 일 처리하는 것들이 모두 아이들 장난 같으니 참으로 마음이 아프오. 날마다 얼굴 맞대고 속닥거리기만 하니 말만 무성하고 입만 아프지 뭐 도움이 돼야 말이지요."

분위기가 싸늘하게 가라앉자 노신 이산해가 이름값을 하려고 나섰다.

"지킬 수 없다 하더라도 모쪼록 잘 정탐하고 군사를 써야 적을 막을 수 있을 것입니다."

왕은 도리어 더 역정을 냈다.

"그런 말은 김 서방 댁 노비도 하겠소이다!"

이산해는 머쓱해서 눈을 내리깔았다.

"어서 적을 막으소서, 결사 항전해야 합니다, 종묘와 세자를 피난시키소서, 대체 이따위 말을 누군들 못해서 꼭 당상들 입으로 해야 하오? 내수사에서 말고삐 잡는 노비도 그런 잔머리쯤은 굴릴 것이오. 정탐을 어디 내가 안 시켜서 못 하오? 당신들이 직접 정탐을 하든지 사람을 시켜 하면 될 것 아니오? 하는 일마다 손발은 움직이지 않고 세 치 혀만 굴려대니 되는 일이 대체 뭐요? 그럴 거면 혀라도 잘 굴릴 일이지, 명나라 장수를 접견할 때에도 통역 하나 제대로 못 해 언제나 혼선을 일으키는데, 이러고서야 무슨 일을 하겠소? 그러고도 우왕좌왕이니 황제 보기 정말 부끄럽소."

서로 한숨만 쉬다가 권율의 국왕 알현은 소득 없이 끝이 났다. 승군장 유정도 물러나왔다. 전선을 버리고 무슨 큰일인가 하여 한양까지 왔던 권율로서는 더욱 허탈했다.

"오라 가라 말한 놈은 없고 한가하게 한양 구경이나 하고 가는군."

"도원수께서도 참으로 답답하시겠소. 비변사 당상들이라는 사람들이 제 가족은 일찌감치 피난시키고, 엉뚱한 궁리나 해 대고들 있으니. 그럴수록 죽을 때까지 싸우기나 하십시다."

"허허허. 이 나라에서 무훈을 세운다는 게 그만큼 어렵다는 뜻이지요. 도원수라는 게 이렇듯 하찮은 자리요. 전쟁터에 나가 있다가도 이들이 술 한 잔 마시다 생각이 나면 불원천리하고 달려와야 하니 말이오. 저것들 좀 보시오. 나를 불러 놓고도 할 이야기가 없잖소. 그 사이에 우리 군사들은 수없이 죽어가는 데도 말이오. 무장은 본디 사냥개에 불과한 것."

"백성을 보고 싸우셔야지요."

유정도 권율에게 불만이 없지는 않지만, 그래도 언제는 행주 대첩의 영웅이라고 하여 도원수를 붙였다가 도망병을 즉결처분했다는 죄로 한성부 판윤, 충청 감사로 강등시키고, 또 필요하니 도원수로 도로 앉히는 조정의 조변모개에는 할 말이 없다.

권율은 그 길로 다시 전시 도원수부가 있는 경상도를 향해 씩씩거리며 내려갔다. 한양에 머물러 있으면 있을수록 민심이 소란해지니 서둘러 내려가라는 비변사의 권고로 지척에 있는 집에는 들러보지도 못했다.

유정은 며칠 뒤 비변사로서부터 출전 명령을 받았다. 명군 제독 마귀가 도체찰사 이원익에게 영을 내려 한강 방어전에 나선 조선군 8천 명을 거두어 훨씬 더 이남인 죽산으로 내려가라고 했으니, 승군도 죽산 방어전을 도우라는 것이다.

"죽산이라."

권율이 말할 때는 잘 듣지도 않고 한강을 주 방어선으로 설정했던 조정은 부산이 어디 붙어 있는지도 모르는 위구르인 마 제독의 말 한마디에 전략을 전면 수정했다. 아니, 수정할 것도 없이 제독 마귀는 더 적극적으로 일본군 방어 전략을 내 놓았다.

"기껏 한강에서 적을 막으면, 도성 백성들은 죄다 도망가 버릴 테고, 왕이나 세자나 또 몽진해야 하는데, 그래 가지고서야 무슨 힘으로 강토를 회복하겠소. 막을 수 있는 한 더 남쪽에서 막아야 하오."

그러고서는 방어선을 충청도 천안과 경기도 죽산으로 설정했다.

남원성에서는 명군 부총병 양원이 죽을힘을 다해 싸웠으나 도체찰사, 도원수, 감사 등은 얼굴을 보이지 않았고, 전주성에서는 끝까지 싸우자는 명군 유격 진우충을 뿌리치고 조선군이 먼저 도망쳐나갔다. 조정에서 여태 한 얘기는 하나도 소용 없고, 명군 제독의 명령으로 전투 준비는 전혀 다른 양상으로 이루어졌다.

북군 기마대를 이용해 수원 이남을 친다거나 선릉 나무를 베어 적의 도하를 막자던 얘기는 탁상공론이고, 이제 결사전에 나서 적의 진군을 막는 수밖에 없다.

소문으로 경상도 김천의 금오산성에 주둔 중이던 이원익 휘하의 군사들도 북상 중이라고 했다. 원래 도체찰사 이원익이 주둔 중이던 조선군 최고 사령부인 금오산성은 선조 28년인 1595년에 유정이 승군을 데리고 직접 수축한 성이다.

청야령의 시효는 이로써 끝나고 전운이 새롭게 피어오르기 시작했다.

즉 일본군 좌군은 그대로 전주에 머물러 있는 상태고, 단지 우군만이 북진 중인데, 그들의 북진을 막기로 한 것이다. 그러자니 명군은 두 갈래로 쳐들어오는 일본군 우군을 조선과 나누어 맡기로 했다.

천안 쪽의 모리수원군은 명군이 맡고, 청주를 점령한 뒤 북진을 준비 중인 가등청정군은 도체찰사 이원익이 직접 죽산에서 사수하라는 것이다. 청주−진천−죽산−양지−용인으로 이어지는 북진로를 봉쇄하라는 명령이다.

유정은 막연히 남진하려던 계획을 바꾸어 이원익을 따라 죽산으로 내려갈 채비를 서둘렀다.

죽산−천안 방어선이 무너지면 그 다음은 또 한강을 건너뛰어 임진강이 될 게 뻔하다.

한편 남산에 주둔 중이던 명군은 조선 수비군이 빠진 한강 방어책을 수립해 놓고, 해생을 선봉장으로 2천 기병을 무조건 남쪽으로 내려 보냈다. 일본군은 이미 청주, 그리고 천안 남쪽의 예산, 아산 등지를 약탈 중이다. 명군의 목표는 일단 천안이다. 천안 주둔 일본군 우군은 모리수원이 지휘하는 선봉대다. 모리수원이 이끄는 우군 3만 5천여 명을 분쇄해보자는 것이다.

제독 마귀가 이끄는 명군은 모두 8천8백여 명, 병력에서는 일본군에밀리지만 그래도 기마군으로 힘껏 밀어붙이자는 결론을 냈다. 평양성을칠 때도 기마군으로 재미를 보지 않았느냐는 자신감이 있다. 먼저 기마군 2천 기를 뽑아 부총병 해생에게 주고는 선봉으로 내세웠다.

9월 7일, 전투는 죽산 쪽 조선군이 아닌 천안 쪽 명군에서 먼저 일어났다. 명군 선봉이 천안의 북쪽이자 안성의 서쪽인 직산현에 이르렀을때다. 일본군 쪽에서도 선봉을 내세워 올라오다가 양군은 그만 선봉끼리맞붙었다.

일본군은 보군, 명군은 기마군, 전세는 삽시간에 명군 쪽으로 기울었다. 기마군이 흙먼지를 일으키며 일본군 진영을 뚫고 들어가 창으로 칼로 내리찍으면 일본군은 추풍낙엽처럼 떨어져 나갔다.

"우우우!"

목동들이 말떼나 양떼를 몰 듯 기마군은 일본군 보군을 이리저리 몰아대면서 마음대로 창을 쑤셔댔다. 조총은 장전하고 불을 붙이는 데 시간이 걸리는 만큼 기마군이 좌충우돌로 달려드는 데는 어쩔 수가 없다. 조총의 장점은 수백 명 단위로 줄을 지어 장전하고, 쏘고, 물러나는 걸반복해야 하는데 직산으로 진입한 일본군 선봉은 그럴 만한 병력도 여유도 없었다.

일본군이 무너져 도망치고, 명군은 그 뒤를 추격하면서 창을 찍어댔다. 그러는 와중에 총성과 함성을 들은 흑전장정이 3천 병력을 직산으로 급파했다. 일본군은 조총부대답게 열을 지어 차례로 사격을 해 왔다. 명군은 일본군의 화력에 밀려 일시 후퇴했다.

이때 명군 쪽에서도 구원군이 당도했다. 우백영 등이 이끌던 2진 4천 8백여 명, 유격장 파새 등이 이끄는 3진 2천 기마군이 차례로 도착한 것이다.

이로써 명군 8천8백여 명, 일본군 5천여 명(이때 우군사령관 모리수원의 3만 군은 천안에 머물고 있었다.)이 직산벌을 무대로 대회전을 벌이기 시작했다. 여기저기서 조총 탄이 터지고, 명군 기마군은 원을 그리면서 일본군을 넓게 포위해 놓고, 화살을 날리거나 틈이 보이면 곧바로 달려들어 창으로 찍어 댔다. 또한 명군은 대포를 내세워 일본군 사수대를 향해 쏘고, 일단 전열이 흐트러지면 곧바로 기마대가 달려들어 미친 듯이 물어뜯었다.

세에 밀린 일본군은 악착같이 달려들지 못하고 기마군이 밀어붙이는 대로 밀리면서 본대가 있는 천안 쪽으로 후퇴했다.

"와, 일본군이 달아난다!"

명군 기마대는 함성을 지르면서 좋아라 추격했지만 제독 마귀는 후퇴령을 내렸다.

"천안에는 모리수원 휘하 3만 병력이 있다고 한다. 그렇게 되면 우리가 불리해지니 이 정도로 끝내자!"

명군은 후퇴하는 일본군을 두고 일제히 수원 본영으로 이동했다.

한편 명군의 기습 공격을 받고 선봉이 무너졌다는 보고를 받은 우군 사령관 모리수원은 휘하 장수들을 급히 불러 모았다.

"오늘 사령관 소조천수추한테서 긴급 전갈이 왔소. 형세를 보아가며 진격하되 불리하면 후퇴하라는군. 젠장, 그 말이 무섭게 명군에게 참패를 당하다니, 이게 대체 뭐요!"

원래 모리수원은 소조천수추와 함께 조선 8도를 모조리 정벌하기보다는 한강 이남만 떼어 먹자는 생각이었다. 가등청정이 청주로 해서 진격해 올라가고, 모리수원이 수원으로 해서 한강에 이르고, 수군이 좌군을 한강에 풀어 놓은 다음 명군을 상대로 강화를 붙일 예정이었다.

- 한강 이남은 일본이 차지하고, 이북은 명나라 너희가 영원히 먹어라.

그럴 듯한 제안이라고 소조천수추나 모리수원은 미리부터 의기양양했다. 그런데 그만 한강에 이르기도 전에 천안에서 발목이 잡혔다. 때맞추어 불길한 보고가 들이닥쳤다. 가등청정의 서신이다.

- 명군 10만이 수원 일대를 막고 있으며, 조선군 3만이 죽산을 막고 있습니다. 이 전선을 돌파하려면 적어도 두 달은 걸립니다. 그러면 겨울이 됩니다. 방한복을 준비하지 못해 이대로는 더 진격할 수 없습니다. 또한 조선 측의 청야령으로 군량을 모으기가 힘듭니다. 일단 안전한 곳으로 후퇴했다가 내년 봄을 기해 쳐 올라가는 것이 좋겠습니다.

모리수원도 이 보고서에는 짚이는 바가 있다. 아버지인 모리휘원(毛利輝元:임진년 당시의 7군 사령관)도 내내 그 얘기를 했다.

그러나 결정을 더 미룰 필요가 없는 소식이 며칠 후 남쪽에서 올라왔다. 발신자는 소조천수추다.

- 이순신이 삼도수군통제사가 되어 조선 수군을 재건한 듯하오. 좌군의

한강 진입이 여의치 않으니 시세를 더 지켜보면서 북진을 판단하기 바라오.

그렇다면 더 머뭇거릴 필요가 없다. 모리수원은 가등청정에게도 다음 명령이 갈 때까지 대기하라는 영을 내리고 자신도 군사를 물려 놓고 남쪽 상황을 더 지켜보기로 했다.

그 시각, 좌군 사령부가 설치된 전주성.

"와, 이거 정말 괜찮은 물건이군. 이걸 그래 저자가 만들었단 말이지?"

"핫! 그렇습니다!"

우희다수가는 백자 한 점을 들고 요리조리 살펴보며 감상하다가, 마침 그 백자를 구웠다는 도공을 가리켜 물었다. 잡혀 온 도공은 옷자락이나 머리카락이 한 올 흩어지지 않은 상태다. 도공, 사기장, 와공, 직조공, 제지공, 백정, 갖바치 등 기술자는 특별 대우하라는 영주들의 전투 수칙에 따라 이들 포로는 얌전하게 취급되었다. 다른 데서는 코를 베어 가는 경우도 있었지만 기술자에 대해서만은 항상 예외다. 하다못해 천자문이라도 읽을 줄 알면 그것도 기술자로 취급되어 코를 베이는 대신 포로선에 탈 수 있었다.

"이봐, 도공! 일본으로 가서 도자기를 굽는 게 어때? 조선에서야 아무리 열심히 만들어 봤자 천민으로 구르면서 양반 놈들에게 헐값으로 팔아 연명해야지 않겠어? 자네, 일본에 가면 조선에서 받는 값보다 열 배는 더 쳐주고, 예쁜 처녀들 몇 안겨 주고, 천민이 다 뭐야, 제대로 대접받을 수 있어. 일본은 양반 상놈이 없는 나라거든."

전국 시대 이래 무사들 사이에 다도가 유행하면서 다구 역시 귀물로 취급되는 일본이다. 다구류는 왜구들이 제일 먼저 노리는 약탈 품목이고, 조선이고 명나라고 들락거리는 상인들이 맨 먼저 찾는다. 그런데 조선 도공들만 우르르 잡아가면 일본 현지에서 고려청자나 조선백자 같은 도자기는 물론 갖가지 그릇을 산같이 만들어 낼 수 있으니, 이들이 가져다 줄 부富는 상상만 해도 행복하다.

문제는 우희다수가 같은 일본 영주들만 좋은 게 아니라 조선 도공들 입장도 또한 그러하다. 아무리 좋은 도자기를 만들어 보았자 그것을 사 가는 계층은 모두 양반 세력이다 보니 값은 저희들 마음대로 매기는 것이고, 조금이라도 흠이 잡히면 몇 배로 물어내야 한다. 상민들이 즐겨 쓰는 질그릇, 막사발 따위는 돈이 되질 않아 어깨가 으스러지도록 일해야 겨우 입에 풀칠이나 한다. 관요官窯는 사정이 더 심하다. 몇 푼 녹을 받고는 관리들이 시키는 대로 발이 닳도록 물레를 돌리고 손이 닳도록 흙을 빚어야 한다. 가마에 쓸 나무는 알아서 도끼로 찍어다가 써야 한다. 백년하청, 휘어진 살림살이가 펴질 날은 요원하다. 이러다 보니 일본군 영주들과 조선 도공 사이에는 척 궁합이 들어맞았다.

"우리 식구를 다 데려가도 되는지요?"

도공은 팔자를 뜯어고칠 상상을 한다.

"아, 물론이고말고. 조선 양반 놈들은 너희를 버려두고 피난 갔지만, 우린 안 그래. 도공이고 화공이고 와공이고 다 귀중한 백성인데 왜 버려? 하긴, 내가 영주인데 누구 다른 사람 말 들을 필요가 있나. 당신이 원한다면 다른 도공들도 데려가자고. 이봐, 부관. 칼 잘 쓰는 병사 몇 붙여서 이 사람 집에 돌려보내라고. 그래야 유약이니 물레니 챙겨 올 것 아닌가."

포로로 잡혀온 조선 도공은 그동안 양반들에게 멸시를 받으며 살아온 게 분한지 일거에 팔자를 고칠 욕심으로 일본행을 결심했다. 그러고는 산으로 도망간 동료와 가족들을 찾으러 떠났다. 심당길沈當吉이 바로 이런 사람이고, 그와 함께 일본으로 간 도공은 80여 명이나 되었다.

우희다수가는 요즘 연일 싱글벙글이다. 글을 잘 아는 유학자를 몇 명 잡아다 놓고 툭하면 시를 지어 보라고 하고, 풍신수길에게 바칠 보고서를 작성해 보라고 시켰다. 일본 같으면 고승이나 돼야 구사할 수 있는 난해한 문장을 젊은 선비들까지 척척 그려댔다. 그러다 보니 요즈음은 시험 삼아 여기저기 글을 써 보냈다. 마누라한테도 보내고 동생이며 사촌, 팔촌까지 조선 소식을 멋지게 써서 보냈다.

당송 시대의 시문까지 집어넣으며 미문을 만들어 보내다 보니 해독하는 입장에서도 깜짝 놀랄 일이다. 그러고도 각종 기술자를 수십 명이나 잡아다 대기시켜 놓고 있다. 그들은 뭐든지 시키기만 하면 척척 만들어 냈다. 해시계를 만들라면 해시계를 만들고, 대포를 만들라면 대포를 만들고, 생짜로 조총을 던져 주고 만들어 보라고 해도 주저 없이 만들어 냈다. 그토록 별난 재주를 가진 장인들이 입은 옷이며 몰골을 보면 영락없는 거지다.

'조선 왕은 누가 중한지 알아보는 눈이 없어.'

일본에서는 구경할 수도 없는 각종 희귀한 기술자들이 어찌나 흔한지 우희다수가는 그저 모래나 흙을 쓸어 담듯이 귀한 사람들을 끌어 모았다. 그저 잡고 보면 뭔가 한 가지씩은 특출 나다. 심지어 농사꾼까지 쓸 만하다.

"적국赤國 쌀 맛도 괜찮은 것 같으니, 여기 볍씨도 챙기고, 농사꾼도 잡아 들이라구. 뭐 볍씨만이 아니라 종자로 숨겨둔 씨앗이란 씨앗은 다 챙겨 가라구 해. 무릉도원이 일본이다, 일본에 가면 양반 놈들이 하나도 없다, 그렇게 설득하라고. 야, 이러고 보니 조선에서 버릴 거라곤 양반 놈들밖에 없군."

우희다수가는 전주에 주둔하면서 호남 각지의 약탈전을 총지휘했다. 아무리 청야령이 떨어져 백성들이 산지사방했다지만, 그래도 천시받던 백성들은 도망가지 않은 채 그대로 있었다. 그들을 훑기만 해도 일본에서는 볼 수 없던 진귀한 보물이 마구 쏟아졌다. 도깨비방망이가 따로 없다.

부장이 들어오면서 긴급 보고를 올렸다.

"뭐야?"

"하나는 천안의 모리수원 장군이 보낸 서신이고, 하나는 수군이 보내 온 것입니다."

우희다수가는 먼저 모리수원의 서신을 뜯었다.

- 식량이 바닥나고, 아침저녁으로 너무 추워 진격이 어렵소. 구원군을 내주든가, 아니면 사후 대책을 논의하십시다.

"미친 놈, 명나라 기마군에 깨졌다는 말은 쏙 빼놓았군."

우희다수가는 수군장 등당고호(藤堂高虎;도도 다카토라)가 긴급으로 보내 온 서신을 펼쳐 들었다.

- 전라 우수영 앞바다인 명량 해협을 통과하지 못하고 있습니다. 이순신의 조선 수군이 굳게 지키고 있어 어란포의 별동대를 실어 나르지 못하니, 다

른 명령을 내려 주소서.

"이것들이 벌써 깨졌단 말인가? 이거, 귀신에 홀린 거야. 어떻게 이순신 한 놈한테 수백 척이나 되는 우리 수군이 하루아침에 무너진단 말인가. 어이, 이리 들어와 봐!"

우희다수가가 밖을 향해 소리치자 시위 중이던 부장 한 명이 뛰어 들어왔다.

"좌군 장수들을 모두 집합시켜! 어물거리다간 큰일 나게 생겼다. 아이구, 머리는 왜 이렇게 아플까."

우희다수가는 즉시 총사령관 소조천수추 앞으로 편지를 적어나갔다. 물론 갓 쓴 조선인 포로들이 둘러앉아 먹을 갈고 붓을 휘둘렀다.

- 이순신의 조선 수군이 명량 해협에 나타나 우리 수군을 패퇴시켰습니다. 또한 명군 기마군에 쫓긴 우군이 천안에서 발목이 잡혀 더 이상 진군이 불가능합니다. 이에 한강으로 상륙시키려던 별동대 2만 5천 명을 김해로 이동시키고자 합니다.

우희다수가가 겁을 먹는 것은 당연하다. 불과 12척을 거느린 조선 수군은 9월 16일(양력 10월 26일), 2백 척이나 되는 일본 수군을 맞아 그 중 130척을 격파하는 대승을 거두었다. 직산 대첩 후 불과 열흘 만이다.

부산 일본군 본영.
"한강으로 상륙하려던 좌군 별동대 2만 5천이 김해로 후퇴했다? 그럼 우군은 직산에서 깨지고 좌군은 명량에서 침몰했다 이 말이지?"

소조천수추는 의외로 담담하게 현실을 받아들였다.

"누가 차 좀 한 잔 끓여 와라. 어쩐지 머리가 아프다."

아무리 생각해도 전쟁은 다 끝난 것이나 다름없다. 임진년에는 평안도 · 함경도까지 진출했던 일본군이 이번에는 겨우 충청도에서 발목이 잡히고 말았다. 그것도 벼르고 별러 조직한 정예 수군이 어이없게 무너졌다.

"장군, 선물이 왔습니다."

"머리가 아프다는데 선물은 무슨 선물, 어서 쌍화차나 한 대접 더 가져 와! 거 용하다는 조선 한의원을 시켜 제대로 좀 달여 보란 말이야!"

소조천수추는 머리가 더 아픈지 이맛살을 심하게 찌푸렸다.

"그런 게 아니라 본국에서 덕천가강 성주께서 인편에 선물을 보내오셨습니다."

"덕천가강?"

"핫!"

소조천수추는 덕천가강을 잘 알지도 못하는데 웬 선물까지 보냈을까 고개를 갸웃거렸다. 그런 그의 앞으로 선물꾸러미와 서찰 한 장이 펼쳐졌다. 일본에서부터 그 물건을 가져왔을 젊은 무사 한 명이 부러뜨리듯 무릎을 꿇었다.

"장군, 우리 영주께서는 타국에서 전승을 올리고 계신 장군께 경의를 표하고자 작은 선물을 마련하셨습니다. 서찰부터 보십시오."

소조천수추는 벌써 다섯 잔째 마시고 있는 차를 홀짝거리면서 덕천가강이 보냈다는 서찰을 펼쳐보았다.

- 조선 전쟁은 쉽지 않습니다. 무리하지 마시고 군사와 장비를 굳건히 보

전하소서. 여기 신사神社에 부탁해 특별히 만든 부적과 행운의 황금검 한 자루를 보내니 외로움을 물리치고 부디 앞날을 멀리 내다보소서.

"대체 이게 무슨 소리야? 참으로 한가하신 분이군."

대기 중이던 병사가 앞으로 나가 찻잔에 찻물을 가득 부었다. 그 사이 가등청정의 부하가 허리를 꼿꼿이 세우면서 말했다.

"덕천가강 영주께서 이렇게 말씀하셨습니다. 젊은 장군께서 장차 대일본을 짊어지기 위해서는 용맹과 함께 현명한 지혜가 필요하실 것입니다. 이상입니다. 그리고 저희 성주께서는 장군께 충성을 다짐하셨다는 말씀을 올립니다. 이만 물러갑니다."

난데없는 이야기다. 덕천가강이 어린애에 불과한 자신에게 충성을 맹세하다니, 앞날을 멀리 내다보라니. 한때 풍신수길의 양자인 적은 있었지만 이제는 그것마저 끈을 놓치고 겨우 소조천융경의 양자로 변하지 않았던가. 인사를 마친 무사가 횡하니 밖으로 나가 버리니 그게 무슨 말인지 물어볼 수가 없다.

한편 직산에서 우군 모리수원이 대패하고, 명량에서 수군이 패전하자마자 일본군은 퇴각에 나섰다. 명군의 공격으로 휘청거린 모리수원군은 재공격을 두려워해 즉시 진천-청주-조령-문경-상주-대구로 하여 양산으로 물러갔다.

소식을 들은 가등청정 역시 청주성을 버리고 죽령-상주-경주를 거쳐 울산으로 달아났다. 좌군 중 한강 상륙전에 참전하기로 되어 있던 과도직무의 별동대 2만 5천은 이미 김해로 물러난 뒤였고, 나머지 우희다수가가 이끄는 좌군 병력도 약탈을 중지하고 광양-진주를 거쳐 부산으로 달아났다.

일본군이 남해안 일대로 물러나자 조명 연합군은 군사를 네 곳으로 나누어 압박 작전에 들어갔다. 서로군 3만 6천 명은 순천에서 소서행장을 노리고, 중로군 3만 6천여 명은 사천 일대의 일본군 본영을 노렸다. 또 동로군 3만여 명은 울산의 가등청정을 노렸다. 명량 대첩 후 급속도로 군세를 불린 수군은 전선 85척에 1만 6천여 병력으로 명나라 수군과 협력해 바닷길을 봉쇄했다.

동부 전투 : 조선군 – 별장 김응서 휘하 평안도 · 강원도 · 경상좌도군
　　　　　명군 – 제독 마귀 · 부총병 오유충
　　　　　일본군 – 가등청정

중부 전투 : 조선군 – 경상 우병사 정기룡 휘하 경기 · 황해 · 경상우
　　　　　도군
　　　　　명군 – 제독 동일원 · 부총병 장방
　　　　　일본군 – 도진의홍島津義弘 · 과도직무 등 좌군 병력

서부 전투 : 조선군 – 도원수 권율 · 충청 병사 이시언 · 전라 감사
　　　　　황신 · 전라 병사 이광악 휘하 충청도 · 전라도군
　　　　　명군 – 제독 유정劉綎 · 부총병 이방춘
　　　　　접반사 – 우의정 이덕형 · 호조 판서 김수
　　　　　일본군 – 소서행장

해상 전투 : 조선군 – 통제사 이순신 · 우수사 김억추 휘하 수군

명군 – 제독 진린

일본군 – 등당고호藤堂高虎, 가등가명加藤嘉明,

　　　협판안치脇坂安治

　유정이 이끄는 승군은 동로군에 편성되어 가등청정이 주둔 중인 울산성 공격에 나섰다. 그때쯤 유정은 반가운 소식을 들었다. 남원성에 참전했다가 전멸한 것으로 알았던 처영이 명군 부총병 양원을 탈출시킨 뒤 그들도 해인사의 신열이 이끄는 승군과 합쳐 가야산과 지리산 일대에서 유격전을 펴왔다는 것이다.

　그나마 다행이다. 다행인 것은 그뿐이 아니다. 칠천량 패전 이후 흩어졌던 수군 승군도 일제히 재기하여 이순신의 수군으로 재편입됐다는 것이다. 도총섭 삼혜三惠, 의능義能, 자운慈雲, 옥형玉泂, 명량대첩 때의 승군장 혜희惠熙, 성휘性輝, 신해信海, 지원智元, 수인守仁 등이 바로 수군 의승장들이다. 법명만 남아 실명은 모른다. 휘하 의승 수군 약 1천5백 명의 명단은 난중일기 등에 산발적으로 나오는데, 전체 명단이 기록된 바는 없다.

　이로부터 조명 연합군과 일본군 사이에 밀고 밀리는 마지막 전투가 연일 벌어졌다.

19
끝났으나 끝나지 않았다

한편, 교토 취락제.

이상한 일이다. 가장 좋은 음식을 먹고, 여자를 취해도 가장 젊고 건강하고 아리따운 처녀를 골라 자건만 웬일인지 몸은 점점 기운을 잃어간다. 조선에서 가등청정이 잡아 보낸 호랑이 좆도 술에 담가 먹어보고, 그 뼈도 고아 먹었다.

봄이 되자 풍신수길은 가까스로 일어나 전쟁 지휘소가 있는 명호옥까지 몇 차례 다녀왔다. 마치 주변을 정리하는 듯했다. 조선 현지 사령관들에게 보내는 명령서는 대부분 승태가 대신 썼다. 철수 요령 같은 게 이즈음에 보내는 명령서의 대부분이다.

기력이 빠진 몸으로 명호옥까지 무리하게 왕복하던 풍신수길은 1598년 3월, 취락제에 벚꽃이 만발한 걸 보고는 난데없이 본처 북정소(北政所: 기타노만도코로)를 불렀다. 첫날밤 이후 만나보지도 못한 조강지처다.

"어서 와, 여보."

풍신수길은 앞장 서 걸어오는 여인에게 손을 내밀었다.

여인은 깜짝 놀라 뒤로 물러났다.

"저, 저는 종이옵니다."

풍신수길을 호위하던 무사들은 물론이고, 늘 그림자처럼 붙어 다니는 승태, 그리고 북정소도 다 같이 놀랐다. 세상에, 북정소를 몰라보고 종에게 손을 내밀다니, 말은 하지 않지만 풍신수길의 정신이 오락가락한다는 것을 사람들은 금세 눈치 챘다. 뒤에 멀찌감치 서서 걸어오던 북정소가 풍신수길에게 머리를 조아리며 자신을 밝혔다.

"제가 합하의 아내인 북정소입니다."

"오, 그렇군. 요즘은 내가 귀신에 썬 것처럼 어지럽다니깐. 머리가 지끈거려 죽겠어. 아무래도 나이가 너무 많은 탓이겠지."

풍신수길의 측근들은 그가 아내 얼굴을 알아보지 못한 건지, 아니면 정신이 없는 건지 파악하느라 다들 고민에 빠졌다. 측근인 승태조차도 요즘에는 잔뜩 겁을 먹은 얼굴이다. 풍신수길이 늘 머리가 아프다고 정수리를 더듬질 않나, 가슴이 아프다고 심장 쪽을 쥐어뜯질 않나, 불길한 조짐만 있다. 다행인 것은 조선에 출병한 일본군이 예기를 모두 잃어 설사 철군하더라도 반란 가능성은 적어 보인다는 점이다. 풍신수길을 지키는 덕천가강 덕분에 안심이긴 하다. 매사 핫, 핫 하면서 굴종하는 덕천가강의 태도가 어딘지 모르게 석연치 않지만, 안 믿을 도리가 없다.

북정소가 취락제로 불려 오자 풍신수길은 그를 데리고 벚꽃이 아름답게 피어 있는 근처의 제호사란 절로 놀러갔다. 물론 제호사 인근에는 덕천가강의 군대가 개미떼처럼 깔려 주변을 철저히 통제했다. 풍신수길은 모처럼 조선 전쟁도 잊고 오순도순 지난날을 얘기했다.

"잎이 파릇파릇 나오고 꽃 피는 춘삼월도 잠시 잠깐이지."

"태합, 갑자기 무슨 말씀을 하시려는 겁니까? 설마 절 죽이시려는 건 아니겠지요?"

측근들조차 수틀리면 죽여 버리고 마는 평소의 행태를 잘 아는 북정소는 수길의 난데없는 호출에 꽃구경은커녕 도리어 겁을 집어 먹었다.

"꽃이 지고 잎이 지면 남는 건 앙상한 나뭇가지뿐이지. 조선을 정벌하고 명나라를 정벌한들 내가 늙어 가는데 무슨 소용이 있어. 젠장, 조선 전쟁은 졌어. 수뢰(秀賴:히데요리)가 클 때까지 살아남을 자신이 없어. 머지않아 엄동지절이 오겠지. 한 떨기 나팔꽃도 하루면 꽃을 다물고, 들판 가득 피어오르는 아침 안개도 해가 뜨면 연기처럼 사라지지. 인생은 허무해, 참말 허무해."

북정소는 겁을 집어먹었다. 인생을 체념한 듯한 말, 조선 전쟁에서 패한 것쯤에는 그다지 흔들릴 풍신수길이 아니다. 홧김에 취락제 식구들더러 모조리 할복하라고 하면 어쩌나 소름이 돋는다.

"북정소, 미안했소. 당신과 결혼하여 나는 출세의 길을 탔건만 어쩌다 눈이 멀어 가까이 있지를 못했소. 이제 죽을 때까지 내 곁에 있어 주시오. 내 병이 깊소."

풍신수길은 모든 것을 체념한 듯 남모르게 병을 앓다가 극비리에 조선에 출병한 군사를 불러들이라는 유언을 남겼다. 그리고 승태를 비롯한 좌우에 유시遺詩를 보였다.

  - 이슬처럼 떨어져, 이슬처럼 사라질
   내 몸, 오사카의 꿈이었나.

그리고 자신을 끝까지 지켜 온 첩 정전의 손을 가까스로 잡고 말했다.

"한번 핀 꽃은 시들게 마련, 나는 왜 그걸 몰랐지? 후사가 두렵군. 요즘 따라 귀신이 눈에 자주 보여. 조선 전쟁에서 죽은 우리 병사들, 조선 병사들, 조선 백성들, 내가 죽인 사람들……."

풍신수길은 죽음을 앞두고 늘 머리가 아프다고 하소연했다. 그러다가 정말로 죽음을 느낀 그는 부인 북정소, 첩 정전, 친구인 중 승태만을 불러 놓고 눈을 껌벅거리다가 외마디 소리를 질러댔다. 그 시각, 풍신수길이 곧 사망할 것이라는 첩보를 받은 덕천가강은 이미 취락제를 포위 중이었다.

"저, 저 귀신들 좀 쫓아내! 귀, 귀신……!"

사람들이 무슨 말인지 몰라 허둥대는 사이 풍신수길은 입을 딱 벌린 채 그냥 숨을 넘겼다.

"모두들 그대로 있으시오!"

풍신수길이 죽자마자 임종을 기다리던 덕천가강은 휘하 군사들을 풀어 취락제 외곽을 완전 차단했다. 출世도 입人도 금지다.

"누구도 밖으로 나가서는 안 된다. 조선에 출정 중인 우리 군대가 돌아오기 전에 태합 전하가 돌아가셨다는 말이 밖으로 새나가면 안 된다. 만의 하나, 그런 말이 조선군이나 명군에 들어가면 조명 연합군이 우리 일본을 치러 쳐들어올 것이다. 그러니 우리 일본군이 안전하게 철수할 때까지는 모두들 입을 꼭 다물어야 한다."

덕천가강의 병력은 취락제 뿐만 아니라 교토(경도) 일대를 통제했다.

- 태합 전하는 돌아가시지 않았다.

다들 아는 거짓말이지만 덕천가강은 계엄을 선포했다. 그러고는 풍신수길의 시신을 뺏어다가 위장이나 창자 같은 내장을 돼지 잡듯이 발라내고는 소금을 채워 궤짝에 처넣었다. 그러고는 철병하라는 풍신수길의 명령서를 들고 조선으로 떠난 전령을 도로 붙잡아 들이고 대신 덕천가강에게 포섭된 승태를 시켜 독전서를 적어 보냈다.

수길의 유언대로 일본군이 곧바로 철병할 경우 조선군이 일본 본토를 공격할까 봐 두렵기도 하고, 자신이 대권을 차지하기 위해서는 포섭이 불가능한 우희다수가, 소서행장, 모리수원, 도진의홍 등의 전력이 소진되기를 기다려야 한다. 그러는 한편으로 최근 한편이 되기로 밀약이 된 소조천수추와 가등청정은 가장 먼저 후퇴시키기로 했다.

전쟁은 의미 없이 몇 달 더 계속되었다.

공식적으로 철군 명령이 내려진 것은 일본군이 더 이상 저항할 힘조차 남아 있지 않았을 때였다. 심지어 이순신의 수군을 뚫고 철군할 힘조차 없었다. 그래도 지긋지긋한 전쟁이 끝났다는 소식에 머리가 잘리고 꼬리가 잘리면서도 일본군은 죽음을 무릅쓰고 조선에서 탈출하였다. 마지막으로 저승사자 같은 이순신의 조선 수군이 눈을 부릅뜨고 지키는 노량을 탈출할 때는 마치 지옥에서 빠져나가는 듯 아비규환이었다. 반은 죽고 반은 다치지 않을 수 없었다.

풍신수길의 대업은 여섯 살짜리 어린애 풍신수뢰가 이어받았다. 그 어린애를 둘러싸고 정권 탈취 야욕을 품은 덕천가강의 무리가 호시탐탐 엿보고, 수뢰를 옹호하는 세력은 지키기에 안간힘을 다했다. 사단은 양 세력의 균형이 잡히지 않은 데서 일어났다. 특히 소서행장 등 수뢰를 보호하는 영주들은 전쟁 말미에 조선군의 엄청난 공격을 받아 군사력을 대부분 상실한 뒤라서 더더욱 불이 붙기 쉬운 조건이었다.

덕천가강은 전쟁이 끝난 지 2년 만에 결국 군사를 일으켰다. 바야흐로 내전이다. 조선으로 쳐들어갔던 패잔군들과 주로 예비 병력으로 일본에 남아 있던 병력 간의 결사전이다. 지면 반드시 죽어야 하고, 이기면 일본을 차지할 수 있는 엄청난 도박이다.

덕천가강을 중심으로 한 반란 세력은 조선에 출병하지 않았던 예비병을 동원하고, 아울러 지난 정유재란 중에 사령관으로 출전했던 소조천수추, 그리고 가등청정을 끌어들였다. 이에 비해 풍신수길의 아들 수뢰를 옹호하는 집권 세력은 우희다수가, 소서행장, 석전삼성 등 출병 전력이 있는 장수들이 대부분이다. 그러나 이들은 조선에서 전력을 거의 소진시켜 덕천가강에 대항할 힘이 없었다. 그 밖의 몇몇 장수는 내란 중에 상대 쪽에 투항해 버렸다.

1600년 10월에 시작된 이 내전은 그로부터 14년 뒤인 1614년 5월, 덕천가강이 풍신수길 가문의 최대 본거지인 대판성(大阪城;오사카 성)을 마지막으로 함락시키면서 일단락되었다. 물론 나중 일이지만 대판성 함락과 함께 풍신수길의 아들 풍신수뢰는 어머니 정전淀殿과 함께 목을 매어 죽는다. 그때 나이 스물두 살인 수뢰에게 여덟 살 난 아들이 있는데, 덕천가강 군이 끝까지 추적해 목을 베어버린다. 풍신수길 가문은 이렇게 문을 닫고, 소서행장, 석전삼성, 안국사 중 혜경 등이 모조리 처형된다. 우희다수가는 패전 직후 도망 다니다가 한참 뒤 발각되어 유배지에서 배고픔으로 고생하다 늙어 죽는다.

소조천수추도 예외는 아니다. 풍신수길에 대한 반발로 덕천가강 편에 섰지만 그는 반란이 시작되자마자 병사했다. 덕천가강에게 붙었던 가등청정은 앙숙이던 소서행장의 우토성을 헐어버리고 철저히 파괴시켰다. 그러나 그는 얼마 안 가 매독으로 새카맣게 타서 죽고, 그의 손자 대에서 영영 혈통이 끊어진다.

한편 일본을 새로 차지한 덕천가강은 조선과 국교를 새로 맺을 것을 간절히 원했고, 대마도주 종의지는 장인 소서행장을 배신하고 즉시 이혼(종의지의 아내는 소서행장의 딸이다), 그의 환심을 샀다. 나아가 그는 조선과 일본 간의 연락을 자청해서 맡았다. 종의지는 어쩔 수 없는 선택이었다고 강변했다. 들어보면 이해할 만한 일이다.

그가 오랜 전란 끝에 돌아간 대마도는 사람이 살 수 없을 정도로 폐허가 되어 있었다. 곡식, 나무, 짐승 등 강제로 빼앗긴 물품뿐만 아니라 총각, 처녀 하나 제대로 남아 있지 않았다. 종의지는 언젠가 닥쳐올 이같은 불행을 대비해 전쟁을 막으려 애썼고, 전란이 일어난 뒤에도 조선 조정을 향해 계속 첩보를 제공하고, 끈질기게 휴전을 유도했다. 일본군이 철군한 지 한 달 뒤, 종의지는 조선으로 사신을 보내 무릎을 꿇었다.

"살고자 했을 뿐 도리가 없었습니다. 용서해 주십시오."

"해가 저무는군. 돌쇠야, 창을 좀 닫거라."

하인이 들어와 창을 닫는다.

"저녁노을이 보기 싫어."

유성룡은 긴 이야기를 마치고 식은 찻잔을 들었다.

"임진왜란 7년간 왜구와 싸웠다지만, 정작 내가 재상으로서 싸운 상대는 적괴인 풍신수길이나 가등청정, 소서행장이 아니라 고비마다 발목 잡는 이 나라 대신들이고, 위기 때마다 무기력해지는 국왕 전하셨지. 또한 싸움을 피하기만 하려는 명나라 장수들을 설득하는 것도 지난한 싸움이었지."

"전란 기간 중에 남인이나 서인들이 겪은 고통은 이루 말할 수가 없었지요. 동인이 자초한 전란이건만 막상 이들은 무책임하게 처신하거나 달아나기 일쑤였고, 서인이나 남인이 죽을힘을 다해 싸우고 나면 동인들은 세 치 혀로 폄하고 비난하기 바빴지요. 전쟁이란 적과 싸우는 것만이 아니라 우리 안의 무지와 욕망에 맞서는 것이기도 합니다. 그래서 우리 후학들이 영상 대감을 가리켜 훌륭한 전시 재상이었다고 칭송하는 것입니다. 적과 싸워 이긴 장수로는 이순신, 권율이 있지만 무지와 싸워 이긴 장수는 대감이 유일하십니다."

"이 승지가 알아주니 내 심장이 따뜻해지는군. 하나 나는 전시 재상으로서 내 임무를 다하지 못했네. 반성하네. 그래서 〈징비록〉을 남기는 거라네. 후세를 향해 바치는 참회의 책이라고나 할까. 다시는 이런 실수를 되풀이하지 않기를 소원하는 마음뿐이네."

"영상 대감께서는 전시 재상으로서 낙직과 파직을 거듭하시면서도 국난 극복에 헌신하셨다는 걸 제 눈으로 똑똑히 보았습니다. 저는 왜란의 책임을 우리 동인들이 져야 한다고 생각합니다. 전쟁 초기 영의정이던 이산해를 비롯한 대감이나 저 역시 동인이었습니다. 지금이야 남인 북인으로 갈려 대감과 제가 서로 다른 당이 되고, 북인 중에서도 저는 다시 소북이 되어 어려운 지경에 있습니다만, 당쟁이 바로 전쟁의 화근이었다는 걸 잊지 말아야 합니다. 〈징비록〉, 우러러 받들겠습니다."

승지 이효원은 유성룡으로부터 〈징비록〉 필사본 한 질을 받아 이마께로 올렸다가 내렸다. 유성룡은 1607년 5월 31일(음력 5월 6일), 전시 재상의 임무를 마치고 세상을 하직했다. 장례 치를 돈이 없어 인근 선비들이 추렴했다. 2년 뒤 전시 국왕 선조 이균도 사망했다. 임란 중 국왕과 세자 광해군을 호종하던 승지 이효원은 광해군 치하에서 대사간이 되지만 유성룡의 앙숙이던 대북 정인홍과 다투다 파직되고, 수군이 피 흘려 싸우던 땅 거제도에 14년간 유폐된다. 나는 그의 후손이다.

작가의 말

1

나는 이 소설말고도 임진왜란을 소재로 한 〈소설 토정비결(해냄출판사 소설 토정
비결 1,2권)〉, 〈당취(해냄출판사 소설 토정비결 3,4권)〉, 〈소설 이순신(책이있는마을)〉을 썼다.
4번째다.

가장 먼저 발표한 〈소설 토정비결〉에서는 토정 이지함을 비롯한 조선 중기
의 선각자들이 왜란을 막기 위해 어떤 노력을 했는지 다루었다. 전란을 피할 수
없는 백성의 고통스런 운명을 고민했다.

그 뒤 임진왜란이 발발한 시기는 승군들의 활약상을 중점적으로 다룬 〈당취〉
를 신문 연재소설로 발표했다. 평양성 수복 전투, 행주산성 대첩, 진주성 대첩,
금산벌 전투, 이순신의 수군 전투 등에 굉장히 많은 승군들이 참전했는데, 유학
자들이 적은 역사에는 지나치게 소홀히 취급되거나 빠져 있어서 역사 보정 차원
에서 공들여 썼다. 그래서 두 소설을 합본한 것이다.

이후 청소년 역사소설로 썼던 〈소설 이순신〉을 다듬어 내놓았는데, 〈당취〉
에서 이미 원균과 이순신의 은원 관계를 충분히 다루었기 때문에 이 소설에서는
이순신 개인을 중심으로 썼다.

따라서 이 소설 〈징비록〉은 임진왜란을 보는 정사 차원의 '소설적' 기록이라고 볼 수 있다. 특히 주인공인 유성룡은 전시 재상으로 불릴 만큼 7년 전쟁 내내 조선 군의 중심과 핵심의 자리에 있으면서 많은 전투와 전쟁 외교, 전술전략 등을 직접 세우거나 체험했다. 명군과 일본군 사정에 대해서도 가장 많이 아는 위치에 있었다.

또한 나는 개인적으로 선조 이균과 왕세자 광해군을 처음부터 끝까지 호종한 예조 참판 이관, 예조 좌랑 이효원 부자의 후손으로서 집안에 전해져오는 〈호종 일기(임금과 왕세자를 모시고 피난 다니면서 매일 기록한 일기)〉를 탐독했다.

부끄럽지만 당시 경상 좌병사 이각은 이관 할아버지의 동생이자 이효원의 삼촌이다. 병마사로서 동래부를 구원하지 못하고, 또 본영인 울산마저 지켜내지 못한 채 임진강 전선까지 후퇴했다가 왕명으로 참형을 받으셨다. 후손으로서 사 죄드린다. 이 밖에도 이순신 전사 후 절충장군이 된 의병장이 한 분 계시고, 임 진왜란을 전후하여 수군 절도사를 네 분이 맡아보았다.

선조 시절 승지에 오른 이효원은 광해군 때 대사간이 되지만 곧 당쟁에 휘말 려 거제도로 14년간 유폐되고, 이에 우리 집안이 충청도 청양으로 은둔하는 계 기가 된다.

역사에 영광만 있는 것은 아니다. 유성룡은 7년간 전시 재상(영의정 겸 도체찰사) 으로 활약했지만 녹봉을 받아 본 적이 없다. 호종한 우리 선대조 두 분도 마찬가 지다. 끊어진 녹봉은 1601년 1월분부터 지급되었다. 전쟁이 끝나자마자 삭탈 관 직된 유성룡은 녹봉을 끝내 받지 못했다. 큰아들이 먼저 죽는 불행마저 겪었다. 그가 예순여섯 살의 나이로 타계할 때 장례를 치를 돈이 없어 인근 선비들이 추 렴해 쓸 정도였다.

2

유성룡의 〈징비록〉은 사실상 '징비(懲毖)'에 실패한 책이다. 〈선조실록〉에는 일언반구 없다가 서인들이 적은 〈수정 실록〉에서 유성룡 줄기를 넣으면서 처음으로 〈징비록〉을 언급하는데, '식자들은, 자기만 내세우고 남의 공은 덮어버렸다 하여 이를 나무랐다.'며 깡그리 무시했다.

또한, 유성룡을 가리켜 '국량(局量)이 협소하고 지론(持論)이 넓지 못하여 붕당에 대한 마음을 떨쳐버리지 못한 나머지 조금이라도 자기와 의견을 달리하면 조정에 용납하지 않았고, 임금이 득실을 거론하면 또한 감히 대항해서 바른 대로 고하지 못하여 대신(大臣)다운 풍절(風節)이 없었다.'고 악평을 남겨 버렸다.

그 뒤 〈징비록〉이 다시 언급된 것은 숙종 38년인 1712년으로, 〈징비록〉이 일본에서 출간되었다는 사실을 거론하며 금단(禁斷)해 달라고 청하는 말이 나온다. 그런즉 왕과 재상, 누구도 〈징비록〉을 탐독한 적이 없다.

대신 적국인 일본 교토(大和屋 伊兵衛)에서 1695년에 출간되어 널리 읽혔다. 조국 조선에서는 일제 강점기인 1936년 총독부 직할 기관인 조선사편수회가 처음으로 300부를 영인 출간하였으며, 1969년 11월 7일에야 국보 132호로 지정되었다.

이 소설에 '전시 재상 유성룡'이라고 쓴 타이틀은 사실 적국 일본에서 붙인 별칭이다. 당시 조선에서는 그렇게 생각하지 않고, 도리어 그를 삭탈관직하고, 그가 쓴 〈징비록〉은 동인의 시각으로 편향되게 집필된 책이라 하여 서인 정권으로부터 무시되었다.

이들은 선조실록조차 인정할 수 없다 하여 〈수정 실록〉을 만들기도 했다. 적군이 무서워한 유성룡, 이순신, 사명당의 승군, 곽재우 등의 의병장을 정작 우리 조정은 잡아다 죽이려고나 하고 삭탈관직 혹은 역적으로 몰아붙였다.

유성룡은 왜란이 터지던 시기의 좌의정이었는데, 몽진 중인 개성에서 삭탈관직 되었다. 그의 이력에는 대부분 왜란 시기의 도체찰사라고 나오지만, 그래서 마치 조선군 총사령관쯤으로 묘사되지만 그건 훨씬 뒤 정유재란 때 잠시 잠깐의 일이다. 임진년에는 주요 전투가 끝난 이듬해에 겨우 관서 도체찰사가 될 뿐이다.

임진년, 그는 무보직 상태에서 '백의종군' 형식으로 행궁을 지켰다. 책임감 때문에 그런 것이다. 전형적인 노블레스 오블리주였을 뿐이다. 유성룡은 조선군 지휘권이 명나라에 넘어가자 비밀리에 유격군을 운용하기도 했고, 그러다 명군에 저지당하고, 다투고, 무릎을 꿇기도 했다.

그가 전쟁 전 이순신과 권율을 추천해 전선에 보냈다는 엄청난 기적은, 이후의 역사서에서 단순한 우연으로 간주하였다.

임진왜란이 숨 고르기를 한 뒤 유성룡은 잠시 영의정에 오르지만, 정유재란을 치르자마자 곧바로 삭탈관직 되었다.

왕조실록에도 유성룡은 호종공신 1등이 아니고 2등일 뿐이다. 3등에 내시 24명이 대거 포함된 걸 보면 내시보다는 좀 낫다고 해주었을 뿐이다. 왕 옆에 착 붙어 명나라로 도주할 것을 종용하던 이항복이 1등이다.

거듭 강조하지만, 유성룡이 징비록을 남겼음에도 이후 정묘호란, 병자호란이 일어나고, 마침내 왜란의 후예들에게 강점되고 끝내 나라가 분단되는 지경에 이른다. 오늘의 일본이 휘두르는 욱일승천기라는 깃발, 임진왜란 때 부산에 처음 상륙한 소서행장, 즉 일본군 제1군이 쳐들었던 바로 그 깃발이다.

징비록은 슬픈 책이다. 조국 조선에서는 폄하되고 도리어 적국 일본에서 출간되고, 읽히고, 가치를 인정받은 책이다.

조선은 〈징비록〉을 외면하면서 왜 전쟁이 일어났는지, 왜 패전했는지 따지지 않았지만 도리어 침략자 일본은 〈징비록〉을 탐독하면서 왜 조선을 병탄하지 못했는지 철저히 연구, 마침내 300년 뒤 더 갈고 닦은 전략과 전술로 조선을 단숨에 삼켜 버렸다.

이 소설을 재밌게 읽더라도, 나라와 겨레의 미래를 지키기 위해 쓴 전시 재상 유성룡의 참회문이자 사후약방문인 〈징비록〉은 저술 직후부터 일제에 강점될 때까지 3백여 년간 줄곧 외면 받았으며, 오늘까지 그 대가로 남북 분단 중이며, 그래서 왜란은 아직 끝나지 않았다는 사실을 잊지 말기 바란다.

3

왜란 당시 나라 위해 목숨 바친 이들의 명단을 적는다.

1592년부터 1598년 사이에 일본군과 싸우다 전사하거나 죽은 지휘관들의 명단이다. 이분들의 부하들은 안타깝게도 이름조차 남기지 못했다. 따라서 전사 지휘관 한 명당 적어도 수백 명의 희생이 있었으리라 짐작한다. 이 무명 전사자들의 희생도 잊지 말아야 한다.

지금으로부터 4백 년 전에 있었던 임진왜란 전사자도 이처럼 정확하게 기록할 수 있다. 하물며 백 년도 안 된 친일 부역자의 명단쯤은 얼마든지 언제든지 정확하게 적을 수 있다.

역사를 두려워해야 한다. 역사는 반드시 기록한다. 영광스런 이름, 오욕의 이름, 결코 잊지 않는다. 조선 중기 인물들인 만큼 자료 가치를 높이기 위해 이름은 한자로 적는다. *날짜는 음력(괄호 속에 양력)

1592.04.14.(양력 5월 24일) 부산 전투

鄭撥(부산진 첨사) * 부산진 민군 3,000명 전원 전사

尹興信(다대포 첨사) * 다대포 수군 800명 전원 전사

尹興梯(윤흥신 아우)

1592.04.15.(양력 5월 25일) 동래성 전투

宋象賢(동래 부사) * 민군 약 3000명 전사, 500명 포로

洪允寬(조방장)

趙英珪(양산 군수)

李彦誠(울산 군수) 포로, 1593년 전사

1592.4.23.(양력 6월 2일) 상주 전투

權吉(상주 판관)

尹暹(종사관)

李慶流(종사관)

朴箎(종사관)

金宗武(사근찰방)

朴傑(호장)

金俊臣(의병장)

1592.04.26.(양력 6월 5일) 문경 기습 전투

申吉元(문경 현감)

1592.04.28.(양력 6월 7일) 충주 전투

申砬(삼도도 순변사)

金汝岉(전 의주 목사)

李宗張(충주 목사)

1592년 5월 7일(양력 6월 16일) 옥포 해전

韓百祿(지세포 만호) * 이때 부상으로 8월 24일에 순직

1592.05.18.(양력 6월 27일) 임진강 방어전

申硈(함경 병사, 수어사)

劉克良(조방장)

金百壽(의병장)

金光鋏(의병장)

沈岱(경기 감사) * 임진강 방어전 직후 삭령에서 적의 기습으로 전사

1592.06.05.(양력 7월 13일) 용인 전투

白光彦(방어사, 선봉장)

李之詩(조방장)

李之禮(이지시 동생)

1592.06(양력 7월) 김화 전투

元豪(전 전라 우수사, 경기강원 방어사 겸 여주 목사) 유격전 중 전사

1592.07.07.(양력 8월 13일) 전주 웅치 전투

鄭湛(김제 군수)

姜運(비장)

朴亨吉(비장)

金齊閔(의병장)

金㫧(김제민 의병장의 아들)

邊應井(해남 현감) 중상

1592.07.10.(양력 8월 16일) 금산 전투

高敬命(의병장)

高因厚(고경명의 아들)

趙憲(의병장)

靈圭(승군장)

韓諄(남평 현감)

1592.08.02.(양력 9월 7일) 언양 전투

金虎(의병장)

1592.09.01.(양력 10월 5일) 부산포 해전

鄭運(녹도 만호)

1592.09(양력 10월) 인동 전투

張士珍(의병장)

1592.10.10.(양력 11월 13일) 제1차 진주성 전투

金時敏(진주 목사)

柳崇仁(전라 우병사)

鄭得說(사천 현감)

1593.06.28.(양력 7월 26일) 제2차 진주성 전투

崔慶会(경상 우병사)

成永達(경상우도병마우후)

徐禮元(진주 목사)

金千鎰(도절제사)

李宗仁(김해 부사)

金千鎰(의병장)

沈友信(의병장)

黃大中(의병장)

高宗厚(금산 전투 전사 의병장 고경명의 아들)

吳宥(의병장)

閔汝雲(의병장)

高得賚(병마사 부장 겸 전 군수)

黃進(충청 병마사)

鄭名世(해미 현감)

南景誠(회덕 현감)

李禮壽(남포 현감)

宋悌(당진 현감)

李義精(보령 현감)

成守慶(진주 판관)

張胤(사천 현감)

金應鍵(결성 현감)

金俊民(거제 현령)

柳夢說(황간 현감)

李潛(첨정)

1597.06.10.(양력 7월 23일) 안골포 · 가덕도 해전

金軸丸(평산 만호)

安弘国(보성 군수)

1597.07.16(양력 8월 28일) 칠천량 전투

元均(삼도수군통제사)

元士雄(원균의 아들)

李億祺(전라 우수사)

崔湖(충청 수사)

裵興立(흥양 현감 겸 조방장)

安世熙(조방장)

李應彪(가리포 첨사)

孫景祉(함평 현감)

柳海(별장)

1597.08.16.(양력 9월 27일) 남원성 전투

李福男(전라 병마사)

任鉉(남원 부사)

金敬老(조방장)

申浩(별장)

吳應井(방어사)

李德恢(남원 판관)

李春元(구례 현감)

吳應鼎(순천 부사)

鄭期遠(접반사)

閔濬(접반사)

李元春(광양 현감)

馬應房(진안 현감)

명군(부총병 양원 휘하) * 명군 3,000명

李新芳(중군장)

毛承先(천총)

蔣表(천총)

1597.08.17.(양력 9월 28일) 황석산성 전투

郭趗(전 안음 현감)

趙宗道(전 함양 군수)

白士霖(전 김해 부사)

1597.9.16(양력 10월 25일) 명량 해전

金卓(순천감목관)

戒生(전라우수영 노비)

1598.10.02.(양력 10월 31일) 순천 해전

黃世得(사도 첨사)

1598.11.18.(12월 6일) 노량 해전

李舜臣(삼도수군통제사)

李英男(가성포 첨사)

方德龍(낙안 군수)

高得藏(흥양 현감)

宋希立(지도 만호)

○ 포로

臨海君(왕자)

順和君(왕자)

李弘業(경성 판관)

韓克誠(함경북도 병마사)

柳永立(함경도 관찰사)

● 비전투 사망자

李珏(경상도 좌병사) 1592.05.12. 처형

申恪(부원수) 1592.05.18. 처형

宋儒眞 1593.01 서울 수복 전 처형

李山謙(의병장) 1593.02. 서울 수복 전 반란 혐의로 처형(연좌로 처형된 의병 吳允宗, 金千壽, 李春福, 金彦祥, 宗萬福, 李秋, 金永)

李夢鶴(반란) 1596.07 처형

金德齡(의병장) 1596.07 반란 혐의로 처형

禹性傳(의병장) 1593.07 과로사

金鍊光(회양 부사) 1592.05

金悌甲(원주 목사) 1593.06.29 유격전 중 전사

緖沫(성주 목사) 1593년 유격전 중 전사

孫仁甲(전 첨사) 유격전 중 전사

李渾(함경남도 병사) 백성에게 죽음